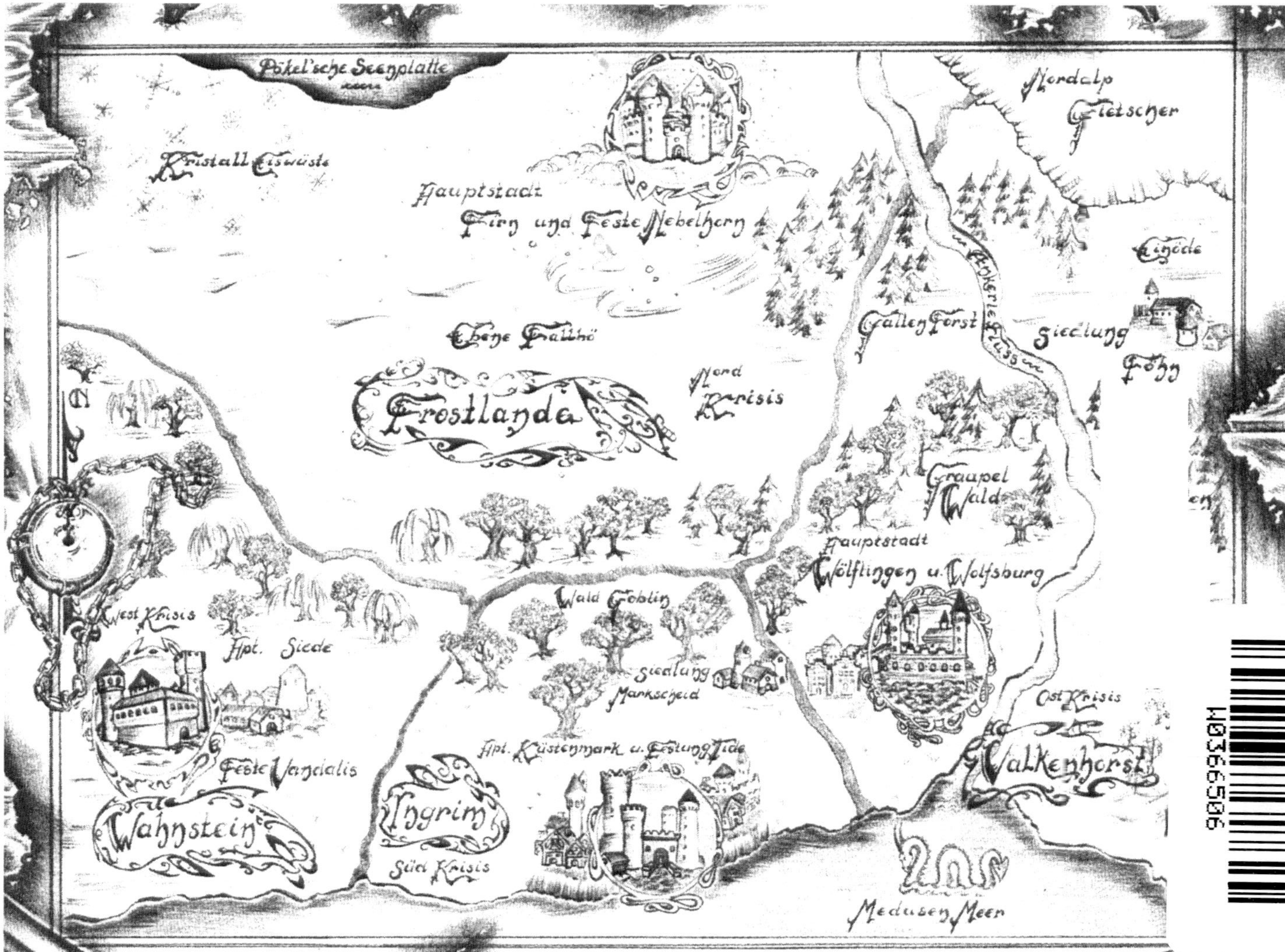

Pökel'sche Seenplatte
Kristall Eiswüste
Hauptstadt
Firn und Feste Nebelhorn
Ebene Falkhö
Frostlanda
Nord
Krisis
Nordalp
Gletscher
Anklerie Fluss
Gallen Forst
Einöde
Siedlung
Föhn
Graupel
Wald
Hauptstadt
Wölflingen u. Wolfsburg
Wald Goblin
Siedlung
Markscheid
West Krisis
Hpt. Siede
Feste Vandalis
Wahnstein
Ingrim
Süd Krisis
Hpt. Küstenmark u. Festung Tide
Ost Krisis
Valkenhorst
Medusen Meer

TEIL I
LOREENA

Es begann vor weit zurückliegenden Tagen im Königreich Ingrimm. Belagert und bekämpft von den Heeren Wahnsteins im Westen und Frostlandes im Norden, wehrte sich das Volk der südlichen Krisis verzweifelt gegen eine Niederlage. Doch eine viel gefährlichere Macht lauerte im Osten auf einen Moment der Schwäche. Valkenhorst, das Land der Vampire, um Ingrimm nicht durch Krieg, sondern durch eine subtilere Art zu unterjochen. Die Blutsauger herrschten über menschliche Untertanen, knechteten und töteten in schwarzen Samtroben. Sie vermochten Ingrimm nicht einzunehmen, denn das Reich besaß das *Geheimnisvolle*, einen Schutz, der den Bewohnern Immunität gegen den übernatürlichen Einfluss der Vampire gewährte. Erhaben wartete Valkenhorst auf die Wende. Die östliche Krisis wusste, ihre Chance würde kommen. Und eines Tages kam sie ...

„Bring ihm einen Becher Wasser." Loreena kniete vor dem Krankenbett ihres Vaters, als die Nacht hereinbrach. Auf der Kirschholzkommode unter dem Fenster stand eine Trauerkerze. Die zuckende Flamme erhellte spärlich das Gemach. Die Atmosphäre war gespenstisch, bedrückend wie in der Familiengruft. Loreenas Blick folgte dem klumpfüßigen Diener, der in den Korridor humpelte und mit einem Tonkrug zurückkehrte. Er füllte einen Holzbecher mit Wasser und reichte ihn ihr. Dann zog er sich zurück.

„Trink, Vater. Du musst trinken." Sie hielt Wor den Becher an die spröden Lippen, doch er winkte ab.

„Was nützt es, zu trinken, Tochter. Ich werde sterben, so oder so."

Sie zog besorgt die Gänsedaunendecke bis unter seine Achseln. Es schmerzte, den nahenden Tod in seinen trüben Augen zu sehen.

Verwundet war er am Ende des Winters von der großen Schlacht auf der Ebene Fallbö zurückgekehrt, durchbohrt von einer Schwertklinge Firns. Mit seiner königlichen Kraft schwand die Hoffnung des ingrimm'schen Volkes. Lomas, der Sohn des Königs, wurde ein Gefangener des Nordens. Alle Heerführer waren in den Schlachten gestorben, alle Flottenkapitäne mit den brennenden Kriegsschiffen vor den Kaimauern der Hauptstadt Küstenmarks untergegangen. Nun lag auch König Wor im Sterben. Es gab niemanden, der das gebeutelte Volk anzuführen vermochte. Tiefer als jemals zuvor lagen seine Augen in den Höhlen, umrandet von Schatten. Die Barthaare sahen stumpf aus und seine Lippen waren aufgeplatzt.

Loreena bemerkte, dass er Mühe hatte, zu sprechen. Das schulterlange silbergraue Haar lag verschwitzt auf dem Kissen. „Du darfst nicht aufgeben. Es gibt immer Hoffnung!" Verzweifelt legte sie die Hand auf seinen fiebrig warmen Unterarm.

Als er sich umdrehte und seine Hand auf die ihre bettete, verzog er schmerzerfüllt das Gesicht. „Die gibt es, aber sie ist zweifelhaft."

Sie runzelte die Stirn. Besorgt und dennoch neugierig fragte sie: „Wovon sprichst du, Vater?"

Er verstärkte seinen Griff, als wolle er die Intensität seiner Worte unterstreichen. „Wir müssen einen Pakt mit dem Teufel schließen, um das Ruder noch einmal herumzureißen."

Loreena zog die Hand unter der ihres Vaters hervor. Sie starrte ihn an, diesen alten Mann, der mit einem Loch im Bauch auf dem Bett lag und von Fieberträumen geplagt sein musste. Schließlich fand sie ihre Sprache wieder. „Du kannst sie *nicht* meinen. Du kannst nicht von ihnen *sprechen* – diesen Teufeln in Menschengestalt. Diese Bestien lauern nur darauf, unsere vom Krieg ausgemergelten Körper auszusaugen." Sie schwieg einen Moment. Als Wor nicht antwortete, fuhr sie wütend fort: „Sie halten die Menschen innerhalb der Grenzen Valkenhorsts gefangen. Vater, sie zwingen unsergleichen nicht nur, für sie zu arbeiten, sondern halten ganze Familien wie Tiere in einem Käfig ohne Gitter."

„Genug, Loreena." Wor hob mühsam die Hand, um ihr Einhalt zu gebieten.

Unbeeindruckt machte sie ihrem Hass auf Valkenhorst weiterhin Luft. „Die Menschen der östlichen Krisis sind lebendiges Futter. Sie leben nur, um Blut zu lassen und irgendwann ausgesaugt zu werden. Oh, nein, die feinen Vampire in schwarzem Zwirn machen sie nicht zu den ihren, sondern zapfen ihnen mit Nadeln Blut ab, lassen sie zur Ader. Hast du an die Kinder gedacht?"

Unter lautem Stöhnen setzte Wor sich auf. Es dauerte eine Weile, bis er Luft holen konnte. Plötzlich griff er nach dem Holzbecher und schmiss ihn an die Wand gegenüber seiner Ruhestätte. Das Gefäß traf das Porträt seiner verstorbenen Ehefrau Rominda, fiel polternd auf den Steinboden und rollte aus. Als würde Rominda weinen, lief das Wasser in Schlieren das Bild herab.

„Ingrimm wird untergehen! Ein Land kann ohne Anführer nicht kämpfen. Ich werde in die Geschichte eingehen als König des Niedergangs. Ich habe die südliche Krisis ins Verderben regiert, doch ich werde Ingrimm retten."

„Koste es, was es wolle?" Sarkastischer hätte ihre Stimme nicht klingen können.

Er ignorierte ihre Frage, betrachtete mürrisch den Wasserfleck auf dem Gemälde. „Morgen wirst du nach Wölfing reiten und Graf Aroq auf der Wolfsburg besuchen."

Loreena starrte ihn an. Sie entschied, mit Vernunft auf ihn einzuwirken. Ihr Vater war zu schlau, um sich durch Wutausbrüche überzeugen zu lassen. „Vampire kämpfen nicht mit Schwert, Pfeil und Bogen. Sie wären schlechte Verbündete."

Wor legte sich wieder hin.

Loreena sprang auf, um ihm zu helfen, aber er schüttelte das Haupt. Verschwitzte Haarsträhnen flogen umher und blieben an seinen glühenden Wangen kleben. „Sie sollen nicht kämpfen, um Himmels willen, Loreena! Kraft sollen sie mir schenken!“

Sie schluckte. Schlimme Vorahnungen schnürten ihr die Kehle zu, während Tränen in ihre Augen schossen. Erschüttert setzte sie sich auf die Bettkante.

„Nur ein gesunder König ist ein guter König. Ich kann das Heer nur in die Schlacht führen, wenn ich in der Lage bin, aufrecht auf einem Pferd zu sitzen und zuzuschlagen. Mein Kind, dazu brauche ich Aroqs Biss.“

„Nein, bitte, das Fieber verwirrt dich. Das kann dein Volk nicht von dir verlangen.“

„Das kann es sehr wohl, aber es tut es nicht. Es ist meine Entscheidung. Ich würde selbst zum Grafen reiten, aber mein Körper ist zu schwach.“

Loreena kämpfte mit Tränen. Um sich abzulenken, kaute sie auf den Spitzen des hüftlangen, sandfarbenen Haarzopfs, der ihr über die Schulter hing. Eine Unart, die sie seit Kindheitstagen nicht abgelegt hatte. Sie wollte nicht weinen. Tränen würden Wors Herz brechen. Auch wenn er vorgab, er wäre zu allem bereit, bemerkte sie seine Unruhe, denn er räusperte sich nervös nach jedem Satz, den er von sich gab.

„Du würdest einer von ihnen werden.“

Er drehte sein Gesicht fort und starrte auf den Deckenleuchter, dessen Kerzen nur in der Hochzeitsnacht von Wor und Rominda und in der Nacht ihrer Geburt jemals angezündet worden waren.

„Bitte Graf Aroq, mich mein Reich retten zu lassen. Ist Ingrimm in Sicherheit, begebe ich mich freiwillig in seine Hände.“

„Er wird eine Gegenleistung verlangen.“ Loreena beobachtete voller Verzweiflung, wie sich Wors Finger in die Bettdecke krallten.

„Wir können nur hoffen, dass es ihm reicht, den ingrimm’schen König auf den Knien rutschen zu sehen. Es wird ihm große Genugtuung verschaffen. Mein Leben für das Leben Ingrimms.“

Resignierend ließ Loreena den Kopf hängen. Sie murmelte etwas vor sich hin. Wor reagierte nicht. So hörte wohl nur die Spinne unter dem Bett, die wahrscheinlich gerade ein Netz vom Pfosten zur Wand spannte, dass Loreena betete, die *Purpurne Schriftrolle* möge in den Köpfen der Vampire in Vergessenheit geraten sein.

Bereits in der Morgendämmerung brach Loreena mit ihrer Leibgarde und zwei Gelehrten gen Valkenhorst auf. Die Fensterläden der Häuser waren noch geschlossen, als der Tross durch die Straßen der Hauptstadt Küstenmarks ritt. Raureif ließ die Wiesen vor den Toren silbrig glänzen. Die Vögel im nah gelegenen Wald Goblin stimmten ihr Weckkonzert an. Rasch trabte der Tross über die Ostgrenze. Kälte breitete sich in Loreena aus, als würde eine eisige Hand ihr Herz ergreifen. Sie zog fröstelnd den moosgrünen Samtumhang enger um ihren Körper. Das Land wurde karger. Anstelle von Birken und Buchen säumten Fichten und Kiefern den Weg. Der Graupelwald löste Goblin ab. Schwere Wolken hingen dunkelgrau über den Baumwipfeln. Regen hatte die

Straße zu einem einzigen Schlammloch gemacht. Hin und wieder drehte sich Loreena um. Sie spürte, dass sich Augen auf sie und ihre Leute richteten. Der Griff Aroqs wurde enger, je näher sie Wölfing kamen und Loreena fürchtete, seinem Einfluss zu erliegen.

Nach einem halben Tagesritt passierten sie die Granitmauern der Hauptstadt. Schwarz und glänzend türmten diese sich vor dem Korps auf. Loreena sah zum ersten Mal, seit sie das düstere Land betreten hatte, dessen Bewohner. Sie warfen ihr scheue Blicke zu. Niemand schaute ihr offen ins Gesicht. Akribisch versuchte sie, auszumachen, wer Vampir und wer Mensch war, doch das stellte sich als äußerst schwer heraus. Nicht umsonst betrachtete das Krisisgebiet die Vampire als eine der größten Mächte. Die Blutsauger waren nicht von den Menschen zu unterscheiden – wenn sie dies nicht wollten. Es wäre für die Blutsauger ein Leichtes gewesen, sich in andere Länder einzuschleichen, die Gunst von Herrschern zu erlangen und diese hinterrücks zu ihresgleichen zu machen – wenn ihnen ihr überheblicher Stolz dies nicht verbieten würde. Aber es war das erste Mal in der Geschichte der Krisis, dass sich ein König den Vampiren freiwillig unterwerfen wollte.

Loreena stellte verwundert fest, dass die Wolfsburg die kleine Gruppe bereits erwartete. Bereitwillig öffneten die Wachen, bewaffnet mit Armbrüsten und Langschwertern, ihr und dem Gefolge die Tore. Angriffe blieben aus. Es war fast, als ignoriere man sie. Oder ließ man den Luchs in den Käfig, um die Falle zuschnappen zu lassen? Sie übergaben die Pferde dem Stallmeister. Dann stiegen sie die lange Steintreppe der Burg empor.

Rechts und links erblickte Loreena seltsame Steinfiguren: Bestien, aggressive Kreaturen, die auf dem Sprung waren, Beute zu reißen. Auf den tellergroßen Hinterpfoten standen sie, die Vorderläufe erhoben, um dem Feind ihre Krallen ins Fleisch zu schlagen. Die Figuren erinnerten an tollwütige Hunde mit vor Irrsinn geweiteten Augen. Obwohl die Kreaturen aus Stein gemeißelt waren, meinte sie, ein Blitzen und bösartiges Funkeln in ihren Pupillen zu erkennen. Verunsichert beschleunigte sie ihre Schritte und sah dennoch ein letztes Mal zurück. Erst in diesem Moment wusste sie, was sie von Anfang an irritiert hatte. Der Stein, aus dem die Monster geschlagen waren, besaß eine unwirklich graue Farbe. Sie erinnerte an Wolfsfell. Fast meinte Loreena, Schattierungen erkennen zu können und Haare, die sich jeden Moment aufstellen würden. Werwölfe! Hastig wandte sie sich ab, um nicht schreiend fortzulaufen.

Ihr Blick wanderte über die verzierte Eisentür, die so breit wie die Treppe der Wolfsburg war, hinauf zu den Türmen. Ihr stockte der Atem. Fratzen zeigten sich an den Fenstern. Sie lächelten ihr gierig zu und verschwanden hinter pechschwarzen Vorhängen. Jetzt reicht es, schimpfte sie, konzentrier dich auf deine Aufgabe! Sie fuhr sich mit der Hand übers Gesicht, als wolle sie die Trugbilder wegwischen.

Ein Mann in roter Samtrobe empfing sie und ihre Gefolgschaft an der Tür. Goldene Glöckchen baumelten an seinem Gewand und erzeugten eine Melodie, wann immer er sich bewegte. Sein rundliches Kinn ragte erhaben in die Luft, als er sich vor ihnen aufbaute. Das Gesicht setzte sich erschreckend bleich von der schwarzen Fassade der Wolfsburg ab.

„Folgt mir." Er wandte sich an Loreena, während er der Leibgarde und den Gelehrten abweisend eine vernarbte Hand vorhielt.

Loreena nickte ihren Begleitern zu und folgte dem untersetzten Mann. Die Eisentür fiel hallend hinter ihrem Rücken ins Schloss. Loreena schreckte zusammen. Ein Gefühl der Beklemmung lag wie ein unsichtbarer Strick um ihren Hals. Immer wieder blickte sie sich angespannt um, während sie dem Vampir folgte. Sie stellte verwundert fest, dass keine Malereien an den Wänden hingen. Keine erhabenen Gesichter vergangener Oberhäupter. Keine heroischen Posen verstorbener Helden. Spärlich brannten Fackeln, die in Metallhalterungen an den Wänden steckten. Loreena fragte sich, ob Vampire wie Katzen im Dunkeln sehen konnten. Von irgendwo aus den Katakomben erklang eine Melodie, die sie einlullte. Sie schmunzelte, obwohl ihr nicht danach zumute war. Eine Harfe oder eine Geige? Gar eine Stimme? Sie konnte es nicht deuten und so verschwand ihr Lächeln abrupt.

Schließlich gelangten sie an eine weitere Tür, diesmal mit einem verschnörkelten Buchstaben verziert: Rosen mit übergroßen Dornen rankten um ein „A" . Die Pranken des Vampirs mit der ungewöhnlichen Samtrobe öffneten die Pforte, schoben Loreena unsanft in das Gemach und schlossen den Eingang sofort hinter ihr. Noch bevor sie sich im Raum umschauen konnte, stand vor ihr der hochgewachsene Mann, über den die Kinder Schauerlieder sangen:

Grausamer Graf Aroq,
Gnadenloser Graf Aroq,
kommt in rabenschwarzer Nacht
und hat den Tod mitgebracht.

Grässlicher Graf Aroq,
Gefährlicher Graf Aroq,
trinkt begierig dein Herzensblut,
auf dass deine Seele nimmer ruht.

Loreena schrak zurück. Sie drückte sich mit dem Rücken an die Tür und tat, was sie geschworen hatte, unter keinen Umständen zu tun. Unzählige Male hatte Wor sie vor ihrer Abreise gewarnt. Die Leibgarde, die mit ihr in Wölfing eingetroffen war, sollte sie davor bewahren, während die Gelehrten den Auftrag hatten, an den Verhandlungen teilzunehmen. Doch nun stand sie vor dem einflussreichsten Mann Valkenhorsts, allein und hilflos, und schaute ihm in die Augen.

Seine Macht schwappte wie eine Welle des Medusenmeers über sie. Ein bizarres Kribbeln reizte ihre Haut, als würden Hunderte Quallen sie unter Wasser kitzeln. Er drückte sie unter die Oberfläche ihres Seelensees. Sein Blick bohrte sich tief in ihren und ließ sie ohne Worte wissen, dass das Betreten der Wolfsburg nicht ohne Folgen bleiben würde. Sie spürte seine Hand an ihrer Kehle. Er hatte sich jedoch gar nicht gerührt. Schweiß perlte von ihren Schläfen. Ihr Brustkorb bebte.

Plötzlich trat er auf sie zu. Graf Aroq stützte sich mit den Händen neben ihrem Kopf an der Tür ab. Betörender Opiumduft strömte von ihm aus. Loreena wurde schwindelig – er hielt sie unter der Oberfläche gefangen, drückte sie in die Tiefe – aber sie kämpfte dagegen an. Sie wusste, er konnte nicht näher kommen, denn der *Schutz* umgab sie. Gleichwohl fragte sie sich, weshalb er überhaupt Einfluss auf sie nehmen konnte. Welch überwältigende Macht musste er besitzen, um trotz des *Geheimnisvollen* nur eine Handbreit von ihr entfernt stehen zu können?

„Ihr wusstet von meinem Besuch?“, brachte sie unsicher hervor. Sie musste etwas sagen, die quälende Stille unterbrechen. Warum hatte ihr niemand gesagt, dass der Graf so charismatisch war?

Er schmunzelte. „Ich weiß über alle Vorgänge in Küstenmark Bescheid.“

Diese Erhabenheit, diese verdammte Arroganz! Loreena war noch nicht in der Lage, den schmerzlichen Grund ihrer Reise in das Land der Finsternis anzusprechen und so lenkte sie das Gespräch auf andere Belange. „Ich glaubte, Licht tötet Vampire.“

Aroqs Schmunzeln schwoll zu einem leisen Lachen an. „Ihr Menschen! Ihr denkt, ihr bekommt die Weisheit mit der Muttermilch eingeflößt. In Wirklichkeit wisst ihr nichts. Direkte Sonnenstrahlen töten uns, nicht trübes Tageslicht. Und die Sonne schiebt sich nie hinter den Wolken hervor in Valkenhorst. Ihr denkt sicherlich auch, dass Knoblauch uns schadet, oder Loreena?“

Beim Klang ihres Namens erschauderte sie. Aus seinem Mund hörte er sich wie eine Sünde an. „Ist es nicht an dem?“, entgegnete sie.

Seine Zungenspitze benetzte die schmalen Lippen. Loreena schluckte, empfand sie doch auf seltsame Art und Weise die Berührung auf ihrem Mund. Doch Aroq küsste sie nicht, neckte sie nicht mit seiner Zunge und drang auch nicht in sie ein. Warum waren dann ihre Lippen feucht? Weshalb meinte sie, ihn zu schmecken?

Deutlich bemerkte sie den Hunger in seinem Blick, den lasziven Augenaufschlag, der sein Kopfschütteln begleitete. Und sie wünschte sich, an jedem anderen Ort des Krisisgebiets zu sein, als in der Wolfsburg.

Um die Kontrolle nicht zu verlieren, entschied sie, sich auf weitere Fragen zu konzentrieren. „Es ist Tag. Weshalb empfangt Ihr mich unschicklich in Eurem Gemach?“ Sie fühlte, wie ihre Erregung wuchs, spürte, wie er ihren Körper abtastete, ihren Busen umschloss, sanft, wie kühles Meerwasser in ihren Spalt eindrang, ihre Falten umspülte und liebkoste mit einer Zärtlichkeit, die sie in den Wahnsinn trieb – doch er berührte sie nicht, sah ihr lediglich weiterhin in die Augen.

„Wir bevorzugen es, tags zu schlafen, nachts auf Jagd zu gehen. Die Welt um uns herum jedoch lebt anders und wir müssen die östliche Krisis verteidigen. Deshalb sind wir gezwungen, uns anzupassen – aber nicht vollkommen.“ Aroq zwinkerte ihr zu.

Loreena nutzte die Gelegenheit. Schnell riss sie sich von seinem Blick los und senkte das Haupt. Nie wieder, schwor sie sich, würde sie ihm in die Augen schauen, denn sie war sich nicht mehr sicher, ob das *Geheimnisvolle* sie wirklich vor seinem Einfluss schützen konnte.

Sie duckte sich und huschte unter seinem Arm hindurch, atmete schwer, als wäre sie gesprintet. Der Graf drehte sich um. Süffisant lächelnd lehnte er sich mit dem Rücken gegen die Tür und verschränkte die Arme vor dem Oberkörper.

Loreena ließ ihren Blick durch den Raum schweifen, um Aroqs übernatürlicher Anziehungskraft zu entgehen. Das Vorhandensein eines Bettes steigerte ihre Nervosität. Für einen Moment sah sie sich entblößt auf dem pechschwarzen, mit Silberfäden durchzogenen Bezug liegen. Arme und Beine gespreizt und nur mit unzähligen Knäueln Schafwolle bedeckt. Hand- und Fußgelenke waren mit Sisalseilen an die Bettpfosten gebunden. Schutzlos lag sie dort, den Kopf auf das Kissen mit den güldenen Fransen gebettet. Niemand war zu sehen und trotzdem war sie nicht allein. Sie spürte es. Auf einmal schwang das Fenster auf. Eine kühle Brise wehte ins Zimmer, die Vorhänge flatterten und die Wollknäuel wurden fortgeblasen, sodass sie nackt und ausgeliefert war. Blass und prall wie zwei Vollmonde wirkten ihre Brüste in der surrealistisch-sinnlichen Szenerie. Feuchtigkeit glitzerte zwischen ihren Schenkeln ...

Ihr wurde schummrig durch die Vision. Sie hielt sich am Pfosten fest und versuchte, sich nichts anmerken zu lassen. Beeindruckt ließ sie den Blick weiter schweifen. Die Zimmerdecke war so hoch, dass man ein Zelt hätte aufbauen können. Eine Kerze mit glühendem Docht stand auf der Fensterbank. Sie musste eben erst ausgeblasen worden sein. Loreena stellte irritiert fest, dass nicht nur das Bett, sondern auch die Nachtkommode und der glänzende Schrank aus Teakholz waren. Der Tisch am Fenster besaß wunderschöne, wie Korkenzieherlocken gedrechselte Tischbeine, die man leicht zu Pflöcken umfunktionieren konnte.

Langsam fasste sich Loreena. Sie zog die Augenbrauen hoch. „Holz?“

Aroq folgte ihrem Blick. „Holz ist nicht gefährlicher für uns als Eisen. Lediglich ein Überzug macht es zur tödlichen Waffe.“

Natürlich spielte er auf Weihwasser an. Seine Offenheit verwunderte sie. Er musste sich seiner Übermacht äußerst sicher sein.

„Nun kommt zum Grund Eures Besuches. Meine Geduld, Euch Auskünfte über das Vampirvolk zu erteilen, ist erschöpft.“

Ihre Stimme zitterte, als sie ihr Anliegen vorbrachte, nicht nur, weil Wors Auftrag absurd war, sondern auch, weil sie sich vor Lust kaum konzentrieren konnte.

„Ihr wisst es bereits, Graf Aroq. Habe ich recht? Mein Vater, König Wor, braucht Eure Hilfe, um das ingrimm’sche Reich verteidigen zu können. Er stirbt.

Kein anderer Anführer könnte das Heer in die Schlachten führen. Nur Euer Biss kann ihn und Ingrimm retten. Darum erbitte ich in seinem Namen Eure Gnade."

Demütig senkte sie das Haupt. Erst als Aroq zum Fenster schlenderte, hob sie es. Er schaute nachdenklich zum Graupelwald. Mit Zeigefinger und Daumen kraulte er sein Kinn. Nun, da er sie nicht mehr betrachtete, schwand Loreenas Erregung. Ihre Klitoris pochte sehnsüchtig. Sie wünschte sich, nicht so empfindsam auf ihn zu reagieren, konnte sich aber nicht wehren.

Das erste Mal hatte Loreena die Möglichkeit, ihn genauer zu betrachten. Groß gewachsen und schlank musste er die meisten Männer Ingrimms um einen Kopf überragen. Seine ebenholzschwarzen Haare waren streichholzkurz, seine Gesichtskonturen markant und der Teint wächsern. Verstärkt wurde die Blässe durch seinen anthrazitfarbenen Samtanzug. Allein der Silberfaden, der in das Revers eingearbeitet war, und die Silberknöpfe zeichneten sich ab. Das ingrimm'sche Mannsvolk war eher klein und füllig, besaß lange Haare und eine von der Feldarbeit oder dem Kampf auf Schlachtfeldern sonnengegerbte Haut. Aroq sah anders aus als alle Männer des südlichen, westlichen und nördlichen Krisisgebiets. Es ging eine fremdartige Bezauberung von ihm aus, einer Naturgewalt gleich – faszinierend, mächtig und gefährlich.

Sie wurde aus ihren Gedanken gerissen, als er plötzlich in die Ruhe hineinsprach. „Weshalb sollte ich das tun?" Weiterhin blickte er aus dem Fenster.

„Ihr würdet über König Wor siegen. Er schwört, sich nach der Verteidigung Ingrimms freiwillig in Eure Hände zu begeben und sich Eurem Gutdünken auszuliefern." Loreena spürte einen Stich im Herzen.

Graf Aroqs Gesichtszüge blieben steinhart. „Ich werde über Wor siegen, so oder so. Er liegt im Sterben. Vergesst das nicht."

Eine tiefe Trauer breitete sich in ihr aus. „Nach seinem Tod werden die Länder des Westens und Nordens Ingrimm übernehmen. Ihr würdet über König Wor siegen, nicht aber über sein Reich."

„Frostlande und Wahnstein werden sich bekämpfen und dann schlägt die Stunde von Falkenhorst. Wir haben lange gewartet. Wir können länger warten."

Sarkastisch fügte sie hinzu: „Und brutale Schlachten, wie die Menschen sie führen, sind nicht Euer Stil."

Aroq fuhr herum. Seine Augen funkelten sie finster an. Eine seltsame Kälte breitete sich auf ihrem Rücken aus und sie bereute die Worte. Loreena erschauderte, gleichsam erschreckt und wohlig, eine befremdliche Mischung aus Furcht und Wollust. Ihr war, als würde er mit einem Eiswürfel ihre Warzenhöfe umkreisen und die feuchte Spur auflecken, ihre Brustspitzen umzüngeln und an ihnen saugen, wie ein Schäfchen an der Zitze seiner Mutter. Loreena fasste an ihren Busen, entsetzt über diese weitere Vision und bemerkte zwei kreisrunde nasse Stellen auf ihrem Oberteil. Waren es Sinnestäuschungen, die der Graf ihr suggerierte? War es am Ende ihre eigene Lust, die diese Bilder erzeugte? Ja, sie gab zu, dass sie sich seit Monaten nach einem Liebhaber sehnte, seit sie Emna, die Magd, mit Jolhan, dem Küchenjungen, im Schafstall beobachtet hatte. Er hatte sie über das Gatter gelegt, ihre Beine mit Sisalseilen an die Pflöcke und die Handgelenke an den Zaun gebunden und sie von hinten genommen, während die Schäfchen sich nach ihren Brüsten reckten und Emna zappelte, um ihren gierigen Mündern zu entkommen. Die eingeschränkte Bewegungsfähigkeit schien sie zu erregen, denn ihre Brustspitzen standen hellrot und geschwollen hervor, als hätten die Schäfchen daran gesaugt, aber Emna wich den Zähnchen erfolgreich aus. Musste gerade der Feind Loreenas Erinnerung und Leidenschaft wecken?

Er trat einen Schritt auf sie zu. „Erfüllt meine Bedingungen und ich werde zustimmen. Wor bleibt König. Ein Vampir!“ Sein abfälliges Lachen ließ sie frösteln. „Doch ich regiere Ingrimm. Und – ich verlange die *Purpurne Schriftrolle*.“

„Niemals!“, schrie Loreena. Sie rang nach Luft. Ihre schlimmsten Befürchtungen wurden wahr. Wie hatte sie so naiv sein und hoffen können, die Vampire hätten die Schriftrolle vergessen? Die einzige Waffe gegen Valkenhorst. Vor Urzeiten hatte ein geheimer Bund sie mit dem purpurnen Blut eines Vampirs geschrieben. So besagte es die Legende. Der Geheimbund wurde zerstört, doch die Schrift gerettet. Nur Loreena, ihr Bruder Lomas, König Wor und der oberste Priester Jahl kannten ihren Inhalt – das Privileg der Obersten Ingrimms.

Welch Segen, dass der Graf nichts von ihrem Wissen ahnte. Mit einem Mal erstarrte sie! Sie hatte Visionen gehabt, in denen sie gefesselt wurde und Schafwolle sie verhüllte. Emna und Jolhan. Hatte Aroq in ihren Kopf hineinschauen und lesen können, worüber sie fantasierte, um ihr Tagträume zu schicken und sie zu schwächen?

Aroq drehte sich wieder zum Fenster und blickte einem Mauersegler nach. „Geht jetzt.“

Seine ruhige Stimme erzeugte Zorn in ihr. „Reicht es nicht, Wor vor Euch im Dreck zu sehen? Ist es nicht die höchste Genugtuung, einen Vampir auf dem Thron Tides zu sehen?“ Seine Antwort blieb aus und so fuhr sie fort: „Nun gut, Ihr sollt Ingrimm regieren. Ich lege es in Eure Hand. Das Reich wird sich Euren Entscheidungen beugen. König Wor wird zu Eurer Marionette.“ Noch immer sagte er nichts, sondern beobachtete, wie der Mauersegler sich auf einer Turmspitze niederließ.

„Aber die *Purpurne Schriftrolle* kann ich Euch nicht geben.“ Ingrimm wäre für immer verloren. Sie dachte daran, dass das Schriftstück auch in ihrem Kopf existierte. Die Vampire würden ein Gegenmittel entwickeln und das Reich einnehmen, sobald sie das Mysterium entzaubert hätten. Sollte er in ihr tatsächlich lesen können wie in einem Buch, wäre das Geheimnis auch in ihrem Kopf nicht sicher.

Aroq blieb unbeeindruckt.

„Sagt etwas, bitte.“

Eisiges Schweigen trat ein. Loreenas Mut und Zuversicht schwanden. Was sollte sie tun? Was konnte sie sagen? Wie hätte Wor an ihrer Stelle gehandelt?

Endlich wandte sich der Graf um. „Sagt mir zu, was ich verlange oder geht auf der Stelle."

Ihre Blicke trafen sich. Blut schoss ihr in die Wangen. Kannte er wirklich ihre erotischen Fantasien? Sie wollte sich seinem Einfluss nicht noch einmal aussetzen, aber sie besaß keine Kraft mehr, sich gegen ihn zu wehren. Ihr Vater lag im Sterben. Ingrimm war am Ende. Loreena musste eine Entscheidung fällen, die das Krisisgebiet verändern würde – egal, wie diese ausfiel.

Gepeinigt von Trauer und Verzweiflung nickte sie zaghaft. Innerlich weinte sie bitterlich, während Graf Aroq sein erhabenes Lächeln wiederfand.

Der Heimweg erschien Loreena länger als der Weg nach Wölfing . Keine gute Nachricht konnte sie dem ingrimm'schen Volk bringen, obwohl sie dem Befehl ihres Vaters gefolgt war. Sie saß schwermütig auf ihrem Schimmel und weinte in sich hinein. Zusammengesackt, die Kapuze weit übers Gesicht gezogen, ließ sie ihr Pferd den anderen folgen, ohne die Zügel in der Hand zu halten. Während des gesamten Rückwegs prasselte Regen auf sie hinab. Der Tag war finsterer als die Tage zuvor, obwohl das Frühjahr vor der Tür stand. Sie sehnte sich nach dem Sommer, der dem Süden Sonnenschein bringen und die Vampire einschränken würde.

Der Anblick Küstenmarks erzeugte Bestürzung. Zerfallen und düster hieß die Hauptstadt Loreena willkommen. Ihr einstiger Glanz war durch Beschuss und Hunger verblasst. Wer hatte ahnen können, dass Wahnstein und Frostlande gleichzeitig angreifen würden, obwohl kein Pakt zwischen den Ländern des Westens und Nordens bestand? Nun lag das Reich in den letzten Zügen – genau wie König Wor.

Wenn das Volk von meiner Nachricht wüsste, dachte Loreena, würde es mir die Tore nicht öffnen, sondern mich wie eine Verräterin zurück nach Valkenhorst jagen.

Doch niemand wusste von ihrem Geheimauftrag und so ritt sie mit ihrem Gefolge ungehindert in die Festung. Noch während sie einem Stallburschen den Schimmel übergab, ließ sie Wor den positiven Ausgang ihres Auftrags übermitteln. Sie konnte ihm in diesem Moment nicht unter die Augen treten.

Gedankenversunken ging Loreena durch die Festung Tide. Den moosgrünen Umhang legte sie nicht ab, sondern schlug lediglich die Kapuze zurück. Ihr war kalt. Sie hatte viel zu verdauen. Die Lasterhaftigkeit, die in der Anwesenheit des Grafen von der Glut zur Flamme gewachsen war. Wie sollte sie mit ihren unkeuschen Gedanken umgehen? Ingrimm war keineswegs ein Volk von Traurigkeit, aber Loreena hatte keinen Gemahl und ohnehin brachten die Männer ihr wenig Interesse entgegen, da sie rundlich gebaut war und ihr Stand viele einschüchterte.

Was sollte aus Ingrimm werden? Die Entscheidung ihres Vaters war besiegelt. Es gab kein Zurück. Es sei denn, sie wollten den Zorn Aroqs auf sich ziehen.

Dies hätte zur Folge, dass Wor sterben und der Graf nicht länger mit einem Angriff warten würde. Die südliche Krisis zeigte sich geschwächter denn je. Immer wieder suchte Loreena nach einem Ausweg. Vielleicht gab es doch eine andere Möglichkeit. Vielleicht war diese zu abwegig, als dass Loreena sie bisher in Betracht gezogen hatte. Oder die Lösung versteckte sich im Nebel der Verzweiflung. Sie grübelte und grübelte, ohne von einem Geistesblitz getroffen zu werden.

„Wäre Lomas nur hier." Murmelnd betrat sie die Küche.

„Was wäre dann, mein Kind?"

Die rauchige Stimme brachte Loreena zurück in die Wirklichkeit. Ihr Blick klärte sich und sie sah Gamtam am Tisch sitzen. Mit ihrer Fülle, der Schürze und dem mit grauen Strähnen durchzogenen schwarzen Haar, war die Köchin eine herbe Schönheit. Loreena schmunzelte.

„Was zaubert ein Lächeln auf deinen Mund?"

„Woher weißt du das?", fragte sie erstaunt. „Es fasziniert mich immer wieder, dass du Kartoffeln schälst und keine einzige braune Stelle übersiehst."

Die Köchin lachte laut. „Dieses Wunder sind alle hier in der Lage, zu vollbringen."

„Aber die anderen sind im Besitz ihres Augenlichtes, Gamtam."

„Wohl wahr." Akribisch suchte sie im Korb nach der größten Kartoffel und begann, sie zu bearbeiten. „Etwas bedrückt dich, Kind."

Niemand auf Tide hätte gewagt, derart locker zu reden, aber Loreena konnte Gamtam nicht in ihre Schranken weisen. Zu viele Jahre hatte sie als Mädchen auf dem Schoß der Köchin gesessen, ihr beim Schälen der Möhren zugeschaut und hin und wieder ein Stück genascht. Loreena erinnerte sich an Stunden ihrer Kindheit, in denen sie ihre Mutter Rominda vermisste und Tränenbäche in Gamtams Schürze weinte. Wann immer Mädchen oder Jungen Loreena wegen ihrer Pausbacken hänselten, verjagte Gamtam die Kinder.

„Es ist nichts." Loreenas Miene versteinerte. Sie blickte sich in der Küche um. Eine Magd holte einen Laib Brot aus dem Backofen. Sie klopfte auf die steinharte angebrannte Kruste und schimpfte mit sich, während ein Knabe eine Zwiebel von der Anrichte stibitzte und davonlief, gejagt von einem Koch mit Oberarmen, die so dick waren wie vier Leberwürste. Wie belanglos ihre Probleme waren – im Gegensatz zu Loreenas!

Gamtam hielt inne und schaute mit ihren milchigen Augäpfeln in Loreenas Richtung. „Das ist nicht die Wahrheit. Denk immer daran, ich lese in deinem Herzen."

Hatte Graf Aroq das auch getan und ihre schamlosen Wünsche entdeckt? Loreena betete, dass die Köchin nichts von ihren Sehnsüchten las. „Ich wünschte, Lomas wäre hier."

„Dein Bruder ist ein würdiger Thronfolger. Jedoch, und lausche meinen Worten gut: Du birgst die gleichen Qualitäten in dir."

„Ich?" Verdutzt nahm Loreena neben Gamtam am Holztisch Platz. Sie schaute sich prüfend um. Weder Köche noch Mägde waren in Hörweite. „Ich bin schwach, sonst würde ich nicht dulden, was sich in den Mauern dieser Festung abspielt."

Gamtam unterbrach ihre Arbeit. Sanft hieb sie mit dem Schälmessergriff auf die Tischplatte. „Loreena, du könntest Ingrimm führen, wenn du den Mut hättest. Alle wissen, dass es König Wor schlecht geht. Du kannst nicht auf Lomas' Rückkehr warten! Bis dahin sind die Heere Wahnsteins und Frostlandes bereits in das Reich eingerückt."

Einen Moment überlegte Loreena, ob sie der Köchin etwas über die bevorstehenden Ereignisse erzählen sollte. Sie entschied, Stillschweigen zu bewahren. Zu grausam war allein der Gedanke an Graf Aroqs geduldeter, ja sogar ausdrücklich erwünschter Anwesenheit auf Tide und König Wors Wandlung. Nach dem Biss würde Wor vor sein Volk treten und Bericht erstatten.

Der Arme, dachte Loreena und knetete den Samtumhang, er muss seinem Volk mitteilen, dass er ein Vampir ist und Graf Aroq die Herrschaft über Ingrimm übernimmt. Würde man ihn lynchen? Sie hoffte, das Volk würde zu geschwächt sein, um innerhalb der eigenen Mauern anzugreifen. Wor war immer noch König und bereit, das Reich mit seinem Leben zu verteidigen. *Hoffentlich erkennen seine Gefolgsleute, dass er sich ins Unglück stürzt, um sie zu rette*n.

Loreena stützte ihren Kopf mit den Händen ab. „Das Volk würde mich nicht auf dem Thron sehen wollen."

„Unsinn!" Gamtam fuhr fort, die Kartoffel zu schälen.

Stöhnend, als wäre sie eine Greisin, erhob sich Loreena. „Nicht nach dem, was geschehen wird." Bevor Gamtam nachfragen konnte, verließ Loreena die Küche. Im Korridor begegnete sie dem Knaben, der genüsslich in die Zwiebel biss. Kaum hatte er sie gesehen, rannte er davon.

Der Gedanke an die kommende Nacht schmerzte. Sie blieb an einem der riesigen Fenster stehen und beobachtete den Einzug der Dämmerung. Der Nieselregen saugte das Tageslicht auf. Nebelschwaden hingen über dem feuchten Gras. Der Wald Goblin sah durch die Finsternis wie ein schwarzes Loch aus, rätselhaft und bedrohlich. Der Schrei eines Uhus erklang. Wie gespenstisch, als ob der Graf bereits Einzug in Ingrimm gehalten hätte. Würde Aroq sein Wort halten? Oder planten die Vampire, bereits in dieser Nacht in Küstenmark einzufallen?

Sie legte die Handflächen an die kalte Glasscheibe. *Lomas, wir brauchen dich. Ich brauche dich. Ich schaffe das nicht allein.* Loreena lehnte die Stirn gegen die Scheibe und schloss die Augen. *Bitte steh uns bei, Allmächtiger. Uns steht Schlimmes bevor.*

Die Nacht schien schwärzer als alle Nächte, die das Königreich Ingrimm je erlebt hatte. Nur der Schein einer fast heruntergebrannten Talgkerze, die auf der Kommode neben seinem Bett stand, schien schwach auf Wors Gesicht. Fiebrig rot waren seine Wangen, während Schweißtropfen an seinen Schläfen herabliefen.

Schwer atmend lag er mit geschlossenen Augen vor Loreena. Sie krallte ihre Fingernägel in den Unterarm. Sie wollte nicht Zeugin des grauenhaften Wandels ihres Vaters sein, doch er hatte sie gebeten, ihm beizustehen. Seit dem Moment, als Graf Aroq das Schlafgemach betreten hatte, ging es Wor schlechter. Die ungewisse Zukunft quälte ihn. Dennoch stand sein Entschluss fest.

„Bringen wir es hinter uns.“ Loreena sah Aroq flehend an und verfluchte gleichzeitig ihn und das Kribbeln in ihrem Schoß, als würde eine Ameisenstraße mitten durch ihre fleischige Schlucht führen.

Eisig erwiderte er ihren Blick. „Erst die Schriftrolle.“

Sie hielt inne, um Kraft zu sammeln, und schritt zur Nachtkommode. Mit zitternden Händen öffnete sie die unterste Schublade. Sie entnahm die *Purpurne Schriftrolle*, wandte sich schweren Herzens um und reichte sie zögernd dem Grafen.

Seine Augen funkelten lüstern im Kerzenschein, als er seine Finger um das Papier legte. Er hielt inne und genoss den Triumph.

Wor stöhnte und Loreena suchte nach besänftigenden Worten. „Es wird alles gut, Vater.“ Sie glaubte nicht daran, spürte sie doch mit jeder Faser ihres Körpers die mächtige Aura des Vampirs.

Obwohl Aroqs Miene immer noch steinhart war, erkannte sie ein Siegeslächeln hinter der Fassade. Angewidert rümpfte sie die Nase. Mochte er auch noch so anziehend sein, er war und blieb ihr Feind.

Der Graf öffnete unbeirrt das purpurfarbene Band, das die Schriftrolle umgab, rollte sie auseinander und las vor:

Man verbrenne einen Vampir durch das FEUER der Sonne,
mische hinzu die ERDE der Gräber von Menschen, die er ermordet.
Man entnehme der ERDE Kartoffeln und erzeuge Alkohol mit Wonne,
füge Weihrauch hinzu, soviel ein Atemzug LUFT erfordert.

Man mische WeihWASSER darunter, um der Elemente Balance zu bewirken,
etwas TränenWASSER, das um die Ermordeten wurde geweint.
Man entzünde die Mixtur mit FEUER, um die Vampirmacht zu verwirken,
atme ihren DUFT, trinke die Filtration und reibe sich damit ein.

Blanker Zorn schlug Loreena entgegen. Nun wusste der Graf, dass das ingrimm’sche Volk Vampire tötete, um eine Mixtur zu erstellen und sie als Schutz gegen Valkenhorst einzusetzen. Aroq drängte sie in eine Ecke und riss ihr das Brusttuch fort, sodass ihr Busen aus dem Dekolleté hervorquoll. Sie hob die Hände, um ihn abzuwehren, doch er band das purpurne Band der Schriftrolle um ihre Handgelenke und fesselte sie an einen Haken an der Wand.

„Bitte macht mich los.“ Er hob nur eine Augenbraue. Mit erklärenden Worten versuchte sie, die Situation zu entschärfen. „Gott erschuf die vier Elemente

Feuer, Wasser, Erde und Luft, aus denen seine gesamte Schöpfung hervorging. Da auch wir Geschöpfe Gottes sind, bestehen wir aus den vier Elementen. Die Vampire jedoch sind etwas Übernatürliches, stammen nicht aus seiner Hand. Für sie ist die Vereinigung dieser elementaren Mächte tödlich."

Er stellte sich hinter sie, raffte ihren Rock und sprach durch fast geschlossene Lippen: „Nie wieder wird diese Rezeptur angewandt! Nie wieder wird die *Purpurne Schriftrolle* Erwähnung finden! Alle, die von ihrem Inhalt wissen, werden vernichtet."

Was hatte er vor? Wollte er seine Wut an ihr auslassen? Sie bebte vor Furcht und Erregung.

„Wer weiß davon?" Unbarmherzig wetterte seine Stimme. „Wer, Loreena?"

Sie biss sich auf die Unterlippe. Niemals durfte er das erfahren. Da glitt seine Hand in ihre Leinenunterhose und schob sich zwischen die Schenkel, bevor Loreena sie schließen konnte. Mit dem kleinen Finger neckte er ihre empfindsamste Stelle. Er rieb ihre Klitoris von allen Seiten, drückte sanft den anschwellenden Knopf und massierte ihn. Sie wehrte sich, zappelte in ihren Fesseln und versuchte, Aroq zu treten, aber ihr rechter Fuß blieb in ihrem Rock hängen. Nun stand sie schwankend auf dem linken Fuß, bemüht, das Gleichgewicht zu halten, während er die Antwort auf seine Frage aus ihr herauskitzelte.

„Hört auf, ich flehe Euch an", jammerte sie, gepeinigt von den unschicklichen Gefühlen. Sie fühlte sich wehrlos ihrer Erregung gegenüber, und eben diese hatte der Graf in der Hand.

Er nahm unbeeindruckt den Kitzler zwischen Daumen und Zeigefinger und zwirbelte sie. „Bettelt ruhig. Das bringt mich nur dazu, fortzufahren."

„Mein Vater …", brachte sie mühsam hervor und stöhnte.

Plötzlich stopfte Aroq ihr das Brusttuch in den Mund. Sie reagierte panisch, aber er säuselte verführerisch: „Pst, wir wollen Euch doch nicht in eine peinliche Situation bringen."

Wut wechselte sich mit Lust ab und Lust mit Zorn, der fortgeschwemmt wurde mit ihrer Feuchtigkeit, welche Loreenas Schenkel hinunterfloss, unweit vom Krankenbett ihres Vaters. Sie bemühte sich, die Kontrolle zu behalten. Vielleicht konnte sie so tun, als würde seine Berührung sie nicht entflammen, sodass er von ihr abließ. Doch ihr Körper sprach eine eigene Sprache. Er bäumte sich auf, wenn die Lust ihre Muskeln verkrampfte. Sie drängte ihre Hüften gegen Aroqs Hand, stöhnte immer lauter, der Knebel dämpfte lediglich die Laute. Immer wieder schaute sie zu Wor, doch er schien im Delirium zu sein. Was würde der Graf tun, wenn der König bemerkte, was in seinem Gemach Unsittliches geschah? Wie sollte Loreena reagieren? Sie würde sterben. Selbst die Gefahr des Entdecktwerdens peitschte ihre Lust an, ließ sie vom Boden abheben und in Ekstase über die Türme von Tide fliegen, frei wie ein Vogel, losgelöst und berauscht von dem überwältigenden Gefühl eines Orgasmus, den sie bisher nur allein unter ihrer Decke erlebt hatte. Mit glühenden Wangen landete sie zuckend wie ein Aal in Aroqs Armen. Sie fühlte sich erschöpft, lusttrunken, und glücklich, auch wenn der Vampir sie nicht um ihretwillen verwöhnt hatte, sondern um ihr Informationen zu entlocken. Das machte sie betrübt, aber das Nachglühen minderte ihre Traurigkeit.

„Ihr seid mir eine Antwort schuldig", wisperte er sinnlich in ihr Ohr. Noch immer lag seine Hand in ihrem Schoß, der eben noch lichterloh gebrannt hatte und nun langsam abkühlte. „Wer kennt das Rezept?" Er entfernte den Knebel aus ihrem Mund.

„Ich kann nicht …"

Sie kam nicht dazu, den Satz zu Ende zu bringen, denn er begann aufs Neue, ihre Klitoris zu massieren. Die Knospe war hochempfindlich. Geschwollen und überreizt ragte sie aus ihrem fleischigen Mantel und brauchte Ruhe. Sie war es nicht gewöhnt, derart beansprucht zu werden. Loreena drückte die Beine zusammen, aber es half nicht. Graf Aroq legte seinen Mittelfinger auf ihren Kitzler, rieb vor und zurück und stieß immer wieder zwischen ihre Schenkel. *Lust und Schmerz liegen nah beieinander,* stellte Loreena fest, denn sie konnte nicht entscheiden, ob die erneute Reizung ihr gefiel oder nicht. Am Anfang überwog das Feuer, aber schnell fühlte es sich unangenehm an. Sie ertrug die Reibung nicht länger, zog an ihren Fesseln, strampelte und kämpfte, war jedoch machtlos.

Sie hatte Mühe, zu sprechen. „Nur ich, König Wor und der oberste Priester Jahl. Er bereitet die Mixtur zu." Ihre Augen füllten sich mit Tränen. Nun lag ihr aller Schicksal in Aroqs Hand. Er konnte sie und ihren Vater mühelos blutleer saugen und das Reich unterwerfen. Sie spürte bereits seine langen Zähne schmerzhaft in ihrem Hals stecken. Loreena hatte nicht gewagt, die Mixtur an diesem Morgen zu trinken oder als Reinigungswasser oder Augentropfen zu benutzen. Schutzlos stand sie vor ihm. Er sah auf sie herab, voll leidenschaftlicher Rachegelüste. „Bitte! Zeigt, wie viel Euer Wort wert ist, Graf Aroq."

Er ließ von ihrer Scham ab, roch an seinem nassen Finger und malte ihr mit ihrer Feuchte einen Bart auf die Oberlippe. Loreena empfand ihren Duft wie ein Aphrodisiakum und war erstaunt. Wie mochte Aroq dort unten wohl riechen?

Unvermittelt griff er in ihr offenes Haar, zog ihren Kopf in den Nacken und flüsterte ihr ins Ohr: „Nun seid Ihr mir ausgeliefert."

Loreena bemerkte den Opiumduft, der ihn umgab. Man sagte Vampiren nach, Kälte auszuströmen, aber sie verspürte Hitze in seiner Nähe. Aroqs Lippen streiften ihre Wange. Erstaunt drängte sie sich an die Wand. Sie musste das Erlebte verarbeiten. Er legte die Hand unter ihr Kinn und zwang sie, ihm in die Augen zu sehen. Ihre Lippen berührten sich fast. Seine Augen sahen von Nahem nicht mehr schwarz aus, sondern dunkelviolett, wie zwei schimmernde Amethyste. Sein Atem roch wie die Brise in kühlen Morgenstunden. Loreena sehnte sich danach, seine Lippen auf ihren zu spüren, um zu erfahren, wie ein Vampir schmeckte. Hatte er sie begehrt und deshalb erregt? Oder spielte er mit ihr?

Wor stöhnte erneut.

„Wir sollten seinem Todeskampf ein Ende bereiten." Aroq ließ von ihr ab, band sie los und setzte sich auf die Bettkante. Behutsam knöpfte er Wors Nachtgewand auf und legte seinen Hals frei. Dann senkte der Graf sein Haupt und stach seine langen Eckzähne in die Halsschlagader.

Loreena drehte sich um. Das saugende, schmatzende Geräusch zu hören, ekelte sie an, aber sie wollte ihren Vater nicht allein lassen. Die Ungewissheit über das Schicksal Ingrimms quälte sie. Hatten sie die richtige Entscheidung getroffen? Würde Graf Aroq regieren, aber den Menschen ihr Blut lassen? Oder waren seine Versprechungen Lügen? Die Zeit würde es zeigen. Lediglich ihr Odeur, das von ihrer Oberlippe ausströmte, lenkte sie ein wenig ab.

So kam es, dass Valkenhorst – das Land der Vampire – über das Reich Ingrimm nach langer Zeit des Lauerns triumphierte. König Wor brauchte einige Wochen, um sich so weit zu erholen, dass er in der Lage war, sein Heer in die Schlacht zu führen. Die Angriffe aus dem Westen und Norden konnten abgewehrt werden. Wor blieb auf dem Thron. Graf Aroq forderte jedoch, bei jeglicher Entscheidung hinzugezogen zu werden. Sein Wort stand über allem! Den obersten Priester Jahl saugte der Graf eigenhändig bis auf den letzten Tropfen Blut aus. Er kehrte mit der *Purpurnen Schriftrolle* auf die Wolfsburg zurück. Niemand bekam sie mehr zu Gesicht und sowohl das Volk von Ingrimm als auch von Valkenhorst fragte sich, ob er sie versteckt oder vernichtet hatte. Aber es kam der Tag, an dem auch dieses Geheimnis gelüftet wurde ...

„König Wor ist wohlbehalten nach Tide zurückgekehrt." Rote Flecken übersäten das Gesicht des gehetzten Dieners, als er Loreena im Musikzimmer die frohe Botschaft kundtat. „Er erwartet Euch im Saal."

„Im Saal?" Loreena schaute ihn ungläubig von der Harfe aus an. „Wünscht er denn nicht zu ruhen nach der anstrengenden Reise und den Strapazen auf dem Schlachtfeld?"

Sie erntete Verwirrung. Eine Frage hatte er offensichtlich nicht erwartet.

„Der König feiert mit seinem Gefolge den Triumph." Er verbeugte sich und verschwand eilig aus dem Musikzimmer.

Als Wor vor Wochen aufgebrochen war, hatte sich sein Gesundheitszustand gebessert. Eine vollständige Genesung konnten die Ärzte jedoch nicht feststellen.

„Vielleicht reicht Aroqs Biss nicht oder er hat uns getäuscht", hatte sie zu ihrem Vater gesagt, während dieser sich trotz Schwindel und Schweißausbrüchen in eine Rüstung zwängte.

Wor wankte unter dem Gewicht, konnte er sich ohne Rüstung schon kaum auf den Beinen halten. „Ich vertraue ihm. Was bleibt mir übrig?"

„Wenn du eine Torheit nicht begehen darfst, dann die, einem Vampir zu vertrauen. Gerade Aroq ist ein hervorragender Meister der Verführung." Besorgt schaute sie ihren Vater von der Seite an und hoffte, dass er ihre hochroten Wangen nicht bemerkte, weil sie sich an die Anzüglichkeiten des Grafen erinnerte. Sie stützte ihn, indem sie einen Arm um seine Hüften legte.

Er hob keuchend sein Langschwert und steckte es in den Schaft. „Nur weil ich schleichend zum Vampir werde, heißt es nicht, dass ich mich unterwerfe."

„Du hast etwas vor." Sie hielt seinen Arm fest und zwang ihn, sie anzusehen.

„Hast du geglaubt, ich gebe auf? Hast du im Ernst erwartet, ich liefere mich ohne Gegenwehr dem Wohlwollen dieses Bastards aus?"

„Vater, das ist gefährlich! Du könntest dich und das Reich vernichten."

„Schlimmer kann es nicht werden. Ich regiere von Tide aus! Kein Herrscher eines fremden Landes wird dies ändern oder meine Befehlsgewalt einschränken, erst recht kein Vampir."

„Du hast dein Wort gegeben."

Er riss sich aus Loreenas Umklammerung und wankte zum Ausgang. „Sollte ich vom Schlachtfeld zurückkehren, werden wir weitersehen."

„Du hast behauptet, Aroq zu vertrauen."

„Ich sagte, dass mir nichts anderes übrig bleibt. In Wirklichkeit traut er mir so wenig wie ich ihm. Also halte Augen und Ohren offen, während ich fort bin, Loreena."

Sie blickte ihm nach, als er die Treppe hinunterging, immer wieder anhalten und sich an der Wand abstützen musste. Würde er die Stufen hinabpoltern und sich das Genick brechen – oder das Schlachtfeld sein Grab werden? Würde Graf Aroq Wors Pläne frühzeitig durchkreuzen? Loreena hatte ihrem Vater und dem Heer nachgeschaut und zutiefst bereut, nicht „Lebe wohl" über die Lippen gebracht zu haben. Heute war ihr Vater nach Küstenmark zurückgekehrt und feierte bereits den Sieg.

Das ist ein gutes Zeichen, dachte sie und strich sich durch die offenen Haare. Offensichtlich ging es ihm besser. Wie ein Schlag traf Loreena die Erkenntnis, dass sie ihren Vater als Mensch hatte fortreiten sehen, und als Vampir willkommen heißen würde. Sie erschauderte, erhob sich, ließ ihre Harfe stehen, raffte die Röcke ihres Wollkleids und lief die Stufen hinab. Wor war ihr Vater, ob in der Gestalt eines Menschen oder eines Vampirs.

Stimmen drangen aus dem Vorraum zu ihr. Lautes Gelächter. Triumphschreie. Die Männer prosteten sich offensichtlich zu und sangen Siegeslieder. Diener und Mägde hasteten an Loreena vorbei. Sie trugen Brote, Eier und Schinken auf Silbertabletts, ganze Platten mit Kuh-, Schafs- und Ziegenkäse und Karaffen mit Rotwein. Hin und wieder schwappte die Flüssigkeit auf den Steinboden und hinterließ eine Spur so rot wie Blut.

Loreena betrat den Saal. Brennende Fackeln steckten in Halterungen an den Wänden. Zusätzlich erhellten Honigkerzen die Gänsekeulen, Rehrücken und Wildschweinbäuche auf den Tafeln. Knochen lagen in den Gängen, sodass sie darübersteigen musste.

Es war nicht schwer, Wor in der feiernden Menge auszumachen. Nur in einen

Unterrock gekleidet, stand er auf einem Stuhl und erzählte von der Unfähigkeit Wahnsteins, Feste auf dem Kastell Siede zu feiern.

„Zu eisig sind ihre Gemüter. Zu steif ihre Umgangsformen im Gegensatz zu den sonnigen Seelen der südlichen Krisis“, brüllte er, um den Tumult zu übertönen. „Wir dagegen haben Feuer im Blut.“

Erschreckt blickte sie in sein Porzellangesicht. Selbst seine Lippen waren erschreckend blass. Als er in einen gebratenen Fasanenflügel biss, atmete sie erleichtert auf. Sie stolzierte zielstrebig auf ihn zu.

„Verschwenderisch!“, schimpfte sie. „Dem Reich geht es nach monatelangem Krieg schlecht und die Herren der Schöpfung lassen es sich gut gehen.“

Wor stieg unsicher vom Stuhl und nahm einen Schluck Wein. „Das haben wir uns verdient.“

Seine Gefolgsleute stimmten lautstark zu.

„Die Vorräte sind knapp. Das Reich muss sich erst erholen, bevor rauschende Feste gefeiert werden können.“

„Feste muss man feiern, wie sie fallen, Tochter.“ Wor schmiss den Flügel gegen das nahegelegene Fenster, sodass die Knochen herunterfielen und auf der Fensterbank liegen blieben. Dann stellte er den Becher ab. Schwankend umarmte er sie. „Danke für die herzliche Begrüßung. Es ist auch schön, dich wiederzusehen.“

Loreena schlang seufzend die Arme um seinen Wanst. „Das ingrimm’sche Volk ist in der Tat leidenschaftlich. Von Steifheit und Eiseskälte keine Spur. Doch auch die Feurigen müssen in üblen Zeiten Vernunft statt Torheit zeigen.“

Wor schob sie von sich und sah sie todernst an. „Wie gut, dass ein törichter König eine weitsichtige Tochter hat.“

Alle Anwesenden verstummten. Nicht einmal die Diener wagten, die Becher nachzufüllen oder Knochen abzuräumen. Der Raum erstarrte. Nur der Wind, der an die Scheiben klopfte, unterbrach die Stille.

Plötzlich hieb Wor mit der Hand auf den Oberschenkel und prustete los. „Trink mit uns, Loreena. Iss mit uns. Denn wir besiegten die Heere des Westens und Nordens. Auf Ingrimm!“

Er griff nach dem Becher und prostete seinen Mannen zu, sodass Rotwein über seine Hand schwappte. Ohne abzusetzen, leerte Wor den Becher. Zufrieden seufzend fuhr er sich mit dem Ärmel des Unterrocks über den Mund.

„Auf Ingrimm!“ Das Heer hob die Becher und trank. Der Stimmenwirrwarr schwoll erneut an.

Loreena war dies recht, konnte sie ihrem Vater ein paar Worte zuflüstern, die nicht für jedermanns Ohren gedacht waren. „Wie ich sehe, geht es dir besser. Dennoch, du bist blass.“

„Das, mein Kind, hat wohl einen anderen Grund. Gewöhne dich dran.“

Ihre Miene verfinsterte sich. „Daran werde ich mich nie gewöhnen!“

Wor legte seine Handfläche liebevoll an ihre Wange. „Ich bin immer noch derselbe. Dein Vater hat dich vermisst. Er vermisst auch Lomas.“

Loreena schmiegte sich an wie ein Kätzchen und spürte sein Zittern. Sie fragte sich, ob er betrunken war oder ob die Wandlung zum Vampir ihn quälte. „Ich wünschte von ganzem Herzen, mein Bruder wäre bei uns."

„Das wird er bald sein." Zärtlich küsste er ihre Stirn.

Loreena blinzelte argwöhnisch. „Was meinst du damit? Ich weiß, es sind nicht nur Worte, um mich zu beruhigen. Dieser Unterton in deiner Stimme ist nicht zu überhören."

„Du bist meine Tochter und kennst mich wahrhaft gut." Er nahm die Hand von ihrer Wange. Mit der anderen stellte er den Holzbecher auf die Tafel. Sofort eilte eine Magd herbei, um den Becher erneut mit Wein zu füllen.

„Was hast du vor, Vater? Weißt du etwas, das ich ebenfalls wissen sollte?"

„Nein, da muss ich dich enttäuschen. Dennoch sollte ich dir mitteilen, dass ich in drei Tagen gen Frostlande aufbrechen werde, um Lomas zu befreien."

„Das ist nicht dein Ernst!" Empört rüttelte sie an seinen Schultern. Als er wankte, hielt sie inne. „Du bist schwach. Dein Gesundheitszustand lässt keine neue Reise, keinen weiteren Kampf zu. Du brauchst Ruhe und Pflege. Wie kannst du einen einzigen Gedanken daran verschwenden, zum jetzigen Zeitpunkt aufzubrechen?"

Wor hielt ihr seine Hände hin und Loreena ergriff sie. „Du hast recht. Es ist irrsinnig. Aber es gibt Dinge, die getan werden müssen. Zwei Feinde Ingrimms sind bereits in ihre Schranken gewiesen worden. Ein weiterer wird folgen."

„Was hat das Volk davon, wenn sein König stirbt?"

Wor küsste ihre Fingerspitzen. „Ich muss meinen Sohn befreien, damit er mich beim Kampf gegen den Grafen unterstützt. Wie du schon sagtest, habe ich mein Wort gegeben, Aroqs Befehl Folge zu leisten – und mein Wort zählt! Dein Bruder jedoch schuldet niemandem etwas."

Loreena wich zurück. „Und was ist mit mir? Wieso traust du mir nicht zu, dem Grafen die Stirn zu bieten?"

Er hob sanft ihr Kinn an. „Dummerchen! Nicht, weil du eine Frau bist oder meine Tochter, aber du hast Aroq indirekt dein Wort gegeben. Du hast die Verhandlung geführt. Mehr kann ich nicht verlangen."

Loreena wandte sich zur Tafel und griff nach Wors Becher. Hastig trank sie, um ihren Kummer hinunterzuspülen. Sie glaubte kein Wort! Lomas war der Thronfolger. Ihm schenkte Wor sein Vertrauen. Erst, als ihr Bruder während der Schlacht auf der Ebene Fallbö in Gefangenschaft geriet, durfte sie mehr als nur ein Anhängsel des Königs sein. Loreena hatte ihre Chance genutzt. Stolz traf sie Entscheidungen und gab ihrem Vater Ratschläge. Ihr Einfluss wuchs, die Anerkennung Wors und des Volkes ebenfalls. Loreena war der Meinung, ein wertvoller Ersatz für Lomas zu sein. Nun wurde ihr bewusst, dass sie mehr Ersatz als wertvoll war und Wor ihr nicht zutraute, eines Tages auf dem Thron zu sitzen. Sie war gut genug, mit Graf Aroq zu verhandeln, da niemand sonst zur Stelle war. Aber Wor konnte sich offensichtlich nicht vorstellen, dass sie gegen den Vampir kämpfen konnte.

„Ich möchte Lomas auch in Tide haben", murmelte sie und leerte den Becher. Vielleicht hatte ihr Vater recht. Sie war zu schwach für eine delikate Auseinandersetzung wie die gegen Valkenhorst. Diese Aufgabe verlangte nach Fingerspitzengefühl, Diplomatie und Strategie. Loreena musste zugeben, keinerlei Erfahrung in Regierungsgeschäften zu besitzen. Zudem hatte sie bereits bewiesen, wie schwach sie gegenüber Aroq war. Er hatte in ihr gelesen wie in einem offenen Buch und ihre geheimsten Sehnsüchte erkannt. Nicht einmal zu berühren brauchte er sie, um ihren Schoß vor Lust brennen zu lassen. Nein, sie war wahrlich nicht die rechte Person, um ihm die Stirn zu bieten. Ein Fehltritt, und die Vampire würden von Ingrimms Plan, sie zu hintergehen, erfahren. Innerhalb eines Tages wäre das Reich von der Finsternis geknechtet.

Loreena hielt ihren Becher einem pausbackigen Diener, der hektisch mit einer Karaffe an der Tafel vorbeilief, unter die Nase und bekam neuen Rotwein eingeschenkt. Sie musste mehrmals schlucken, bevor sie etwas rufen konnte. „Auf Ingrimm!" Sie hob den Becher und schwenkte ihn.

Die Männer zögerten. Erst als Wor jubelte: „Das ist meine Tochter. So mag ich sie. Auf Ingrimm!", erwiderten die Feiernden den Gruß, schlugen grölend die Holzbecher aneinander. Sie stimmten Lieder an und zitierten Gedichte über die größten Triumphe in der Geschichte des Reiches.

„Auf Ingrimm unter der Flagge von Valkenhorst!" Mit diesen Worten stapfte Graf Aroq mit zwölf Begleitern in den Saal. Sie gingen in Zweierreihen mit dem Oberhaupt an der Spitze. Sofort verstummten alle Feiernden. Gekleidet in Mänteln, deren Nähte aus silbernem Zwirn sich vom schwarzen Samt absetzten, jeder mit einem Gehstock aus Ebenholz, wirkten sie wie eine Armee der Finsternis. Ihre nachtfarbenen, polierten Stiefel glänzten im Schein der Kerzen und Fackeln. Die ledernen Handschuhe waren von mattem Wildleder. Abfällig blickten die Vampire auf die verschwitzten Männer, die in rotweinbesudelten Unterröcken ein derbes Fest feierten, als sie die Reihen schnellen Schrittes passierten. Erst vor König Wor hielten sie an.

Mit gerümpfter Nase glitt Aroqs Blick von Wors schweißverklebten Haaren über die Essensreste in seinem Bart bis hin zu den durchlöcherten Socken. „Offensichtlich war Eure Reise von Erfolg gekrönt."

„Mehr als das. Ingrimms Heer erblühte zu neuer Pracht."

Aroq schnaubte spöttisch. „Eine solche Phrase ist wohl eher ein Hohn, betrachtet man Euren Aufzug, edler König und ruhmreicher Feldherr."

Loreenas Gesicht verfinsterte sich. Wie konnte dieser dahergelaufene Recke, noch dazu ein Vampir, sich eine derartige Frechheit erlauben? Und weshalb nahm ihr Vater dies hin, anstatt ihn das Fürchten zu lehren?

Die versammelte Gesellschaft schwieg. Wor und Aroq starrten einander hasserfüllt an.

Loreena war dies nicht genug. Sie nahm einen Schluck Rotwein, wankte auf den Grafen zu, um ihm gehörig die Meinung zu geigen. Niemand beleidigte ihren Vater. Er war ein starker Charakter, hatte viel erlebt und durchgemacht.

Wor verdiente es mehr als jeder andere, respektvoll behandelt zu werden. Missmutig bemerkte sie den Alkohol in ihren Adern, der ihre Sinne zu vernebeln begann. Ihre Schritte waren unsicher. Die Bilder vor ihren Augen verschwammen bei jeder sachten Bewegung. Schwer lag der Becher in ihrer Hand, als wäre er ein Steinbrocken.

Sie steuerte weiterhin Aroq an. Plötzlich geriet sie ins Wanken. Ihr war schwindelig. „Wagt es ja nicht ... “ Sie brach abrupt ab, denn ihr Fuß verfing sich im Kleidersaum. Ihre Arme schnellten nach vorn, um den Fall abzufangen. Der Boden näherte sich. Ihre Augen weiteten sich vor Schreck. Aus der Ferne hörte sie Aufschreie. Der Graf stand unmittelbar vor ihr und fing sie auf. Der Becher, den sie immer noch in der Hand hielt, stieß gegen seine Schulter. Als sich der Rotwein über Aroqs Wange und Samtkragen ergoss, zog Loreena erschreckt die Luft ein. Die rote Flüssigkeit sah wie verwässertes Blut auf seiner Porzellanhaut aus. Noch immer hielt der Saum ihren Fuß gefangen und so fiel sie mit der Stirn gegen Aroqs Brustkorb. Als sie zum Grafen hochsah, musste sie wie in einem Albtraum ansehen, wie der Becher über ihr kippte. Der Wein floss über ihren Hals und ihre Haare. Endlich ließ sie den Holzbecher los. Er fiel auf Aroqs Stiefelspitze, rollte ab und blieb davor liegen. Loreena befreite hastig ihren Fuß aus dem Saum und fand ihre Balance zurück.

„Entschuldigung.“ Sie wollte rückwärts ausweichen, doch der Graf hielt sie fest.

Seine Miene war frostig wie der Wald Goblin im tiefsten Winter. Eine blaue Ader trat auf seiner bleichen Stirn hervor. Wie ein Adler, der seine Beute mit den Krallen sicherte, sah er auf sie herab. Loreena erschauderte.

Diener hechteten herbei und boten Aroq Tücher an, um sich zu reinigen. Aber er ignorierte sie. Starr schaute er Loreena an. Jede Minute, die verstrich, steigerte ihre Furcht vor dem, was als Strafe folgen könnte. Sie verfluchte den Alkohol und schimpfte über ihre Ungeschicktheit. Ihr Übermut hatte sie bewegt, Wor verteidigen zu wollen – und die Situation verschlimmert.

Wahrhaftig bin ich nicht in der Lage, ein Land zu regieren. Sie wich erschreckt mit dem Gesicht aus, als Aroq sich zu ihr herunterbeugte. Nicht in der Lage, sich zu wehren oder fortzulaufen, konnte sie lediglich mit aufgerissenen Augen verfolgen, wie sein Mund sich ihrem Hals näherte. Sie fühlte seine Lippen auf ihrer Haut. Ängstlich versuchte sie, sich der gefährlichsten Waffe des Vampirs zu entwinden. Doch ein Entkommen war unmöglich. Sie spürte seine Eckzähne an ihrer Kehle. Die Zahnspitzen stachen gegen ihre Haut, bereit, ihr tödliches Werk zu vollbringen.

Verdammt, weshalb hilft mir denn niemand, schrie Loreena, unfähig auch nur ein einziges Wort hervorzubringen. Gleich würden sich Aroqs Zähne durch die Haut bohren, sich tief in ihr Fleisch pressen, um das Blut aus ihrem Körper zu saugen. Der König und das Heer ihres Heimatlandes wären Zeugen. Es würde innerhalb der eigenen Mauern geschehen. Sie wünschte sich, noch mehr Alkohol getrunken zu haben, um ihren Tod nicht so intensiv miterleben zu müssen.

Sie schrak zusammen, als seine Zunge über ihre Haut glitt, warm, feucht und sinnlich. Sie erschauderte wohlig. Aroq lachte leise, ohne von ihr abzulassen. Noch immer spürte sie die Zahnspitzen, aber auf seltsame Weise erregte sie die Gefahr. Lüstern leckte er den Rotwein ab, zog mit den Lippen an den Härchen in ihrem Nacken und züngelte über ihre Kehle. Er saugte an ihrem Kinn, unbeirrt von den Zuschauern.

Schließlich leckte er über ihre Ohrmuschel und wisperte: „Wenn Ihr mir das nächste Mal Wein zur Begrüßung anbieten wollt, reicht mir einfach einen Kelch. Diese Art der Verköstigung regt meinen Appetit nach Eurem köstlichen Nektar an.“ Graf Aroq ließ von ihr ab. Er riss einem Diener mit Hakennase ein Tuch aus der Hand und wischte sich den Wein von Wange und Kragen.

Loreena taumelte rückwärts. Erst Wors Arme, die sich um ihre Hüften schlangen, fingen sie auf. Sie fühlte sich elend. Der Alkohol gärte in ihrem Magen. Kopfschmerzen pochten gegen ihre Schläfen und sie wünschte kaltes Wasser herbei, mit dem sie auch das Feuer in ihrem Unterleib löschen wollte.

Der Graf warf das schmutzige Tuch auf den Boden, wo es auf ein paar Knochen liegen blieb. „Jetzt, da Ihr wieder im Lande seid, müssen wir uns über die Zukunft Ingrimms unterhalten.“

Wor schob Loreena beiseite und trat an Aroq heran. Mit seinen breiten Schultern baute er sich vor ihm auf. Er stützte die Hände in die Hüften und hob sein Kinn. „Eine andere Sache hat Vorrang. Ich werde mit meinem Heer in drei Tagen ausziehen, um meinen Sohn Lomas zu befreien.“

Grimmig schnaubte der Vampir: „Das werde ich erst noch entscheiden.“

Wor stand so nah, dass sein Wanst den Samtmantel berührte. „Der Aufbruch wird bereits vorbereitet.“

„Ihr werdet ohne meine Zustimmung nicht ausreiten“, knurrte Aroq.

Loreena war froh, nicht länger im Mittelpunkt zu stehen. Nachwirkungen des hastig getrunkenen Weins quälten sie. Sie setzte sich auf die Tischkante, um die fehlende Stütze ihres Vaters zu ersetzen. Dankend nahm sie das Tuch an, das der Diener mit der Hakennase ihr reichte, ohne sie anzuschauen, und tupfte über ihr Haar. Sie spürte die Anspannung im Saal. Die Vampire blickten argwöhnisch auf die Menschen herab, während diese sich augenscheinlich zügeln mussten, die Vampire nicht anzuspucken.

Schließlich sprang ein junger Mann mit krausem schulterlangem Haar auf. „Ihr habt dem König Ingrimms überhaupt nichts vorzuschreiben. Schert Euch zurück nach Valkenhorst. Wir wollen Euch nicht in unserem Land.“

Aroq fuhr herum. Auch seine Begleiter wandten sich dem Jungen zu, ihre Gehstöcke aus Ebenholz als Drohgebärde erhoben. Draußen hämmerte ein kräftiger Regenguss gegen das Fenster.

„Setz dich, Artin!“ Wors Befehl durchschnitt die Luft, die nach Wein, Essen und Ausdünstungen roch.

Der Graf zischte durch fast geschlossene Zähne. „Weshalb versucht ständig jemand, für den König zu reden? Ist er nicht selbst in der Lage dazu?“

Loreena stockte der Atem, denn Artin war noch nicht fertig.

„Der König versucht, diplomatisch zu sein, um sein Volk nicht zu gefährden." Drohend ballte er seine Fäuste. „Ihr dagegen regiert mit Gewalt und Furcht."

„Es reicht!" Wor trat gegen den Becher, den Loreena hatte fallen lassen. Scheppernd rollte er über den Steinboden, bis er gegen ein Tischbein stieß, zurückprallte und erneut liegen blieb.

Der Graf zog einen Degen aus seinem Gehstock. „Knabe, du denkst, wir Vampire sind nicht in der Lage, mit euren Waffen zu kämpfen? Jetzt werde ich dir das Gegenteil beweisen und dir die dreiste Zunge aus dem Mund schneiden." Er wandte sich an einen Begleiter, der hinter ihm stand. „Gebt ihm Euer Florett, Mogall!"

Der Vampir mit blonden Haaren und einem Kinnbart zauberte eine Waffe aus dem Stock und warf sie Artin zu.

„Kämpfe um dein Leben, denn sollte ich triumphieren, gehörst du mir." Aroq sprang leichtfüßig auf den Jungen zu. Er schwang den Degen provozierend vor der Nase des Knaben, glitt mit der Klinge unter dessen Unterrock und schnitt den Saum ein.

Artin schien vor Wut zu kochen. Seine Wangen schimmerten rot. Wie glühende Kohlen funkelten seine Augen. Er tänzelte vor dem Grafen, als wolle er den Kohleschaffel, den beliebtesten Volkstanz der südlichen Krisis, aufführen. Plötzlich schlug er nach dem Degen seines Widersachers, doch Aroq hob seine Waffe behände an. Das Florett glitt Artin aus der Hand und landete in einem Schinkenstück.

Die Vampire lachten abfällig. Aroq kratzte sich mit dem Ebenholzgriff an der Schläfe. „Wenn alle Krieger Ingrimms so kämpfen wie er, frage ich mich, wie schlecht ausgebildet die Heere von Wahnstein und Frostlande erst sein müssen."

„Vielleicht wäre es eine faire Geste, ohne Waffe gegen den Knaben anzutreten", prustete Mogall.

Aroq wollte gerade etwas erwidern, als Artin zum nächsten Angriff ansetzte. Er hatte das Florett aus dem Schinken gezogen, umfasste es mit beiden Händen und stürmte auf den Kontrahenten zu. Kreischend versuchte er, einen Hieb zu platzieren, aber der Graf wich zur Seite und stellte ihm ein Bein. Artin fiel hart auf den Steinboden und vergrub seine Klinge unter dem Körper. Als er aufstand, betrachtete er das Blut, das aus seiner Handfläche quoll.

Loreena hielt die Luft an. Inbrünstig betete sie, dass die Wunde den Durst der Vampire nicht weckte. Sie knetete mit der Hand das Tuch, mit dem sie den Wein von den Haaren getupft hatte, und biss sich auf die Unterlippe, bis diese aufplatzte. Angewidert schluckte sie das Blut.

Artin schimpfte wie ein Rohrspatz. Provozierend deutete er mit der Florettspitze auf den Grafen.

„Schluss mit dem Spiel." Aroq schmiss seinen Degen in die Luft und fing ihn am Griff auf. „Sowohl meine Lust auf ein wenig Spaß als auch meine Geduld mit einem aufmüpfigen Knaben sind verflogen." Er ließ die Klinge durch die Luft zischen. Dann stürmte er auf Artin los. Immer wieder schlug er mit dem Degen erbarmungslos nach dem Jungen.

Artin wich rückwärts aus und wäre fast über die Sitzbank gefallen. Er ruderte mit den Armen wie ein Käfer, der hilflos auf dem Rücken liegt. Im letzten Moment fand er sein Gleichgewicht. Doch der Kampf mit sich selbst hinderte ihn, die Attacken Aroqs abzuwehren. Die Klinge des Grafen teilte den Unterrock und hinterließ eine lange Wunde auf seinem Oberkörper. Fassungslos blickte Artin an sich herab. Aroq jedoch gönnte ihm keine Verschnaufpause. Der Vampir legte die Degenspitze an Artins Kehle und ...

„Nein!" Loreena raffte ihren Rock. Sie wollte zum Grafen hasten und ihm die Waffe aus der Hand schlagen, aber Wor umfasste ihren Oberarm und hielt sie zurück.

„Er ist noch ein Knabe. Zeigt Erbarmen!"

„Ist Ingrimm nicht der Meinung, Vampire wären gnadenlos?", knurrte Aroq. „Wie könnt Ihr eine derartige Bitte stellen?"

„Vorurteile!" Loreenas Stimme klang brüchig. „Wir lernen die Bewohner Valkenhorsts erst jetzt richtig kennen. Zeigt uns Eure wahre Natur."

Der Graf senkte die Klinge. Es herrschte Totenstille im Saal. Loreena war irritiert. Sie vermisste Aroqs spöttisches Lachen. Warum sprach er nicht? Sie schaute ihren Vater an, der sichtlich erleichtert schien.

„Ich werde Euch nicht zumuten, seinen Tod mit anzusehen." Aroq steckte den Degen in den Gehstock. „Der König Ingrimms scheint zu sanftmütig zu sein. Da ich jedoch ein Anrecht auf das Leben des Knaben habe, wird er mir nach Wölfing folgen."

Die Männer schrien auf. Loreena biss in das mit Rotwein getränkte Tuch.

Wor gab ihren Oberarm frei und hob die Hand, um das Heer zum Schweigen zu bringen. „Das könnt Ihr nicht tun."

„Kann ich nicht?" Aroq hob die Augenbrauen. „In Valkenhorst hat ein Gewinner das Recht auf seinen Gewinn. In Eurem Reich scheint dem Jäger seine Beute aberkannt zu werden."

Wors Blick war eindringlich und dennoch flehend. „Bedenkt, Artin ist noch jung. Er hat seine Lektion gelernt. Belasst es dabei."

Der Graf wandte sich zum Ausgang und deutete seiner Gefolgschaft an, zu gehen. „Er wird mir folgen!"

Zwei Vampire näherten sich Artin. In diesem Augenblick stand das gesamte Heer auf, die Hände zu Fäusten geballt. Einige Männer stellten sich hinter den Jungen. Niemand sprach. Nur Gestik und Mimik machten deutlich, sie würden nicht tatenlos zusehen, falls die Vampire Hand an den Knaben legten.

Der Graf flog zu König Wor herum. Er erstarrte in seiner Bewegung wie eine Skulptur aus Wachs und Ebenholz.

Wor schnippte eine imaginäre Staubflocke von seiner Schulter. „In drei Tagen werden wir gen Frostlande reiten und Lomas zurück in seine Heimat holen." Obwohl Aroq warnend seinen Gehstock anhob, fuhr Wor unbeeindruckt fort.

„Selbst ein Vampir wird verstehen, dass ein Vater seinen Sohn nicht in der Hand des Feindes lassen möchte."

Aroq stapfte auf ihn zu. Ihre Nasen berührten sich fast, als er an den König herantrat. „Eine Delegation aus Valkenhorst wird Euch begleiten."

„Wir brauchen keine Gefolgschaft!"

„Kein Gefolge, König." Er schmunzelte arglistig. „Sie werden Euer Vorhaben leiten und darauf achten, dass Ihr keine Fehltritte macht."

„Vertraut Ihr uns nicht?" Wor hob das Kinn, um ihm besser in die Augen schauen zu können. „Oder traut Ihr uns den Kampf nicht zu? Soeben haben wir die Heere des Westens und des Nordens geschlagen. Was könnte mehr Beweis sein, als Taten?"

Aroq schaute auf ihn herab, als wäre Wor ein Stallbursche. „Ein Kampf sollte vermieden werden. Gewitzt muss man eine Befreiung angehen, nicht das gesamte Land aufscheuchen. Die Gefängnisse der Hauptstadt Firn sind außergewöhnlich."

„Ich werde mitkommen." Loreenas Worte klangen zaghaft im Vergleich zu denen des Grafen und ihres Vaters.

„Nein!" Aroq und Wor antworteten gleichzeitig.

Loreena wollte sich verteidigen, doch der Graf fuhr ihr über den Mund. „Wagt es nicht, Tide zu verlassen. Ihr bleibt als Pfand. Macht einen Schritt über die Grenze von Frostlande und ich persönlich werde Euch jagen wie eine Hirschkuh!"

Aroq wandte sich wieder zum Ausgang, winkte den Vampiren und verschwand so schnell, wie er aufgetaucht war.

Die Männer klopften Artin auf die Schulter und nahmen Platz. Argwöhnisch blitzten sie ihren König an.

„Sie tuscheln hinter vorgehaltener Hand. Sie sind empört und verunsichert. Die Entwicklung ist bedenklich", flüsterte Loreena.

Wor seufzte. „Ich sehe das, gleichwohl kann ich nicht mehr tun, als mich für mein Volk einzusetzen."

„Ich hoffe, es sieht das ebenso. Die Nachricht, dass ihr König sich in einen Vampir verwandelt, hat sie getroffen wie ein Blitz. Sie fühlen sich, als hättest du die Pest freiwillig ins Reich geholt. Nun fürchten sie, dass die Seuche auf sie überspringt."

Sein Blick wurde trüb. „Eines Tages werden sie erkennen, dass ich mich selbst unglücklich gemacht habe, um sie zu retten. Lass sie den ersten Schreck überwinden."

„Hoffentlich ist es dann nicht zu spät."

„Ich vertraue meinem Volk! Es wird den Glauben an mich nicht verlieren."

Loreena legte ihre Hand an Wors glühende Wange. „Ich werde nach Frostlande mitkommen. Mein Platz ist an deiner Seite. Wenn Ingrimm sieht, dass die Tochter zu ihrem Vater steht, selbst wenn er zum Vampir wird, werden sie weiterhin loyal sein."

Er riss ihre Hand fort. Fest war sein Griff, starr seine Mimik. „Auf keinen Fall! Ein Mitglied der Königsfamilie muss im Reich bleiben, um die Moral des Volkes aufrechtzuerhalten und Aroq die Stirn zu bieten."

„Du brauchst mich. Schwach und mitgenommen bist du. Ich werde die Augen offen halten, deine Stütze sein. Was ist, wenn der Graf plant, dich auf dem Weg nach Frostlande von den Vampiren töten zu lassen?"

Er rümpfte die Nase. Grob zog er Loreena heran. „Du wirst es nicht verhindern können. Loreena, ich möchte nicht auch noch meine Tochter verlieren. Vielleicht schlägt die Befreiung fehl, ich gerate in Gefangenschaft oder sterbe gar. Wer weiß, ob Lomas noch lebt? Ingrimm braucht dich. Und ich brauche die Gewissheit, dass du in Sicherheit bist. Sonst werde ich mich nicht auf die Befreiung konzentrieren können."

Sie wollte etwas erwidern, doch er fuhr ihr über den Mund: „Kein Wort mehr! Du bleibst hier." Wor wandte sich ab.

Eine Magd reichte ihm einen neuen Becher, der bis zum Rand mit Rotwein gefüllt war. Seinen Männern zuprostend, setzte er sich zu ihnen und begann zu erzählen, wie er als Knabe seinen ersten Goblinbären erlegt hatte.

Anstatt abzulenken, dachte Loreena, *solltest du lieber mit ihnen reden.* Sie eilte aus dem Saal.

Erst im spärlich beleuchteten Korridor verlangsamte sie ihren Schritt. Ziellos schlenderte sie durch die Festung. Sie fühlte sich ausgegrenzt. Ihr Vater beachtete sie nicht. Nicht einmal bei der Befreiung ihres Bruders wollte er sie an seiner Seite haben. Nutzlos sollte sie in der Festung Tide sitzen und auf die Heimkehr der starken Männer warten. Aber sie war kein Porzellanpüppchen. Als Kind hatte sie mit einem Holzschwert gegen Lomas gekämpft und nicht nur einen Sieg errungen. Mochte sie auch von strategischer Planung keinerlei Ahnung haben, so konnte sie immerhin eine Waffe schwingen und die Gesundheit ihres Vaters im Auge behalten. Aroqs Warnung erzeugte keine Furcht in ihr. Sie wusste, wo ihre Prioritäten lagen.

Langsam schritt Wors Wandlung voran. Aufgrund von Unkenntnis hatte Loreena erwartet, dass er über Nacht zum Vampir werden würde. Aber er quälte sich durch die Tage und atmete nur bei Nacht ein wenig auf. Eine Unruhe trieb ihn täglich zu den großen Fenstern im Untergeschoss. Sehnsüchtig schaute er in die Ferne und konnte sich sein Verhalten offenbar selbst nicht erklären. Nichts erwartete ihn dort draußen. Niemand rief ihn. Doch an manchen Tagen war sich Loreena dessen nicht sicher. Vielleicht vernahm Wor den Ruf von Falkenhorst. Möglicherweise streckte Aroq seine Finger nach ihm aus.

An einem der großen Fenster blieb sie stehen und blickte hinaus. Finsternis verschluckte den Innenhof. Nicht einmal die gegenüberliegende Stalltür konnte Loreena erkennen. Keine einzige Fackel brannte. Der Mond zeigte sich nicht. Die Sterne versteckten sich hinter Regenwolken. Tropfen hämmerten gegen die Scheibe. Loreena legte eine Hand an das Glas, als könne sie dadurch das Wasser auf ihren Handflächen spüren. Lediglich Kälte fühlte sie. Da sie durch und durch eine Tochter der südlichen Krisis war, sehnte sie sich nach Sommersonne, dem Duft von Tulpen und Narzissen und dem Summen der Bienen. In diesem Moment wünschte sie sich nichts Sehnlicheres als Wärme. Außerdem würde die Sonne die Vampire auf die Nacht einschränken.

„Ihr solltet mit Eurem Vater sprechen."

Loreena flog herum und starrte unmittelbar in Aroqs Augen. Vehement versuchte sie, ihren Blick loszureißen. Sie war ihm ohne den Schutz ausgeliefert. Sie drückte sich mit dem Rücken gegen die Fensterbank. Kälte zog ihr bis zum Hintern. Der wohlbekannte Opiumduft nebelte sie ein. Er strömte vom Grafen aus wie ein Aphrodisiakum. Am liebsten wäre sie fortgelaufen, aber sein vampirisches Charisma bannte sie.

„Ingrimm reitet ab heute unter der Flagge von Valkenhorst. König Wor sollte dies akzeptieren und es dem Volk vermitteln. Sonst gibt es bald ein böses Erwachen für Euch."

„Wollt Ihr uns drohen?" Es machte sie unruhig, mit ihm allein zu sein. „Die Veränderungen kamen über Nacht. Es dauert, bis sie verdaut sind."

„Euer Vater bemüht sich nicht sonderlich, ein Vorbild für sein Heer zu sein. Ihr müsst ihn an die Vereinbarung erinnern, bevor ich meinen Teil ebenfalls vergesse. Beim Kampf gegen Frostlande und Wahnstein habe ich dem Heer noch gewährt, die Flagge Ingrimms auf dem Schlachtfeld zu tragen. Dieses Eingeständnis ist einmalig."

„Graf Aroq, bitte. Mein Vater verneigt sich tief vor Euch. Unser Volk sieht das nicht gerne. Wie soll er sich gleichzeitig Eurem Willen unterwerfen und sein Ansehen behalten? Zwiespältig ist die Situation. Sie erfordert großes Fingerspitzengefühl."

Der Graf fuhr ihr mit den Fingern durch das verklebte Haar. „Ihr solltet Euch die Haare waschen, bevor Ihr ins Bett geht." Seine Hand streifte ihr Ohr. Zärtlich knetete er ihre Ohrmuschel. „Zwiespalt kenne ich nur zu gut. Valkenhorst kann nicht nachvollziehen, weshalb Ingrimm nicht bereits unterjocht ist. Die Vampire verlangen den Tod des Königs. Ich jedoch lasse zu, dass er einer von uns wird. Was meint Ihr, geht in meinem Land vor sich? Es brodelt wie in Eurem Reich. Ihr redet von Zwiespalt und Fingerspitzengefühl. Anstatt eigennützig zu sein, solltet Ihr Weitsicht üben. Nicht nur König Wor vollführt einen Drahtseilakt."

Verzaubert durch seine Liebkosungen und die gesäuselten Worte, fühlte sie sich zurückversetzt in den berauschenden Zustand, den der Alkohol hervorgerufen hatte. Nur mit größter Mühe konnte sie ihre Gedanken ordnen. „Ihr habt recht. Es tut mir leid."

„Wor muss sich mir unterordnen." Seine Fingerspitzen glitten von der Ohrmuschel zu ihrem Hals. Mit sanftem Druck presste er seinen Zeigefinger auf ihre Halsschlagader.

Loreena spürte das Pumpen ihres Blutes und wusste, dass er es auch fühlte.

Mit einem Mal fürchtete sie sich. Konnte Aroq dem Rauschen ihres Blutes widerstehen? Loreena blickte ihn an, wagte nicht, zu sprechen. Sie fragte sich, ob er sie betörte, damit sie Einfluss auf ihren Vater nahm, ihn zur Unterwerfung überredete oder ...

Sie umfasste das Handgelenk des Grafen und versuchte, seine Hand von ihrem Hals zu entfernen. „Das solltet Ihr besser lassen." Sein lasziver Blick verwirrte sie. Wollte sie überhaupt, dass er von ihr abließ? Sie erschauderte wohlig bei der Erinnerung an seine Liebkosungen neben Wors Krankenbett.

„Weshalb?" Mit der freien Hand löste er ihren Griff und führte den Arm hinter ihren Rücken. „Ist es nicht für Euch genauso berauschend wie für mich?" Schmunzelnd zog er sie heran.

„Nein", log sie, doch das Zittern ihrer Stimme entblößte ihre wahren Gefühle. Ihr Busen presste sich an seinen Oberbauch. Über ihr thronte Aroqs Gesicht, wächsern, mit durchdringendem Blick. Noch immer verstärkte sein Finger auf ihrer Halsschlagader das Pochen ihres Blutes. „Zügelt Euch, Graf. Ein schwacher Moment könnte unser Abkommen mit einem Schlag vernichten."

„Ihr wart schon einmal Wachs in meinen Händen und es hat unserer Absprache nicht geschadet. Seht es einfach als diplomatische Vereinigung."

„Nein! Nicht für ein Königreich würde ich mich aus politischen Gründen einem Mann hingeben." Sie hob das Kinn.

Er küsste sie auf die Nasenspitze. „Dann unterwerft Euch nicht mir, sondern Eurer Lust. Sie ist so gewaltig, dass es meine Sinne vernebelt, wenn ich in Eurer Nähe bin." Plötzlich beugte er sich herunter.

Sie erschrak, als sein Mund ihre Haut berührte. Jeden Moment würden seine Eckzähne sich in ihr Fleisch bohren, jeden Tropfen ihres Blutes genüsslich aussaugen. Sie erinnerte sich angewidert an das Schmatzen und Sabbern, das sie mit anhören musste, als der Graf Wor biss. Doch Loreenas Befürchtungen waren umsonst.

Seine warme Zunge legte sich auf ihre Halsschlagader. Er drückte sie gegen das Pulsieren und zog den Verlauf der Ader bis zum Kinn nach, hinterließ Feuchtigkeit, während seine freie Hand in Loreenas Nacken lag.

Gegen jede Vernunft begann sie, seine Unverschämtheiten zu genießen. Erregung schwemmte ihre Gegenwehr fort. Stöhnend schloss sie die Augen und verlor sich im Opiumduft. Während er sie leckte, stellte sie sich vor, wie er sie auf die Fensterbank setzte und sie mit kräftigen Stößen nahm wie sein Weib.

„Meine Leidenschaft vernebelt Eure Sinne? Was meint Ihr damit?"

Er umfasste ihre Taille, liebkoste sie so behutsam, als würde er die Rundungen einer kostbaren Porzellanvase streicheln. Seine Hände glitten über ihre Hüften, weiter hinauf, bis seine Finger unter ihrem Busen lagen, den Ansatz kraulend. Als seine Hände ihre Brüste umschlossen, rang sie nach Luft, doch insgeheim wünschte sie den Stoff fort, damit sie Aroq auf ihrer Haut spüren konnte. Er massierte sie, sanft und vorsichtig, dann fester und wollüstiger, sodass Loreena meinte, er wolle sie melken. Eine köstliche Spannung baute sich in ihrem Busen auf. Loreena hielt sich an der Fensterbank hinter ihr fest und seine Fingerspitzen kitzelten ihre Brustwarzen. Wie Stacheln standen sie hervor, als wollten sie den Stoff durchstoßen. Das Kribbeln, das Aroq ihren Brüsten entlockte, röpfelte in ihren Schoß, in dem ebenso eine Spannung entstand, ein sehnsüchtiges Ziehen, der Ruf ihrer Leidenschaft, der schrie, dass ihre Mitte bereit für ihn war.

In diesem Moment umschloss der Graf ihre Hüften und hob sie auf die Fensterbank. Er spreizte ihre Schenkel weit. Schmunzelnd beobachtete er ihre Reaktion.

Loreena zitterte. Nicht nur, dass sie kurz davorstand, endlich die Ausschweifungen zu erleben, von denen sie seit Langem träumte, nein, Aroq hatte genau das getan, was sie sich insgeheim wünschte. Wütend versuchte sie, die Beine zu schließen, doch er stellte sich dazwischen. „Ihr könnt meine Gedanken lesen! Habe ich recht? Ich bin empört. Das ist … das, nun, es ist unschicklich und dreist und …“ Die Worte überschlugen sich.

Er schob ihre Röcke bis zu ihren Oberschenkeln herauf. Um ihn zu hindern, fortzufahren, legte sie ihre Hände auf die seinen.

„Beruhigt Euch. Ich kann keine Gedanken lesen. Es ist vielmehr so, dass Ihr Eure Lust unter der Haut tragt. Sie ist für mich so leicht zu spüren, ja, sie drängt sich mir auf. Es ist nur ein Gefühl. Nie zuvor habe ich es so intensiv wahrgenommen wie bei Euch!“

„Ich möchte gehen.“ Sie traute Aroq nicht.

„Und das Feuer in Eurem Schoß?“

Sie errötete. „Es wird verschwinden.“

„Nur, wenn ich es lösche“, antwortete er lüstern.

Ihre Arme waren weich wie Pudding, so war es für ihn ein Leichtes, sich von ihrer Gegenwehr zu befreien und die Röcke bis zu den Hüften hochzuschieben. „Haltet sie fest und hebt Euren Apfelpo!“

„Wie bitte?“ Sie war empört. Sie war erregt. Und fürchtete sich vor ihrem Mut.

Kräftig massierte er die Innenseiten ihrer Oberschenkel. „Ich regiere ein Land, befehlige eine Armee. Wollt ausgerechnet Ihr Euch meinen Anweisungen widersetzen?“

Ihre Wangen glühten. Seine Unverschämtheit brachte sie dazu, ihr Hinterteil zu heben, damit er ihr Höschen ausziehen konnte. Was konnte sie ihm entgegenstellen? Nichts, außer ihrer Lust und die hatte sich längst mit ihm verbündet.

Als Loreena an sich hinuntersah, bemerkte sie die cremigen Tropfen auf ihrem Schamhaar, das wie sandfarbener Flaum auf ihrem Venushügel und den Schamlippen wuchs. Es bot dennoch nicht genug Sichtschutz.

„Welch wundervolle Aussicht!“, säuselte Aroq, zog ihren Hintern bis zur Kante der Fensterbank und streichelte beruhigend Loreenas Schenkel. „Welch köstlicher Duft!“

Er öffnete seine Hose und holte sein Glied heraus. Loreena schaute ungläubig. Groß und steif ragte es hervor mit einer Eichel, die hochrot und geschwollen war, wie ihr eigener Schoß. Sie wollte zurückweichen, als er näher kam. Sie konnte sich nicht vorstellen, dass sein erigiertes Schwert in ihre Scheide passte. Doch sie war wie gelähmt. Ihre Finger krallten sich in den Stoff ihres Kleides, das um ihre Taille lag. Anstatt ohne Umschweife in sie einzudringen, streichelte er ihre Schamlippen mit seiner Penisspitze. Er umkreiste ihre Klitoris und legte die Eichel darauf, um sie zu massieren. Aroq stöhnte, drückte mit Zeigefinger und Daumen auf die Peniswurzel und verrieb Loreenas Feuchtigkeit. Loreena war überwältigt von den Gefühlen, die ihr unbekannt waren – bis auf wenige Male – als sie sich unter der Bettdecke berührt hatte. Aber die Gefühle waren weitaus weniger intensiv gewesen. Sie warf den Kopf in den Nacken und schloss die Augen. Leise jammerte sie. Sie biss sich auf die Unterlippe, aalte sich unter dem Druck der Penisspitze. Vor Erregung hielt sie sich an der Fensterbank fest, aber das Kleid rutschte tiefer, und so nahm sie den Stoff wieder in die Hand. Unterdessen hob Aroq ihre Beine an. Loreena spürte die Nässe zwischen ihren Beinen, Aroqs kühle Lenden und Hoden, da er sich nun an sie drückte, den Phallus an ihren Damm legte und sich an ihrem Schoß rieb. Sie lehnte sich gegen das Fenster, lächelte trotz der offenherzigen Stellung, schob ihm ihre Hüften entgegen und seufzte. Er führte seine Penisspitze in sie ein.

„Ich will Euch ausfüllen. Ihr seid so herrlich eng“, wisperte er außer Atem. „Ich werde Euch als meinen Besitz markieren, denn mit Ingrimm habt auch Ihr Euch mir unterworfen.“

Er musste pressen, um sie zu nehmen, doch langsam entspannte sie sich. Sie nahm ihn tiefer in sich auf, zu berauscht, um ängstlich zu sein – bis etwas in ihr riss. Vor Schmerz schrie sie leise auf. Erschreckt hielt sie die Hand vor den Mund. Augenblicklich hörte Aroq auf, sich in ihr zu bewegen. Er ruhte, verwirrt und ungläubig.

Dann sagte er scharf: „Ihr seid noch Jungfrau. Das hättet Ihr mir sagen müssen ... “

„Weil Ihr mich dann nicht gewollt hättet.“ Loreena war den Tränen nah. Beschämt drehte sie ihr Gesicht weg und nahm die Beine von der Fensterbank, sodass sie wieder normal saß.

„Weil ich Euch dann behutsamer in Euch eingedrungen wäre“, antwortete er mit einem Mal sanft.

Sie schluchzte. Ihr war das peinlich. „Ich will weg. Lasst mich, ich bitte Euch.“

„Unter keinen Umständen!“ Erst blickte er streng, dann legte er milde eine Hand an ihre Wange. „Das kann ich nicht verantworten, sonst könnte es sein, dass die Stute nie wieder von einem Stallmeister aufgezäumt werden möchte.“

Er griff in ihren Nacken und zog ihren Oberkörper an sich. Mit zitternden Händen hielt sie sich an ihm fest, während er fortfuhr, sich in ihr vor- und zurückzubewegen, um immer tiefer von ihr aufgenommen zu werden. Loreena fühlte sich betrunken durch seinen Opiumduft und spürte kaum den bittersüßen Schmerz, der ihren Unterleib durchflutete. Die Lust bekam immer mehr Oberhand. Sie spürte, wie Aroqs Muskeln sich anspannten. Er keuchte. War er bemüht, seinen Höhepunkt zurückzuhalten? Loreena hatte auf einmal Angst, zu versagen, doch dann verkrampfte sie sich vor wohligem Schauder. Das Blut rauschte durch ihren Schoß, machte sie verrückt, wahnsinnig vor Leidenschaft, die ihren Körper überkam und sie zu einem willenlosen Geschöpf machte. Sie hielt den Atem an – zwei, drei ... fünf Sekunden, gar länger, sie wusste es nicht, denn sie war erfüllt von Ekstase, losgelöst von allen Problemen, die ihre Welt zurzeit erschütterten.

Loreena zuckte, winselte wie ein neugeborenes Kätzchen, das die Wärme der Mutter sucht, und schmiegte sich erschöpft in Aroqs Arme, als der Höhenflug vorüber war. Ihre Mitte war wund und brannte. Doch es war ein schöner Schmerz, denn er zeugte von herrlich schändlicher Zügellosigkeit. Sie genoss Aroqs Anblick, beobachtete seine Miene, als die Lust über ihm zusammenbrach. Er stöhnte, sein Teint sah rosig aus. Er schloss die Augen, ergoss sich in sie und entspannte sich erschöpft.

So stand Aroq eine Weile vor Loreena, während sie noch immer auf der Fensterbank saß. In enger Umarmung hielt er sich an ihr fest und schenkte ihr Geborgenheit nach diesem einschneidenden Erlebnis.

„Weshalb habt Ihr meine Jungfräulichkeit nicht erkannt, wo Ihr doch meine unkeuschen Träume erspüren könnt?“, fragte Loreena kaum hörbar.

„Hm“, machte er und saugte an ihrer Ohrmuschel. „Euer Verlangen überlagert alles. Es ist verschwenderisch, fast aufdringlich ... “

„Was geht hier vor? Brauchst du Hilfe, Loreena? Lasst sofort von dem Mädchen ab!“

Loreena und Aroq schraken aus dem Nachglühen auf.

„Gamtam.“

Der Graf zog sein erschlaffendes Glied aus ihr hinaus und betrachtete verklärt das Blut darauf. Loreena hielt den Atem an. Sie hatte vergessen, dass sie bei ihrem ersten Beischlaf bluten würde. Weshalb musste ihr erster Mann ausgerechnet ein Vampir sein? Als Aroq seine Hose schloss, holte er tief Luft. Grimmig schaute er die füllige Köchin an. Er schlenderte auf sie zu und blieb kurz vor ihr stehen. Beunruhigt hastete Loreena hinterher, ihr Höschen in der Hand. Sie versteckte sie hinter dem Rücken, als könne Gamtam sehen. Sie war verdutzt, dass der Graf sich beim Anblick von Blut derart unter Kontrolle gehalten hatte. Was bedeutete das für den Kampf Ingrimms, der darauf zielte, die Vampire wieder in ihr Land zu verweisen? Nichts Gutes. Sie hatten Aroq unterschätzt.

Er bemerkte den leeren Blick der Alten, musterte sie und baute sich drohend vor ihr auf. Loreena befürchtete Schlimmes. Besänftigend legte sie die Hand auf seinen Unterarm und schaute ihn flehend an.

„Denkt an meine Warnung“, sagte er kühl zu Loreena. Er ging missmutig an Gamtam vorbei. Schon verschluckte ihn ein abzweigender Korridor.

Loreena ergriff die Hand der Köchin. „Er hat mir nichts getan.“

„Du scheinst durcheinander.“

Loreena zog ihre Augenbrauen hoch. „Wie darf ich das verstehen?“ Ihr Herz raste, als sie an den Duft dachte, der sie umgab. Sie spürte Aroqs Sperma, das an ihren Schenkeln herunterlief, traute sich aber nicht, es fortzuwischen.

Mit beiden Händen streichelte Gamtam Loreenas Finger. „Du zitterst. Lausche meinen Worten gut. Nimm dich in Acht vor dem Grafen. Ich spüre deutlich seine übernatürliche Macht.“

„Woher weißt du, dass er es war?“

„Viele Vampire kreuzten meinen Weg. Wie du siehst, bin ich ihnen immer entkommen. Mein Vorteil ist es, blind zu sein. Ihre mystische Anziehungskraft, die durch ihre Augen die Menschenherzen täuscht, kann nicht bei mir wirken. Dieser Vampir jedoch ist weitaus gefährlicher. Allein seine Aura kann deine Sinne vernebeln.“

Loreena schluckte.

„Du bist seinem Charme erlegen. Sei dir bewusst, dass deine Hingabe nicht aus deinem Inneren kommt, sondern nur sein Einfluss auf dich ist.“

Gamtams Worte stachen Loreena ins Herz wie ein Dolch.

„Der Graf hat nichts Gutes im Sinn. Halte dich von ihm fern. Er vergiftet deinen Verstand und den wirst du in nächster Zeit dringend benötigen.“

„Du hast recht.“ Loreena zog ihre Hand zurück. Mit geschlossenen Augen lehnte sie sich an die Wand.

„Es tummeln sich Feinde im eigenen Land. Trau niemandem“, sprach Gamtam weiter.

„Ich werde es beherzigen und Graf Aroq aus dem Weg gehen, soweit dies möglich ist. Vater braucht meine Unterstützung.“

„Schau Aroq nicht an, wenn du ihm begegnest. Das ist eine Hilfe. Doch wie ich schon sagte, kann seine Aura bereits verzaubern. Du musst stark sein. Ingrimm braucht dich.“

„Nicht mehr lange.“ Sie öffnete ihre Lider und blickte in Gamtams milchige Pupillen. „Bald wird König Wor mit dem Heer zur Hauptstadt Firn und der Feste Nebelhorn reiten und Lomas befreien.“

Die Köchin lachte leise. „Meine Liebe, dein Bruder wird nicht deine Stellung einnehmen können. Niemals wird er in der Lage sein, zu vollbringen, was du vollbringst. Du bist blinder als ich. Wo ist deine weibliche Intuition?“

„Du sprichst in Rätseln.“

Gamtam lächelte verschmitzt. „Wölfing unterwirft Küstenmark nur aus einem Grund nicht. So tuschelt man zumindest. Nach der Situation eben mag ich den Gerüchten Glauben schenken.“

Loreena verlagerte ihr Gewicht von einem Fuß auf den anderen. Wusste die Köchin, was vorgefallen war oder dachte sie, rechtzeitig eingeschritten zu sein? „Wovon sprichst du?“

„Vielleicht sind es nur Gerüchte, die mehr Schaden anrichten, als dass sie von Nutzen sind.“

„Gamtam, sprich!“

„Es wird gemunkelt, dass Graf Aroq seine Macht aus Zuneigung zur Königstochter zurückhält."

Loreena war verwirrt und schaute genauso orientierungslos ins Leere wie Gamtam. Schließlich rieb sie sich die Augen, als wäre sie gerade erwacht und sagte: „Das kann ich alles nur träumen."

„Ich wünschte, es wäre so, Kleines."

„Gamtam, ich glaube diesem Gerücht nicht. Graf Aroq würde mich bei der kleinsten Dreistigkeit vernichten. Was du eben als Zeugin verfolgt hast, war nur sein Spiel mit mir. Er mag es, mich in Verlegenheit zu bringen. Von nun an werde ich versuchen, mich nicht noch einmal verunsichern und von meinem Ziel vom Kurs abbringen zu lassen."

„Gut so." Die Köchin schlang die Arme um ihren Körper und streichelte in Gedanken versunken ihre Oberarme. „Er darf keine Macht über dich besitzen. Du wärst verloren und Ingrimm ebenfalls. Solltest du jedoch Einfluss auf ihn haben – glaubt man den Gerüchten – musst du vorsichtig damit umgehen. Zu leicht schlägt Zuneigung in Hass um."

Loreena hatte mehr als genug von diesem Gespräch. Lomas würde kommen und alles zum Guten wenden. Mit Sicherheit war er in der Lage, Aroq die Stirn zu bieten. Er wusste bestimmt, was zu tun war. Mochte er auch jung sein, so genoss er dennoch ein hohes Ansehen beim Volk. Das Blut eines Anführers fließt durch seine Adern, sagte man. Das Heer wäre bereit, ihm zu folgen. Treu ergeben würden sie den Kampf gegen Valkenhorst aufnehmen und an der Seite eines neuen Königs reiten, der einer von ihnen war. Doch was würde aus Wor werden? Er hatte keinen guten Stand bei seinen eigenen Gefolgsleuten.

„Ich vertraue auf meinen Bruder. In drei Tagen wird das Heer zur Befreiung aufbrechen und ich werde dabei sein – koste es, was es wolle. Nach unserer Rückkehr wird Lomas den Grafen Aroq und der verdammten östlichen Krisis das Fürchten lehren."

Das Trampeln unzähliger Hufe erschallte im Innenhof. Wie aufgeschreckte Ameisen rannten die Männer durcheinander, sattelten ihre Pferde und bestückten die Sättel mit Schwertern, Lanzen und Armbrüsten. Während bei Sonnenuntergang noch Schweigen vorherrschte, schwoll die Geräuschkulisse nun, da die Nacht hereinbrach, an. Die Männer führten hitzige Gespräche über Strategien. Durch Zurufe feuerten sie sich an und schütteten sich gegenseitig Wasser über die Häupter, um wieder abzukühlen.

Die Nacht erschien winterlich kalt. Regengüsse waren tagsüber zu Nieselregen abgeebbt. Loreena stand unter einem Vordach und betrachtete die Kulisse. Die Männer waren heiß auf eine Auseinandersetzung, obwohl sie erst drei Tage vorher nach Küstenmark zurückgekehrt waren. Sie wollten Lomas wieder im eigenen Land wissen. Loreena war sich ängstlich bewusst, dass das Volk seine Hoffnung in ihren Bruder legte. Sie und König Wor hatten sie enttäuscht. Viele Sommer und Winter müssten vergehen, bevor sie das Vertrauen Ingrimms zurückgewinnen würden, falls dies überhaupt möglich war. Zu tief saßen Trauer und Wut über die freiwillige Unterwerfung. Doch König Wor würde ihnen seine Loyalität beweisen. Die Befreiung Lomas' war ein erster Schritt.

Loreena zog fröstelnd ihren Mantel enger um den Körper. Sie trug ihn nicht nur, um sich vor Regen und Kälte zu schützen, sondern auch, um zu verbergen, dass sie kein Kleid trug. Niemand durfte einen Blick auf die Schweinslederhose und das Leinenhemd werfen, damit ihr Plan nicht in letzter Minute durchkreuzt werden konnte.

Sie beobachtete ihren Vater. Zitternd hielt er zwei Schwerter in der Hand und entschied sich für das größere. Seine Haut wirkte von Tag zu Tag unnatürlicher. Blass und glänzend zeigte sich sein Teint, blutunterlaufen seine Augen. Jede Bewegung fiel ihm schwer und Loreenas Zweifel an der Wirkungsstärke von Aroqs Biss wuchsen. Hatte der Graf sie betrogen? Wor erholte sich zwar von der Bauchverletzung, die Wandlung zum Vampir vollzog sich jedoch schleppend. Ihrem Vater ging es schlechter als kurz nach seinem ersten Treffen mit dem Grafen. Sie machte sich große Sorgen. Würde er die Reise zur frostländischen Hauptstadt Firn durchstehen? Konnte er einen neuen Kampf überleben? In den drei Tagen seit seiner Rückkehr hatte er Strategien entwickelt. Ruhe gönnte er sich nicht. Er wollte den Norden kurz nach der letzten Schlacht vor ein paar Tagen angreifen, weil man auf der Feste Nebelhorn bestimmt nicht damit rechnete.

„Überraschungsmoment, mein Kind", hatte er zu ihr gesagt. „Eine gefährliche Waffe ohne Klinge. Merke es dir gut für dein Leben."

Nun stand er im Nieselregen inmitten seines Heeres, bereit, aufzubrechen, um seinen Sohn zu befreien. Der frisch gestutzte Bart ließ leichenblasse Haut durchschimmern. Knappen mit Fackeln leuchteten den Versammelten. Tagsüber hatte eine unheimliche Atmosphäre über der Festung Tide gelegen. Die Männer legten sich mittags schlafen, um sich nachmittags von ihren Lagern zu erheben und ein Mahl einzunehmen. Die folgenden Tage würden mager werden. Wenige Pferde trugen Proviant. Küstenmark besaß ohnehin nicht mehr viele Reserven. Das Reich musste sich erst von den Strapazen der vergangenen Monate erholen. Der Krieg hatte sie in die Knie gezwungen. Nur langsam schlich der Erholungsprozess voran.

Der Heerbläser blies das Horn und die Männer schickten ihre Knappen fort. Wor wollte in den Sattel steigen, als Schreie ihn innehalten ließen. Hufgetrampel drang von den Straßen Küstenmarks zu ihnen. Unruhe machte sich im Heer breit. Die Männer ballten ihre Fäuste gen Osten. Wor spuckte auf den Boden, denn er erkannte, wer sich Einlass verschaffte.

Eine Armee Vampire ritt in Zweierreihen in den Hof. Stolz ragten ihre Häupter hoch über den Köpfen der Männer. Schwarze Umhänge verhüllten ihre Körper und auch mögliche Waffen. Ihre blassen Gesichter lugten gespenstisch aus den Kapuzen. Sie hielten vor Wor. Ein Vampir nickte dem König zu, als wolle er mitteilen: Wir sind bereit, aufzubrechen! Loreena erkannte Mogall an seinen blonden Haaren.

„Ich sagte, wir benötigen keine Unterstützung“, knurrte ihr Vater.

Mogall sah auf ihn herab. „Graf Aroq hat Euch seinen Willen bereits mitgeteilt. Seine Anordnung ist Gesetz.“

Ein Raunen ging durch die Reihen der Krieger. Tuschelnd machten die Männer ihrem Unmut Luft. Furcht ergriff Loreena, die Situation könne eskalieren. Wie viel würde sich Ingrimm bieten lassen, bevor die Emotionen überkochten?

„Es ist mir egal, was er gesagt hat.“ Wütend stieg Wor in den Sattel. „Auf Tide formuliere immer noch ich die Anweisungen.“

Mogall ritt neben den König. „Ihr tut gut daran, die Vereinbarung nicht zu verletzen.“

„Wollt Ihr mir drohen?“ Zornesröte färbte Wors Gesicht.

„Ich zwinge mich nicht auf. Die Entscheidung liegt bei Euch. Nehmt uns mit und wir verhelfen Euch zum Triumph. Wir sind weitaus weniger ungestüm als Ihr.“ Ein erhabenes Lächeln formte Mogalls Mund zu einer Sichel. Provozierend kraulte er seinen Kinnbart. „Weigert Euch und das ingrimm’sche Heer wird in ein gebrochenes Reich zurückkehren.“

Wor lehnte sich zu Mogall hinüber. „Das werdet Ihr büßen!“ Knurrend riss er sein Pferd herum und trabte auf Loreena zu. „Du musst Augen und Ohren offen halten. Tückisch und hinterhältig sind die heutigen Zeiten. Ich werde vorsichtig sein und mich beeilen, um bald wieder in Küstenmark einzutreffen.“ Nach einer Pause grinste er und fuhr fort: „Mit Lomas an meiner Seite.“

Er streckte ihr seinen Arm entgegen und sie küsste seinen Handrücken.

„Pass auf dich auf, Vater!“

Mit den Fingerspitzen streifte er ihre Wange. Liebevoll sah er auf sie herab und zog seine Hand zurück. Wor befahl seinem Pferd, in Richtung Tor zu traben. Mit einem majestätischen Wink deutete er seinem Heer, ihm zu folgen. Den Vampiren schenkte er keinerlei Beachtung. Der Heerbläser blies das Horn erneut. Loreena schaute dem Tross stumm hinterher, während die Bewohner der Festung den Kriegern zujubelten. Mägde winkten den Männern mit Tüchern zu. Diener und Knappen liefen neben dem Trupp her.

Der Regen nahm zu. Wie ein Vorhang schob er sich vor die Szenerie. Windböen fegten durch den Innenhof und peitschten das Nass in die Gesichter von Mensch und Vampir.

Loreena sah, wie Mogall zu Wor aufschloss. Der Rest der Vampire verteilte sich auf die Mitte und das Ende der Kolonne. Dann konnte Loreena nur noch die Nachhut sehen und begann, sich schlecht zu fühlen. Nun war ihr Vater nicht nur seiner Wandlung ausgeliefert, sondern auch der Armee Valkenhorsts. Die Hufschläge der letzten Pferde verhallten. Selbst das Prasseln des Regens ebbte erneut zu Nieselregen ab. Eine unangenehme Ruhe kehrte im Innenhof ein – gespenstisch, beunruhigend und ungewiss.

Mit einem Gefühl von Verlust und Leere zog sich Loreena zurück in ihr Gemach. Es war bereits Mitternacht. Die zurückgebliebenen Bewohner Tides würden in ihre Betten fallen und den Schlaf der Gerechten schlafen.

Loreena warf ihren Mantel auf das Bett und trat ans Fenster. In ihrem Zimmer war es stockdunkel und so musste sie keine Angst haben, man könne vom Innenhof her ihre unstandesgemäße Kleidung erkennen. Niemand überquerte den Hof der Festung. Lediglich die Wachen auf den Mauern beobachteten mit Argusaugen, ob sich etwas in den Straßen der Hauptstadt bewegte oder sich jemand im nahen Wald herumtrieb.

Nachdenklich legte sie sich auf das Bett. Den Blick an die Zimmerdecke gerichtet, sah sie vor ihrem inneren Auge König Wor, wie er mit seinen Kriegern und der verhassten Blutsaugerarmee gen Frostlande ritt. Eilig würde der Tross in den Wald Goblin eintauchen, sich vorsichtig der Grenze nähern, um dort sein Lager aufzuschlagen. Loreena malte sich aus, wie ihr Vater Späher aussandte, die einen geeigneten Übergang auskundschafteten, während der Rest des Heers vor dem großen Angriff ruhte. Und die Armee Valkenhorsts? Welche Rolle spielten sie?

Loreena setzte sich auf. Noch musste sie warten. Noch durfte sie dem vehementen Drang, ihrem Vater zu folgen, nicht nachgeben. Sie streckte ihre Hand aus und betrachtete sie. Ihre Finger zitterten. Was plante sie nur? Sie musste verrückt sein. Kopfschüttelnd knetete sie ihre Finger. Sie widersetzte sich nicht nur König Wor, sondern auch den Anweisungen Graf Aroqs. Was würde ihr Vater sagen, wenn sie ins Lager vor der Grenze Frostlandes einritt? Welche Konsequenzen für Ingrimm beschwor sie herauf? Wie würde Graf Aroq reagieren, wenn sie auf die Festung Tide zurückkehrte?

Loreena schlich auf leisen Sohlen zur Waschschüssel und goss Wasser aus einem Tonkrug hinein. Sie schaufelte erfrischendes Nass in ihr Gesicht. Seufzend richtete sie sich auf. Ohne das Wasser abzutrocknen, betrachtete sie sich im Spiegel. „Wenn du jetzt nicht gehst, gehst du überhaupt nicht."

Sie ignorierte die Tatsache, dass es zu früh war, um dem Heer Ingrimms zu folgen. Aber Loreena hielt es in den Mauern der Festung nicht länger aus. Ihr Vater hatte schlecht ausgesehen, als er Tide verließ. Sie musste ihm zur Seite stehen!

„Fahr zur Hölle, Aroq!" Loreena drehte sich von ihrem Spiegelbild weg. Mit zittrigen Beinen ging sie zum Bett, zog den Mantel an und lief zur Tür. Loreena öffnete sie einen Spalt und spähte hinaus. Niemand war im Korridor zu sehen. Sie griff die Satteltasche, die neben der Tür lag, bevor sie in den Flur trat. Mit dem Rücken zur Wand schlich sie durch die Gänge. Die spärliche Beleuchtung kam ihr gelegen. Die Diener hatten die meisten Fackeln gelöscht. Totenstille umgab Loreena. Sie huschte die Treppenstufen hinunter und lugte um die Ecke. Bevor sie den Gebäudetrakt verließ, in dem sich die Gemächer befanden, zog sie ihre Kapuze über. Sie schaute sich hastig um, während sie über den Innenhof zu den Stallungen lief. Loreena sattelte ihren Schimmel und befestigte die

Satteltaschen, in die sie alles Notwendige eingepackt hatte. Dann machte sie sich auf den Weg zu ihrem Vater. Schwer atmend führte sie ihr Pferd an den Gebäudewänden vorbei. Doch sie ging nicht zum Tor. Die Wachen würden sie entdecken und zurückhalten. Loreena führte ihren Schimmel in den Dienstbotentrakt, vorbei an den Zimmern der Mägde und Diener, die nicht in Küstenmark wohnten. Die Hufe des Pferdes klackten unangenehm laut auf dem Steinboden. Loreena verlangsamte ihren Gang. Endlich erreichten sie die Eingangstür der Dienstboten. Sie öffnete das Schloss. Die Tür sprang knarrend auf. Loreena legte die Hände auf ihre Ohren. Sie hielt die Luft an und wartete, dass die Dienerschaft aufgeschreckt aus ihren Zimmern gelaufen kam. Als nichts geschah, atmete sie erleichtert aus, führte den Schimmel durch die Hintertür der Festung und haderte, ob sie den Eingang schließen sollte. Würde man bei einem zweiten Knarren misstrauisch werden und nach dem nächtlichen Unruhestifter schauen? Loreena hatte keine Wahl. Ein offener Zugang war eine Einladung für Diebe und sonstigen Abschaum, die sich in Küstenmark herumtrieben und im nahegelegenen Wald Goblin versteckten. Sie schloss die Eingangstür langsamer als zuvor, um das Knarren zu verhindern. Lauschend wartete sie auf Reaktionen. Erneut geschah nichts.

Loreena tätschelte ihr Pferd, schwang sich in den Sattel und ritt von Küstenmark und dem Medusenmeer fort ins Inland. Bald tauchte sie in den Wald Goblin ein. Als sie die ersten Ulmen und Eichen hinter sich gelassen hatte, sah sie zurück. Vielleicht hatten die Wachposten bereits Alarm geschlagen, weil man ihr Verschwinden entdeckt oder einen vermummten Reiter hatte fortgaloppieren sehen. Doch die Hauptstadt schlief einen naiven Schlaf.

„Habe ich die richtige Wahl getroffen?" Seufzend strich sie über die Mähne des Schimmels. Würde Aroq die Festung einnehmen, wenn er ihr Verschwinden bemerkte – allein aus Zorn, weil sie seinen Befehl missachtet hatte und mit dem Heer Ingrimms ritt, anstatt brav auf Tide zu warten? Sie seufzte und nahm ihre Kapuze ab. Zweifel nagten an ihr, doch sie versuchte, sich Mut zu machen. „Das macht gar nichts. Schon bald kehren wir mit Lomas zurück; dann ist die gesamte Königsfamilie vereint – um Küstenmark zu säubern!"

Mit einem leisen Lachen befahl sie dem Schimmel, tiefer in den Wald Goblin einzudringen. Welchen Einfluss konnte die Armee von Valkenstein auf den Befreiungsplan nehmen? Loreena würde es früh genug erfahren. Nun musste sie auf der Hut sein, denn im Wald tummelte sich lauter Gesindel.

Zielstrebig trabte der Schimmel auf die Grenze von Frostlande zu. Irgendwo in der Nähe musste das ingrimm'sche Heer sein Lager aufgeschlagen haben. Loreena spähte in alle Richtungen, doch es war in der Finsternis kaum etwas auszumachen. Windböen schaukelten die Baumkronen hin und her. Die Äste trugen kaum noch Laub und sahen gespenstisch aus; wie riesige Kreaturen, die ihre unzähligen Tentakel ausstreckten. Doch Loreena würde sich durch nichts und niemandem einschüchtern lassen.

Die Lagerwachen würden sie sicher eher sehen, als umgekehrt. Sie befahl dem Pferd, stehen zu bleiben. Hier irgendwo musste die nördliche Krisis beginnen. Verflixt! Wo waren die Krieger nur?

Loreena runzelte die Stirn und lenkte den Schimmel nach Westen. Was blieb ihr anderes übrig, als die Grenze abzusuchen? Ihr Vater musste ganz in der Nähe sein. Gen Valkenhorst würde das Heer Ingrimms nicht reiten. Die Angst, dort von einer zweiten Vampirarmee überrumpelt zu werden, war zu groß. Loreena fühlte sich beengt und zog am Bund ihrer Lederhose. Anscheinend hatte sie an Gewicht zugelegt. Dies rächte sich nun.

„Na, na, wen haben wir denn da?"

Sie erschrak, riss an den Zügeln und das Pferd blieb stehen. Ihr Blick suchte die Baumgruppe vor ihr ab. Langsam erkannte sie eine schwarze Silhouette, die aus dem Dickicht schritt – und eine Streitaxt. Weitere Männer traten zwischen Rotbuchen und Erlen hervor. Sie trugen breite Ledergürtel über ihren nachtblauen Leinenjacken. An den Gürteln baumelten Dolche, Wurfsterne und Macheten. Ihre schwarzen Lederstiefel reichten bis zu den Oberschenkeln. Provozierend schwangen sie ihre Morgensterne. Loreena hasste das Geräusch, das durch die Luftverdrängung entstand. Als Kind hatte sie es das „Surren des Todes" genannt, wenn sie ihrem Vater beim Übungskampf zusah.

Der Hüne mit der Streitaxt kam auf sie zu. Er hatte eine Glatze, auf der ein Zeichen eingebrannt war, das Loreena nicht erkennen konnte. Er besaß keine Augenbrauen, dafür einen Schnurrbart, der rechts und links nach unten geschwungen war. Auch er trug einen Gürtel mit Handwaffen.

Unruhig wieherte ihr Schimmel und versuchte, rückwärts auszuweichen, doch dort erwarteten ihn Morgensterne. Loreena war umzingelt. Sie umklammerte ihr Kurzschwert. Unter dem Mantel hatte sie es versteckt, aber nicht erwartet, es innerhalb Ingrimms benutzen zu müssen.

„Vielleicht mag die Dame absteigen und uns Gesellschaft leisten."

Loreena bemerkte den Dialekt der westlichen Krisis. War dies bereits die Grenzwache Wahnsteins oder waren es Gesetzlose, die durch die Wälder streiften? Sie beschloss, sich in Schweigen zu hüllen.

Erneut schwang der Mann seine Streitaxt, wobei Dolche, Macheten und Wurfsterne rasselnd gegeneinanderschlugen. „Es ist unfreundlich, eine Einladung unbeantwortet zu lassen." Er trat seitlich an den Schimmel heran und reichte ihr seine Hand. Als Loreena nicht reagierte, hob er drohend die Axt.

Sie konnte keinen klaren Gedanken fassen. Mit einer solchen Auseinandersetzung hatte sie nicht gerechnet. Wie hatte sie so naiv sein und erwarten können, ohne Probleme zum Lager des ingrimm'schen Heers zu reiten? *Erinnere dich an das Kampftraining mit Lomas,* ermahnte sie sich. *Erinnere dich*!

Mit einem Satz sprang Loreena vom Pferd. Sie zog das Kurzschwert unter ihrem Mantel hervor. Beide Hände hielten den Griff fest umklammert. Sie mochte nicht den Hauch einer Chance gegen diese schmierigen Burschen haben, aber niemals würde sie sich kampflos ergeben. Angespannt konzentrierte sie sich auf ihren Gegner, damit Furcht sie nicht mürbe machte.

Die Männer lachten sie aus, schlugen sich grölend auf die Oberschenkel und streckten ihre Finger gierig nach Loreena aus.

Der Glatzkopf schwang seine Streitaxt. „Das Vögelchen will tatsächlich kämpfen.“ Sabbernd ließ er seine Zunge vor- und zurückschnellen.

„Fort mit dir, du Irrsinniger!“ Loreena hielt ihr Kurzschwert abwehrend vor sich. Sie wollte eher sterben, als in die Hände ihres Gegners zu fallen.

Schon hieb der Hüne mit seiner Axt nach ihr. Sie konnte gerade zur Seite springen, um der Klinge auszuweichen. Dabei kam Loreena gefährlich nah an einen anderen Bewaffneten heran. Plötzlich sah sie die Morgensterne der Männer heruntersausen. Sie bohrten sich in den Waldboden. Loreena hatte das Gefühl, der Untergrund würde erbeben. Der Schimmel suchte verängstigt das Weite. Erneut war sie gezwungen, den Waffen auszuweichen. Sie sprang von den Recken fort, die sie eingekreist hatten, landete aber wieder bei ihrem Angreifer. Dieser packte sie am Arm. Entsetzt fuhr Loreena herum und schlug seine Hand fort. Aus dem Augenwinkel sah sie, dass die Männer immer wieder ihre Morgensterne in den Boden Goblins hieben. Sie versuchten, Loreenas Konzentration zu stören, sie einzuschüchtern, damit sie Fehler beging. Sie musste die Burschen ignorieren. Aber konnte nicht genau das auch ihr Untergang sein? Kam sie ihnen zu nah, würde einer der Morgensterne ihr Haupt zermalmen.

Bevor Loreena ihr Kurzschwert heben konnte, donnerte die Streitaxt auf sie nieder. Für einen Sprung zur Seite war es zu spät. Sie kam nur einen halben Schritt weit. Dann traf die Klinge der Axt auf den Schwertgriff und schleuderte Loreenas Waffe weg. Das Schwert lag zu Füßen eines Wahnsteiners. Schon sauste sein Morgenstern herunter und zerschmetterte es.

Vorbei, dachte Loreena und stand hilflos inmitten der Angreifer.

Provozierend schwang der Mann seine Axt durch die Luft. „Das Vögelchen wird sich nun brav hinknien oder Federn lassen.“

Loreena schluckte. Was hatte dieser Bastard vor? „Niemals.“

„Wie das Hühnchen wünscht.“ Er hieb die Axt in den Boden vor Loreena. In gespielter Ehrerbietung verbeugte er sich vor ihr. „Ein Hühnchen ohne Federn schmeckt immer besser.“ Er grinste und hob seine Axt an.

Loreena schaute in alle Richtungen. Lachende Fratzen umzingelten sie. Kein Entkommen war möglich. Ohne Waffe stand sie ausgeliefert inmitten der Männer, die immer noch rhythmisch ihre Morgensterne in den Waldboden hieben. Langsam traten Schemen aus dem Dickicht hinter den Angreifern hervor. Pechschwarze Schattenbilder, die sich vor dem Morgenhimmel absetzten. Lautlose Bewegungen zwischen den Bäumen und Büschen. Eine Armee der Finsternis auf ihren Rappen.

„Ich denke, Ihr solltet das besser lassen.“

Der Kahlköpfige mit der Streitaxt fuhr herum. Die anderen Recken erstarrten. Ihre Münder standen offen. Kein Lachen. Nur Erstaunen und Ratlosigkeit. Sie schauten sich um und schüttelten verwundert die Häupter. Finstere Reiter hatten sie eingekreist. Sie trugen lange schwarze Mäntel, Kapuzen und hohe Kragen, die Mund und Nase verdeckten.

Drohend hob der Mann die Axt. „Haut ab! Dies hat nichts mit Euch zu tun."

Ein Vermummter ritt vor. „Schaut Euch um." Er deutete in die Runde. „Meint Ihr wirklich, Ihr seid in der Position, Drohungen auszusprechen?"

Der Mann aus Wahnstein fluchte, strich sich nervös über die Stirn und umfasste seine Streitaxt fester. „Zeigt uns erst, ob es Euch zusteht, Forderungen zu stellen. Diese Frau ist uns ins Netz gegangen. Ihr habt kein Recht, sie zu verlangen."

Kaum hatte er diese Worte ausgesprochen, schlugen die Vermummten ihre Mantelsäume zurück. Kriegshämmer, Armbrüste und Langschwerter kamen zum Vorschein. Die schwarzen Reiter nahmen die Waffen nicht zur Hand. Noch nicht.

„Da Ihr nur die Sprache der Waffen sprecht, hoffe ich, Ihr versteht diese Geste." Der Anführer der Maskierten zog einen Zweihänder hervor und ließ die lange Klinge durch die Luft sausen. Er führte die schwere Waffe mit nur einer Hand, als wäre sie ein Holzschwert.

Ehrfürchtig beobachtete Loreena die Vorführung. Die finsteren Reiter konnten nur Vampire sein. Sie erinnerte sich an das Duell von Graf Aroq und Artin. Ebenso leicht schwang nun dieser Vermummte den Zweihänder. Konnte das Oberhaupt Valkenhorsts von ihrer heimlichen Flucht erfahren haben und ihr gefolgt sein, um sie nach Tide zurückzubringen?

Loreena erbebte bei dem Gedanken an den Grafen, gleichsam angsterfüllt und wollüstig. Ohne zu zögern, sprang sie auf die Männer mit den Morgensternen zu. In Windeseile hob sie ihr verbogenes Kurzschwert auf. Abwehrend hielt sie es vor den Körper, drehte sich mal zum Glatzkopf, mal zu den Morgensternen.

Plötzlich entbrannte ein Kampf, als hätten die Männer der westlichen Krisis dies als Kampfaufforderung gesehen. Pfeile surrten an Loreenas Ohren vorbei. Schmerzensschreie erfüllten die Morgenluft. Stahl traf auf Stahl. Die vermummten Reiter sprangen von ihren Rappen und fochten wie Berserker. Hoch ragten sie über den Häuptern der Männer Wahnsteins und hieben erbarmungslos auf sie ein.

Loreenas Aufmerksamkeit galt dem Kahlköpfigen mit der Streitaxt. Er ließ die Waffe niedersausen und drängte sie aus der Mitte des Schlachtfeldes hinaus. Loreena musste nicht nur seinen Attacken ausweichen; die Kampfhandlungen der anderen stellten eine ebenso große Gefahr dar und die Wurzeln der Eichen waren tückisch. Rückwärts wich sie den Axthieben aus. Ihr Blick flog gehetzt zu den benachbarten Kämpfen, zum Waldboden und hinter sich. Da stieß sie mit einem Mann in Schwarz zusammen. Er stand hinter ihr und überragte sie um einen Kopf. Wie ein Henker hielt er den Zweihänder über ihren Kopf. Eingeschüchtert senkte Loreena ihr Kurzschwert. Sie sah dem Vermummten ins Gesicht, um festzustellen, ob Graf Aroq sich unter dem Mantel versteckte. Doch die Augen erinnerten sie nicht an Amethyste, sondern an funkelnde Smaragde mit purpurnem Sprenkel. Er war also nicht gekommen. Loreena wusste nicht, ob sie erleichtert oder bekümmert sein sollte.

Der Hüne riss Loreena zur Seite. Unsanft fiel sie auf den Boden Goblins und beobachtete die Exekution. Er brauchte nur einen gezielten Schlag mit dem Zweihänder, um das Haupt des Wahnsteiners vom Rumpf zu trennen. Die Streitaxt fiel vor Loreena auf den Moosteppich, während der abgetrennte Kopf mit der gebrandmarkten Glatze und dem Schnurrbart davonrollte. Auf der Lichtung lagen überall Tote. Blut sickerte ins Erdreich. Die Recken Wahnsteins waren vernichtet.

Der Vermummte drehte sich zu Loreena um und reichte ihr die Hand. Ihr blieb nichts anderes übrig, als ihm zu vertrauen. Immerhin war er ihr Retter.

Kaum hatte er ihr auf die Beine geholfen, gab er seinen Mitstreitern seltsame Zeichen. Einer von ihnen brachte sein Pferd. „Wir sollten fortreiten."

„Ich verstehe nicht." Loreena zuckte mit den Schultern.

„Steigt auf!"

„Ich bevorzuge mein eigenes Pferd. Es ist irgendwo in der Nähe. Als der Kampf begann, ist es …"

Der Maskierte fasste ihren Oberarm und zog sie zu seinem Pferd. „Man wird es Euch bringen. Im Moment reitet Ihr mit mir!"

Loreena erschauderte bei der Vorstellung, in unmittelbarer Nähe eines Vampirs zu sein. Die Erinnerung an Graf Aroqs Hemmungslosigkeit ließ Hitze in ihr aufsteigen.

„Auch wenn Ihr es eilig habt, von diesem Ort fortzukommen, so habe ich genug Zeit, meinen Schimmel zu suchen."

Schnaubend beugte sich der Mann zu ihr herunter und sie konnte unter den hohen Kragen schauen.

Sie erkannte deutlich seinen Spitzbart. Mogall! Sie war ihm bereits zweimal begegnet. Von Nahem sah sie erst, wie anziehend er war. Hellblonder Flaum wuchs auf seinen Wangen. „Wo ist König Wor?"

Er verstärkte den Griff um ihren Arm und deutete mit dem Kopf auf den Sattel. „Steigt endlich auf! Oder wollt Ihr Zeuge unseres Frühstücks werden?"

Loreena stockte der Atem. „Ihr wollt doch nicht die Männer Wahnsteins …"

„Es wäre Verschwendung, auf dieses ergiebige Mahl zu verzichten. Noch sind die Körper warm."

„Wo ist mein Vater?"

„Ich werde Euch zu ihm bringen."

Eilig stieg sie auf den Rappen. Sie wollte fort sein, bevor das Festmahl begann. Nachdem Mogall hinter ihr Platz genommen hatte und sie seinen Oberkörper an ihrem Rücken spürte, erschauderte sie wohlig. Brachte denn jeder Männerkörper sie um den Verstand, seit Aroq sie in die Fleischeslust eingeführt hatte? „Wieso lasst Ihr Euch diese Feier entgehen? Ich kann allein zum Lager reiten. Ihr braucht mir nur zu sagen …"

Schon befahl Mogall dem Rappen, loszutraben. „Ich habe Prioritäten." Sie entfernten sich schnell vom Schlachtfeld. Während seine linke Hand die Zügel hielt, glitt seine rechte Hand unter ihren Mantel und umschlang fest ihre Hüften. „Graf Aroq wird nicht erfreut sein, wenn ich Euch bei Tagesanbruch zurück nach Tide bringe."

„Nein!" Loreenas Aufschrei klang laut in der Stille Goblins. „Mein Platz ist an der Seite meines Vaters. Er braucht mich." Sie spürte, wie seine Rechte ihren Unterbauch streichelte. Versuchte er, sie zu beruhigen? Er kraulte sich hinauf bis zu ihren Brüsten, unter denen er seinen Unterarm ruhen ließ. Durch jeden Trabschritt des Pferdes wurde Loreenas Busen auf seinen Arm gedrückt und der Wunsch wuchs, er möge die Brüste greifen und ihre Brustwarzen reiben. Was hatte Aroq nur aus ihr gemacht? Eine Sklavin ihrer Lust. Nun, da sie ein erstes Mal von einem Mann genommen worden war, verlangte ihre Leidenschaft nach mehr.

Mogall neigte sein Gesicht über ihre Schulter. Seine moosgrünen Augen blitzen sie an, während sie aufgrund ihrer unkeuschen Gedanken errötete. „Graf Aroq entscheidet über Euer Schicksal! Ihr habt es in seine Hände gelegt."

Sie ritten den Weg zurück, den Loreena gekommen war. Sie befürchtete, er würde sie auf direktem Weg nach Küstenmark bringen, noch bevor sie ihren Vater getroffen hatte.

„Bitte, Mogall." Sie wandte sich zu ihm, quälte sich ein Lächeln hervor und streifte mit den Fingern den hohen Kragen seines Mantels, als wären es seine Lippen. „Sagt mir nicht, Vampire haben kein Herz. Auch die Bewohner Valkenhorsts kennen die Bedeutung Familienbande."

„Wie recht Ihr habt! Die Vampire sind meine Familie. Ich gehöre zu Graf Aroqs treuer Gefolgschaft und folge seinem Befehl – ausnahmslos!" Lachfalten zeigten sich um seine Augen.

Loreena hätte ihn vierteilen können. Sie hüllte sich in Schweigen, doch sie spürte seinen Atem in ihrem Nacken, seinen Oberkörper an ihrem Rücken und wie sein Brustkorb sich hob und senkte. War dort nicht eine Wölbung, die sich durch den Trab des Rappens an ihrem Hintern rieb? Ihre Kehrseite reagierte empfindsam auf den sanften Druck gegen die Lederhose. Ein Prickeln durchfloss ihre Spalte, ein ermutigendes Kribbeln, das sie verwünschte.

Der Tag begann, wie der vorherige Tag geendet hatte – mit Nieselregen. Grau in grau zeigte sich der Himmel und ließ den Wald Goblin düster erscheinen. Loreenas Herz pochte aufgeregt. Ihr Vater würde sie nicht mit offenen Armen willkommen heißen, hatte sie doch seine Anweisungen missachtet. Gleich gegen ein ganzes Heer musste sie sich durchsetzen. Im Lager würde sich kein einziger Mann befinden, der auf ihrer Seite stand.

Loreena erkannte Rauchschwaden. Hitzige Gespräche drangen an ihr Ohr, aber sie konnte deren Inhalt nicht verstehen. Pferde wieherten, Schwerter klapperten. Schon traten sie mit dem Rappen zwischen kahlen Laubbäumen hindurch. Die Gespräche verstummten. Drei Krieger, die am Feuer saßen und ihre Schwerter polierten, starrten sie ungläubig an und riefen lauthals nach König Wor. Eine andere Gruppe von sechs ingrimm'schen Männern, welche am Fuße einer Winterlinde hockten, stieß Flüche aus. Einer mit Doppelkinn warf seinen Becher auf den Waldboden und zerstampfte ihn.

„Loreena. Was machst du hier?" Mit grimmiger Miene trat Wor hinter einer Birke hervor und schritt auf sie zu.

Mogall sprang vom Pferd. „Beim Auskundschaften der Grenze Frostlandes haben wir ein possierliches Tierchen eingefangen." Herausfordernd sah er sie an. „Ein Vögelchen, das ausgeflogen ist." Er streckte ihr hilfsbereit die Hände entgegen.

Loreena glitt hinunter. „Ihr wart die ganze Zeit dort. Ihr habt dem Treiben zugesehen, ohne mir beizustehen." Sie blies ihre Wangen auf und trat nah an ihn heran. Der Vampir hatte die gleichen Worte benutzt wie der Glatzkopf mit der Streitaxt. „Das werdet Ihr büßen."

„Wir waren zur rechten Zeit am rechten Ort." Mogall klappte den Kragen um und streifte seine Kapuze zurück. Ein Schmunzeln kam zum Vorschein. „Ihr habt wahrlich keinen Anlass, mir Vorwürfe zu machen."

König Wor schob Loreena beiseite und stellte sich zwischen Mogall und sie. „Was geht hier vor?" Mit dem Zeigefinger deutete er zuerst auf Loreena: „Ich fordere, sofort zu erfahren, was du hier machst", und dann auf Mogall, „und wo die Krieger aus Valkenhorst geblieben sind, die Euch begleiteten."

Der blonde Vampir hob die Hand. „Lasst uns einen geeigneteren Ort aufsuchen. Zu viele Augen sind auf uns gerichtet. Zu viele Ohren hören mit."

König Wor nickte und ging voraus. Mogall lächelte Loreena an, ließ ihr den Vortritt und folgte. Sie suchten sich einen Platz abseits des Lagers. Ungeduldig verlagerte Wor sein Gewicht von einem Fuß auf den anderen.

„Mein Platz ist an deiner Seite." Loreena legte ihre ganze Überzeugungskraft in ihre Stimme. „Sag, was du willst, aber ich bleibe!"

„Das nenne ich Diplomatie und Feingespür." Verächtlich verzog der Vampir die Lippen.

Wor legte seine Hand auf ihre Schulter. „Einige Männer werden dich sofort zurück auf die Festung Tide bringen."

„Niemals!" Wütend schob sie seine Hand fort. „Ich mag nicht immer tun, was in deinem Sinne ist, Vater – aber ich habe deinen Sturkopf geerbt und weiß, wo mein Platz ist – an deiner Seite. Ich werde Lomas mit dir zusammen befreien und dann werden wir …" Sie schluckte das Satzende hinunter und sah Mogall an. Die grünen Augen des Vampirs spien Feuer. Natürlich wusste er, was sie sagen wollte. Wenn erst die Königsfamilie wieder vereint war, würden sie das Reich Ingrimm zurückerobern.

„Unterschätzt Graf Aroq nicht." Leise und dennoch hart klangen Mogalls Worte. „Unterschätzt nicht Valkenhorst, das Land der Vampire!"

Loreena senkte verschämt den Blick. Mit diesem Ausbruch leidenschaftlicher

Zuneigung für ihr Heimatland konnte sie die gesamte Reise gefährden.

„Ich kann dich hier nicht brauchen. Du musst die Stellung in Küstenmark halten." König Wor zeigte sich unnachgiebig. Plötzlich fing er an, zu husten. Er spuckte purpurnes Blut in seine Handflächen.

Loreena legte die Arme um ihren Vater.

„Das ist nur die Wandlung." Mogall reichte Wor ein Baumwolltuch. Sein Blick klebte an Loreena. „Werdet Ihr den Anblick ertragen? Werdet Ihr kämpfen wie ein Mann, wenn es sein muss? Könnt Ihr töten? Bringt Ihr das über Euer gütiges Herz?"

Sie rümpfte die Nase. Am Liebsten wäre sie dem Vampir ins Gesicht gesprungen, hätte ihm die hübschen Augen ausgekratzt. Das Schlimme war, dass er einen wunden Punkt getroffen hatte. Vorsätze waren gut – die Umsetzung allzu oft schwierig. „Nehmt mich mit und prüft mich, Mogall." Sie schob ihr Kinn vor.

„Ich sehe Eure Zweifel." Er schmunzelte herablassend. „Aber zu meinem Vergnügen werde ich es tun." Dann begann er, ein Lied zu pfeifen und ging zum Lagerfeuer zurück.

Wor befreite sich aus Loreenas Umarmung. Erschöpft warf er Mogalls Tuch in den Dreck und schnaubte. „Du bist unvernünftig. Das ist keine Reise für dich. Nun wird dich dieser verdammte Vampir zur Belustigung mitnehmen. Ich habe keine Kraft, mich gegen ihn durchzusetzen."

„Wieso befindet sich das Lager so weit im Osten?"

„Unser Plan ist es, die Grenze Frostlandes im Norden Ingrimms zu passieren, doch die Armee Wölfings weigert sich. Sie verlangt, vom Nordalpgletscher aus einzudringen."

Loreena zog hörbar Luft ein. „Wir müssten durch Valkenhorst."

Resignierend vergrub Wor sein Haupt in den Händen. „Hier liegt das Problem. Unser Heer wird dem niemals zustimmen."

Trotz der neuen politischen Situation betrachtete die Bevölkerung Ingrimms Valkenhorst immer noch als Feindesland. Die Wunden waren zu frisch. Das Abkommen stand auf sandigem Grund. Dennoch musste Loreena eingestehen, dass der Weg durch den Graupelwald, dann dem Verlauf des Ankerleflusses folgend bis zum Nordalpgletscher zwar höchst brisant war, aber vorteilhafter.

„Lass uns zurück zum Lager gehen und unsere Debatte weiterführen." Wor erhob sich mühsam. „Andernfalls sind wir immer noch hier, wenn unsere Vorräte ausgehen."

Zahlreiche Vogelstimmen begleiteten das Erwachen Goblins. Zwitschernd weckten sie den Wald und seine Bewohner, um ihnen zu sagen, dass es Zeit war, geschäftig zu werden. Doch anstatt Morgentau von den Lederbeuteln und Korbtaschen zu wischen, blieben die ingrimm'schen Krieger auf den Schlafplätzen und frönten der Resignation. Die Armee Valkenhorsts kehrte von ihrem Frühstück zurück und teilte die über dem Waldboden wabernden

Nebelschwaden. Gierig tranken sie Wasser aus den Darmschläuchen, als müssten sie den metallischen Geschmack auf ihren Zungen herunterspülen. Zufriedenheit spiegelte sich auf ihren Gesichtern. Loreena bemerkte die Missgunst in den Mienen der Männer Ingrimms, während diese an den trockenen Brotkrusten kauten, um ihren Hunger zu vergessen. Sie selbst hätte keinen einzigen Bissen hinunterschlucken können. Nun war sie an ihrem Ziel. Sie hatte erreicht, was sie erreichen wollte. Dennoch fühlte sie sich schlecht. Die Uneinigkeit der beiden Fraktionen ließen die Befreiung Lomas zum Balanceakt werden. Wer konnte garantieren, dass sich Menschen und Vampire nicht im Laufe der Reise gegenseitig an die Gurgel gingen – noch bevor die Feste Nebelhorn in Sichtweite kam?

König Wor stand mühsam auf. Schweiß trat auf seine Stirn und lief die wächsernen Wangen hinunter. „Die ganze Nacht haben wir debattiert, anstatt nötigen Schlaf zu finden, und sind nicht weitergekommen. Nicht einmal angenähert haben wir uns – weder an die Hauptstadt Firn noch an eine Lösung."

Mogall stellte sich neben Wor und schaute in die Runde. „Längst sollten wir unterwegs sein. Durch die Sturheit Ingrimms bleiben wir auf der Stelle stehen. Hört meinen Vorschlag. Lasst uns zurück nach Tide reiten. Dort nächtigt es sich bequemer und erreichen werden wir dort ebenso wenig."

„Das ist Unsinn." Wor gestikulierte heftig und geriet ins Wanken.

Besorgt sprang Loreena auf. Sie legte den Arm um seine Hüften und schenkte ihm Halt.

Er nickte dankbar. „Wir werden nach Firn reiten und meinen Sohn Lomas, den Erben des Thrones Ingrimms, befreien – koste es, was es wolle!"

Mogall kraulte seinen Spitzbart und sprach zu Wor, während sein Blick auf Loreena haftete. „Lasset uns endlich gen Graupelwald ziehen, den Ankerlefluss überqueren und unser Lager am Nordalpgletscher beziehen."

Plötzlich trat Artin hinter einer Eiche hervor. Loreena seufzte. Der junge Hitzkopf sah aus wie ein tollwütiger Köter. Wieso hatte König Wor ihn nicht in Küstenmark gelassen? Befürchtete er, Graf Aroq würde seine Beute einfordern?

Artin umfasste demonstrativ seinen Schwertgriff. „Ihr haltet uns wohl für dumm? Da müsst Ihr schon listiger sein, um uns in eine Falle zu locken."

Ein Vampir mit kinnlangen grauen Koteletten und buschigen Augenbrauen trat auf Artin zu. „Hüte deine Zunge!" Dunkle Schatten verwandelten sein Gesicht in eine Kraterlandschaft.

„Ist schon gut, Klavorn." Mogall wandte sich an den Jungen. „Firn von seiner südlichen Grenze anzugreifen, grenzt an Torheit, Knabe."

„Knabe?" Artin kochte vor Wut und hielt seine Waffe hoch.

„Der Weg von der südlichen Grenze Frostlandes bis zur Hauptstadt Firn bietet keinen Schutz durch Wälder oder Gebirgsketten." Keinerlei Gefühlsregungen zeigten sich bei dem Vampir. Mit steinerner Miene trat er an Artin heran, sodass dessen Schwertspitze gegen Mogalls Brustkorb stieß. „Die Grenze zur westlichen Krisis ist tabu, weil dort die Schergen Wahnsteins auf uns warten. Selbst wenn wir sie vernichten oder überlisten, würde die Kristalleiswüste im Nordwesten ein unüberwindbares Hindernis darstellen." Mogall umfasste die Klinge und führte sie an seinen Hals. „Was bleibt uns also übrig, Knabe?"

Artins Hände begannen, zu zittern. Er öffnete den Mund, doch kein Wort kam heraus. Loreena musste ein Lachen unterdrücken. Anscheinend hatte der junge Krieger mit einem Kampf gerechnet, nicht mit einem Rededuell. Die Männer von Ingrimm und Valkenhorst erstarrten in ihren Bewegungen. Loreena meinte sogar, einen gewissen Glanz in ihren Augen zu erkennen. Mit einer solchen Kühnheit hatte niemand gerechnet. Mit seinen Argumenten und seiner Furchtlosigkeit nahm Mogall nicht nur Artin die Luft aus den Segeln. So sehr sich Loreena gegen ihre Gefühle wehrte, das Verhalten des Vampirs imponierte.

Sie löste sich von ihrem Vater und ging zu Artin. „Nimm das Schwert runter." Eindringlich schaute sie ihn an. Als er nicht reagierte, legte sie ihre Hand auf den Arm, der die Waffe führte. „Bitte, Artin. Die Zeit, zu kämpfen, kommt früh genug. Jetzt müssen wir an einem Strang ziehen." Sie blickte in die Runde der Krieger aus Ingrimm. „Wenn Ihr Eure Missbilligung einmal außer Acht lasst, müsst Ihr eingestehen, dass die Armee aus Falkenhorst recht hat. Es ist am Besten, aus dem Nordosten anzugreifen."

König Wor stellte sich hinter sie und legte beide Hände auf ihre Schultern. Seine Stimme klang stärker, als er aussah. „Auf, Männer! Sattelt die Gäule. Packt die Taschen. Wir haben genug kostbare Zeit vergeudet. Der Nordalpgletscher wartet auf uns. Und dann werden wir diese frostländischen Bastarde das Fürchten lehren."

Jubelschreie und Gegröle folgten der Ansprache. Wie erlöst sprangen die Männer Ingrimms von ihren Plätzen auf und begannen eifrig, ihre Sachen zusammenzusuchen. Sie wollten endlich aufbrechen. Sie wollten kämpfen. Sie wollten Lomas!

Während die Vampire Mogall zunickten und Klavorn ihm durch einen freundschaftlichen Schlag auf den Rücken seine Achtung mitteilte, verschwand Artin so schnell, wie er aufgetaucht war. Mogall schaute Loreena kurz an, als wolle er ihr für die beipflichtende Ansprache danken, blieb jedoch stumm und machte sich auf, um sein Pferd zu beladen.

Loreena fragte ihren Vater: „Weshalb reisen die Vampire mit derart großem Gepäck? Die Pferde sind kaum in der Lage, die Säcke zu tragen."

„Weiß der Teufel, was sie mitschleppen." Wor spuckte purpurnen Schleim in den Matsch. „Galoppieren können sie damit nicht und sind uns nur ein Klotz am Bein."

Unaufhörlich schickte der graue Himmel Nieselregen auf den Wald nieder und machte aus dem Boden Goblins ein einziges Schlammloch. Das Moos saugte sich voll. Wie Glatteis rutschte Loreena auf den Flechten aus und war froh, endlich auf ihrem Schimmel zu sitzen. Der Wald duftete nach feuchtem Laub.

Ein plötzlicher Schlag auf den Hintern ihres Pferdes und schon trabte der

Schimmel los.

„Zeigt keine Furcht, Loreena.“ Mogall schloss auf und schmunzelte selbstgefällig. „Steckt Euch der Kampf mit den Wahnsteinkröten noch in den Knochen? Wie wollt Ihr erst mit den Werwölfen im Graupelwald fertig werden?“ Er lachte laut auf und gab seinem Rappen die Sporen.

Sie musste alle Kraft aufbringen, um dem inneren Drang zu trotzen, ihre Finger in Mogalls blondes Haar zu krallen und ihn vom Pferd zu reißen, nur um ihn im Morast vor ihren Füßen kriechen zu sehen. Wie unverschämt er war! Anmaßend – und begehrenswert.

Kaum ritt die ungleiche Gesellschaft über die Grenze der östlichen Krisis, so verschwanden die Laubbäume von Goblin und machten den Nadelbäumen des Graupelwaldes Platz. Finsternis machte sich breit, obwohl der Tag andauerte. Die Fichten und Tannen standen eng beieinander, sodass die Männer hintereinander reiten mussten. Unsicherheit befiel sie, denn die Formation bot eine große Angriffsfläche. Der Graupelwald hieß sie mit einer unheimlichen Atmosphäre im Land der Vampire willkommen. Kiefern dämpften alle Geräusche. Gurrende Tierlaute waren alles, was an ihre Ohren drang. Kein Vogel zwitscherte. Kein Hufgetrampel fliehender Hirsche.

Loreena schaute sich ängstlich um. Ihre Hand legte sich um den Griff des neuen Kurzschwertes, das ihr Vater ihr gegeben hatte.

Werwölfe existieren nicht. Werwölfe existieren nicht! Sie wiederholte diesen Satz immer wieder in Gedanken. Sie sind nur Kreaturen der Fantasie, Mythen, Sagen, Hirngespinste.

Ein kaum vernehmbares Knarren im Unterholz ließ alle herumfahren. Die Blicke richteten sich gen Norden. Hatte man das Heer Ingrimms in einen Hinterhalt gelockt? Hockte dort eine monströse Bestie, bereit, jeden Augenblick die Männer anzufallen? Nichts geschah. Unruhiger als zuvor setzte das Korps die Reise fort. Wie konnten die Männer gelassen bleiben mit der Grenze von Frostlande im Norden und Wölfing, der Hauptstadt Valkenhorsts, im Südosten? Sie befanden sich zwischen zwei Todfeinden. Wenn auch eine Armee Vampire an der Seite der ingrimm'schen Krieger ritt, so war das Band, das sie vereinte, nicht freundschaftlicher Natur.

Loreena meinte, ein Scharren zu vernehmen. Oder war dies nur eine Illusion, erzeugt durch Furcht? Sie schaute zum Himmel. Dunkelgraue Regenwolken schienen knapp über den Baumwipfeln zu hängen. Unaufhörlich nieselte es. Kein Wind wehte, um die Wolken zu vertreiben. Nicht einmal eine Brise brachte den Wald zum Leben. Versteckten sich die Tiere? Erwachten sie nur bei Nacht, wie man es den Werwölfen nachsagte?

Werwölfe existieren nicht! Zur Erinnerung kniff sich Loreena in den Handrücken. Ihr Blick schweifte gen Südosten. Vielleicht konnte sie die Hauptstadt Valkenhorsts von Weitem sehen. Sie erinnerte sich an Wölfing mit der Wolfsburg, deren Treppe steinerne Bestien säumten; den Ort des

Schreckens, an dem sie Graf Aroq das erste Mal getroffen und ihm das Reich Ingrimms zu Füßen gelegt hatte.

Angewidert wandte sich Loreena ab, obwohl die Bäume nicht einmal die Sicht auf eine Turmspitze freigaben. Automatisch schaute sie nach Norden. Nur einen halben Tagesritt entfernt verlief die Grenze der nördlichen Krisis und Frostlandes mit seinen starken Verbündeten, dem Schnee und Eis. Das Heer Ingrimms mochte die frostländischen Grenzwachen überrumpeln. Aber würden die Männer, verwöhnt durch 260 Tage Sonne im Jahr, Kälte und Frost trotzen können? Loreena war sich nicht einmal klar, was sie im Norden von Valkenhorst erwartete, geschweige denn in der Hauptstadt Firn.

So zog der Tag an ihnen vorüber, ohne dass sie etwas anderes als Bäume sahen. Aber es geschah auch nichts Unerwartetes. Langsam ritten die Pferde hintereinander. An Trab oder Galopp war unter diesen Umständen nicht zu denken.

Artin, der vor Loreena ritt, fluchte immer wieder. „Verdammt! Bei dem Tempo kommen wir nie nach Firn."

Endlich tat sich eine große Lichtung auf.

Mogall gebot Einhalt. „Dies ist der Ankerlefluss. Hier werden wir unser Nachtlager aufschlagen. In den Morgenstunden ziehen wir weiter zum Nordalpgletscher." Die Reiter scharten sich um ihn.

„Wir sollten bis Nordalp durchreiten." Artin riss an den Zügeln. Sein Pferd bäumte sich auf. Wiehernd stellte es sich auf die Hinterhufe und schüttelte wild die Mähne.

Loreena beobachtete, wie Mogall amüsiert lachte. Der junge Gefolgsmann konnte sein heißsporniges Gemüt einfach nicht unter Kontrolle bringen.

Schmunzelnd kraulte Mogall seinen Spitzbart. „Würden wir bis zum Gletscher durchreiten, Artin, wären unsere Kräfte aufgezehrt. Die Feste Nebelhorn unter diesen Umständen anzugreifen, wäre eine tödliche Torheit. Und eine tagelange Rast am Fuße Nordalps ist aufgrund der knappen Rationen undenkbar."

König Wor ritt auf. Wankend saß er auf seinem Pferd – bleich wie die Leiche seiner Frau Rominda, als diese aufgebahrt in der Familiengruft gelegen hatte, damit das Reich nach ihrem Scharlachtod Abschied nehmen konnte. „Lange können wir uns im Norden nicht aufhalten. Kälte und Eis würden uns dahinraffen."

Artin ließ seinen Gaul weiterhin nervös trippeln. „Es ist noch lange nicht dunkel. Wir sollten zumindest weiterreiten, bis die Nacht hereinbricht. Wir verschwenden Zeit."

Mogall glitt vom Pferd hinunter. „Im Rutenhain, jenseits des Ankerleflusses, dürfen wir nicht übernachten."

Kaum hatte er dies ausgesprochen, flüsterte Klavorn ängstlich und dennoch ehrerbietig neben ihm: „Rappaschumah."

Die Armee Valkenhorsts sprang ebenfalls von ihren Gäulen. Mogall reichte Klavorn seine Zügel. „Obwohl wir noch in der östlichen Krisis sind, sollten wir im Schutz des Waldes unser Lager aufschlagen. Dort drüben beginnen bereits die Felder der Siedlung Föhn." Mit dem Kopf deutete er über den Ankerlefluss hinweg.

„Morgen früh legen wir das letzte Stück zurück und galoppieren bis Nordalp. Übermorgen ist mein Sohn Lomas bereits bei uns." Zufrieden stieg König Wor ab. Er musste sich am Sattel festhalten, um nicht umzufallen. Rote Flecken zierten seine wächserne Haut.

Loreena bemerkte missmutig das Tuscheln seiner Gefolgsleute.

Mogall kniete sich ans Flussufer und schaufelte Wasser in sein Gesicht. „Wenn wir in Föhn sind, füllen wir unsere Vorräte auf."

„Auch die der Menschen?" Wor stolperte mehr auf den Vampir zu, als dass er ging, und nahm auf einem Ast Platz. Wie ein Buckliger saß er neben dem knienden Blutsauger. Seine rechte Hand rieb die zitternden Finger der Linken, damit sie sich beruhigten. Stumpf sah sein Bart aus, erschöpft seine Augen.

Loreena beobachtete die Männer, während sie vom Schimmel glitt und ihre Ledertasche schulterte. Ihr missfiel, dass ihr Vater immer öfter die Nähe des Vampirs suchte.

Fast mitleidig blickte Mogall zu ihrem Vater auf. „Vampire brauchen keinen Proviant. Sie bedienen sich natürlicher Quellen. Heute Nacht werden wir nicht losziehen, sondern morgen Föhns Gastfreundschaft genießen."

„Was tragt Ihr in den riesigen Säcken mit Euch?" Fragend zog Wor die silbergrauen Augenbrauen hoch.

Ein Lächeln formte Mogalls dünne Lippen zu einer Sichel. „Das werdet Ihr früh genug erfahren."

König Wor hielt sich plötzlich den Bauch und würgte unter einer Hustenattacke. Erschreckt schauten seine Gefolgsleute zu ihm hinüber. Die Krieger tuschelten, verzogen verächtlich die Gesichter. Einige machten ihrem Unmut Luft, indem sie die Korbtaschen mit dem Proviant wütend auf den Boden schmissen. Andere gingen lieber tiefer in den Graupelwald, um die Wandlung Wors nicht mit ansehen zu müssen.

Besorgt trat Loreena an ihren Vater heran. Sie setzte sich neben ihn auf den Ast und legte einen Arm um ihn. „Soll ich dir einen Becher Rotwein holen, Vater?"

„Wein ist nicht, was er benötigt." Scharf klangen Mogalls Worte. Er benässte ein letztes Mal sein Gesicht mit dem Ankerlewasser und stand auf. „König Wor, wir sollten gemeinsam nach Föhn vorreiten. Dort bekommt Ihr, was Ihr Euch weigert, der Natur zu entnehmen."

„Niemals!" Angewidert rieb Wor sich mit der Hand über den Mund. Loreena bemerkte die purpurne Schleimspur auf dem Handrücken. Ihr Vater erhob sich und ging hustend zum Lagerfeuer.

Loreena stand auf und stellte sich Mogall in den Weg. „Weshalb geht es ihm so schlecht? Die Wandlung müsste längst abgeschlossen sein. Er quält sich fürchterlich."

Der Vampir strich seine nassen Haare aus dem Gesicht und Loreenas Herz setzte einige Takte aus bei dem himmlischen Anblick. Seine grünen Augen strahlten sie an. Ein Wassertropfen hing an einem Barthaar und würde jeden Moment hinuntertropfen. Loreena war mit einem Mal durstig. Sie fühlte den Drang, den Tropfen mit ihrem Mund aufzufangen und ihre Zähne im Bart zu vergraben.

„Der König Ingrimms wehrt sich innerlich gegen die Wandlung“, antwortete er mit sanfter Stimme und streichelte unvermittelt ihre Wange. „Täte er dies nicht, wäre die Wandlung ein Kinderspiel.“

„Könnt Ihr ihm nicht helfen?“ Wie zum Gebet faltete sie die Hände. Als sie sein heroisch-lüsternes Grinsen erblickte, biss sie sich auf den Zeigefinger und bereute sogleich, eine Bitte an den Vampir gestellt zu haben. Sie wollte sich nicht erniedrigen vor einem Blutsauger! Aber weshalb kribbelte es in ihrem Unterleib? Wieso zitterten ihre Beine vor Aufregung? Abrupt drehte sie sich um und flüchtete zu ihrem Vater.

Hinter sich hörte sie Mogall knurren: „Ein Kelch mit köstlichem Blut würde seine Qual mildern.“

Die Nacht brach herein. Fledermäuse flogen über ihre Köpfe hinweg. Misstrauisch beäugten diese das Heer Ingrimms und die Armee von Valkenhorst. Die Leute saßen bei ihresgleichen und tauschten kein einziges Wort aus. Die Männer Ingrimms bissen in ihren gepökelten Schinken, beobachtet von angewiderten Blicken der Vampire. Kälte zog ein, obwohl der Graupelwald Schutz vor den eisigen Nordwinden bot. Wie frostig würde es erst sein, wenn sie in den Norden vordrangen und die Wälder hinter sich ließen? Den Blutsaugern schien die Kälte weitaus weniger anzuhaben. Lässig gekleidet saßen sie fernab des Feuers.

König Wor und seine Krieger zogen ihre Ledermäntel fest um ihre Körper und wärmten die steifen Finger an den Flammen. Loreena freute es, dass ihr Vater noch nicht mit offenem Mantel neben ihr saß.

Nach dem langen Ritt fühlte sie den Wunsch, einige Schritte zu Fuß zu tun. Loreena drückte sanft die Hand ihres Vaters und stellte den Becher auf den moosbedeckten Boden. Ihr Blick schweifte in die Runde, als sie sich erhob. Die Männer schauten gedankenabwesend in die Flammen. Schweigend entfernte sie sich. Sie schlenderte den Ankerlefluss entlang gen Süden und rieb sich den vom Reiten schmerzenden Hintern. Vielleicht konnte sie die imposanten Mauern Wölfings zwischen einigen Tannen hindurchsehen. Weshalb war sie nur so besessen davon?

„Ihr solltet Euch nicht vom Lager entfernen.“ Mogall trat aus dem Dickicht.

Loreena wünschte sich, seine Augen leuchten zu sehen – die lila-gesprenkelten Smaragde – aber fernab vom Feuer war es zu dunkel. Die Finsternis bedrückte sie. Die eng stehenden Kiefern und Fichten schnürten ihr die Kehle zu. Die Nadelbäume waren kein Vergleich zu den Birken und Buchen des Waldes

Goblins. Der Frühling war noch nicht fortgeschritten genug. Aber der Sommer würde Veränderungen bringen – in jeder Hinsicht.

Loreena schnalzte. „Ein Mensch weniger kann Euch nur recht sein."

„Graf Aroq würde mich umbringen, wenn ich Euch nicht heil nach Tide zurückbrächte."

„Graf Aroq?"

Mogall lächelte schweigend. Mit verschränkten Armen stand er vor ihr und blickte auf sie herab. Erst jetzt bemerkte sie, dass sie noch immer ihren Hintern rieb. Sie hörte auf, hob stolz ihr Kinn und wandte sich ab. Graf Aroq war der Letzte, an den sie denken wollte. Sicherlich schmiedete er bereits Pläne voller Rachelust. Vielleicht saß er bereits auf Tide und übernahm die Geschäfte des Landes – wohl wissend, dass König Wor bei der Rückkehr einer von ihnen sein würde und Loreena des Todes wegen Missachtung seines Befehls. Traurig beobachtete sie das fließende Ankerlewasser. Es entsprang einer Quelle weit im Norden und suchte sich seinen Weg durch die östliche Krisis bis hin zum Medusenmeer im Süden.

Mogall kniete sich ans Flussufer. Er nahm Wasser in die gewölbte Handfläche und trank. Auffordernd sah er zu ihr auf. „Habt Ihr es überhaupt schon gekostet oder auch nur dem mitgebrachten Rotwein gefrönt?" Nach einer weiteren Handvoll Wasser schüttelte er das Haupt. „Da reitet das Heer Ingrimms bis in den Norden und nimmt Schläuche voller Wein mit, anstatt etwas Sinnvolles zu transportieren."

Loreena hockte sich neben ihn. „Weshalb seid Ihr Vampire stets arrogant und herablassend?"

Erstaunt über ihre Ehrlichkeit sah Mogall sie an.

„Was habt Ihr in den großen Säcken, die die Pferde abhalten, zu galoppieren?", fragte sie unverblümt.

Der Vampir setzte sich auf einen Moosteppich. Nachdenklich zog er die Füße an und umschlang die Knie mit seinen Armen. Er sah Loreena nicht an, sondern blickte auf die andere Uferseite in den Rutenhain. Ein Fuchs tauchte auf und rannte zielstrebig auf den Fluss zu. Als er die Eindringlinge erblickte, drehte er um und verschwand unter einem Tannenzweig.

Loreena setzte sich neben Mogall und es war, als würde seine Nähe sie noch näher an ihn heranziehen. „Es tut mir leid." Mogall hatte seit gestern nichts Nahrhaftes zu sich genommen. Er hatte sie aus den Klauen der Wahnsteiner gerettet und sich angeboten, Wor nach Föhn zu bringen, um ihm Blut zur Stärkung zu geben.

„Euer Vater ist unvernünftig." Als er ihr das Gesicht zuwandte, sah er ihr tief in die Augen. Da war etwas, das sie nicht beschreiben konnte: etwas Warmes, Wollüstiges.

„Er muss Blut trinken. Sonst wird er die Reise vielleicht nicht überstehen. Zum Vampir wird er auf jeden Fall werden. Aber ohne Blut …" Er führte den Satz nicht zu Ende, sondern betrachtete begehrlich ihren Mund.

Würde er sie küssen? Sie wünschte es sich, obwohl es falsch war, gar verboten, aber dies reizte sie nur umso mehr. „Erinnert Ihr Euch nicht an Eure Wandlung? Es fiel Euch sicher auch schwer, vom Menschsein loszulassen."

Mogall nickte und berührte ihre Lippen mit seinem Finger. „Ich war ein Auserwählter – ein Dohunla. Es war nicht einfach, meine Familie zu verlassen. Doch ich habe mich schnell zurechtgefunden."

„Wor wird nie zu Euch gehören." Kaum hatte sie dies ausgesprochen, bereute sie es.

Der Vampir verschloss ihren Mund mit seiner Hand. Erregung schwoll durch diese simple Geste in Loreena an.

„Er ist kein Bauernsohn, wie ich es war. Wenn man König ist, kann man nicht so einfach die Fronten wechseln. Aber es bleibt ihm nichts anderes übrig."

Sie riss seine Hand hinunter. „Das werden wir sehen!" Aufmüpfig reckte sie die Nase in die Luft.

Mogall lächelte sie an und Loreena erkannte einen Glanz in seinen Augen. Endlich leuchteten die Smaragde. Mit Schrecken spürte sie, wie ihr Schoß warm und weich wurde und Feuchtigkeit aus ihrer Mitte floss. Verschämt spielte sie mit ein paar Grashalmen. Vampire – warum hatten sie nur solch eine Wirkung auf sie?

„Je mehr die Zeit voranschreitet, desto tiefer wurzelt er in der Kultur Valkenhorsts. Das ist unumgänglich." Er ließ seine Finger über den Moosteppich gleiten, streichelte ihre Stiefelspitze und umschloss kurz ihr Fußgelenk. Dann ergriff er einen Stein und warf ihn lässig ins Wasser. Ringförmige Wellen entstanden auf der Oberfläche. Die Strömung riss sie fort. „Er wird mehr Jahre als Vampir verbringen, als er als Mensch verbracht hat. Irgendwann erinnert er sich kaum noch an seine menschliche Vergangenheit."

„Ich werde ihn daran erinnern." Ihr fiel ein, dass er sie überdauern würde, und sie fügte hastig hinzu: „Und nach mir meine Kinder und Enkel."

Verständnisvoll sah er sie von der Seite an. Er hob einen weiteren Stein auf und schob ihn von einem Fingerzwischenraum zum anderen wie ein Taschenspieler eine Münze. „Beeindruckend ... ", er warf den Stein in die Luft, fing ihn auf und schleuderte ihn in den Fluss, „ ... Euer Enthusiasmus."

Loreena fühlte sich beengt und zog am Bund ihrer Lederhose. Offensichtlich sah er dies als Aufforderung an, denn er legte seine Hand in die Falte zwischen Oberschenkel und Hüfte. Ihre Scham entflammte. Er strich über das Leder, vor und zurück, provozierend nah an ihrem Venushügel. Mühsam brachte sie hinaus: „Er ist alles, was ich noch habe. Meine Mutter ist lange verstorben. Mein Vater wandelt sich zum Vampir. Und das Reich Ingrimm fällt in die Hände von Valkenhorst."

„Auch wir sind gespannt, zu sehen, was Graf Aroq mit Euch vorhat." Verstohlen schaute er sie an.

Loreena warf ihren Haarzopf über die Schulter und schob seine Hand fort. Aroq! Mogall hätte ihn nicht erwähnen sollen! „Ich will nicht über ihn reden."

„Weshalb nicht?"

„Weshalb thematisiert Ihr ihn ständig?" Sie rupfte Moos aus und schmiss es auf bares Erdreich.

„Wenn er Küstenmark nicht unterwirft, gefährdet er seine Stellung." Der Vampir fuhr fort, als er bemerkte, dass sie zum verbalen Gegenschlag ansetzte: „Es wird jedoch befürchtet, dass er dies nicht im Sinn hat."

Loreena dachte an Gamtams Worte: *Aus Zuneigung zu dir hält der Graf sich zurück, so munkelt man.* Nervös steckte sie einige Haarsträhnen hinter die Ohrmuschel und kratzte sich an der Stirn. Bevor sie sprach, befeuchtete sie ihre Lippen mit der Zunge. „Und was denkt Ihr, Mogall?"

Er wirkte kalt, als er aufsprang und Loreena die Hand reichte, um ihr aufzuhelfen. „Wir sollten zum Lager zurückkehren. Mag Graf Aroq auch einen Pakt mit den Kreaturen der Nacht geschlossen haben, um die Wälder sicherer zu machen, so hege ich trotzdem Zweifel an der Einhaltung."

„Wovon sprecht Ihr?" Loreena ließ sich hochziehen, enttäuscht, dass ihre Zusammenkunft kühl endete, obwohl ihr Schoß vor Verlangen pochte. Aber sie hatte seine Hand zweimal abgewiesen und er hatte den Fehler begangen, Aroq zu erwähnen.

Sie traten gemeinsam den Rückzug an. Mogall hüllte sich in Schweigen. Er wich ihrem Blick aus und eilte voraus. Es war nicht leicht, Schritt zu halten. Immer wieder musste sie laufen, um aufzuschließen. Sie setzte an, um nachzufragen, welche Position er in dem Konflikt bezog. Als sie den Mund öffnete, sah sie Mogalls abweisende Haltung und schloss ihn wieder. Verärgert presste sie die Lippen aufeinander und ließ sich zurückfallen. Sollte er doch allein ins Lager zurücklaufen. Sie hatte noch die ganze Nacht, um dort anzukommen. Hektische Zeiten würden erst in Firn anbrechen. Wenn er einer Unterredung aus dem Weg gehen wollte, so sollte sein Wunsch in Erfüllung gehen. Aufdringlichkeit war kein Charakterzug von ihr.

Offensichtlich bemerkte Mogall ihr Fehlen nicht oder ihm war es egal, denn nun stand Loreena allein in der Finsternis zwischen den Tannenbäumen und er kam nicht zurück, um sie zu holen.

„Verfluchte Vampire", murmelte sie und rieb sich den Hintern, weil die Schmerzen zurück in ihr Gedächtnis fanden. Sie öffnete die Hose. Ihre Hand glitt unter das Leder und streichelte beruhigend die Pobacken. Das brachte keine wirkliche Erleichterung. Deshalb ging Loreena zurück zum Fluss, tauchte ihre Hand ins Wasser und benässte ihr Gesäß.

„Die Kühle tut gut", hauchte sie. Immer wieder schaufelte sie Wasser über ihr Hinterteil, massierte das Nass ein und genoss es, wenn die Tropfen zwischen ihre Pobacken liefen und sich zwischen den Schenkeln sammelten. Doch sie kühlten ihre gierige Scham nicht, sondern liebkosten sie auf prickelnde Weise.

Loreena legte ihren Kopf in den Nacken, schloss die Augen und biss sich auf die Unterlippe. *Geh weg, du vermaledeite Wollust,* schimpfte sie und ließ kaltes Flusswasser über ihren Venushügel laufen. Die Tropfen streichelten ihre empfindsamste Stelle, bevor sie sich mit ihrer Feuchte vereinten. Immer und immer wieder tauchte Loreena ihre Hand in den Ankerlefluss, um ihren Schoß abzukühlen, doch in Wahrheit gierte sie nach dem Gefühl, das die fließenden Tropfen ihrer Klitoris entlockten. Ihre Schamlippen schwollen an, sodass ihr die Lederhose mit einem Mal zu eng erschien. Sollte sie die Hose ausziehen? Sie wagte es nicht. Stattdessen glitt ihre Hand in die Hose und legte sich angenehm kalt auf ihren Unterleib. Ihr Kitzler zuckte empfindlich. Weiblicher Duft stieg auf. Loreena vergrub ihren Mittelfinger zwischen den Schamlippen und hielt den Atem an. Behutsam bewegte sie ihre Hand vor und zurück, rieb über die pochende Klitoris und verteilte ihre Feuchtigkeit auf dem Unterleib. Ein Stöhnen entfloh ihrem Mund. Sie benässte die Lippen mit der Zungenspitze. Welch quälendes Glücksgefühl. Sie fühlte sich entrückt, dem Wahnsinn nah, durch diese simple Bewegung. Vor und zurück, mehr nicht, doch schmerzlich langsam über ihre empfindsamste Stelle.

Plötzlich knackte es. Jemand musste auf einen Zweig getreten sein. Bis ins Mark erschreckt, riss Loreena die Augen auf und dort stand er – Mogall! Keine fünf Schritte entfernt. Mit verträumtem Blick. Und einer unübersehbaren Wölbung in der Hose.

„Ich habe Euch gesucht“, sprach er leise. „Ich habe mir Sorgen gemacht, unbegründet, wie ich sehe.“

Loreena zog die Hand aus der Hose und spürte, wie ihr das Blut in den Kopf stieg.

Schnellen Schrittes kam Mogall zu ihr und hielt ihr Handgelenk fest. Noch immer glänzte ihre Feuchte auf den Fingern.

„Bitte, lasst mich“, bat sie heiser.

„Schämt Euch nicht für Eure Lust. Das wäre töricht.“ Bevor sie etwas erwidern konnte, nahm er ihren Mittelfinger in seinen Mund. Er leckte ihren Saft ab, saugte neckisch an der Fingerkuppe und lutschte an den restlichen Fingern, bis die Hand gereinigt war.

Dann fügte er lasziv hinzu: „Lasst mich Euch bei der Abkühlung helfen.“

Loreena lehnte sich gegen einen Baum, da ihre Beine zitterten.

Mogall ließ sich auf sein linkes Knie hinab, den rechten Fuß noch auf dem Boden und zog ihre Hose bis zu den Fußgelenken hinunter. Er deutete ihr an, die Beine zu spreizen und betrachtete ausgiebig ihren Schoß. Loreenas Herz raste. Hochrot und feucht musste ihr Unterleib sich ihm feilbieten wie eine Ware auf dem Markt. Er brauchte nur zuzugreifen und schon würde sie ihm gehören. Wie leicht war sie doch zu haben in diesem Moment! Anstandslos wie eine billige Straßenhure. Sie öffnete sich weit vor einem Fremden, zudem einem Vampir, als hätte sie kein Ehrgefühl. Ihre eigene Lust ließ ihre Quelle übersprudeln und unzüchtig duften wie ein Lockmittel, ihre Schamlippen glühten als Signal der Bereitwilligkeit, hart und erbarmungslos gestoßen zu werden.

Mogall zog mit seinen Fingerkuppen ihre Schamlippen nach und hinterließ ein wohliges Kribbeln. Sein Zeigefinger tauchte in ihre Mitte ein, verharrte kurz, da sie erschauderte, und entzog sich ihr wieder, um sie dann mit zwei Fingern zu nehmen. Erneut zog er sich aus ihr zurück, nur um sie sogleich mit drei Fingern zu füllen. Ihre Muskeln zogen sich zusammen, als wollten sie Mogall nicht entfliehen lassen. Loreena genoss es, ausgefüllt zu sein. Sie wollte, dass er ihr Loch stopfte, schämte sich nicht mehr, sondern senkte sich lustvoll auf seine Finger herab, um sie tiefer aufzunehmen. Die ganze Zeit über beobachtete er ihr Gesicht und es erregte sie, dass er Zeuge ihrer Wollust war.

Auf einmal senkte er seinen Mund auf ihre Klitoris und begann, zärtlich daran zu lecken. Die Gefühle überwältigten Loreena. Noch immer kniete er vor ihr, wirkte jedoch nicht demütig, sondern immer noch stolz und umwerfend männlich, denn er hatte ihre Lust in der Hand, konnte sie lenkten, in die Irre führen oder in den Wahnsinn treiben.

Zuerst seufzte sie, entspannte sich, doch als die Erregung anschwoll und er fortfuhr, sie mit drei Fingern zu nehmen, stöhnte sie laut. Sie hielt sich an dem Baum fest, an dem sie lehnte, suchte Halt, da ihre Füße sie kaum noch trugen. Seine Finger schwammen in ihrem Lustsaft. Ihr Schoß war samtig weich, erhitzt und geschwollen. Sie konnte an nichts anderes mehr denken als an den Höhepunkt, die Erlösung der bittersüßen Qual. Ihre Muskeln krampften sich um seine Finger. Als er dies spürte, legte er die Lippen um die Klitoris und saugte, als hinge sein Leben davon ab. Loreena presste die Hand auf ihren Mund. Sie krallte die Finger der anderen Hand in seine Schulter und winselte, denn der Orgasmus erschütterte sie, entrückte sie und zerrte an ihren Kräften. Ihre Beine trugen sie nicht länger und so sackte sie in Mogalls Arme, noch immer zuckend.

Eine Weile schmiegte sie sich an ihn, bis er ihr einige Haarsträhnen aus der Stirn strich und flüsterte: „Wir müssen zurück zum Lager. Sie vermissen uns sicher schon."

Sie nickte, ließ sich von ihm hoch helfen, zog die Lederhose wieder an und trottete entkräftet neben ihm her, bis sie im Lager eintrafen. Erstaunte Blicke empfingen sie. Blicke, die kein Wohlwollen ausdrückten – auch als sich ihre Wege trennten und sie bei ihren Heeren Platz nahmen. Verstohlen schaute Loreena zu Mogall hinüber. Sie hätte ihm danken, eine Aussprache fordern müssen, doch sie war schläfrig und brauchte Zeit, um über alles nachzudenken.

Der Morgen kam schnell. Obwohl der Himmel sich noch wolkenverhangen zeigte, war es heller als am Tag zuvor. Die Lichtung ließ mehr Tageslicht zum Waldboden durchdringen. Unaufhörlich nieselte der Regen auf die Männer herab. Schneeflocken mischten sich unter die Regentropfen. Selbst auf der Lichtung dämpfte der Graupelwald alle Geräusche. Die Männer Ingrimms beeilten sich, Proviant und Waffen auf die Pferde zu packen. Sie wollten nur raus aus diesem Wald, der wie ein Puffer zur Außenwelt wirkte und ihnen die Luft zum Atmen nahm. Sie fühlten sich von den Tannen eingeschlossen und von den Vampiren bedroht, die sich nur wenige Schritte entfernt bereit machten, um weiterzuziehen. Der ungewohnte Frost lähmte ihre Finger. Die steife Brise machte die Mäntel klamm. Aber der Kampfeswille wuchs mit jedem Schritt, dem sie Nebelhorn näher kamen.

Loreena tränkte ein Tuch im Ankerlefluss und rieb sich übers Gesicht. Zwei bärtige Gefolgsmänner ihres Vaters wuschen sich neben ihr. Hin und wieder sahen sie sich an und deuteten mit dem Kopf auf sie. Missbilligten sie Loreenas Nähe zu Mogall, wie Loreena Wors enger Kontakt zu Mogall störte?

Sie tauchte das Tuch erneut ins Wasser, wrang es aus und fuhr sich über den Nacken. Das kühle Nass und die Erinnerung an die vergangene Nacht ließen sie erschaudern. Ein seltsames Gefühl beschlich sie, als ihr Blick am Flussufer entlangschweifte. Konnte es sein, dass die Männer ihren Hass auf die Vampire, auf König Wor und sie übertrugen, und sie heiß auf einen Kampf mit den frostländischen Kriegern waren, um sich abzureagieren?

Lomas wird ihre erhitzen Gemüter erkalten lassen, dachte sie und erhob sich. Die meisten Männer saßen bereits auf ihren Pferden, die Waffen in Greifweite. Auch Loreena schwang sich auf ihren Schimmel. Suchend schaute sie umher, um ihren Vater zu sichten. Sie nahm erleichtert wahr, dass er beschwichtigend auf Artin einredete – und sich nicht an Mogalls Seite befand. Kaum hatte sie zu ihrem Vater aufgeschlossen, blies der Heerbläser das Horn. Männer und Vampire sprangen auf ihre Rappen, bereit, die letzte Etappe, dem Ankerlefluss nach Nordalp folgend, zu bezwingen. Mogall führte mit Klavorn das Befreiungskorps an.

Artin tauchte neben Loreena auf. „Habt Ihr es bemerkt? Unauffällig bilden einige Blutsauger die Nachhut. Sie vertrauen uns nicht."

Er ließ sich zurückfallen und Loreena war mit ihren Gedanken allein. Natürlich versuchte er, sie zu verunsichern. Es war offensichtlich, dass er eine Hetzkampagne begonnen hatte. Sie war sich bewusst, dass seine Bemühungen fruchteten.

Die eisige Kälte des Nordens steigerte ihre Unruhe, kaum dass Loreena aus dem Graupelwald war. Böige Winde hießen sie willkommen. Der Schneeregen peitschte ihr ins Gesicht. Die Augen schmerzten. Das Atmen fiel schwer. Und keine Besserung war in Sicht.

Die Vampire zogen ihre schwarzen Kapuzen über und befestigten den Mundschutz. Nun glich die Armee Valkenhorsts einer finsteren Gesellschaft düsterer Gestalten, die wie Ameisen über die Einöde strömten.

Auch Loreena zog die Kapuze ihres Mantels über. Mochte die braune Farbe des Rehleders im Wald Goblin eine Tarnwirkung gehabt haben, so fiel sie in dieser Landschaft aus vereisten Pfützen und Schneefeldern unangenehm auf. Sie half Wor, seine Kapuze überzuziehen. Steif saß er auf seinem Pferd, die Finger fest um die Zügel gekrallt und blickte emotionslos ins Nichts.

Mogall und Klavorn führten ihre Rappen durch die Strömung des Ankerleflusses und warteten am anderen Ufer. Schnell überquerte die Armee aus Falkenhorst den Fluss. Das Heer Ingrimms folgte ihnen. Nur Loreenas Schimmel weigerte sich, ins Wasser zu waten. Während Wors Pferd mit den anderen trabte, gab sie ihrem Gaul die Sporen. Doch er tänzelte am Ufer entlang, ohne einen Huf ins Wasser zu stellen.

Plötzlich ritt Mogall auf sie zu. Seine strahlenden grünen Augen setzten sich vom Schwarz des Umhangs ab. Der Mundschutz erlaubte nur einen Blick auf die Augenpartie. „Benötigt Ihr einmal mehr meine Hilfe, Loreena?“ Begleitet von einem Lachen gab er dem Schimmel einen Schlag auf den Hintern. Wie von einer Hummel gestochen galoppierte Loreenas Gaul los. Wasserfontänen spritzen an ihren Beinen hoch, als sie den Ankerlefluss durchritt. Am anderen Ufer angelangt, trabte der Schimmel hinter den anderen Pferden her, die bereits Föhn ansteuerten.

Der Vampir ritt an ihr vorbei. „Ist es nicht so, dass Ihr mir Euer Leben schuldet, da ich Euch vor dem Tod gerettet habe? Und gedankt für meine Unterstützung gestern Nacht habt Ihr mir auch nicht. Ihr schuldet mir etwas. Sollte ich ein ähnliches Problem haben, werdet Ihr sicher gerne Hand anlegen, habe ich recht?“ Lachend entfernte er sich und galoppierte zur Vorhut.

Loreena biss sich wütend auf die Unterlippe. Wie konnte er das nur so unverschämt vor dem Heer zur Sprache bringen? Was sie jedoch viel mehr ärgerte, war, dass ihr Schoß sich in Erinnerung an seine Saugkünste sehnsüchtig meldete. Bei jedem Schritt des Pferdes rieb der Sattel an ihrer Hose und reizte ihre Spalte. Wie sollte sie das nur aushalten?

Doch irgendwie schaffte sie es bis Föhn, ohne lustvoll zu stöhnen. Der Schneeregen ebbte zu einem Nieselregen ab. Die Siedlung teilte sich in zwei Hälften. Loreena interessierten die Häuser der Vampire nicht. Vielmehr zogen die Katen der Menschen sie magisch an. Wie lebten sie in Valkenhorst? Lagen sie in Ketten, wenn sie nicht arbeiteten oder zur Ader gelassen wurden?

Während die ingrimm’schen Männer von ihren Pferden stiegen, die Vampire in der Siedlung verschwanden, um ihr Frühstück einzunehmen, sprang Loreena von ihrem Schimmel und schlenderte in Richtung der Katen. Lehmwände! Strohdächer! Hielten sie dem Frost stand? Morastige Wege führten zu den Feldern, deren Böden zu dieser Jahreszeit einem riesigen Schlammloch mit vereinzelten vereisten Stellen gleichen mussten. Ein Junge mit abgetragener Kleidung und schmutzigem Gesicht rannte auf sie zu. Freundlich grinsend reichte er ihr einen Laib Brot. Loreena war erschüttert. Wie konnte er lächeln? Mütterlich strich sie ihm über die verfilzten Haare.

„Loreena!“ Mogall stapfte mit großen Schritten zu ihr. Wie alle Vampire hatte er Kapuze und Mundschutz entfernt. Wor und Klavorn folgten ihm. Mit seiner imposanten Statur stellte er sich zwischen Loreena und den Knaben. „Ich empfehle Euch dringend, bei Eurem Pferd zu bleiben. Unser Aufenthalt dauert nicht lange.“

Aufgebracht keifte sie: „Ich möchte sehen, wie sie leben.“

Mogalls Augen spien Feuer. Grob umfasste er ihren Oberarm und führte sie einige Schritte fort. „Die Menschen Valkenhorsts sind für Euch tabu!“

„Du solltest die Gastfreundschaft nicht mit Füßen treten.“ Wor sah ausgezehrt und dennoch wacher aus als zuvor.

Suchend sah sich Loreena nach dem Jungen mit dem Brotlaib um. Er war fort. Ihr Blick schweifte von Wor über Mogall zu Klavorn. Langsam wurde sie es überdrüssig, stets in ihre Schranken gewiesen zu werden. Wütend und gekränkt drehte sie sich um und lief zu ihrem Schimmel zurück. Ihre Zeit würde kommen!

Sie schmiegte sich nachdenklich an den Pferdehals und erschrak, als Klavorn neben sie trat. Er tätschelte den Gaul und strich sich den Schnee von den buschigen Augenbrauen. „Seid nicht erzürnt. In Mogalls Adern fließt junges Blut." Er deutete mit dem Kopf auf Föhn. „Dies ist ein besonderer Ort. Graf Aroq ist hier aufgewachsen. Er hat das Leben der Menschen der östlichen Krisis verbessert."

War Mogall deshalb so aufgebracht? Vergötterte er Aroq? Als sie in der Nacht mit ihm gesprochen hatte, beschlich sie das Gegenteil. Sie konnte Mogalls Gesinnung nicht ausmachen.

„Das Land ist ein offenes Gefängnis." Ihre Blicke trafen sich. Loreena war verwundert, keinen Zorn bei ihm zu erkennen. „Ein Gefängnis ohne Mauern."

Klavorn schüttelte das Haupt. „Ich sehe es als Koexistenz. Wir geben einander, was wir zum Leben brauchen."

„Ihr zwingt sie dazu!" Loreenas hektische Gesten beunruhigten den Schimmel. Nervös tänzelte er und wieherte.

Leise Worte säuselnd streichelte Klavorn seine Mähne und das Pferd beruhigte sich. „Ich sehe ein gesundes Gleichgewicht und hoffe, Ihr werdet es ebenfalls bald bemerken." Er nickte ihr zu und tauchte in der Siedlung unter.

Zur gleichen Zeit kehrten Mogall und Wor von dort zurück. Hatte ihr Vater sich hinreißen lassen, Blut zu trinken? Fast freundschaftlich schlenderten sie nebeneinander. Loreena entgingen nicht die abfälligen Blicke der Krieger. Würden sie noch für ihn kämpfen, nachdem er endgültig zum Vampir geworden war? Sie durften nicht vergessen, dass der König dies alles für sein Volk tat. Lomas war einer von ihnen. Lomas war ein angesehener Mann. Ihm würden sie folgen.

Erleichtert sah sie, wie sich die Wege von Vampir und König trennten und jeder zu seinesgleichen ging. Ein freundschaftliches Lächeln flog über Mogalls Gesicht, als wollte er sich versöhnen. Loreena konnte ihn nicht durchschauen.

Wor näherte sich ihr. „Du solltest deine Grenzen nicht ausloten, Tochter." Schwerfällig schwang er sich in den Sattel und schrie: „Es ist Zeit, aufzubrechen."

Sie zuckte mit den Schultern. Es stimmte sie milde, zu sehen, dass ihr Vater noch erschöpft und matt war – der Beweis, dass kein Tropfen Blut seine Kehle herabgeflossen war. Loreena stieg ebenfalls auf ihr Pferd. Die Männer Ingrimms taten es ihr nach. Die Vampire strömten aus Föhn und schwangen sich auf die Rappen.

„Nordalp ruft." Wors Kampfgebrüll klang schwach. „Firn ruft! Lomas wollen wir nicht länger warten lassen."

Das Korps setzte sich in Bewegung gen Norden. Mogall bildete erneut die Spitze. Vermummt ritt er voran, tief nach vorn gebeugt, um dem aufkommenden Wind zu trotzen. Der Nieselregen wurde zu Schneeregen. Peitschende Ostwinde fochten mit den Böen des Nordens auf der Einöde zwischen Föhn und Nordalp. Tief hingen die Wolken. Der Trupp kam nur beschwerlich vorwärts. Die Siedlung verschwand hinter Schneegestöber. Vor und hinter dem Tross nur Schnee, Sturm und Kälte.

Plötzlich gab Wor seinem Pferd die Sporen. „Bleib du hier." Weit nach vorn geneigt, mit dem Kopf fast auf dem Pferdehals liegend, ritt er gegen den Sturm an bis zur Vorhut und gesellte sich zu Mogall.

Loreena hob erschreckt den Kopf und der Wind wehte ihre Kapuze fort. Windböen zerzausten ihr Haar. Sie konnte kaum sehen und hielt sich die Hand über die Augen. Wieder einmal suchte ihr Vater die Nähe des Vampirs. Was ging auf dieser Reise vor sich? Sollte Mogall im Auftrag Graf Aroqs ihren Vater bekehren oder wechselte Wor seine Gesinnung mit der voranschreitenden Wandlung? Loreena würde ihn schon an seine Wurzeln und Ziele erinnern.

Sie zog wieder ihre Kapuze über und wischte sich den Schnee aus dem Gesicht. Gerade, als sie ihrem Schimmel die Sporen geben wollte, um zwischen Mogall und Wor Position zu beziehen, ritt Klavorn ihr in den Weg. Als könne der alte Zausel ihre Gedanken lesen.

Klavorn zog die Kapuze weiter über seine buschigen Augenbrauen. „Kommt, Loreena. Ich erzähle Euch eine Geschichte über Frostlande, damit Ihr die Bastarde einzuschätzen wisst." Verwundert setzte sie zu einem Protest an, doch der Vampir begann leise zu erzählen, ja, er flüsterte fast. Loreena konnte kaum ein Wort verstehen. Der Wind trug die Silben fort. Sie lauschte angestrengt, bemüht, seiner Geschichte zu folgen, denn alles andere wäre unhöflich gewesen. Das Horchen strengte an, ebenso der Kampf gegen den Wind und die Kälte. Und so wurde sie bald schläfrig. Klavorns Stimme war ein beruhigendes Wispern. Sie säuselte wie der Wind und drang bis unter ihre Haut wie der Frost. Immer öfter fielen ihre Augen zu. Einmal schweifte ihr Blick zu Mogall und Wor. Der Abstand zu ihnen vergrößerte sich. Ritten sie schneller voran oder ließ Klavorn sich absichtlich zurückfallen? Loreena hielt sich am Sattel fest, um mehr Halt zu haben. Sie gähnte, rückte ihre Kapuze zurecht und schaute nach vorn. Mogall und Wor waren außer Sichtweite. Eine Mauer aus Schnee verwehrte ihr den Blickkontakt. Doch Klavorns Stimme beruhigte sie auf eigenartige Weise. Müde schloss sie die Augen. Ihr Schimmel lief von allein neben Klavorn her, dessen Stimme sie wohlig einlullte und sie das schreckliche Schneegestöber vergessen ließ.

Plötzlich schnalzte er. Wie aus einer Trance wachte sie langsam auf. Sie rieb sich die Augen und bemerkte, dass sie nicht mehr ritten. Nur schwerlich glitt sie in die Realität zurück.

Klavorn stieg ab. „Ich bin in Firn geboren und kenne die Stadt besser als jeder andere. Deshalb stehe ich Mogall zur Seite."

Mogall! Mit einem Mal war sie hellwach. Suchend schweifte ihr Blick umher. Das Korps stand vor einer großen Eiswand. Loreena schaute hinauf und konnte kein Ende erkennen. Verschneite Bäume kesselten sie ein. Es waren nicht viele, aber ein geringer Schutz gegenüber dem Sturm war besser als keiner. Der Wind säuselte durch die Baumkronen und wehte Pulverschnee zu ihnen. Die Männer sattelten ab.

„Dies ist der Nordalpgletscher, oder? Wo ist mein Vater?"

Klavorn reichte ihr die Hände und half ihr beim Absteigen. „Gallenforst heißt diese Baumgruppe. Als Wald vermag ich das nicht zu bezeichnen. Wir befinden uns in der Tat am Fuße des Nordalps."

Verwundert bemerkte sie, dass die Nacht bereits hereinbrach. Klavorn musste sie verzaubert haben. Die Tagesreise von Föhn in den Norden Valkenhorsts schien wie Sand zwischen den Fingern verronnen zu sein. Sie fluchte, weil sie nicht mehr die Kraft der *Purpurnen Schriftrolle* und keinerlei Schutz vor der Eskorte Valkenhorsts besaß. Die Vampire waren weitaus mächtiger, als Loreena sich ausgemalt hatte. Die Blutsauger konnten sie nach Firn führen und dort Frostlande zum Fraß vorwerfen. „Wo ist König Wor?"

„Er reitet mit Mogall den Ankerlefluss entlang und am Gletscher vorbei gen Norden, um die Gegend auszukundschaften." Klavorn ging mit den Pferden von dannen, um sie anzubinden.

Loreena wunderte sich. Wor war in der Lage, nach einer so langen Reise noch auf einen Spähritt zu gehen? Vielleicht hatte er doch Blut in der Siedlung Föhn getrunken und erfreute sich neuer Kräfte. Möglicherweise verzauberte ihn Mogall, wie Klavorn sie verzaubert hatte. Loreena würde auf seine Rückkehr warten müssen. Warten. Das war sie gewöhnt.

Finsternis breitete sich im Gallenforst aus. Der Schneesturm zog weiter. Lediglich vereinzelte Flocken schwebten gen Waldboden. Ungewohnter Frost folterte die Männer Ingrimms. Tief in ihre ledernen Umhänge gehüllt, saßen sie mit dem Rücken zum Nordalpgletscher und warteten auf den Befehl, in Frostlande einzumarschieren. Artin versuchte, ein Feuer mit schneenassen Ästen zu machen, doch Klavorn beschwor ihn, dies besser zu lassen. Zu nah befand sich das Lager an der frostländischen Grenze. Ein Feuer hätte die Aufmerksamkeit von Grenzwachen auf sie lenken können und schon wäre die Aufgabe kurz vor dem Höhepunkt gescheitert. Artin biss die Zähne zusammen. Ohne ein Wort zu erwidern, schmiss er die Äste in den Schnee, schaute Loreena strafend an und setzte sich zu den anderen.

Erneut suchte ihr Blick in der Dunkelheit nach Wor. Nichts. Er war nun schon lange fort. Loreena hatte längst ihren Proviant aus den Satteltaschen genommen und gedankenversunken auf einer Wurzel herumgekaut. Schneewasser war ihre Kehle hinuntergeflossen. Ihre Stiefel hatte sie mit Schnee gereinigt und die vor Kälte roten Finger aneinandergerieben. Noch immer keine Spur von Mogall und Wor.

Die Männer schienen ihren König seltsamerweise nicht zu vermissen. Niemand sprach. Jeder war mit sich und dem Frost beschäftigt. Zwischen den schneebedeckten Tannen hockten sie auf Decken oder ihren Mantelsäumen. Selbst die Delegation aus Valkenhorst saß vermummt am Fuße Nordalps und schien mit offenen Augen zu schlafen. Menschen und Vampire wirkten ermattet, doch Loreena wusste, dass sie darauf brannten, den Ankerlefluss erneut zu durchwaten, um in die Hauptstadt Firn einzudringen.

Ein Schemen trat aus dem Dickicht. Dunkle Furchen im Gesicht. Geschwollene Augenringe. Glanzloses, silbergraues Haar, das strähnig an Stirn und Wangen klebte. Wie ein Greis schleppte sich der Schemen vorwärts und ließ sich in den Schnee sinken. Wor!

Loreena sprang auf. Hastig lief sie um die kauernden Männer herum. Sie hockte sich vor ihren Vater und legte ihre Hand auf seinen Arm. „Geht es dir gut? Du siehst erschöpft aus. Wo warst du so lange? Was hat Mogall …“

Er hob den Zeigefinger, um ihren Frageschwall zu unterbrechen. „Wir erklären die Taktik, wenn ich geruht habe.“

Sie setzte erneut an, um Näheres über sein langes Fortbleiben zu erfahren, aber er lehnte sich gegen eine vereiste Felswand und schloss demonstrativ die Augen. Erbost hielt sie nach Mogall Ausschau. Er stand abseits bei seinem Rappen und befingerte die Satteltaschen. Loreena hastete zu ihm.

„Weshalb wart Ihr so lange fort? König Wor geht es schlecht.“ Sie stemmte die Hände in die Hüften.

Erstaunt sah Mogall sie an. Er grinste müde und löste den riesigen Sack vom Sattel. Lautlos fiel dieser in den Schnee. „Er ist zu schwach, um mit nach Firn zu reiten. Dennoch weigert er sich, sowohl Blut zu trinken als auch hier bei Euch zu bleiben.“

Loreena schloss ihre Augen zu Schlitzen. „Ich werde mitreiten.“

„Niemals!“, antwortete er scharf.

„Ich werde Euch nie wieder mit meinem Vater allein lassen. Hört Ihr? Nie wieder!“

Plötzlich trat der Vampir auf sie zu. Zärtlich nahm er ihr Gesicht in die Hände und lächelte sanftmütig. Loreena erstarrte. Was hatte er vor? Würde er nun den Höhepunkt zurückfordern, den er ihr geschenkt hatte? Sie fürchtete sich davor, aber nur, weil sie so unerfahren war.

„Es wird Zeit, dass Ihr lernt, mir zu vertrauen. Ich habe von Graf Aroq den Auftrag erhalten, König Wors Plan, seinen Sohn Lomas aus der Gefangenschaft Nebelhorns zu befreien, zum Erfolg zu verhelfen. Wie ich bereits beim Verlassen Tides zu Eurem Vater sagte, sind des Grafen Anweisungen Gesetz.“

Mit dem Daumen zeichnete er ihre Lippen nach. Dann benässte er den Finger mit seiner Zungenspitze, ließ ihn als Vorbote in Loreenas Mund gleiten und küsste sie, ohne den Daumen zu entfernen. Sie versuchte, ihre Hände gegen seine Schultern zu drücken, um ihn wegzustoßen. Doch überwältigt von der

Wärme, die sich in ihr ausbreitete, ergriff sie stattdessen seinen Kragen und hielt sich fest. Sie wollte diesen Moment auskosten. Sein Daumen schob sich unter ihre Zunge, hob sie an, sodass seine Zunge sie umschlängeln konnte, anfänglich behutsam, doch dann schnell und leidenschaftlich. Immer wieder schob er seinen Speichel in ihren Mund, verteilte ihn auf ihrem Zahnfleisch, und führte seinen anderen Daumen ebenfalls in sie ein. Mit beiden Fingern drückte er ihre Wangen auseinander und öffnete ihren Mund noch weiter. Ihre Lippen schoben sich über die Zähne. Er legte den Kopf schräg, damit er tiefer mit der Zunge in ihren Rachenraum eindringen konnte. Er hinderte sie an einer Flucht, indem er ihre Wangen mit den Händen – die Daumen innen und die restlichen Finger außen – festhielt. Sie fühlte sich ihm auf bittersüße Weise ausgeliefert. Er bedeutete keine wirkliche Gefahr, konnte sie doch um Hilfe schreien, ihm zwischen die Beine treten oder eine seiner Waffen, die hinter ihm am Sattel hingen, ergreifen. Sie gab sich ihm hin, gab sich ihrer Lust hin, die er zu wecken wusste, und genoss seine Überlegenheit, die sie ihm gewährte. War sie ihm mit dieser freien Entscheidung nicht überlegen, obwohl es den gegenteiligen Eindruck machte?

Sie schmunzelte innerlich, als er die Daumen aus ihrem Mund zog, Loreena gierig an seinen Körper drückte und küsste, diesmal sinnlich und sanft, fast so, als wolle er ihr danken für die Hingabe und ihr Vertrauen.

Unvermittelt ließ er von ihr ab, schaute sie prüfend an und drückte sie zu Boden. Loreena ließ es geschehen. Nun kniete sie vor Mogall im Schnee. Ein seltsames Gefühl nahm sie gefangen. Es prickelte in ihrem ganzen Körper. Ihr Blick wurde verschwommen und sie spürte die Erregung bis in ihre Zehenspitzen. Noch nie hatte sie, die Tochter des Königs, vor irgendjemandem gekniet. Es war das erste Mal, doch sie machte es aus Lust, erniedrigte sich freiwillig und fühlte sich noch nie so emporgehoben wie in diesem Augenblick. Kein Thron dieser Welt vermochte das zu vollbringen. Mochte auch das gesamte Reich vor ihr auf die Knie fallen, sie wäre nicht so überwältigt, wie vor einem Vampir zu knien, der ausschließlich Lust im Sinn hatte.

Sie blickte zu ihm auf, unsicher und doch neugierig auf das, was er mit ihr vorhatte. Mogall streichelte über ihr Haar, als wäre sie ein Kind, das artig war und eine Belohnung zu erwarten hatte. Geschickt öffnete er mit der freien Hand seine Hose und hob sein Glied heraus. Loreena formte ein O mit den Lippen, brachte aber keinen Ton hinaus. Speichel sammelte sich in ihrem Mund. Sie gierte danach, den Schaft in sich aufzunehmen. Groß und steif ragte er ihr entgegen, zuckte dann und wann und sonderte einen Tropfen männlicher Feuchte ab. Wie er wohl schmecken würde? Loreena konnte nicht länger warten. Sie streckte die Zunge hinaus, näherte sich und leckte über die pralle, hochrote Eichel. Mogall stöhnte. Erschreckt schaute sie zum Lager herüber, doch Tannen verdeckten ihre Sicht und die paar Männer, die sie sehen konnte, dösten im Sitzen und träumten vielleicht von der Unkeuschheit, die ein paar Schritte von ihnen entfernt tatsächlich stattfand.

Loreena umschloss den Phallus mit einer Hand. Die Vorhaut gab nach und sie beobachtete erstaunt, wie weit sie sich zurückschieben ließ. Noch nie hatte sie einen Penis so nah betrachtet. Er war breit und lang und hatte eine dicke rotviolette Ader an der Seite. Sie fuhr mit der Zunge darüber, saugte behutsam daran. Zärtlich betastete sie seine Hoden. Sie drückte das Glied nach oben an Mogalls Unterbauch und knetete die Hoden mit ihren Lippen. Erst als sein Penis immer öfter zuckte und noch steifer wurde, bemerkte sie, dass sie die Wurzel schmerzhaft zusammendrückte.

Sie schaute besorgt zu Mogall. „Tu ich Euch weh?"

„Macht weiter. Sofort!", raunte er atemlos. Er griff in ihre Haare und zog ihr Gesicht an seinem Unterleib.

Loreena war ein wenig wütend, da sie sich Sorgen machte und er sie auszulachen schien. Wenn er es so wollte, dann würde sie eben weitermachen. Also legte sie Daumen und Zeigefinger um die Peniswurzel und drückte kräftig zu. Der Phallus wurde steinhart. Er zuckte, die Eichel färbte sich hellrot. Flüssigkeit tropfte heraus. Und Mogall schloss die Augen.

Loreena lächelte. Sie genoss ihre plötzliche Überlegenheit. War sie es auch, die vor ihm im Schnee kniete, hatte sie doch seine Lust in der Hand. Sie umschloss seine Penisspitze mit den Lippen, lutschte die milchig weißen Tropfen ab und saugte, um noch mehr von ihm zu erhalten. Sie spürte, dass sie erregter wurde, je mehr sie von ihm kostete. Vorsichtig begann sie, die Vorhaut vor- und zurückzuschieben. Mit der Linken massierte sie seine Hoden und ihre Zunge leckte unentwegt über die Eichel. Dann und wann nahm sie das männlich duftende Glied in ihrer Mundhöhle auf und zwar so weit, wie es ging. Hatte er ihren Mund deshalb mit den Fingern geweitet und beim Küssen erforscht? War es eine Prüfung, gar eine Vorbereitung auf ihren Lustdienst? Sie fand den Gedanken berauschend. Alles drehte sich um schamlose Fleischeslust. Die Begierde ließ sie alle Probleme vergessen … für einen Moment … Frieden.

Auf einmal stöhnte Mogall. „Ich bestimme ab jetzt den Rhythmus. Ich halte das nicht länger aus. Ihr macht mich wahnsinnig!"

Loreena gab seinen Phallus frei. War sie nicht gut genug gewesen? Brachte sie ihn nicht zum Orgasmus? Doch anstatt sie zum Lager zurückzuschicken und sich Erleichterung zu verschaffen, legte er eine Hand um seinen Schaft und griff mit der anderen in Loreenas Haare. Behutsam stieß er zwischen ihre Lippen.

Als sie die Hände hob, um ihm zu helfen, spie er: „Nicht! Verschränkt die Arme hinter dem Rücken."

Sie folgte seinem Befehl und spürte, wie sich ihre Feuchtigkeit zwischen ihren Schenkeln sammelte. Würde er sein Schwert doch nur in ihre Scheide stoßen, anstatt in ihren Mund! Aber nun war er am Zug. Sie schuldete ihm etwas. Wenn sein Liebesdienst im Wald Goblin ihn so sehr erregt hatte wie ihr Lustdienst, musste er auf dem Ritt über die Einöde Höllenqualen gelitten haben.

Loreena legte die Lippen um sein Glied, das feucht von ihrem Speichel war und Mogall glitt in ihre Mundhöhle. Er entzog sich und stieß kräftiger hinein, ein

Stück tiefer als zuvor. Vor und zurück. Vor und zurück. Bis sie würgte und Tränen in ihre Augen schossen. Er wartete, bis sie ihm durch ein Nicken andeutete fortzufahren und drang dann erneut leidenschaftlich in sie ein, diesmal mehrmals kurz hintereinander. Seine Hand fixierte ihren Kopf. Er schaute auf sie herab, lüstern und triebhaft, lächelte, als Speichel ihre Mundwinkel hinabfloss.

Sie wollte die Spucke fortwischen, er aber raunte: „Wagt es nicht!"

Sein Befehlston erregte sie. Sie wusste, er würde ihr nichts tun, aber er hatte ihr gedient, nun musste sie ihm dienen. Daran ließ er keinen Zweifel. Unentwegt stieß er sein pochendes Glied in ihren Mund, füllte sie aus, brachte sie an den Rand des Erträglichen, denn er zwang sie, ihn sehr tief aufzunehmen und ihre eigene Lust unerfüllt zu wissen. Sie rang nach Atem, versuchte, sich darauf zu konzentrieren, ihre Lippen fest auf seinen Schaft zu pressen, und schlang die Finger hinter dem Rücken ineinander. Sie unterwarf sich seinem Rhythmus, gab die Kontrolle ab. Dann schmeckte sie die ersten salzigen Vorboten, und riss die Augen auf vor Erstaunen, als er sich in ihren Mund ergoss. Mogall fiel auf die Knie vor ihr, nahm Schnee und wischte ihr die Spuren vom Gesicht, fast väterlich besorgt, ein Mann, der auf sein Spielzeug Acht gab.

„Danke", hauchte er.

Damit hatte sie nicht gerechnet. Eben war er noch schroff gewesen und nun liebevoll. Im Gegensatz zu ihr hatte er sich bedankt. Sie bekam ein schlechtes Gewissen, fand aber nicht die richtigen Worte und schwieg.

Mogall reinigte seinen erschlaffenden Penis mit Schnee, steckte ihn zurück in die Hose und erhob sich. Er half Loreena auf und küsste ihren Handrücken wie ein Gentleman. Dann schulterte er den Sack, den er zuvor vom Sattel gelöst hatte.

„Wir sollten aufbrechen." Er schaute sie verklärt an, gleichsam sehnsuchtsvoll und bekümmert, bevor er zu der Armee Valkenhorsts stapfte.

Loreena bückte sich und hob eine Handvoll Schnee auf. Sofort presste sie ihn auf die erhitzen Wangen. Wie dumm war sie gewesen? Vor den schmierigen Kerlen Wahnsteins hatte Mogall sie gerettet; sie sogar auf eigene Verantwortung gegen den Befehl Aroqs mit auf diese riskante Reise genommen. Er kümmerte sich um Wor. Welche Einstellung er insgeheim auch haben mochte, von nun an würde sie sich auf die Befreiung ihres Bruders Lomas konzentrieren, anstatt ihre Kraft an Verdächtigungen zu vergeuden. Dennoch verhielt sich Mogall wie ein Fähnchen im Wind. Mal ruppig – mal sanft. Mal Freund – mal Feind. Was mochte wirklich in ihm vorgehen?

Sie wischte sich den Schnee aus dem Gesicht. Ihre Wangen glühten, während der Rest ihres Körpers unter dem Rehledermantel noch immer vor unerfüllter Lust zitterte. Loreena schlang die Arme um den Oberkörper und schlenderte zu den anderen zurück. Als sie näher kam, sah sie, dass Mogall und Wor bereit waren, ihre Taktik dem Heer Ingrimms und der Armee Valkenhorsts mitzuteilen.

Mogall öffnete den Sack, beäugt von zahlreichen Männern, die endlich nach Firn reiten wollten, bevor sie hier festfroren. „Dies ist das wichtigste Utensil. Nur durch diese Verkleidung aus Eisbärenfell sind wir in der Lage, in die Hauptstadt Firn einzudringen.“ Er zog einen Mantel mit Kapuze heraus.

Grölend schlug sich Artin auf den Oberschenkel. „Den unsinnigen Ballast habt Ihr die ganze Zeit mitgeschleppt und uns dadurch aufgehalten? Unfassbar!“

Der Vampir schaute kalt auf den Heißsporn hinunter. „Jugendlicher Leichtsinn und Naivität bringen uns den Tod. Neigt Ihr zu morbider Selbstzerstörung? Dem kann Abhilfe geschaffen werden.“

König Wor erhob das Wort und stahl Artin die Chance auf eine verbale Gegenattacke. „Unwissenheit ist die Schande Tides. Wir wissen nicht die Hälfte von dem, was die Armee Falkenhorsts weiß. Männer, lauscht Mogalls Worten.“

Unruhe kehrte ein. Die Krieger Ingrimms tuschelten. Missfallen spiegelte sich in ihren Gesichtern. Sie waren nicht von ihrer Heimat im Süden in die nördliche Krisis gereist und hockten halb erfroren im Schnee, um sich von einem Vampir belehren zu lassen. Die Nacht zog in den Gallenforst ein. Die Finsternis brachte Frost. Eisblumen zierten die Schneedecke. Die Männer bibberten vor Kälte. Sie winkten ab. Besorgt beobachtete Loreena das Szenario. Wor verlor durch sein Vertrauen in den Vampir an Achtung.

Unbeeindruckt zog Mogall den Mantel an. „Dies ist die offizielle Kleidung Frostlandes. Nur durch die an der Pökel’schen Seenplatte lebenden Eisbären und deren Felle sind die Bewohner des kältesten Krisisgebiets in der Lage, dem Frost zu trotzen.“ Seine Finger strichen über den Ärmel.

Einer der Männer schrie in die bedrohliche Stille: „Wir werden in Firn einfallen und die Stadt niedermetzeln. Lange Mäntel und Kapuzen behindern uns nur beim Kämpfen. Ingrimm braucht so einen Unsinn nicht!“

„Erinnert Euch der Eismauern.“ Klavorn trat neben Mogall, ebenfalls in einen Eisbärenmantel gehüllt. „Ausschließlich die Bewohner Frostlandes besitzen die Pelze, da Eisbären nur in der Nordkrisis leben. Sie werden denken, wir sind ihresgleichen.“

„Wir sind keine Feiglinge, die sich einschleichen.“ Artin hob die Faust. „Wir überrennen sie.“

Mogall beugte sich zu ihm. „So etwas nennt man Überraschungsmoment.“ Abfällig lächelte er ihn an und richtete sich wieder auf. „Ihr bedenkt nicht, dass die Mauern aus Eis sind.“

„Was hat dies mit unserer Taktik zu tun?“ Loreena zuckte mit den Schultern. „Unter der Eisschicht befindet sich eine Festung wie Tide. Es macht keinen Unterschied …“

„Doch, das macht es!“ Hustend streifte König Wor einen Pelz über. „Ihr alle solltet Mogall zuhören und nicht voreilig urteilen. Weise spricht er.“

Erstaunt guckten die Männer ihn an. Das Tuscheln verstummte abrupt. Ihre Münder blieben offen. Da stand ihr König vor ihnen, in denselben Mantel gehüllt wie die Vampire, und sah aus wie einer von ihnen. Kreidebleich schaute Wor über ihre Köpfe hinweg – mit Stolz und aufrechter Haltung. Die Augen verklärt. Die Lippen blau angelaufen. Die Männer tauschten ängstliche Blicke. Selbst Loreena war bestürzt. Konnte sich ihr Vater plötzlich erholt haben? Förderte die bevorstehende Befreiung Lomas' seinen Genesungsprozess? Noch während sie dies dachte, überkam ihn eine Hustenattacke. Gekrümmt stand er vor den Versammelten in der Finsternis Gallenforsts und hielt sich den Bauch. Von einem Moment auf den anderen fiel das Vampirische von ihm ab. Wie ein Todgeweihter hielt er sich die Hand vor den Mund, bis der Anfall vorüber war.

Mogall schaute Loreena an. „Man muss seine Feinde verdammt gut kennen, um einen Angriff erfolgreich durchzuführen. Ihr wisst nichts über Frostlande. Hochmütig …"

„Wählt Eure Worte mit Bedacht und seid nicht immer so herablassend." Der Schnee ließ die Nacht heller erscheinen. Loreena war dankbar dafür, denn sonst hätte sie den Vampir nicht sehen können. „Es ist bereits dunkel. Wir müssen dringend losreiten, oder bis morgen Nacht warten."

Erstaunt hob Mogall die Augenbrauen. „Wir?" Er schüttelte den Kopf, ohne seinen Blick von ihr zu nehmen. „Die Mauern Nebelhorns sind aus Eis, nicht aus Stein. Die gesamte Feste wurde aus Eisblöcken erbaut, was nicht unser eigentliches Problem ist."

„Ich werde mitkommen, Mogall!" Kampflustig stemmte sie die Hände in die Hüften und straffte ihre Schultern.

„Nein." Bevor sie erneut widersprechen konnte, fuhr er fort: „Das Gefängnis besteht aus niedrigen Zellen. Die Mauern sind wie alles aus Eisblöcken, doch sie sind aus dem glasklaren Wasser der Pökel'schen Seenplatte gefertigt ... "

König Wor hob mahnend den Zeigefinger. „… und daher durchsichtig."

Ein Raunen ging durch die Reihen. Die Männer Ingrimms schauten sich erstaunt an. Sie schienen zu überlegen, wie sie dieses Hindernis überwinden sollten, weshalb sich diese Tatsache ihrer Erkenntnis entzog. Resignierend ließen sie die Schultern hängen.

„Jede Bewegung im Gefängnis wird durch Wachen auf dem Dach sofort wahrgenommen." Fasziniert erzählte Klavorn von seiner ehemaligen Heimatstadt. „Ohne Tarnung in Firn einzufallen, würde Lomas' Tod bedeuten. Mag sein, dass sie ihn fortschaffen und an einem geheimen Ort verstecken würden, aber ich kenne die Bastarde besser. Keinen Moment würden sie zögern, ihn im Ankerlefluss zu ertränken oder ihn in der Kristalleiswüste auszusetzen."

„Wenn Ihr allwissend seid, wisst Ihr sicher auch, ob König Wors Sohn sich überhaupt in dem Gefängnis aus Eis befindet." Erbost schrien die Männer durcheinander. Sie tobten, zeterten, stachelten sich gegenseitig auf.

Klavorn hob die Hand, um ihnen Einhalt zu gebieten. „Ich stamme aus Firn und habe Verbindungen."

„Wie wollt Ihr das seltsame Gefängnis überwinden, ohne entdeckt zu werden?" Fragend hob Loreena die Augenbrauen und beobachtete die Armee des Ostens. Die Blutsauger lauschten stillschweigend der Diskussion. Anscheinend plagten sie keine Fragen. Man hatte sie über Nebelhorn aufgeklärt.

Für sie war alles klar. Für das Heer Ingrimms dagegen brach kurz vor der Grenze zur nördlichen Krisis eine Welt zusammen. Nichts entwickelte sich wie geplant. Die Männer folgten Mogall – nicht König Wor. Sie überschritten die Grenze nicht aus dem Wald Goblin heraus, sondern vom Gallenforst. Doch die Überraschungen nahmen kein Ende.

Mogall strich sich eine Schneeflocke von der Wimper. „Nur wir Vampire, zwölf an der Zahl, werden mit König Wor in Firn eindringen." Erneutes Raunen trat ein. Wütend schmissen sie Schnee in seine Richtung. „Wie Euch bekannt ist, besitzen wir die besondere Gabe der Beeinflussung. Es wird kein Überfallkommando geben. Ohne Aufsehen zu erregen, dringen wir in die Hauptstadt Firn ein, befreien Lomas in der traditionellen Robe des Landes und verschwinden lautlos."

„Das ist die einzige Möglichkeit." Mit schmerzverzerrtem Gesicht trat Wor auf seine Männer zu. „Bedenkt, die Gefängnismauern sind durchsichtig."

Klavorn stellte sich neben ihn und befingerte seine buschigen Augenbrauen, auf denen sich Schneeflocken sammelten, schmolzen und als Schneewasser in seine Augen tropften. „Nebelhorn ist trotz seiner eigenartigen Bauweise die bestgesicherte Feste, die ich kenne. Wenn wir wie eine Horde Wilder einfallen, haben wir nicht den Hauch einer Chance. Die Wachen würden uns bereits auf der Ebene Fallbö kommen sehen."

Grinsend stand Artin von einem Ast auf. „Ich denke, ich spreche im Namen aller. Eure Taktik geht auf. Das Heer Ingrimms wird auf Eure Rückkehr warten."

Loreena war bestürzt! Niemand der Männer protestierte. Mit gesenkten Häuptern hockten sie in sich gekehrt auf dem Schneeboden und rieben die Hände aneinander. Verspürte denn niemand den Drang, aufzuspringen und Einspruch zu erheben? Wollte keiner an der Seite König Wors nach Firn reiten, um den einzigen Hoffnungsträger Ingrimms zu befreien? Schlimme Befürchtungen plagten Loreena. Ihr Magen krampfte sich zusammen. Anscheinend hatte nicht nur sie bemerkt, dass sich ihr Vater immer mehr den Vampiren zukehrte. Er verbrachte viel Zeit mit den Blutsaugern, hörte mehr auf ihre Meinung als auf die seines Heers. Auch äußerlich traten mehr und mehr Merkmale auf, die Loreena erschaudern ließen. Den Männern schien es egal zu sein, ob Wor heimkehrte oder nicht. Er hatte sie an Valkenhorst ausgeliefert, sie Graf Aroq in die Hände gespielt und sich zum Vampir machen lassen. Niemand folgte einem König, der sein Volk verriet. Nun war es an Loreena, zu ihrem Vater zu stehen und vielleicht würde das Heer, ja, das gesamte Volk Ingrimms wieder Vertrauen zu ihrem König finden.

Sie trat vor. „Ich reite mit! Ein Vertreter der südlichen Krisis wird dabei sein müssen. Außerdem lasse ich meinen Vater nicht allein." Mogall setzte zur Widerrede an, doch sie fuhr ihm über den Mund. „Ihr brachtet mich nicht nach Tide zurück, als Ihr mich im Wald Goblin gerettet habt. Habt Ihr mich auf diese Reise mitgenommen als nutzlosen Ballast oder um Euch bei der Befreiung Lomas' tatkräftig zu unterstützen?"

„Das ist unvernünftig, Tochter“, knurrte Wor.
„Was ist, wenn wir nicht zurückkehren?“ Mogall rümpfte die Nase. „Tides Thron wird leer bleiben.“
Wütend schnaubte Loreena. „Wir werden zurückkehren – mit Lomas!“ Sie spuckte in den Schnee und beobachtete amüsiert, wie Mogall sie verdutzt ansah, weil sie sich wie ein Kerl benahm. „Wenn die Krieger Ingrimms ihren König im Stich lassen, so werde ich es nicht tun. Nun sollten wir endlich losreiten, bevor die Morgendämmerung anbricht.“ Entschlossen stapfte sie durch den Schnee zu ihrem Schimmel. Hinter dem Rücken fluchte das Heer. Sie tuschelten. Loreena hörte Schritte und sah sich erleichtert um. Aber die Männer gingen nicht zu den Pferden, um aufzusteigen und ihren König zu begleiten, sondern liefen in den Wald, um Wor den Rücken zu kehren. Traurig stieg sie auf und sah Mogall an. Er stand immer noch mit ihrem Vater und Klavorn in der Mitte der Versammlung, ungläubig über Loreenas Widerspenstigkeit.
„Ich reite jetzt los. Wer mich begleiten möchte, kann das tun. Wer es bevorzugt, zu warten, dem sei dies freigestellt.“ Schon gab sie dem Gaul die Sporen. Er trabte zwischen den Männern hindurch und scheuchte einige auf. Sie verschwand zwischen den schneebedeckten Tannen.
Plötzlich hörte sie vom Schnee gedämpftes Pferdegetrampel hinter sich. Ein beklemmendes Gefühl machte sich breit. Folgten ihr frostländische Grenzwachen? Als Mogalls Gesicht neben ihr auftauchte, fühlte sie sich erleichtert.
„Ihr seid stur wie ein Esel.“ Widerwillig reichte er ihr einen Mantel aus Eisbärenfell. „Zieht ihn an. Verflucht! Weshalb habe ich Euch nur erlaubt, mitzukommen?“
Wor, Klavorn und die anderen Vampire holten auf. Bald war Loreena umzingelt von Männern in Pelzen. „Zu Eurer Belustigung. Erinnert Ihr Euch nicht? Und habe ich Euch nicht vorhin ein befreiendes Lächeln abgerungen?“ Sie reckte ihr Kinn in die Höhe.
„Oh ja, Ihr leistet gute Dienste“, antwortete er auf ihre zweideutige Frage mit einem lüsternen Timbre in der Stimme. „Jetzt muss ich auf König Wor und Euch achtgeben.“
„Ich bin es gewöhnt, zu stören.“ Loreena gab ihrem Schimmel die Sporen und ritt durch den Ankerlefluss. Eiskaltes Wasser spritzte ihr in die Stiefel. Eine frostige Brise wehte über den Flusslauf und ließ die Kälte der Quelle im Norden erahnen. Am Ufer auf der Seite der nördlichen Krisis zog sie den Mantel an. Während die Vampire mit Wor voranritten, wartete Mogall auf Loreena. Sie stülpte die Kapuze über und folgte den anderen. Der Vampir begleitete sie schweigend und sie genoss seine Nähe und Aufmerksamkeit.
Die Gruppe tastete sich langsam vorwärts. Noch deckte der Gallenforst sie, doch die Tannen konnten auch Grenzwachen verstecken. Sie spähten in alle Richtungen, die Hände um die Griffe ihrer Waffen gepresst. Die Brise, die den Verlauf des Ankerleflusses zur Frostschneise machte, ebbte im Forst ab. Sie

würde die Einheit erst wieder umwehen, wenn sie Gallen verließen, um über die Ebene Fallbö gen Firn zu galoppieren.

Loreena schwitzte unter dem Mantel. Um ihre Aufregung zu unterdrücken, dachte sie an die Eisbären der Pökel'schen Seenplatte, die der Kälte trotzten. Kein Mensch war in der Lage, in der Kristalleiswüste zu überleben und im Wasser der Seenplatte zu baden. Sie fragte sich, ob selbst die Vampire, die den Frost weitaus besser ertrugen, die Kälte überstehen würden. Konnten Vampire erfrieren? Sonnenlicht mochte sie töten. Weihwasser ebenfalls. Aber was war mit Frost?

Loreena sah das Ende des Gallenforsts. Der Nadelwald lichtete sich. Durch die Finsternis erhaschte sie einen vagen Blick auf die Lichter Nebelhorns. Die Leuchtkegel, die wie Irrlichter anmuteten, verschwammen im Schneegestöber, das die Ebene Fallbö zu einer Tortur machen würde.

Plötzlich brach ein Sturm los. Doch er war kein Bote der Natur. Speere hagelten auf die Gruppe nieder. Kriegsgeschrei drang aus allen Richtungen an ihre Ohren. Was geschah hier? Loreena sah sich hilflos um. Griffen die eigenen Truppen an, weil sie König Wor nicht mehr folgten? Frostländer hätten doch wegen der Mäntel keinen Verdacht hegen dürfen.

Vor ihr traf ein Pfeil in Mogalls Oberarm. Sie wartete, purpurnes Blut seinen Arm hinunterlaufen zu sehen. Wutschnaubend riss er den Pfeil heraus. Er hielt ihn in die Luft und schrie. Schon preschten die Vampire auseinander. Reiter galoppierten hinter den Tannen hervor. Die Hufe wirbelten Schnee auf. Klingen stießen aufeinander und Loreena kam sich überrumpelt vor.

Mogall warf den Pfeil vor ihr auf den Boden. „Kämpft!“ Schon zog er seinen Zweihänder unter dem Eisbärenpelz hervor. Hoch über ihr Haupt hielt er die Klinge. Seine imposante Statur wirkte bedrohlich mit erhobenen Händen und tödlicher Waffe. Loreena war nicht in der Lage, sich zu bewegen. Als wäre sie auf ihrem Schimmel festgefroren, beobachtete sie Mogall ungläubig. Was hatte er vor? Nutzte er die Gelegenheit des Kampfes aus, um sich ihrer zu entledigen? Sie musste nach ihrem Schwert greifen. Aber was hatte ein Kurzschwert für eine Chance gegen einen Zweihänder? Sie schaute sich panisch um. Die Vampire, allesamt in Zweikämpfe verstrickt, schenkten ihr keine Beachtung. Ihr Vater – wo war ihr Vater? Aber er wäre zu schwach, um ihr zu helfen. Vielleicht sollte sie nach Klavorn rufen. Verflucht! Was …

Schon hieb der Zweihänder auf sie nieder. Mit rasender Geschwindigkeit sauste die Klinge auf ihren Schädel zu, bereit, diesen in zwei Hälften zu spalten. Loreena war außerstande, sich zu bewegen. Nicht einmal zittern konnte sie. Ohnmächtig umfasste sie den Griff ihrer Waffe und blickte auf den Zweihänder. Doch die Klinge zischte an ihrem Ohr vorbei. Ein Aufschrei hinter ihr ließ sie herumfahren. Ein reiterloses Pferd flüchtete in Richtung des Ankerleflusses. Mit blutüberströmtem Schädel lag ein Mann im Pelzmantel auf dem Boden Gallens. Tot.

„Verdammt! Habt Ihr Eure Waffe im Lager gelassen oder worauf wartet Ihr?“

Eine Zornesfalte zierte Mogalls Stirn. Er ritt neben Loreena und umfasste ihre Schulter. Unsanft schüttelte er sie. „Die Grenzwache Frostlandes ist gut getarnt mit den weißen Mänteln in dieser Schneelandschaft, dazu noch bei Finsternis und innerhalb des Forsts."

Loreena entgegnete nichts. Der Schreck saß tief. Sie hatte nicht reagiert, weil sie erneut Mogalls Loyalität angezweifelt hatte. Ingrimm hätte sich nie Valkenhorst unterwerfen dürfen. Vertrauen zwischen Mensch und Vampir war so gut wie unmöglich.

Plötzlich gab Mogall ihr eine sanfte Ohrfeige. „Furcht bedeutet Tod. Ihr solltet zurück zum Lager reiten. Ihr seid eben doch eine Frau, dazu noch eine aus Küstenmark …"

Loreena zückte ihr Kurzschwert. Ihr Atem kam kurz und stoßweise. Sie rümpfte die Nase und legte ihm die Klinge an die Kehle. „Wagt das nicht noch einmal, Mogall!"

„Jetzt ist nicht die Zeit, zu streiten." Blitzschnell stieß er ihre Waffe beiseite, zog ihren Oberkörper heran und küsste sie. Kalt und feucht drang seine Zunge in sie ein, füllte ihre Mundhöhle. Ungestüm umschlängelte er ihre Zunge, als wolle er ihr zeigen, wer der Stärkere war und drückte gleichzeitig sein Verlangen nach ihr aus und ließ ihr Herz höher schlagen. Dann gab er sie frei. „Kämpft, Loreena. Kämpft!" Kreischend ritt er zwischen den Tannen hindurch. Wie von Sinnen hieb er seinen Zweihänder auf frostländische Wachen nieder, bereit, für seinen Auftrag zu sterben. Doch dieser Auftrag brachte Valkenhorst Nachteile.

Loreena hatte keine Zeit, über Graf Aroqs Pläne nachzudenken. Sie ritt auf Klavorn zu, der gegen zwei Wachen kämpfte. Schon hieb sie ihr Kurzschwert nach einem der Männer Frostlandes. Er parierte leichthändig. Gegen sein Langschwert besaß sie keine Chance, aber sie würde nicht freiwillig aufgeben. Kapitulation bedeutete Tod. Sie führte ihren Schimmel näher an eine Tanne heran. Während sie mit der rechten Hand das Schwert führte, griff sie mit der Linken nach einem Zweig. Noch bevor sie den Ast zu fassen bekam, bäumte sich ihr Pferd auf. Sie war gezwungen, mit der Linken die Zügel zu nehmen. Panik breitete sich in ihr aus. Ihr Gegner zwang sie, rückwärts auszuweichen. Sie parierte nur noch. Kein Gegenangriff war möglich. Das Tänzeln des Gauls forderte ihre gesamte Konzentration, um Balance zu halten. Sie musste die Zügel loslassen, um genügend Kraft für die Schläge aufzubringen. Sie musste loslassen. Loslassen.

Loreena holte tief Luft und umfasste den Griff ihres Kurzschwertes mit beiden Händen. Kraftvoll schlug sie auf ihren Gegner ein. Gleichzeitig gab sie dem Schimmel die Sporen. Der frostländische Bastard durfte seine Konzentration nicht wiederfinden. Er musste aus dem Gleichgewicht gebracht werden. Der Mann parierte ihre Hiebe grinsend. Seine widerlich lachende Fratze lugte aus der Kapuze des Fellmantels hervor. Bis ihm von hinten der Kopf vom Rumpf getrennt wurde. Sein lebloser Körper fiel vom Pferd. Dankbar nickte Loreena Mogall zu.

Nun erst bemerkte sie, dass die Kämpfe beendet waren. Emotionslos saß die Delegation Valkenhorsts auf ihren Rappen und schauten sich das blutige Szenario an.

König Wor ritt neben Loreena und Mogall. „Die Nacht schreitet schnell voran. Wir sollten es ebenfalls tun."

Mogall nickte ihm zu. Gemeinsam trabten sie aus dem Gallenforst hinaus, gefolgt von Klavorn und den Vampiren; die Waffen versteckt unter frostländischer Maskerade. Eisige Böen hießen sie auf der Ebene Fallbö willkommen. Die Pferde rutschten auf den Eisflächen aus. Nur schwerlich konnten sie sich auf den Hufen halten. Loreena zog die Kapuze tiefer ins Gesicht und beugte sich nach vorn. Sie zitterte. Ihr ganzer Körper bebte, doch die Kälte war nicht der Grund. Würden sie Lomas wirklich lebend vorfinden oder hatte man ihn zu Tode gefoltert?

Unbemerkt wurden die vorher zu Boden schwebenden Schneeflocken von einem ausgewachsenen Sturm durcheinandergewirbelt. Gallenforst lag weit hinter ihnen. Nirgends wuchs auch nur ein Gebüsch, das ihnen Schutz vor dem eisigen Wind bot. Kein Baum, hinter den sie sich vor heranschwirrenden Pfeilen flüchten konnten.

Loreena hob ihr Haupt, um zu sehen, ob die Gruppe in die richtige Richtung ritt. Der Sturm peitschte ihr ins Gesicht. Sofort schloss sie die Lider. Jeglicher Versuch, sie zu öffnen, scheiterte. Resignierend senkte sie wieder den Kopf. Er lag fast auf dem Hals des Gauls. Sie musste einfach vertrauen, dass er den anderen hinterherlief und Mogall und Wor an der Spitze sie nach Firn führten.

Plötzlich schien der Sturm aufzuhören. Als hätte man eine Tür geschlossen, verschwand der Wind. Das Säuseln war immer noch deutlich zu vernehmen. Irritiert schaute Loreena auf. Sie sog tief Luft ein. Sofort bereute sie es, denn die Kälte brannte in ihren Lungen. Ehrfürchtig schaute sie nach oben. Als eine Wand aus Eis zeigte sich die Außenmauer der Hauptstadt Firn. Unbezwingbar. Glatt und kalt. Faszinierend. Milchig verschmolzen die Eisblöcke miteinander. Schnee bedeckte die Seiten und türmte sich auf dem Mauersims. Loreena sah keine Wachen auf der Mauer. Wahrscheinlich toste der Wind zu stark. Aber in kleinen Türmen zu ihrer Linken und Rechten leuchteten Kerzen und sie vermutete, dass dort Späher lauerten. Obwohl sie unmittelbar vor der Eismauer stand, konnte sie einen Blick auf den Sitz der Königsfamilie, der über die Mauer herausragte, werfen. Tosend wehte der Wind durch die Winkel. Der Schnee in der Luft umhüllte die Feste Nebelhorn wie ein silbrig-weißer Vorhang.

Durch eine Tür im riesigen Eingangstor trat eine Wache Firns heraus. Der Mann trug den gleichen Pelzmantel wie sie und die Männer ihrer Gruppe. Mit seinem Speer deutete er auf König Wor, der immer noch die Spitze des Korps bildete. Loreena hielt die Luft an. Ihr Vater wankte auf seinem Gaul. Seine gebeugte Haltung verhieß nichts Gutes. Ihm schien es erneut schlechter zu gehen. Furcht befiel sie. Furcht, er könne beim Versuch abzusteigen, wie ein Sack Rüben zu Boden fallen.

Mogall sprang von seinem Rappen und ging auf die Wache zu. Loreena hielt sekundenlang den Atem an. Was zur Hölle würde er dem Frostländer sagen, damit er eine Horde Unbekannter nachts in die Hauptstadt ließ? Um sich abzulenken, glitt ihr Blick über das vereiste Holztor. Die Scharniere waren an den Seiten in die Eisblöcke eingelassen und festgefroren. Eine Festung aus Stein und Stahl bot mehr Sicherheit, aber mit der Ebene Fallbö im Süden und der Kristalleiswüste im Westen besaß Nebelhorn natürliche Barrieren.

Die Wachposten öffneten das Tor. Hektisch winkte die Wache, die mit dem spitzbärtigen Vampir gesprochen hatte, sie durch. Als Mogall auf sein Pferd sprang, zwinkerte er ihr lächelnd zu. Natürlich! Der Vampir hatte die gefährlichste und gleichzeitig unauffälligste Waffe Valkenhorsts angewandt. Loreena hatte sie bereits mehrmals zu spüren bekommen. Klavorn hatte sie auf dem Ritt von Föhn nach Nordalp in eine Art Trancezustand versetzt. Erst im Gallenforst wachte sie auf. Und Graf Aroq – er hatte sie mit seinem vampirischen Zauber in die Knie gezwungen, um ihr deutlich zu machen, wie schwach ganz Ingrimm war. Sein Schwert stieß er in ihre Scheide, und er brachte sie dazu, es zu genießen. Verdammt! Weshalb tauchte Aroq immer wieder in ihren Gedanken auf? War es die Angst vor der Heimkehr? Er würde auf sie warten, um sie in Stücke zu reißen. Seinen Befehl – auf Tide zu bleiben – während Wor und Mogall Lomas befreiten, hatte sie missachtet und damit war Gesetz. Aber da war noch ein anderes Gefühl – Sehnsucht! Sehnsucht nach Aroq, es war beschämend und verwirrend. Sie wollte sein Verlangen noch einmal spüren. Doch das durfte nicht sein!

In Zweierreihen trabten sie durch das Tor. Loreena krallte die Finger in die Mähne ihres Schimmels, um nicht in Panik zu geraten. Schon schloss die Wache das Holztor hinter ihr. Firn hatte sie in den Klauen und wusste nur noch nichts davon.

Die Feste Nebelhorn zeigte sich in beeindruckender Größe. Wie ein Massiv aus Eis und Schnee lag sie vor ihnen. Nur die untersten Eisblockreihen waren von den Häusern der Hauptstadt verdeckt. Zahlreiche Behausungen aus Eis, die befremdliche runde Eisdächer besaßen, säumten den Weg zur Feste. Schnee thronte auf den Dächern. Bisher konnte Loreena jedoch durch keinen Eisblock durchschauen. Milchig, nicht glasig, zeigten sie sich. Vielleicht waren Mogalls Informationen über ein durchsichtiges Gefängnis falsch.

Erschreckt fuhr Loreena zusammen, als die Vampire nach allen Seiten ausströmten. Sie tauchten paarweise zwischen den Häusern unter. Sie stand allein auf dem Weg, der geradewegs zur Feste führte.

Paarweise. Zwölf. Erst jetzt fiel ihr auf, dass Mogall sagte, zwölf Vampire würden Lomas befreien. Aber mit ihrem Vater waren sie ein Dutzend plus sie als ungebetener Gast. Verdammt! Mogall hatte Wor als Vampir mitgezählt. Loreena stieg ab und hielt sich krampfhaft am Griff ihres Kurzschwertes, das unter dem Fellmantel auf seinen Einsatz wartete, fest. Noch immer wollte sie die Wandlung ihres Vaters nicht wahrhaben, aber diese war unumgänglich.

Plötzlich packte eine unbändige Kraft ihren Arm. Sie riss Loreena grob in eine Seitengasse und zog sie hinter ein Haus. Sie wollte gerade ihr Schwert ziehen, als sie Mogalls Smaragdaugen sah. Loreena holte tief Luft, um eine Schimpfsalve loszulassen, doch er legte sanft seinen Zeigefinger auf ihre Lippen. Artig atmete sie aus und schwieg.

Mogall neigte sich zu ihr herunter. Sie spürte seinen Atem auf ihrer Wange. „König Wor und ich werden in das Gefängnis eindringen und Lomas holen. Die Vampire lauern, verteilt auf die Stadt, falls sie uns zur Hilfe eilen oder Rückendeckung geben müssen."

Sein Atem wärmte ihre vor Kälte gerötete Haut, als sein Gesicht nur daumenbreit von ihrem entfernt war. Diese violetten Sprenkel in seinen grünen Augen, dieser neckische Spitzbart! Mogall war in der Tat sehr attraktiv. Mit einem Mal wurde ihr bewusst, dass sie ihn verträumt betrachtete und sie senkte den Blick. Er bemerkte ihre Verschämtheit und lachte leise. Sachte legte er den Zeigefinger unter ihr Kinn und hob es an, damit sie ihn wieder ansah. Dann küsste er sie. Es war ein liebevoller Kuss, behutsam, sanft und belebend wie die Morgenbrise. Seine kühlen Lippen drückten sich zärtlich auf ihren Mund, während seine Zunge in ihre Mundhöhle eindrang und sich an die ihre schmiegte. Er schmeckte wie frisches Quellwasser und beruhigte sie mit diesem Kuss, der wie die Ruhe vor dem Sturm war. Brach auch der Kampf um Lomas noch nicht los, so braute sich in Loreenas Schoß ein Orkan zusammen. Der erste Regen sammelte sich bereits zwischen ihren Schenkeln. Sie begehrte Mogall. Sie erinnerte sich der gemeinsamen zügellosen Spiele und gierte nach mehr. Doch dies war weder der richtige Zeitpunkt noch der richtige Ort.

Sie drückte ihn fort. „Wir haben keine Zeit für …"

„Nein, die haben wir nicht", säuselte er und ließ seine Hände unter den Pelz gleiten. Geschickt fanden sie ihren Busen und umfassten ihn. Sogleich begannen seine Daumen, ihre Brustspitzen zu reiben. Loreena schloss die Augen. Gegen solche Argumente war sie machtlos. Sie biss sich auf die Unterlippe, doch Mogall küsste sie erneut, diesmal voller Leidenschaft, heiß, erregt und begierig. Ohne Unterlass kneteten seine Finger ihre Brüste. Er nahm ihre Brustwarzen zwischen Zeige- und Mittelfinger und drückte sie, bis Loreena stöhnte vor bittersüßem Schmerz. Die Lust floss von ihrem Busen hinab in ihren Schoß und es war fast so, als würde sein Daumen anstatt über ihre Brustspitze über ihre empfindsamste Stelle reiben. Endlich spürte sie seine Hand zwischen den Beinen. Er kratzte mit den Fingernägeln über ihre Hose, von ihrer pochenden Klitoris über ihre Mitte bis hin zu ihrer hineren Öffnung, um seinen Arm schließlich zwischen ihren Schenkeln ruhen zu lassen. Enttäuscht sah sie ihn an.

„Wir haben keine Zeit", hauchte er.

Zuerst dachte sie, er wolle sie necken, aber er schaute ernst. „Nein, die haben wir nicht."

Mogall ließ von ihr ab. Anstatt zu gehen, griff er an seinen Hals und löste seinen Halsschmuck. Er hielt ein dünnes Lederband hoch, an dem ein feuerroter

Japis in Form eines großen Tropfens hing. „Vertraut mir. Ich mache Euch ein Geschenk", sagte er, bevor er das Band zwischen ihre Schenkel spannte. „Nun entspannt Euch. Habt keine Furcht." Er drückte den Japis mit der Spitze in ihre enge Öffnung.

Loreena erschrak. Was tat er da?

„Es wird Euch gefallen", beruhigte er sie.

Sie versuchte, sich zu entspannen. Der tropfenförmige Stein drang immer mehr in sie ein, aber je tiefer er glitt, desto breiter wurde er. Ihr Ringmuskel wehrte sich gegen den Eindringling und wollte ihn herausdrücken, doch Mogall presste ihn weiter hinein. Loreena war erstaunt. Es tat nicht weh, sondern ein ungewohntes Prickeln durchdrang ihre Enge, ein wollüstiges Kitzeln, das Wellen der Erregung in ihren Unterleib sandte. Loreena hielt sich an Mogalls Schultern fest und jäh rutschte der Japis gänzlich in sie hinein. Sie atmete schwer, ein wenig besorgt, dass der Stein vom Lederband abreißen und in ihr verschwinden könne, und gleichzeitig erhitzt durch das Objekt, das in einer verbotenen Stelle ihres Körpers steckte. Sie spürte den großen Tropfen, wenn auch nur dezent, und auch das Band, das aus ihr heraushing, und lächelte lüstern.

Doch Mogall zog am Lederband, sodass es auf ihre Schamlippen und die Klitoris drückte, und verknotete vorn und hinten die Enden des Leders mit den Gürtelschnallen ihrer Hose.

„Wir haben keine Zeit", wiederholte er schmunzelnd. „Jetzt nicht, aber der Moment wird kommen. Bis dahin tragt Ihr ein Stück von mir, das Euch ständig an mich erinnern wird."

Oh, dieser Schuft! Wie sollte sie nur die ständige Erregung aushalten? Sie würde sich nicht auf den Kampf konzentrieren können. Würde die Lust sie wahnsinnig machen? Sie suchte nach einem Argument. „Was ist, wenn ich mich zurückziehen muss, um …" Sie vollendete den Satz nicht, denn er wusste, dass sie vom wenig königlichen Geschäft sprach.

Er tippte mit dem Zeigefinger auf ihre Nase. „Dann müsst Ihr mich anflehen, dass ich Euch erlöse."

Loreena stemmte die Hände in die Hüften. „Die Tochter des Königs bettelt nicht!"

„Sie spuckt auch nicht wie ein Kerl", antwortete er sanft, „und kniet nicht vor einem Vampir, um ihn zu melken."

„Mogall!" Obwohl sie entrüstet war, loderte Begehren auf.

„Genießt die süße Qual der andauernden Lust." Er deutete zum Gefängnis. „Wir sollten gehen. Euer Vater wartet …" Mogall stockte. Auf einmal wurde seine Miene finster. „Verflucht! Wo ist König Wor? Er sollte dort hinten warten." Er nahm ihre Hand. Seine Finger glitten butterweich zwischen ihre. Sanft schleifte er sie mit sich. Sie versuchten, so unauffällig wie möglich zu wirken. Weder in der Mitte des Weges zu gehen noch sich an den Häuserwänden entlangzuschleichen. Zuerst ging Loreena breitbeinig und unsicher; unbeholfen musste es aussehen. Das Lederband zwischen ihren Schenkeln drückte auf ihre

Scham und der Stein bewegte sich bei jedem Schritt. Beides stachelte ihre Wolllust an, eine Leidenschaft, die nicht so schnell befriedigt werden würde. Diese Erkenntnis war erregend, ihr Geheimnis aufregend, und gleichzeitig eine Tortur.

„Er riskiert alles, indem er meine Anweisungen ignoriert."

Loreena befürchtete Schlimmes. „Kann er allein ins Gefängnis gegangen sein?"

Erschreckt sah Mogall sie an. „Er wäre ein Narr! Wenn ich ihn in die Finger bekäme, würde ich ihn eigenhändig ins Jenseits befördern."

Solche Worte wollte sie nicht hören. Ihre Nerven waren gereizt. Zusätzliche Probleme würde sie nicht verkraften. Sie befanden sich in der Basis des Feindes, der König Ingrimms wandelte sich zum Vampir und in Küstenmark hielt kein einziger Vertreter des Königgeschlechts die Stellung. Sollte Loreena zurückkehren, erwartete sie die Strafe Aroqs. Sie wollte nicht länger über all das nachdenken.

Mit Mogall tastete sie sich langsam zur Feste vor. Auf der rechten Seite befanden sich die flachen Gebäude des Gefängnistraktes. Noch standen zahlreiche Iglus davor, doch sie waren nicht mehr weit entfernt.

„Nein!" Ein Schrei entfloh Loreenas Mund. Schuldbewusst legte sie die Hand auf die Lippen.

Mogall schaute sie böse an. Als er ihrem Blick folgte, sah er, was sie erschütterte. Nur einige Häuser weiter verlor Wor den Kampf gegen sich selbst. An der Festungsmauer, halb hinter einem Iglu versteckt, stand er über eine Greisin gebeugt. Er hatte sie von hinten mit der Linken um die Hüften gepackt, während seine Rechte ihren Mund verschloss. Zappelnd versuchte sich die alte Frau, aus der Umklammerung zu befreien. Sie ruderte mit den Armen. Ihre Füße rutschten im Schnee aus. Nur sein Griff hinderte sie, zu fallen. Die Kapuze der Greisin lag in ihrem Nacken, der Pelz blutgetränkt; Blut, das aus den Einstichen ihres Halses lief und Wors Bart rot färbte. Immer wieder stieß er seine langen Eckzähne in ihr Fleisch. Loreena war wie gelähmt.

„Er macht mich verrückt!" Erbost ballte Mogall seine Hände zu Fäusten. „Er lehnte mein Angebot zigmal ab. In dieser gefährlichen Situation lässt er sich nun gehen." Er rümpfte die Nase. „Er kann es nicht einmal. Ich muss ihm zeigen, wo sich die Halsschlagader befindet. Sonst wird er die Frau nie blutleer saugen können." Aufgebracht zog er Loreena mit sich.

Diese konnte nicht glauben, was geschah. Tränen schossen in ihre Augen. Je näher sie dem abartigen Szenario kam, desto mehr drehte sich ihr Magen um. Ihr Vater, ihr eigener Vater, ein blutrünstiges Monster.

Loreena und Mogall huschten von Iglu zu Iglu, bis sie bei König Wor ankamen. Kurz sah er auf und widmete sich gleich wieder seinem Opfer. Verklärt war sein Blick – wie Gamtams Gesichtsausdruck. Er war von Sinnen. Lange hatte er seinen Blutdurst unterdrückt. Nun überfiel dieser ihn stürmisch. Die Greisin schaute Loreena und Mogall flehend an, streckte Hilfe suchend ihre Hand aus. Loreena zerriss es innerlich. Dann geschah alles fürchterlich schnell.

Plötzlich machte Mogall einen Schritt auf Wor zu. Ein Dolch lag in seiner Hand. Mit einem präzisen Schnitt durchtrennte er die Kehle der Alten. Sie sackte zusammen. Loreena presste beide Hände auf den Mund, um nicht hysterisch zu kreischen. Sie beobachtete, wie Mogall Wors Zähne an ihre Halsschlagader führte. Schmatzende Geräusche, Gurgeln und Schlecken störten die nächtliche Ruhe Firns. Eindringlich schaute der spitzbärtige Vampir Loreena an. Als er auf sie zuging, wich sie rückwärts aus. Er fasste sie an den Schultern und zog sie in seine Arme. Zärtlich wischte er die Tränen von ihren Wangen. Mogall legte den Zeigefinger an seine Lippen, umarmte sie sanft und flüsterte: „Es ging nicht anders."

Loreena sah dies ein. Die Greisin hätte ihren Plan verderben können, doch sicherlich hätte es einen anderen Weg gegeben. Es gab immer einen anderen Weg. Nun war es zu spät. Sie lehnte sie weinend an Mogalls Schulter. Seine Nähe beruhigte sie, die Tränen ebbten ab. Loreena rang nach Fassung und nickte ihm zu. Es war Zeit, Lomas zu befreien. „Wor ist nicht in der Lage, Euch zu begleiten. Ihr kennt meinen Bruder nicht. Daher werde ich mit ins Gefängnis kommen."

Mogall schüttelte das Haupt, dennoch musste er wissen, dass dies die einzige Möglichkeit war, den Auftrag durchzuführen. Schließlich nickte er resignierend. Er wandte sich an Wor. „Saugt sie aus. Wir holen Euch ab, nachdem wir Lomas aus dem Gefängnis befreit haben."

Loreena war nicht sicher, ob ihr Vater den Vampir vernommen hatte, denn er reagierte nicht. Doch sie hatten keine Wahl. Es wurde Zeit, das Unvermeidliche hinter sich zu bringen. Der Tagesanbruch würde nicht warten.

Mogall und Loreena liefen zwischen den Häusern hindurch. Niemand begegnete ihnen. Hatten die Turmwachen sie beobachtet? Sie mussten das Risiko eingehen. Es dauerte nicht lange, und sie standen nur ein Iglu entfernt vom Gefängnis. Wie Klavorn beschrieben hatte, handelte es sich um einen flachen Bau aus durchsichtigen Eisblöcken. In Einzelzellen lagen die Häftlinge auf Eispritschen. Über mehr ließ die Finsternis nur vage Vermutungen zu. Lediglich Kerzenschein machte Loreena aus. Auf dem Dach patrouillierten zwei Wachen. Viel zu wenig für diesen langen Bau, der sich bis hinter die wie ein Eisberg aussehende Feste zog. Anscheinend war sich der frostländische König der Unbesiegbarkeit der Hauptstadt äußerst sicher.

Sie hörte ein Rascheln zu ihrer Linken und blickte sich erschreckt um. Klavorn winkte ihnen zu. Er hockte mit Wolweer, einem Vampir mit weichen, knabenhaften Gesichtszügen, nur wenige Schritte entfernt.

Mogall nahm Loreenas Hand und drückte leicht. Der Moment war gekommen. Die Wachen unterhielten sich. Diese Unachtsamkeit hieß es, auszunutzen. Loreena und Mogall huschten über den Vorplatz und tauchten in das Gefängnis ein. Keine Wache stand am Eingang, keine Tür verschloss den Trakt. Aber Loreena fehlte die Zeit, sich zu wundern. Vor ihnen lag ein langer Gang, der keine Nische bot. Nicht mal einen abzweigenden Korridor besaß dieses

Gefängnis. Es war, als ständen sie im Bauch einer gläsernen Schlange. Vorsichtig schlichen sie vorwärts. Während Mogall die Wachen auf dem Dach im Auge behielt, linste Loreena in die Zellen. Konnte sie Lomas in der Finsternis ausmachen? Hatte er sich nach der langen Gefangenschaft verändert? Sie schob ihre Ängste beiseite. Angestrengt starrte sie den Gefangenen ins Gesicht. Viele schliefen und hatten die Decke bis unters Kinn gezogen.

Mogall flog zu Loreena herum. Durch die abrupte Bewegung zuckte sie zusammen. Er deutete zu den Wachen auf dem Dach, die sich voneinander entfernten. Wie zu Eis erstarrt, blieben sie stehen. Loreena begann erneut, zu zittern. Der Mut, der sie in Küstenmark veranlasst hatte, ihrem Vater zu folgen, verschwand wie der weiße Nebel, der bei jedem Ausatmen entstand.

Einer der Aufseher auf dem Dach stellte sich an den Rand und blickte über die Siedlung. Der andere Wachmann war in der Dunkelheit nicht mehr auszumachen. Langsam schlichen sie weiter. Die Kapuze hinderte Loreena, sich umzuschauen. Bevor sie den Pelz vom Haupt streifen konnte, fasste der Vampir ihr Handgelenk. Sie suchte weiter nach ihrem Bruder. Plötzlich riss sie vehement an Mogalls Hand. Als er die Stirn runzelte, zeigte sie auf die gegenüberliegende Zelle.

„Lomas?“, formte der Blutsauger lautlos mit den Lippen, aber Loreena winkte ab. Erneut deutete sie auf die Tür. Endlich erkannte er, was sie meinte, und schloss die Augen für einen Moment. Die Zellen besaßen keine Türen! Durchsichtige Eisblöcke umgaben die Gefangenen. Bis auf einen Spalt als Durchreiche fürs Essen besaßen die Zellen keine Öffnungen. Loreena fragte sich, wie die Häftlinge mit der wenigen frischen Luft leben konnten, aber den König Frostlandes interessierte dies offensichtlich nicht. Am hinteren Rand der Zellen floss Wasser, das die Exkremente wegschwemmte. Sie vermutete, dass es aus dem Ankerlefluss umgeleitet wurde. Sie wollte wissen, weshalb das Wasser nicht gefror, vermied es jedoch, Mogall darauf anzusprechen. Bis auf ein paar Eisblöcke zum Schlafen gab es absolut nichts in den Zellen.

Sie gingen vorsichtig weiter. Immer näher kam die Kerze, die Loreena von außerhalb gesehen hatte. Zwei Männer hockten in einer Ausbuchtung auf Eisblöcken. Hitzköpfig waren sie in ein Spiel mit Knochen vertieft. Bald musste der Mann, der ihnen das Gesicht zuwandte, sie entdecken. Da sah Loreena ihren Bruder! Lomas saß auf der Pritsche in der Zelle gegenüber, den Rücken gegen die Wand gelehnt, die Augen geschlossen, mit angewinkelten Beinen, nur ein paar Schritte von den spielenden Wachen entfernt. Sein dunkelblonder Bart reichte ihm bis zum Brustkorb. Beim Anblick seines abgemagerten Körpers übermannte Mitleid sie.

Sie würden nicht an ihn herankommen, ohne die Aufmerksamkeit der Männer auf sich zu ziehen. Ratlos sah sie Mogall an, der auch ohne Worte verstanden hatte, wen sie vor sich hatten. Gedankenversunken kraulte er seinen Spitzbart. Sie waren ihrem Ziel nah und dennoch schien es weiter entfernt als zuvor.

Mogall beugte sich an ihr Ohr. „Wir müssen den Eisblock über der

Durchreiche mit den Klingen unserer Schwerter lautlos abtrennen."

Loreena zog die Augenbrauen hoch. Sicherlich käme Lomas durch das entstandene Loch in den Gang, doch die Wachen würden den Fluchtversuch bemerken und Alarm schlagen. Plötzlich legte sich eine Hand auf ihre Schulter. Erschreckt fuhr sie herum. Klavorn lächelte sie entschuldigend an. Einen Kopf größer thronte das Gesicht des Vampirs über ihr. Mogall zeigte auf Lomas und Klavorn verstand.

Dann wurde es unruhig in ihrer Nähe. Einer der Wachen schmiss die Knochen gegen eine Zellenwand. Mit erhitzten Wangen stand er auf und beschimpfte den anderen. Loreena zog an Mogalls Ärmel. Sie mussten etwas tun. Er brauchte nur wenige Schritte und wäre bei ihnen, brauchte sich nur umzudrehen, um sie durch Eisblöcke hindurch zu sehen.

Mogall erwiderte ihren flehenden Blick, doch er schien genauso ratlos wie sie. Hektisch umfasste er den Zweihänder. Bevor er ihn ziehen konnte, legte Loreena ihre Hand auf seine. Ein Kampf half ihnen nicht. Noch schrien die Wachen sich an. Da klopfte Klavorn auf Loreenas Schulter und deutete auf Lomas. Er war auf sie aufmerksam geworden. Starr verharrte er mit aufgerissenen Augen auf seinem Platz. Um Loreena zu signalisieren, dass er sie erkannt und ihre Absichten durchschaut hatte, gab er unauffällig Handzeichen.

Loreena nickte. Der Streit der Wachen verstummte. Der Mann mit den roten Wangen steckte etwas in seine Hosentasche, bereit, die Nische zu verlassen. Loreena sah keine andere Möglichkeit. Ohne zu warten, löste sie sich von Mogall, wollte an ihm vorbeischleichen. Doch er erkannte ihre Absicht und hielt sie am Arm fest. Flehend sah sie ihm in die Augen. Sie versuchte, sich loszureißen, aber Mogall ließ sie nicht gehen. Ihr Blick flog zu den Wachmännern. Einer war kurz davor, sich umzudrehen. Alles wäre verloren. Es würde kein Entkommen aus der Stadt geben, wenn Firn sie erst bemerkt hätte.

„Bitte", formte sie mit den Lippen, ohne das Wort auszusprechen. Erneut versuchte sie, sich aus seinem Griff zu befreien. Klavorn legte Mogall eine Hand auf die Schulter. Diesmal konnte Loreena sich von ihm lösen.

Die Aufseher drehten sich um. Loreena sah direkt in ihre Gesichter, nur getrennt durch einen Eisblock. Sie riss den Pelzmantel auf und öffnete auch den Ledermantel darunter. Ein hastiger Schritt, und sie trat um die Ecke, lächelte die Wachen an. Betörend, wie sie hoffte. Sie streckte lasziv ihr Bein nach vorn und stemmte die Hände in die Hüften, bemüht, ihr Kurzschwert hinter dem Rücken zu halten. Noch bevor die erstaunten Wachen etwas sagen konnten, legte sie den Zeigefinger an die Lippen. Loreena lachte verführerisch. Sie warf ihre Haare über die Schulter. Mochte sie auch keine schlanke Schönheit sein, so wusste sie doch, auf welche Reize Männer reagieren. Sie huschte an ihnen vorbei, damit die Wachen mit den Rücken zu Mogall und Klavorn standen. Kaum drehten sich die Männer um, begannen die Vampire, den Eisblock über der Durchreiche mit den Klingen zu bearbeiten. Erschreckt erstarrte Loreena in ihrer Bewegung, als die Klingen über das Eis schabten. Sie musste die Geräusche übertünchen.

Sie fuhr sich mit der Zunge über die Lippen. „Müsst Ihr die ganze Nacht allein hier sitzen und über Gefangene wachen, die eh nicht flüchten können?" Die Männer antworteten nicht. Überrumpelt standen sie vor ihr und gafften sie gierig an. Loreena fürchtete sich vor ihnen, doch sie hatte keine Wahl. Das begonnene Spiel musste zu Ende geführt werden. Da die Männer nichts entgegneten, war sie gezwungen, weiterzusprechen. „Welch verantwortungsvolle Position für zwei starke Männer!" Sie tänzelte auf den Rotwangigen zu und befingerte seine Oberarme. Er griff nach ihr. Schnell zog sie sich zurück. Seufzend und heftig atmend lehnte sie sich gegen die Wand. Ihr Blick streifte Mogall und Klavorn, die gut vorankamen. Aber noch löste sich der Eisblock nicht. Loreena nahm eine Haarsträhne und kaute darauf herum. „Der König muss Euch eigens ausgewählt haben. Nicht jedem traut er eine Position wie diese zu. Was …"

„Hör auf zu schwatzen, Weib!" Der Rotwangige stiefelte auf sie zu, während der andere sich grölend auf die Oberschenkel schlug. Der Wachmann stützte sich mit den Händen neben Loreenas Kopf ab. Eindringlich betrachtete er sie. Ihr Magen drehte sich um. Der Kerl war eklig! Essensreste klebten in seinem verfilzten Bart und er stank aus dem Mund wie eine Kloake. „Hat der König dich geschickt, um uns aufzumuntern? Oder bist du eine Belohnung, weil wir dem ingrimm'schen Bastard seit drei Tagen nichts zu Essen gegeben haben?" Er beugte sich zu ihr und schnupperte an ihrem Hals.

Lächelnd stieß sie ihn ein Stück weg, obwohl sie dem Kerl lieber ihr Schwert zwischen die Rippen gestoßen hätte. „Ihr habt es verdient. Die Nacht ist lang. Hoch konzentriert müsst Ihr Euren Dienst verrichten."

„Wie wahr." Er rülpste, näherte sich wieder plump. Mit einem Mal umschlang er ihre Taille und küsste sabbernd ihren Hals.

Angewidert versuchte sie, ihn fortzudrücken, aber seine Kraft war immens. Seine Hand lag kurz über ihrem Schwert.

Der zweite Wachmann feuerte den Rotwangigen an: „Zeig's der Hure!" Gehässig lachend hieb er auf den Esstisch. „Beeil dich. Danach bin ich dran."

Loreena würgte. Der Griff des Mannes war grob. Ihre Hüften schmerzten. Sie hatte gehofft, die Männer eine Weile beschäftigen und dann das Weite suchen zu können. Wie naiv! Jetzt musste sie alles über sich ergehen lassen. Sie hoffte, dass wenigstens Mogall, Klavorn und Lomas fliehen konnten. Für sich sah sie keinen Ausweg.

„Stell dich nicht so an, Weib!" Der schmierige Kerl presste seine Lenden an ihren Unterleib. Sie spürte seine Erregung. Tränen füllten ihre Augen. Noch immer wehrte sie sich gegen die Anzüglichkeiten, doch ihr Kampf war aussichtslos. Sie resignierte, schob nicht länger seine Finger von ihrem Busen. Seine Zunge besabberte ungehindert jedes Stück freie Haut. Bis er plötzlich innehielt. Fest umschloss seine Hand ihren Hintern. Loreenas Kurzschwert klapperte leise gegen die Ringe, die der Wächter trug.

Seine Wangen glühten. „Was ist dein Plan, Weib? Weshalb trägst du ein Schwert?" Er holte aus und schlug ihr brutal ins Gesicht.

Loreena betastete ihr rechtes Auge. Es tat höllisch weh. Binnen kurzer Zeit schwoll es an. Aus dem Augenwinkel konnte sie schemenhaft erkennen, wie die Vampire mit Lomas den Eisblock über der Durchreiche auf den Boden legten und von dem entstandenen Loch wegschoben.

„Ich habe dich etwas gefragt, Hure. Antworte oder stirb!“ Ein Dolch tauchte in der Hand des Aufsehers auf. Unbarmherzig drückte er die Klinge an ihre Kehle.

Sie fürchtete sich vor dem Sprechen, denn das würde das Metall tiefer ins Fleisch bohren. Sie musste dieses Spiel weitertreiben. „Ich will Euch nichts Böses. Es ist nur zum Schutz vor Fremden. Bitte, Herr, glaubt mir. Ich tue nichts Unrechtes.“ Angewidert drehte sie das Gesicht weg. Nie zuvor im Leben hatte sie sich derart erniedrigt gefühlt – nicht einmal vor Graf Aroq. „Ich bringe Euch Vergnügen.“

Er hob mit dem Dolch ihr Kinn und zwang sie, ihn anzusehen, drückte grinsend seinen Mund auf ihre Lippen. Sofort spürte sie seine Zunge in ihrem Rachen. Loreena wollte sich wehren, wollte ihm ihr Knie in den Unterleib rammen, aber der Dolch an ihrem Hals hinderte sie.

Jemand schlug dem Rotwangigen auf den Hinterkopf. Zornig fuhr er herum. „Erst bin ich dran. Dann kannst du sie …“

Noch bevor er den Satz beendet hatte, schlug Mogall ihm mit dem Zweihänder das Haupt von den Schultern.

„Wir müssen los.“ Der Vampir riss Loreena mit sich. Überrascht stolperte sie über den zweiten Wächter, der kopflos auf dem Boden lag. „Klavorn kümmert sich um Lomas.“

Sie spuckte den Geschmack des Rotwangigen von der Zunge. „Wir müssen meinen Vater holen.“

Mogall rannte weiter. Er versteckte während des Laufes die Waffe unter dem Pelzmantel und sah sich immer wieder nach ihr um. Als sie am Ausgang ankamen, schaute er kurz in alle Richtungen und sprintete zu den Häusern. Plötzlich gaben die zwei Wächter auf dem Gefängnistrakt Alarm, indem sie auf einen großen Gong schlugen. Loreena blickte panisch zu Mogall. Er winkte ihr von den Iglus aus zu. Sie sah kurz zu den Wachmännern hinauf und rannte dann um ihr Leben. Pfeile surrten an ihren Ohren vorbei. Es schien eine Ewigkeit zu dauern, bis sie den Vorplatz überquert hatte. Außer Atem hockte sie sich neben Mogall und visierte die Außenmauer. Wachen schossen mit Armbrüsten auf sie. Sie durften nicht verweilen. Gemeinsam liefen sie weiter, schlichen von Haus zu Haus, bemüht, geduckt zu bleiben. Die Pfeile kamen von überall. Der Tumult trieb die Bewohner Firns aus ihren Eishäusern. Binnen kurzer Zeit waren die Wege gefüllt mit Menschen in Pelzmänteln. Chaos brach aus, wodurch die Wachen auf der Außenmauer keine Pfeile mehr schießen konnten, ohne die eigenen Leute zu treffen.

Loreena und Mogall kamen an der Stelle an, an denen sie König Wor zurückgelassen hatten, aber weder ihn noch sein Opfer fanden sie vor. Lediglich

Blutspritzer an der Wand und im Schnee zeugten von einer grausamen Tat. Mogall zog Loreena weiter. Sie eilten durch die Straßen und stießen die Menschen beiseite. Sie ernteten misstrauische Blicke. Manche beschimpften sie. Andere hingegen wichen ängstlich aus. Dann sah Loreena Wor. Sie zwang Mogall, stehen zu bleiben. Verwirrt schaute er sie an.

„Er ist dort." Schon tauchte sie in der Menge unter.

Der Vampir hastete hinterher, um sie nicht aus den Augen zu verlieren. bahnte eine Schneise durch die Menge und prallte fast auf Loreena, als sie urplötzlich anhielt und sich hinter eine Hauswand hockte.

Loreena nahm den Kopf ihres Vaters in die Hände, tätschelte seine Wange. Blut triefte aus seinen Mundwinkeln. Seine Wangen waren gerötet, wohl durch das frische Blut der Greisin, das er getrunken hatte. Er sah entrückt aus, als hätte er Kraut geraucht. „Wach auf, Vater. Nun wach schon auf."

Mogall drängte sie zur Seite. „Lasst mich ran. Wir haben keine Zeit. Ganz Firn ist in Aufruhr. Wahrscheinlich kommen wir hier jetzt schon nicht mehr weg." Er nahm eine Handvoll Schnee und rieb sie in Wors Gesicht.

Dieser öffnete stöhnend die Augen. Er schaute sie benommen an und wischte sich mit dem Handrücken über den Mund, betrachtete ungläubig das Blut an seinen Fingern.

„Ihr müsst aufstehen oder wir lassen Euch in Firn zurück." Mogall legte den Arm um Wors Taille und half ihm auf die Beine. Der ingrimm'sche König hielt sich mühsam aufrecht. Loreena legte Wors Arm um ihre Schulter. Sie schleppten ihren Vater durch die Gassen, verfolgt von den Blicken der aufgebrachten Stadtbewohner. Doch niemand griff sie an. Lag es an den Mänteln?

Sie erreichten die Pferde. Klavorn stürmte auf sie zu und nahm Loreenas Platz an Wors Seite ein. Die anderen Vampire sprangen hektisch auf die Pferde. Sie halfen dem König auf einen Rappen. Klavorn setzte sich hinter ihn, einen Arm um seinen Oberkörper geschlungen, in der anderen die Zügel. Schon galoppierte er durch das Tor hinaus. Loreenas Blick schweifte umher, um Lomas auszumachen. Auch er saß bereits auf einem Gaul und umklammerte erschöpft den knabenhaften Vampir vor ihm. Dann ritten sie los und verschwanden aus ihrem Sichtfeld.

„Steigt auf, Loreena!" Mogalls Rappe tänzelte vor ihr. „Lomas reitet mit Wolweer. Die Torwache schließt den Ausgang. Wir müssen los."

Sie schaute an ihm vorbei. Tatsächlich schoben einige Männer bereits die Torflügel zusammen. Mühsam zog Loreena sich am Sattel hoch. Ihr Körper war erschöpft, das rechte Auge zugeschwollen. Sie hätte auf der Stelle umfallen und zehn Tage schlafen können. Einzig ihr Schoß war voller Leben, denn das Lederband drückte unentwegt auf ihre Schamlippen. Sie waren geschwollen und feucht von dem Saft, den die subtile Erregung zum Fließen brachte. Mogall war ein Teufelskerl!

„Kommt endlich. Ohne Euch verlasse ich Firn nicht." Mogall zog seinen Zweihänder unter dem Pelz hervor. Er stieß Kriegsgeschrei aus und trabte auf die Torwachen zu, um auf sie einzuschlagen. Gezwungen, zu parieren, zogen sie ihre Waffen und hieben mit den Schwertspitzen nach ihm. Das Tor blieb halb geöffnet. Pfeile hagelten auf den Vampir nieder. Sie bohrten sich in seine Schultern, aber er beachtete sie nicht. Immer wieder sauste die Klinge seines Zweihänders auf die Männer nieder.

Loreena atmete tief durch und gab ihrem Schimmel die Sporen. Während sie auf das Tor zuritt, zog sie ihr Kurzschwert.

Sie wollte Mogall gerade helfen, als dieser rief: „Reitet durch. Ich folge. Nicht aufhalten. Hindurch. Sofort!“

Ohne auf die umhersurrenden Pfeile zu achten, die die Mauerposten mit ihren Armbrüsten unaufhörlich auf sie abschossen, galoppierte sie weiter. Die Torwachen sprangen zur Seite. Loreena hieb mit dem Schwert nach ihnen. Fast verlor sie ihre Balance. Sie konnte sich gerade fangen und jagte durch den Ausgang auf die frostige Ebene. Sie entfernte sich schnell von der Hauptstadt Firn. Der eisige Wind Fallbös umwehte sie unbarmherzig. Peitschender Wind schoss Hagelstücke gegen ihre Wangen, als sie sich nach Mogall umdrehte. Er folgte nicht. Weshalb ritt er nicht hinter ihr? Hatten die Wachen ihn überwältigt? Sie musste zurück, musste ihm helfen.

Loreena riss an den Zügeln. Der Schimmel drehte um und trabte zurück auf Nebelhorn zu. Da endlich schoss Mogall aus dem Tor. Mit drei Pfeilen in seiner Schulter und seinem Rücken lag er mit dem Oberkörper auf dem Hals des Rappen. Doch nicht nur er verließ die Stadt. Dicht hinter ihm folgte eine Schar frostländischer Krieger. Loreena galoppierte im Kreis und ritt, so schnell der Schimmel sie trug, hinter Mogall her. Sein Anblick brach ihr das Herz, sein Lederband scheuerte gegen ihre Klitoris und der Stein reizte ihren Anus. Endlos weit schien die Ebene Fallbö, obwohl der Wind gegen ihre Rücken blies. Aber er schob nicht nur sie an, sondern auch ihre Verfolger.

Mogall lenkte seinen Rappen nach Osten auf die ersten Tannen des Gallenforsts zu. Anscheinend hatte er vor, dort den Ankerlefluss zu überqueren – anstatt weiter südöstlich. Loreena jagte ihren Schimmel hinter ihm her, aber der Vampir entfernte sich mit jedem Hufschritt von ihr. Ängstlich schaute sie sich um. Eiskalter Wind brannte in ihren Augen. Die Krieger kamen näher. Loreena gab dem Pferd die Sporen, doch es war nicht in der Lage, schneller zu reiten. Nach einer halben Ewigkeit tauchte Mogall im Gallenforst unter. Am nördlichen Teil des Wäldchens standen die schneebedeckten Tannen weiter auseinander. Loreena sah, wie er zwischen den Bäumen mal zur einen, mal zur anderen Seite ritt. Dann erreichte auch sie die ersten Tannen. Der Forst schenkte ihr eine gewisse Sicherheit – wie ein Wall, eine natürliche Barriere zwischen dem Bösen und ihr.

Plötzlich ging es abwärts. Sie schrie aus Leibeskräften. Der Schimmel unter ihr gab nach. Sie rutschte mit ihm ab. Dann steckte er fest. Noch immer saß sie im Sattel. Erschreckt sah sie sich um. Eine Fallgrube. Sie waren in ein Loch gestürzt. Das Pferd wieherte vor Schmerz, zappelte ängstlich unter ihr. Loreena schaute hinunter. Noch hatten sie den Grubenboden nicht erreicht. Sie steckten am Rand fest. Schwer atmend hielt sie nach den Verfolgern Ausschau. Sie waren erschreckend nah. Doch noch etwas anderes war fürchterlich nah. Am Rand des Lochs entdeckte sie Beine – lange, dürre Beine, die sich nach oben reckten. Schneeweiß. Dünn wie Spinnenbeine. Ein Schreck fuhr durch ihre Glieder. Etwas war in der Fallgrube, und es konnte bei ihrem Glück nichts Gutes sein.

Loreena lehnte sich zum Rand hinüber. Ihre Finger suchten unter dem Schnee nach einer Wurzel, an der sie sich festhalten und hinausziehen konnte. Nichts. Verflucht! Bei den vielen Tannen mussten doch zahlreiche Wurzeln wuchern. Mogall – nur er konnte ihr helfen. Aber er war nicht zu sehen.

Lauthals rief sie nach ihm, aber der Gallenforst schluckte ihre Rufe. Sie krallte sich immer wieder in den Schnee und rutschte ab. Es gab keinen Halt. Nervös schielte sie zu den Spinnenbeinen. Sie kamen näher. Dann sah sie die Augen der Kreatur. Sie schimmerten wie Eisblumen. Stahlblau, kalt und unbarmherzig schauten sie Loreena an. Noch immer zappelte der Schimmel. Loreena suchte hektischer nach einem Halt. Ihre Finger waren blau vor Frost. Sie blickte wieder zu den Beinen. Erschreckt fuhr sie herum, als sich zwei Hände um ihre Handgelenke legten. Die Wachen hatten sie gefangen. Es war aus.

„Mogall!“ Erleichterung flutete sie, als sie feststellte, dass es der Vampir war. Noch immer steckten die Pfeile in seiner Schulter. Mit einem einzigen Ruck zog er Loreena vom Sattel auf den Waldboden.

Noch bevor sie sich der Erleichterung hingeben konnte, erreichten die Krieger Frostlandes sie. Lachend zeigten sie mit ihren Speeren und Schwertern auf sie, ließen siegessicher ihre Pferde aufbäumen und spuckten in den Schnee.

„Rappaschumah“, flüsterte Mogall.

Loreena wollte fragen, was er damit meinte, als Bestien sie umzingelten. Wilde Kreaturen, Wölfen ähnlich, liefen hechelnd um die Krieger. Sie stürzten sich sabbernd auf die Frostländer. Riesige Hauer ragten aus ihren Fängen. Ihre Körper waren sehnig, muskulös und dennoch bewegten sie sich erschreckend geschmeidig. Loreena wusste, wo sie diese Bestien schon einmal gesehen hatte. Vor der Treppe, die zur Wolfsburg führte. Rechts und links säumten sie den Weg wie steinerne Wachen. Werwölfe.

„Rappaschumah. Rappaschumah.“ Mogall hob die Faust in die Luft und lachte.

Loreena rüttelte an seinem Arm. „Wir müssen fort. Das sind Werwölfe. Eine Gefahr zu viel.“

„Nein.“ Lächelnd schüttelte er das Haupt. „Sie helfen uns. Die Werwölfe sind Verbündete der Vampire. Mag ich auch im Graupelwald schlecht über sie geredet haben, so bin ich ihnen in diesem Moment dankbar.“ Abrupt verdunkelte sich sein Blick. „Die Schneespinne!“

Sie folgte seinem Blick. Die Spinne saß auf dem Pferd und streckte ihre Beine nach Loreena aus, berührte fast ihren Stiefel. Loreena riss ihren Fuß weg. Die Schneespinne schaute gierig mit kristallklaren, bergseeblauen Augen.

„Achtung! Sie kann springen.“ Mogall zog Loreena auf die Beine und von der Fallgrube fort. Er half ihr auf seinen Rappen und setzte sich hinter sie. Ein letztes Mal spähte Loreena zurück. Ein wildes Szenario bot sich. Die Werwölfe sprangen die frostländischen Krieger an und verbissen sich in ihren Kehlen. Die Schneespinne hockte auf dem Schimmel, der leblos zwischen den Wänden der Fallgrube hing. Sie begann, ihn mit silbrig glänzenden Fäden einzuspinnen.

Mogall bemerkte Loreenas angewiderten Gesichtsausdruck. „Schneespinnen leben in den Gletscherspalten Nordalps. Offensichtlich hat der König Frostlandes sie eingefangen und in die Fallgruben gesetzt, um die Grenze zu sichern. Sie spannen ein Netz über das Loch und Schnee fällt drauf. Unauffällig.“ Nach einer kurzen Pause fügte er hinzu: „Ihr Biss ist tödlich.“

Loreena schluckte.

Mogall schlang seinen Arm fest um ihre Taille und befahl seinem Pferd, den Ankerlefluss zu durchqueren. Loreena lehnte sich gegen seinen Oberkörper, nicht ohne es trotz ihrer Müdigkeit zu genießen. Sie spürte den Druck des Lederbandes an ihrem Unterleib noch deutlicher, nun, da sie sich an Mogall schmiegte. Der Japis, den er in ihrer Enge versenkt hatte, drückte sich gegen ihren Ringmuskel. Mogall hatte ihr diese bittersüße Qual auferlegt, um ihre Erregung zu steigern, bis sie sich nach ihm verzehrte. Und er war erfolgreich. Selbst im Zustand totaler Erschöpfung tauchten vor ihrem inneren Auge lüsterne Bilder auf, in denen sie sich mit dem Oberkörper auf den Pferdehals legte und Mogall sie behutsam von hinten stieß, während der Rappe weiter ging und durch die sanfte Bewegung ihre Klitoris stimulierte.

So tagträumte Loreena auf dem Rückweg. Der Rappe trabte am Nordalpgletscher vorbei, folgte dem Lauf des Ankerleflusses und schon bald trafen sie im Lager ein. Die Krieger Ingrimms und die Armee von Valkenhorst waren zur Abreise bereit. Nichts hielt sie mehr im Gallenforst. Mogall stieg ab und hob Loreena vom Pferd. Als Lomas auf sie zutrat, fiel sie ihm in die Arme und fühlte, wie Euphorie ihr neue Kraft für den Heimritt schenkte.

„Reiten wir nach Hause“, flüsterte er ihr ins Ohr, „und erobern Ingrimm zurück.“

Wir haben nicht genug Pferde.“ Mit böse funkelnden Augen sah Mogall auf Lomas, der einen Kopf kleiner war, herab. „Ihr reitet weiterhin mit Wolweer.“ Dann wandte er sich an Loreena. „Steigt auf. Ihr sitzt vor mir.“

„Sie wird mit mir reiten. Ihr werdet uns ein Pferd zur Verfügung stellen.“ Selbstbewusst trat Lomas an den Vampir heran und stemmte die Hände in die Hüften. „Wolweer sitzt sicher gerne vor Euch auf dem Rappen.“

Mogall grinste abfällig. „Ihr habt anscheinend den gleichen Humor wie Eure Schwester. Aber er nützt Euch genauso wenig wie ihr.“

Er machte einen Schritt zur Seite, doch Lomas stellte sich ihm in den Weg. „Niemals! Eure Arme werden sie nicht halten.“ Loreena errötete bei dem Gedanken, was zwischen ihr und dem Vampir vorgefallen war. Sie legte die

Hand an ihren Gürtel und berührte mit dem Daumen das Lederband, das auf ihre Spalte drückte.

Mogall lachte herzhaft und beugte sich zu ihm hinunter. „Auch wenn ich Euch erst den Bart stutzen muss – die junge Dame wird mich begleiten."

Erbost streckte Lomas seine Hand aus und sagte zu seiner Schwester: „Reich mir dein Schwert."

Das konnte nicht wahr sein. Sie wollte ihren Augen nicht trauen. Da standen sich zwei erwachsene Männer gegenüber und waren bereit, wegen einer Nichtigkeit zu kämpfen – einer, der lange Zeit im eisigen Gefängnis der nördlichen Krisis gesessen hatte, dürr wie ein Bettler und kränklich; der andere gerade den Klauen frostländischer Krieger, Werwölfen und einer Schneespinne entgangen.

„Reich mir dein Kurzschwert, Loreena", wiederholte Lomas.

Mogall öffnete seinen Mantel mit einer Hand und entblößte den Zweihänder.

„Nicht, bitte." Flehend sah sie den Vampir an.

Er zögerte. Schließlich rümpfte er die Nase. „Wenn Euer Bruder kämpfen will, kann er das haben."

Loreena stemmte die Hände in die Hüften. „Wir müssen fort. Sicherlich schickt Nebelhorn Krieger aus, um uns zu verfolgen. Und ihr Hitzköpfe wollt euch wegen des Heimritts mit mir jetzt duellieren? Vielleicht wollt ihr euch sogar gegenseitig töten, ja? Dann hatte diese Reise so richtig viel Sinn."

Eindringlich sah Lomas sie an. „Du wirst nicht mit einem Vampir zusammen auf einem Pferd reiten."

Mogall legte die Hand um den Griff seiner Waffe.

„Nicht, Mogall." Verzweiflung klang in ihrer Stimme. Der Grund der Unstimmigkeit war der Unwichtigste, den sie sich vorstellen konnte. Reine Zeitverschwendung. Aber sie kannte den Vampir mittlerweile. Je mehr man ihn reizte, desto mehr biss er sich fest.

„Ich werde Euch sicher nach Tide bringen." Er zeigte sich unnachgiebig. „Und wenn es das Letzte ist, was ich tue."

Lomas schnalzte. „Los! Gib mir dein Schwert und ich …"

Sie legte besänftigend die Hand auf die Schulter ihres Bruders. Liebevoll blickte sie ihn an. „Es ist in Ordnung. Wirklich. Bitte. Ohne Mogall hätten wir dich nicht befreien können und ich wäre nicht mehr aus Firn herausgekommen. Ich reite mit ihm."

Lomas brummte unverständliche Worte. Argwöhnisch betrachtete er Loreena und Mogall. „Ich reite mit Artin." Er wandte sich ab. Doch bevor er ging, drehte er sich um und zeigte warnend mit dem Finger auf Mogall. „Ich werde Euch beobachten." Dann verschwand er.

Der Vampir drängte sie zu seinem Pferd. „Steigt auf. Lomas scheint Euch wirklich zu lieben." Er nahm ihr den Pelzmantel ab, zog seinen aus und stopfte beide in den großen Sack, der am Sattel hing.

Loreena schwang sich auf den Rappen und Mogall nahm hinter ihr Platz.

Schon setzte sich der Tross in Bewegung. Es war Zeit, den Gallenforst zu verlassen; Zeit, nach Küstenmark zurückzukehren und die Fronten zu klären. Und Loreena musste bald Graf Aroq unter die Augen treten und seinen Zorn spüren. Sie lehnte sich erschöpft gegen Mogall, drehte den Kopf und betrachtete sein Profil. Das Markanteste war seine Nase; lang und dünn passte sie gut zu seinem ovalen Gesicht. Seltsamerweise wirkte seine Haut aus der Nähe beigefarben, nicht wächsern. Loreena spürte den Wunsch, mit ihren Zähnen neckisch an seinem Spitzbart zu ziehen. Bei dem Gedanken schmunzelte sie.

Mogall bemerkte, dass sie ihn anstarrte und blickte auf sie herab. Seine Augen leuchteten. Die Smaragde mit den violetten Tupfern strahlten sie in der Morgendämmerung an. „Ihr solltet schlafen. Es war ein anstrengender Tag."

„Ich bin zu aufgeregt", antwortete sie. „Zu viele Erlebnisse. Zu viele Gedanken."

Er ließ sich ans Ende der Truppe zurückfallen. „Dann seid Ihr noch nicht müde genug. Dem kann Abhilfe geleistet werden." Er glitt mit seinen Händen in ihre Hose, eine Hand an ihrem Venushügel, die andere an ihrem Hintern, und ergriff das Lederband. Behutsam zog er es nach vorn, dann wieder nach hinten zu ihrem Gesäß. Großen Spielraum hatte er nicht, aber es genügte, um Loreena zu erregen. Das Band rieb über ihre Spalte. Blut schoss in ihren Unterleib und ließ die Schamlippen anschwellen. Bald schon glitt das Lederband auf ihrer Feuchtigkeit vor und zurück und verteilte ihn. Mogall öffnete die Hosenknöpfe und drückte Loreenas Oberkörper nach vorn, aber nur so weit, dass sie ein wenig gebeugt saß und es nicht auffiel, sollte sich einer der Männer nach ihnen umdrehen. Aber lag nicht genau darin der Reiz? Loreena befürchtete, entdeckt zu werden. Welch eine Schande! Gleichzeitig heizte diese Gefahr ihre Lust an.

Mogall streckte Mittel- und Zeigefinger und fuhr damit von hinten zwischen ihre Schenkel. Er krümmte die langen schlanken Finger, drang in Loreenas Mitte ein, sodass sie auf seiner Hand saß. Durch das Traben des Pferdes stieß sie sich mit den Beinen ab und ließ sich immer wieder auf Mogalls Finger nieder. Sie ritt ihn, seine Hand, benässte ihn und peitschte ihre Erregung an. Auf einmal entzog er sich ihr. Enttäuscht wandte sie sich um, doch er zwang sie, nach vorn zu schauen. Erneut füllte er sie aus, diesmal mit zwei Fingern, die er spreizte, um sie zu dehnen, wann immer sie auf seiner Hand saß. Dann und wann zog er an dem Band, als wäre sie eine Stute, die er zügeln musste. Loreena biss sich auf die Unterlippe. Sie wollte die Augen schließen, um sich auf die Leidenschaft zu konzentrieren, aber das wäre zu verräterisch. Als Mogall auch noch einen dritten Finger ausstreckte und damit ihre Klitoris streichelte, konnte sie nicht mehr an sich halten. Sie hielt sich am Sattelknauf fest, biss in den Ärmel ihres Mantels und ritt schneller auf seinen Fingern. Mit der steigenden Lust wuchs auch die Gleichgültigkeit. Sollten die anderen sie doch sehen. Ihr war das egal. Alles, was in diesem Moment zählte, war ihr Trieb. Und hatte sie sich nicht ein wenig Spaß verdient? Viel war geschehen. Viel lag noch vor ihnen.

Unbeherrscht ritt sie Mogalls Hand. Sie stöhnte, gedämpft von ihrem Ärmel, spürte, wie die Nässe seine Finger geschmeidig machte und ihre Klitoris hart und empfindlich wurde. Es musste verrückt aussehen, wie sie auf dem Rappen saß und schneller ritt als das Pferd, mit entrückter Miene und glasigem Blick, der von einer Sucht berichtete, einem triebhaften Drang nach unkeuscher Hemmungslosigkeit. Als der Orgasmus sie übermannte, verkrampfte sie sich sekundenlang. Mogall legte das Lederband über ihre Klitoris und zog daran, sodass es fest auf der gespreitzten Knospe lag und ihn weiter folterte. Loreenas Körper wollte sich gar nicht mehr entspannen. Sie schauderte, zuckte unaufhörlich und presste die Beine gegen den Pferdekörper. „Genug, bitte."

Tatsächlich ließ Mogall von ihr ab. Er löste das Band von ihrem Gürtel und zog es verführerisch langsam durch ihren Schritt, was eine Lustwelle durch Loreenas Unterleib schwappen ließ. Vorsichtig entfernte er den Stein aus ihrem Anus und es schmerzte nicht einmal, da sie gelöst war. Der Japis glänzte vor weiblicher Feuchtigkeit. Ungeachtet dessen hängte sich Mogall das Band um den Hals. „Nun wird mich Euer Duft begleiten. Auf dem Rückweg werde ich von Eurer Hingabe träumen."

Loreena lächelte ihn an. Zufrieden schloss sie die Augen und lehnte ihren Kopf gegen seine Schulter. Ihr Duft lag ihr in der Nase. Sie spürte gerade noch, wie Mogall ihre Hose schloss, und schlummerte ein.

„Loreena. Loreena." Das Flüstern drang nur schwerlich in ihre Träume durch. Sie spürte, wie jemand ihre Wange streichelte, sinnlich und liebevoll. Immer wieder dieses Wispern. Was wollte man von ihr? Weshalb ließ man sie nicht schlafen? Sie hatte Ruhe verdient.

„Aufwachen. Wir sind im Graupelwald."

Ihre Lider fühlten sich bleiern an. Als eine Fingerkuppe über ihren Mund strich, öffnete Loreena mühsam die Augen, besonders das zugeschwollene. Das Lächeln Mogalls begrüßte sie. Er benässte seinen Zeigefinger und zeichnete ihre Lippen nach. Noch immer schlaftrunken leckte Loreena die Nässe ab. Sie wollte ihn schmecken und war durstig. Offensichtlich merkte er dies. Er holte seinen Wasserschlauch aus der Satteltasche und trank, aber schluckte nicht. Dann neigte er den Kopf zu ihr herunter und küsste sie. Zärtlich legte er seinen Mund auf den ihren. Er drang mit der Zungenspitze ein, öffnete die Lippen ein Stück weiter und gab ihr von dem Wasser zu trinken, das sich in seiner Mundhöhle befand. Loreena war überrascht, berauscht von der Art, wie Mogall sie immer wieder aufs Neue erstaunte und betörte. Sie trank gierig und saugte an seiner Zunge, als könne sie diese melken.

Allzu früh löste er den außergewöhnlichen Kuss. „Das war der letzte Schluck. Mein Wasserschlauch ist leer. Leider."

Loreena schaute sich müde um. Die Männer hatten bereits abgesattelt und bereiteten eifrig das Lager vor. Finsternis umgab sie. Sie hörte das Säuseln des Ankerleflusses zu ihrer Rechten. Eine Lichtung. Die Erkenntnis, auf eben genau dieser Lichtung im Graupelwald schon einmal ein Lager aufgeschlagen zu haben und Mogall sehr, sehr nah gekommen zu sein, machte sie wach. Sie rieb vorsichtig ihre Augen und reckte sich, verwirrt, dass Mogall sie im Lager geküsst hatte, wo die Gefahr groß war, entdeckt zu werden und einen Skandal heraufzubeschwören.

„Sieht absonderlich aus, wenn wir noch länger auf dem Rappen sitzen bleiben, während die Männer bereits trinken und essen." Neckisch hob Mogall die Augenbrauen.

Loreena nickte. Der Vampir sprang vom Pferd und half ihr beim Absteigen. „Ihr solltet Euer Auge kühlen. Ich bringe derweil den Rappen zu den anderen."

Es war unglaublich, dass sie den gesamten Weg vom Gallenforst am Fuße des Nordalpgletschers über die Einöde, vorbei an Föhn und dem Ruten Hain bis zum Graupelwald geschlummert hatte! Sie schleppte sich zum Ankerlefluss. Kaum war sie am Ufer angekommen, erblickte sie Wor ein Stück weiter südlich und ging zu ihm. „Geht es dir gut, Vater?" Loreena kniete nieder. „Wo ist Lomas?"

Das erste Mal seit ihrer Abreise von Tide zeigte sich sein Blick klar. Er saß auf dem schlammigen Boden im Nieselregen und schaute dennoch zufrieden drein. „Nach dem Vorfall in Firn geht es mir so gut wie nie zuvor in meinem Leben. Ich fühle mich wie ein Knabe, könnte Bäume ausreißen."

Erstaunt runzelte sie die Stirn. „Ist das gut oder schlecht?"

Er strich über seinen Bart und zuckte mit den Schultern. „Woher soll ich das wissen? Ich war noch nie ein Vampir. Aber es fühlt sich verdammt gut an." Er neigte sich zu ihr. „Ich bin für den Kampf gegen Valkenhorst gewappnet." Er lächelte triumphierend.

Loreena war skeptisch. Zu oft hatte er die Nähe Mogalls gesucht, ritt mehr mit den Vampiren als mit seinem eigenen Heer. „Das Augenmerk liegt erst auf Küstenmark. Es gilt, das Vertrauen wieder herzustellen und dann auf den geeigneten Moment zu warten, um die Vampire in ihre Grenzen zu weisen."

Liebevoll tätschelte er ihre Wange. „Mach dir keine Sorgen, mein kleiner Liebling. Mit Lomas an meiner Seite werde ich das Kind schon schaukeln."

Loreena bemerkte eine Veränderung an ihrem Vater. Sein Enthusiasmus machte sie misstrauisch. Sie konnte sich nicht erinnern, wann er das letzte Mal derart locker und unbeschwert gewesen war, als wäre sein jugendlicher Leichtsinn zurückgekehrt. Oder sah er in Valkenhorst keine Gefahr mehr?

Sie erschrak, als plötzlich jemand von hinten an sie herantrat. Hatte ein Vampir ihre Unterhaltung gehört? Doch als sie aufschaute, lachte sie laut. „Lomas, jetzt sieht dein Gesicht wieder aus wie ein Babypopo."

Ihr Bruder setzte sich und schnalzte. „Oh, vielen Dank, Schwesterherz. Jetzt fühle ich mich gleich besser. Wie ein Babypopo! Ein jeder Krieger fühlt sich geschmeichelt, wenn er dies gesagt bekommt. Ich wusste schon immer, wie attraktiv du mich findest."

Zärtlich streichelte sie seine weiche Gesichtshaut. „Ohne Bart gefällst du mir besser. Und obwohl du jetzt ein Hungerhaken bist, wirst du in Küstenmark nach deiner Rückkehr wieder alle Mädchenherzen brechen." Sie zwinkerte. Mochte er auch keine männlich markanten Gesichtszüge besitzen, ja, fast ein wenig knabenhaft aussehen, so besaß er doch einen außergewöhnlichen Charme. Besonders die Kombination seines strohblonden Haares, das ihm in leichten Wellen auf die Schultern fiel, mit den meeresblauen Augen verzauberten das weibliche Geschlecht – selbst Loreena.

Er grinste sie neckisch an. „Ich stehe mittlerweile auf Frauen, Kleines." Nach einer Pause fügte er hinzu: „Und Frauen stehen auf mich."

Sie knuffte ihn in die Seite, dann fielen sie sich in die Arme. Tränen flossen Loreenas Wangen hinunter. Es waren Freudentränen, denn endlich kehrte die Fröhlichkeit zurück nach Tide. Seit Lomas' Abwesenheit hatte sie wenig gelacht. Niemand war an ihrer Seite gewesen, außer der guten, alten Gamtam, mit der sie hatte reden können.

Mogall stolzierte an ihnen vorüber. „Ihr habt Euer Auge noch nicht gekühlt." Er ging zu den Vampiren, die zwischen den Tannen fernab von den ingrimm'schen Männern auf der Lichtung saßen und nahm bei ihnen Platz, den Blick auf Loreena gerichtet.

Sie erschauderte, aber nicht vor Kälte, sondern vor lustvoller Erinnerung. Also hatte er sie die ganze Zeit beobachtet. Folgsam benässte sie ihr geschwollenes Auge mit Flusswasser. Im ersten Moment war es angenehm kühl, aber schon bald spürte sie wieder den Schmerz. Sicherlich schimmerte die Haut grün und blau. Das Lid war geschwollen. Loreena hielt sich das intakte Auge zu, um herauszufinden, wie viel sie mit dem lädierten Auge zu sehen in der Lage war. Sie drehte sich und ließ ihren Blick über die Lichtung schweifen. Verschwommen nahm sie Mogall wahr. Er trank aus einem Becher – sie wollte nicht wissen, ob es Wasser oder Blut war – und starrte in ihre Richtung. Sie errötete und nahm die Hand herunter, um klarer sehen zu können. Mogalls Blick klebte an ihrem. Es kribbelte in ihrem Unterleib und sie spürte eine Sehnsucht, die sie nicht empfinden durfte. Eine Hand auf ihrem Arm ließ Loreena zusammenfahren.

„So schreckhaft?" Lomas hob tadelnd die Augenbrauen. „Ein Pakt mit dem Teufel sollte vermieden werden."

Sie fühlte sich ertappt. Obwohl es sie reizte, zu berichten, dass Wor weitaus öfter Mogalls Nähe suchte, schwieg sie. Mit dem Rücken zu den Vampiren setzte sie sich. Sie schlang die Arme um die Knie. „Was hat Vater dir erzählt?"

„Das Gröbste", meldete sich Wor zu Wort. „Mehr Zeit war nicht in Gallen."

Lomas räusperte sich. „Artin, mit dem ich auf einem Rappen ritt, informierte mich, was vorgefallen ist."

Missmutig bemerkte Loreena, dass ihr fröhliches Gespräch ernsthaft wurde. Sie winkte ab. „Artin ist nicht gerade die verlässlichste Quelle. Zu groß ist sein Hass, zu erregbar sein Gemüt. Der Knabe ist mit Graf Aroq aneinandergeraten – obwohl sie sich nur einmal begegnet sind."

„Das nenne ich mutig", feixte ihr Bruder.

„Das nenne ich leichtsinnig." König Wor nahm einen Stein in die Hand und schmiss ihn in den Ankerlefluss.

Lachend schüttelte Lomas das Haupt. „So groß und mächtig wird er schon nicht sein."

„Doch, das ist er!" Zu gut erinnerte sich Loreena an ihre Begegnungen. Immer war sein übernatürlicher Einfluss auf sie atemberaubend. Sie spürte noch seine Zunge, wie sie sich auf ihre Halsschlagader presste, sie roch den Opiumduft seines Körpers, der sich an ihren schmiegte, bevor Gamtam sie davor rettete, ihm mit Haut und Haaren zu verfallen. Niemals durfte sie Wor und Lomas von den Ausschweigungen erzählen, zu denen Aroq sie verlockt hatte. Niemals! „Ich spreche aus Erfahrung. Schließlich überbrachte ich ihm Wors Angebot."

Sie saßen zusammen, jeder seinen Gedanken nachhängend. Was würde aus Ingrimm werden, nun, da der Hoffnungsträger heimkehrte? Und welche Strafe hatte sich Graf Aroq für sie ausgedacht, weil sie seinen Befehl – auf der Festung Tide zu bleiben – missachtet hatte? Loreenas Magen drehte sich um. Lange hatte sie nichts gegessen und bekam bei dem Gedanken an die bevorstehende Konfrontation keinen Bissen hinunter. Die Augenschmerzen strahlten bis in den Hinterkopf aus. Die schlimmen Vorahnungen steigerten den pochenden Kopfschmerz. In Gallen hatte sie dem Treffen mit dem Grafen noch trotzköpfig entgegengefiebert. Nun, da es kurz bevorstand, machten sich Zweifel breit. Es würde sich zeigen, wie grausam Aroq sein konnte. Natürlich musste er mit seiner ganzen Unerbittlichkeit vorgehen, um sich beim Volke Ingrimms den nötigen Respekt zu verschaffen. Aber da war noch ein anderes Gefühl in Loreena. Er hatte sich ihr angenähert und sie war ihrem Dickschädel gefolgt, anstatt sich kompromissbereit zu zeigen. Sicherlich war er enttäuscht und allzu oft zog Enttäuschung Wut nach sich, persönlichen Zorn, weil es nicht nur um zwei Völker, sondern auch um sie beide ging. Glaubte man den Gerüchten, so verschonte er Ingrimm nur ihretwegen. Doch durch Lomas würden die Karten neu gemischt werden. Trotzdem tat es Loreena leid, Aroq vor den Kopf gestoßen zu haben – nicht wegen Ingrimm, sondern wegen ihrer gemeinsamen Stunden.

„Erst gilt es, das Vertrauen des Heers zu gewinnen. Die freiwillige Unterwerfung war bereits schwer zu verdauen, aber diese Reise hatte sie noch mehr verunsichert." Erneut schaufelte sie Wasser ins Gesicht. Herrlich kühl milderte es den Kopfschmerz, aber er verschwand nicht.

„Sie werden durch Lomas neues Licht am Horizont sehen." Wor kraulte seinen silbergrauen Bart. „Mögen sie auch mich verachten, so beten sie Lomas immer noch an; erst recht, nachdem er die Gefangenschaft Nebelhorns überlebt hat. Dennoch bin ich Loreenas Meinung." Er wandte sich seinem Sohn direkt zu. „Du solltest erst wieder zu Kräften kommen. Während dieser Zeit bereiten wir den Angriff vor, wie auch immer er aussehen mag. Erst, nachdem du stark genug bist, werden wir die Vampire attackieren."

Unsicher schaute Loreena von Wor zu ihrem Bruder. „Wird das Volk so lange seine Hoffnung aufrechterhalten? Sie könnten denken, Lomas würde sich fügen."

„Das werden sie nicht!" Düster war Lomas' Blick. „Ich habe bereits mit Artin gesprochen. Besitzt der Junge auch ein überschäumendes Temperament, so verschafft er sich genau dadurch Gehör. Er wird das Heer auffordern, Ruhe zu bewahren und sich in Geduld zu üben."

Etwas in seinen meerblauen Augen irritierte Loreena. Sie kannte ihren Bruder zu gut. In der Kindheit war er nicht von ihrer Seite gewichen, hatte sie vor Hänseleien wegen ihres Babyspecks verteidigt und sie das Kämpfen gelehrt. Ein inniges Band hielt ihre Freundschaft auch nach der Kindheit und Jugend zusammen. Nun sah er müde aus, abgemagert und schwach. Aber seine Augen funkelten so geheimnisvoll und kampfeslustig wie damals. „Was hat du vor? Was habt ihr ausgeheckt? Artin ist leichtsinnig und hat eine lose Zunge. Er ist ein schlechter Verbündeter. Sei vorsichtig, bitte."

Lomas knuffte sie in die Seite. „Du machst dir zu viele Sorgen, Schwesterherz."

„Und du zu wenig", murmelte sie und dachte an Graf Aroq. Wie würde er reagieren, wenn Mogall sie in aller Öffentlichkeit küsste? Das Pochen unter ihrer Schädeldecke wurde wieder stärker.

Der Morgen kam schnell. Loreena hatte sich die Nacht hindurch unruhig hin und her gewälzt, weil der Gedanke an die Begegnung mit Graf Aroq sie quälte. Der Kopfschmerz hämmerte immer noch. Ihre Schläfen schienen zerspringen zu wollen. Während das Heer Ingrimms und die Armee von Valkenhorst bereits die Pferde sattelten, ging Loreena mit fast zugeschwollenem Auge zum Flussufer und kühlte ihr Gesicht mit Ankerle Wasser.

„Wir müssen los." Mogall trat neben sie. Besorgt sah er auf sie herab und reichte ihr die Hand, um ihr aufzuhelfen. „Ihr seht schlecht aus."

Sie stand mit seiner Hilfe auf. „Danke. Jetzt geht es mir besser. Das sind genau die aufmunternden Worte, die ich hören wollte."

Er schmunzelte und kratzte seinen blonden Spitzbart. Die Feuchtigkeit des permanenten Nieselregens ließ sein Haar lockig an der Kopfhaut kleben. „Es tut mir aufrichtig leid. So verhält man sich nicht einer Dame gegenüber, aber Ihr seht momentan auch nicht wie eine aus."

Loreena stand fassungslos mit offenem Mund vor ihm. Natürlich war sie von den Haarwurzeln bis zu den Stiefelspitzen schmutzig. Natürlich war sie nass bis auf die Haut, verunstaltet durch ein geschwollenes Auge. Aber musste er ihr das unter die Nase reiben?

Lachend nahm Mogall ihre Hand und führte sie zu seinem Rappen. Er streichelte ihre Wange, bevor er ihr aufhalf. Nachdem er sich hinter sie gesetzt hatte, flüsterte er: „Ich mag es, wenn Ihr empört ausseht. Ihr habt gekämpft wie ein Mann. Ich bin stolz auf Euch."

Zuerst lächelte Loreena, doch nachdem sie an die Spitze der Formation geritten waren und den Heimritt antraten, wurde sie nachdenklich. Dies waren genau die Worte, die sie erhofft hatte, von ihrem Vater zu hören. Würde er jemals ihre Stärke erkennen? Sie spielte in Gedanken versunken mit der schwarzen Pferdemähne. Vielleicht überschätzte sie ihren Einsatz bei der Befreiung Lomas'. Oft hatte Mogall sie retten müssen. Sie erkannte Hochmut in ihren Gedanken und gelobte Besserung.

„Fürchtet Euch nicht. Graf Aroq wird Eure wichtige Rolle in der Befreiungsaktion einsehen und Euch verschonen." Wieder wisperte der Vampir.

Loreena prüfte, ob Klavorn und Wor, die neben ihnen ritten, etwas von ihrer Unterhaltung mitbekamen, aber sie führten ein hitziges Gespräch. Lomas und Artin mussten hinter ihnen reiten, denn die Kiefern standen zu eng, um drei Pferden nebeneinander Platz zu bieten.

Loreena hielt sich stöhnend die Stirn. „In meinem Kopf tobt ein Orkan."

„Das ist einer der Vorteile, ein Vampir zu sein. Man empfindet keinen Schmerz. Vielleicht ein Ziehen, mehr nicht."

„Danke, aber ich verzichte."

Mogall lachte leise auf. „Ich wollte Euch nur auf die Möglichkeit vorbereiten, dass Graf Aroq Euch als Bestrafung zum Vampir macht. Jeder weiß, er hat einen Narren an Euch gefressen."

Sie sah ihn strafend an. „Sagt nicht so etwas! Ja, ich fürchte mich vor der Ankunft in Küstenmark. Er wird mich in der Luft zerreißen und Eure Worte im Nachhinein lächerlich klingen lassen."

„Seine Zuneigung zu Euch mag Eure einzige Chance sein, Loreena."

Verlegen wandte sie ihr Gesicht ab und begann, die Mähne des Rappen zu flechten. „Gamtam benutzte ähnliche Worte."

„Gamtam?"

Sie brachte keinen Ton mehr hinaus. Allein die Erinnerung an die Begegnung mit Aroq im Flur, als er sie entjungfert und mit ihr offen über seine Probleme im eigenen Land gesprochen hatte, weil er Ingrimm entgegen aller Erwartung nicht ausmerzte, stahl ihr den Atem. Nicht mehr lange und der Tross würde das Ende des Waldes erreichen. Kurz würden sie in den Wald Goblin eintauchen, die Grenze der östlichen zur südlichen Krisis überqueren, und auf Küstenmark zusteuern. Loreena konnte schon das zornige Gesicht des Grafen sehen, wie er im Innenhof stand und ungeduldig auf ihre Rückkehr wartete, bereit, gierig die Finger nach ihr auszustrecken, um Genugtuung und Respekt zu bekommen. „Mir ist übel vor Kopfschmerzen."

„Kann ich etwas für Euch tun?"

„Haltet meine Hand." Loreena erschrak über ihre Worte, aber kaum hatte Mogall ihre Finger sanft umschlossen, fühlte sie seine Wärme und Stärke in sich hineinfließen.

Schon von Weitem sahen sie die Flagge Valkenhorsts – ein Nachtfalter auf purpurnem Hintergrund – auf der höchsten Zinne der Festung Tide wehen. Es entstand Tumult. Die Männer machten ihrem Unmut lauthals Luft. Loreena hörte, wie Lomas versuchte, das Heer zu beruhigen. Doch auch die Vampire schimpften. Anscheinend ließ Graf Aroq sie ebenfalls im Ungewissen über seine Pläne. Loreena konnte sich vorstellen, dass die Blutsauger die Unterjochung Ingrimms als Jahrhundertsieg betrachteten. Aber durfte der Graf den König am Leben lassen, ihm sogar bei der Befreiung seines Sohnes helfen? Vielleicht sah Aroq in Lomas keine Gefahr. Vielleicht war dies alles für ihn ein einziges amüsantes Spiel.

Der Regen schwoll an. Alle zogen ihre Kapuzen über. Die vom Medusenmeer ins Landesinnere wehende Brise war kein Vergleich zum Sturm auf der Ebene Fallbö. Sanft umspielte sie den Tross, als dieser vor den Toren Küstenmarks ankam und zwischen den Häusern hindurch in den Hof der Festung Tide ritt. Loreena roch die salzige Meeresluft und lächelte. Zu Hause! Aber so schnell, wie das Hochgefühl aufglühte, verglimmte es wieder. Sie stieg ab und schaute sich im Hof um. Mägde und Diener stürmten jubelnd heraus. Als sie Lomas sahen, brachen viele in Tränen aus. Die Stallburschen nahmen den Kriegern die Zügel aus der Hand und führten die Pferde fort. Mägde brachten Wein. Diener reichten Decken. Die Armee Valkenhorsts sprang von ihren Rappen und beobachtete unsicher das chaotische Treiben.

Loreena zog die Decke enger um ihren durchnässten Körper und nahm einen großen Schluck Wein. Er breitete sich herrlich warm in ihrem Inneren aus. Gelassenheit. Friede. Sie war zu Hause, mit Lomas an ihrer Seite. Ihrem Vater ging es besser und Graf Aroq war nirgends zu sehen. Plötzlich ritten Vermummte in den Innenhof, hochgewachsen und finster. Zu früh gefreut. Loreena verschluckte sich am Wein und hustete. Die in schwarze Umhänge mit Mundschutz verhüllten Vampire umstellten sie. Loreena spürte die Blicke und fröstelte. Zu allem Ärger wurde ihr übel. Seit dem Gallenforst hatte sie nichts gegessen. Der Wein auf leeren Magen und die Aufregung war fürchterlich für ihren Körper. Der hämmernde Schmerz in ihren Schläfen kehrte zurück. Hilflos stand sie in der Mitte, abgeschnitten vom Heer Ingrimms.

Da trat einer der Vermummten auf sie zu. Er entfernte den Mundschutz. Aroq! Loreena hielt den Atem an. Sein markantes Gesicht mit der bleichen Haut und den Amethystaugen hob sich von der Schwärze des Umhangs ab. Eiskalt sah er auf sie herab. Er stand nur einen Schritt entfernt und ragte imposant aus der Menge hinaus wie ein Hüne – stolz und frostiger als die Ebene Fallbö. Er schwang seinen Mantel auf, sodass Loreena einen Blick auf den Degen erhaschte. Mit aller Kraft versuchte sie, sich nicht einschüchtern zu lassen, aber die Reise nach Firn hatte ihr jegliche Stärke geraubt.

Aroq schlug ihr den Holzbecher aus der Hand. Er fiel polternd auf das Steinpflaster, sein Inhalt ergoss sich im Hof. Wor, Lomas und Mogall traten durch die Reihe der Vampire in den Kreis. Die anderen Anwesenden im Hof wagten nicht, sich zu bewegen.

Die Ruhe vor dem Sturm, dachte Loreena und versuchte, das Zittern unter Kontrolle zu bringen. Wenn Aroq nur nicht so attraktiv wäre! Trotz Härte fühlte sie sich zu ihm hingezogen. Sie verstand das nicht.

Der Vampir kam so nah an sie heran, dass ihre Stiefelspitzen sich berührten. „Ihr habt meinen Befehl missachtet. Ihr habt Euch über den Kopf Eures Herrschers hinweggesetzt. Nun werdet Ihr büßen.“

Ein Raunen ging durch die Menge. Loreena befürchtete, dass die Krieger Ingrimms zu ihren Waffen greifen und die Vampire attackieren würden, da immer noch König Wor der Regierende war. Doch nichts geschah. Selbst Wor wagte nicht, zu sprechen. Aroqs Gegenwart jagte ihnen eine Heidenangst ein.

„Ihr hattet die Anweisung, auf Tide zu bleiben“, zischte er. „Ihr solltet Eurem Reich den Rücken stärken, während König Wor Euren teuren Bruder befreit. Ich gab ihm die Erlaubnis. Ihr habt nicht nur meine Gutmütigkeit ausgenutzt, sondern auch das Reich Ingrimm bitter enttäuscht. Nun ist es mir in die Hände gefallen. Seht die Flagge auf der Zinne.“

Loreena hatte Graf Aroq schon einmal derart erzürnt gesehen. Und zwar bei der Übergabe der *Purpurnen Schriftrolle*, kurz bevor er ihren Vater biss, um ihm ewiges Leben zu schenken – und damit den Pakt besiegelte. Er war ein Teufel.

Sie wollte etwas sagen, brachte aber keinen Ton hinaus. Ihre Augen wurden feucht, obwohl sie dagegen ankämpfte. Aber diesen Kampf verlor sie, wie sie auch den gegen den Grafen verlieren würde. Was konnte sie sagen, um ihn milde zu stimmen? Was konnte sie tun? Es gab keine Ausflüchte! Sie hatte sich ihm widersetzt. Das war eine Tatsache.

Nach langer Zeit des Wartens auf eine Reaktion von ihr, winkte Aroq jemanden heran. Einer der vermummten Vampire trat hervor. Er löste den Mundschutz und nahm die Kapuze ab. Loreena erstarrte! Eine Frau. Abfällig musterte sie Loreena von oben bis unten. Die Vampirin rümpfte die Nase. Loreena war schmerzlich erstaunt über die Schönheit der Unbekannten, die zahlreiche Halsketten, handgroße Kreolen und an jedem Finger einen Ring aus glänzendem Silber trug. Hervorstehende Wangen. Roséfarbene Augen. Pechschwarze Locken bis zur Hüfte. Zwei Männerhände waren in der Lage, die Wespentaille zu umfassen. Und der gleiche erhabene Blick wie der von Aroq.

„Amorgene, bitte.“ Fast zärtlich sprach er die Vampirin an, doch er nahm seinen Blick nicht von Loreena. Amorgene reichte dem Grafen ihren Dolch und grinste. Ohne zu zögern, legte Aroq die Klinge an Loreenas Kehle. „Euer Schweigen steigert meinen Zorn.“

Loreena suchte nach den richtigen Worten, aber egal, was sie sagen würde, es wäre falsch. Sie befand sich in einer auswegslosen Situation. Flehend sah sie Graf Aroq an. Erinnerte er sich nicht an ihre Küsse? Bedeutete es ihm gar nichts, dass er sie als erster Mann geliebt hatte? Sie suchte nach einem Flackern in seinen Augen, einem kurzen Entgleisen seines kalten Blickes. Nichts!

„Ohne sie hätten wir Lomas nicht befreien können“, sagte Mogall.

Loreena schaute den blonden Vampir mit dem Spitzbart an. Ihre Blicke trafen sich. Aroq musste das Knistern zwischen ihnen bemerken. Mogall senkte demütig den Kopf. Der Graf sah Loreena misstrauisch und herausfordernd an, als ahne er, dass etwas zwischen ihr und Mogall vorgefallen war; etwas, das nicht sein durfte, nicht nur, weil sich Ingrimm Valkenhorst unterwarf. Loreena bemerkte Gamtam in der Menge. Die Erinnerungen an ihre Worte nahmen ihr den restlichen Mut – Aroqs Zuneigung zu ihr war die letzte Hoffnung für Ingrimm. Doch so wütend, wie er war, gehörte seine Gunst bestimmt der Vergangenheit an. Und wer war die Vampirin, die ihm hilfreich zur Seite stand? Böse blinzelte sie Loreena an. Es war nur eine Ahnung, weibliche Intuition – diese Frau verhieß nichts Gutes.

Wor trat vor. „Mogall spricht die Wahrheit. Ohne meine Tochter hätten wir Lomas nicht zurückgebracht. Die Reise wäre umsonst gewesen."

„Das wäre mir und Valkenhorst recht gewesen." Kaum sprach Graf Aroq diese Worte aus, tobten die Krieger. Nie hatte er bisher seine Abneigung so direkt und öffentlich ausgesprochen. Dies ließ Fürchterliches vermuten. Was hatten er und Amorgene ausgeheckt, während die Königsfamilie fort war?

Wütend trat Lomas neben Loreena. „Nehmt den Dolch runter! Meine Schwester hat Großes vollbracht und gekämpft wie ein Mann."

„So sieht sie auch aus", murmelte Amorgene und rümpfte die Nase.

Aroq nahm den Dolch von ihrem Hals, bereit, ihn zwischen Lomas' Rippen zu stoßen. Zwei Hitzköpfe, die sich gegenüberstanden.

Loreena stellte sich vor ihren Bruder. Sie faltete ihre Hände und biss auf die Finger. „Bitte." Kaum merklich schüttelte sie das Haupt. „Lomas muss sich erst an die befremdliche Situation gewöhnen wie wir alle. Ja, ich habe Euren Befehl missachtet. Ich beuge mich Eurer Strafe."

Sie hatte Barmherzigkeit erwartet, aber Aroq legte die Klinge unter ihr Kinn und hob es an.

„Ob Ihr Euch beugt oder nicht, spielt keine Rolle. Ihr werdet Eure Strafe auf der Wolfsburg erhalten."

„Sie wird auf keinen Fall nach Wölfing reiten!" Lomas umfasste ihre Hüften von hinten. „Meine Schwester hat ihr Leben für mich aufs Spiel gesetzt. Ihr gebührt Anerkennung."

Aufbrausend keifte Amorgene: „Ihr gebühren Peitschenhiebe für jeden Tag, den sie abwesend war."

„Graf Aroq, bitte bedenkt Eure Entscheidung", brummte König Wor. „Ich fühle mich verantwortlich, da sie einen Fehltritt von mir aufgefangen hat. Das gesamte Heer Ingrimms steht hinter ihr."

„Und die Armee Valkenhorsts", fügte Mogall mit Todesverachtung hinzu.

Loreena hielt die Luft an. Erneut schauten sich Aroq und Mogall tief in die Augen und es hatte den Anschein, als wollten sie sich jeden Moment gegenseitig an die Kehle springen. Der spitzbärtige Vampir gefährdete seine Stellung.

Doch anstatt den Befehl zu erteilen, Küstenmark in Schutt und Asche zu legen, lachte der Graf amüsiert. Er ließ seinen Blick über die Gesichter der Anwesenden schweifen. Provozierend hielt er Loreena den Dolch vor die Augen und drehte ihn. „Anscheinend habt Ihr viele Freunde auf der Reise nach

Nebelhorn gewonnen.“ Sein Lachen erstarb. „Die Armee Valkenhorsts wird Euch nach Wölfing geleiten.“

Loreena nickte. Nur durch Gehorsam konnte sie die Ausweitung des Konfliktes verhindern. Lomas war wichtiger als sie. Er durfte nicht in Gefahr geraten. Sie wollte zu den Pferden gehen, aber ihr Bruder hielt ihre Taille fest umschlungen. Als sie sah, dass Aroqs Miene sich verfinsterte, legte sie Lomas besänftigend die Hand an die Wange. Sie brauchte keine Worte, damit er verstand. Er las ihre Gedanken, sah die Tränen in ihren Augen und ließ sie los. Zitternd nahm sie seine Hand und küsste sie. Dann atmete sie tief durch und schritt zu Wolweer, um hinter ihm aufzusitzen und nach Wölfing zu reiten. Es war nicht nur wichtig, Lomas ihre Stärke zu zeigen und Graf Aroq die Stirn zu bieten – wenn auch nur zaghaft – sondern ein Zeichen für das Heer Ingrimms zu setzen.

Die Vampire sprangen auf ihre Rappen und verließen mit Graf Aroq und Amorgene an der Spitze und Mogall und Klavorn als Nachhut Küstenmark, gefolgt von den Blicken der Stadtbewohner. Als der Tross die Grenze Valkenhorsts überquerte, stürmte es bereits wieder. Frischer Wind blies vom Medusenmeer ins Landesinnere. Über Wölfing hingen schwere, dunkle Wolken. Loreena ritt mit Wolweer durch das Tor auf die von steinernen Werwölfen bewachte Burg zu. Ein beklemmendes Gefühl breitete sich in ihr aus. Die hohen Mauern raubten ihr die Luft zum Atmen. Die Wolfsfiguren jagten ihr mehr Angst ein als zuvor, nun, da sie reale Werwölfe mit eigenen Augen gesehen hatte. Mogall kam auf Loreena zu, um ihr beim Absteigen zu helfen. Doch als der Graf ihm in den Weg trat, schlug er eine andere Richtung ein. Loreena stieg ab und sah Aroq offen ins Gesicht. Ein fülliger Vampir, der eine mit Glöckchen verzierte rote Samtrobe trug, hastete die Treppen herunter, immer wieder zum Himmel schauend. Loreena erkannte ihn wieder. Er hatte sie bei ihrem ersten Besuch auf der Wolfsburg zum Grafen geführt. Würde er sie dieses Mal in den Kerker bringen?

„Du weißt Bescheid, Bortlam.“ Hart klang Aroqs Stimme. Hinter ihm tauchte Amorgene auf. Sie zog spöttisch eine Augenbraue hoch und Loreena spürte ihren Blick im Rücken, als Bortlam sie die Treppen nach oben führte.

Die Wolfsburg war kalt. Wie schon beim ersten Besuch brannten wenige Fackeln. Ein seltsamer Geruch lag in der Luft, ähnlich dem einer Räucherstube. Bortlam umfasste grob ihren Arm und zog sie die Treppen hinauf. Sie hetzten durch zahlreiche Gänge und Korridore. Loreena verlor die Orientierung. Sie wusste nur, dass sie sich in irgendeinem der Türme befanden.

Dann schob der untersetzte Vampir sie in einen Raum, trat ein und schloss die Tür. „Man wird Euch ein heißes Bad richten, damit Ihr keine Lungenentzündung bekommt und Graf Aroqs Bestrafung entgeht.“

„Weshalb schmeißt er mich nicht in den Kerker?“

„Dort vegetieren nur Menschen vor sich hin, die er vergessen möchte.“ Bortlam verzog keine Miene. „Mit Euch hat er noch Großes vor.“

„Oh ja, Großes", spottete Loreena und konnte ihre Tränen nicht länger zurückhalten. Sie drehte dem Vampir den Rücken zu, schleppte sich zum Fenster und nahm auf der Fensterbank Platz. Entmutigt sah sie auf den Graupelwald.

Bortlam räusperte sich. Langsam ging er auf sie zu. „Lasst nicht zu, dass Furcht Euch überwältigt. Morgen schon findet eine Feier auf der Wolfsburg statt, zu dem auch Euer Vater und Euer Bruder geladen sind."

„Ein Fest?" Verdutzt runzelte sie die Stirn.

„Man feiert die Besitzergreifung Ingrimms erst auf der Wolfsburg und in ein paar Tagen auf der Festung Tide, um beiden Völkern die neue Situation vor Augen zu führen." Bortlam nahm neben ihr auf der Fensterbank Platz und legte die Hände in den Schoß. „Amorgene wird mit ihrem Wandervolk einige Attraktionen bieten. Das wird die Gemüter abkühlen."

Loreena wurde hellhörig. „Amorgene? Wer ist sie? Was macht sie hier? Sie sieht aus wie eine Hexe."

Empört schüttelte Bortlam den Kopf. „Ihr solltet nicht so über sie reden. Der Graf ist ihr sehr zugetan. Sie kam mit dem Wandervolk und wohnt zurzeit auf der Burg." Er winkte ab. „Meiner Meinung nach ein Unding, aber auf mich hört ja niemand. Etwas Geheimnisvolles umgibt sie. Ihr Gang ist aufrecht. Sie verhält sich stolz und würdevoll. Sie ist anders, als man sich fahrendes Volk vorstellt."

„Und Graf Aroq ist ihr zugetan?" Loreena murmelte dies mehr vor sich hin, als Bortlam zu fragen. Erneut strömten Tränen ihre Wangen hinab. Sie sah alle Felle davonschwimmen und ihr Herz schmerzte auf seltsame Weise. Durch Amorgene hatte sich alles geändert und das erste Mal bereute sie, mit nach Frostlande geritten zu sein.

Väterlich tätschelte der Vampir ihre Hand. „Es wird schon nicht so schlimm werden. Sonst wärt ihr nicht hier in diesem Zimmer." Zufrieden schaute er sich um. „Aroq weiß sehr wohl, wo er herkommt. Mag er auch durch und durch Vampir sein, so erinnert er sich lebendig an sein Dasein als Mensch."

Erstaunt über seine Worte wischte sie sich die Tränen vom Gesicht. „Es gibt Hoffnung für Ingrimm?"

Bortlam nickte. Als Loreena immer noch schluchzte, sagte er: „Lasst mich Euch von Föhn erzählen, dem Heimatdorf Aroqs." Verschwörerisch neigte er sich zu ihr und dämpfte die Stimme. „Er bringt mich eigenhändig um, wenn er davon wüsste." Dann lehnte er sich gegen die Wand. „Aber ich stamme aus der Siedlung Markscheid, die genau auf der Grenze von östlicher und südlicher Krisis liegt. Ich kenne beide Länder." Bortlam räusperte sich. „Graf Aroq regiert hart, aber gerecht. Hört seine Geschichte und macht Euch ein eigenes Bild."

Loreena nickte aufgeregt.

TEIL II
AROQ

Aroq wuchs als Menschenkind in Valkenhorst auf, geknechtet und ausgebeutet von Vampiren, die sich nicht mehr an ihr Menschsein erinnern konnten oder wollten. Erbarmungslos schwangen sie ihre Ledergerten und trieben die Menschen des Dorfes Föhn – in dem Aroq mit seiner Familie lebte – an, die Felder am Ankerlefluss zu bestellen und die Weinstöcke an den Hängen von Rabenhöh im östlichen Teil des Landes zu pflegen. Doch Sturm und Regen peinigten das Land. Sonne zeigte sich nie, sodass nur wenig im morastigen Boden wuchs, um genügend Nahrung hervorzubringen. Ausgemergelt waren die Körper der Menschen, während die Vampire durch das Menschenblut aufblühten. Die Menschen wurden immer öfter zur Ader gelassen. Ihre Haut war fast so bleich wie die ihrer Peiniger. Und der Hass in Aroqs jungem Herzen wuchs.

Er sah seine Eltern mit Schorf an Ellbogen und Knien über den Boden kriechen und mickrige Möhren ernten. Die Geschwister schleppten sich wie Bucklige über die Pfade, wenn sie Tragekörbe voller Trauben zu den Stampfbottichen brachten. Und die Nachbarn waren gezeichnet durch Striemen von der Züchtigung. Jähzorn quälte Aroq, wann immer sich ihm ein Aufseher Peitsche schwingend näherte. Aber er war zu schlau, um sich gehen zu lassen und die Vampire anzugreifen. Er war sicher, sein Tag würde kommen!

„Rache ist wie halb gegorener Wein.“, hatte sein Vater ihm zugeflüstert, als sie mit den Füßen den Saft aus Weintrauben herausstampften. „Sie schmeckt süß, aber hinterlässt einen bitteren Nachgeschmack.“

Zähneknirschend hatte Aroq genickt und insgeheim Pläne geschmiedet, um die Vampire zu Fall zu bringen. Gemeinsam mit seinem besten Freund Fedlor malte er nächtelang aus, wie ihr Triumph aussehen könnte. Jahre vergingen. Die Knaben wuchsen zu jungen Männern heran und ihr Hass wuchs mit ihnen. Doch eines Nachts konfrontierte Fedlor Aroq am Lagerfeuer auf dem Acker mit Worten, die diesen verwirrten.

„Kennst du Rappaschumah, den mächtigen Gott der Wölfe?“ Leidenschaftlich sprudelte diese Frage aus ihm hinaus, während sein Blick ängstlich die Mienen der Arbeiter und Bewacher beobachtete.

„ ... und der Ausgestoßenen!“

„Ich weiß, aber ich habe mir von seinen Lehren berichten lassen“, schwappte es euphorisch aus Fedlor heraus. Das Licht des Feuers färbte sein blondes Haar gold und ließ die Aknenarben auf den Wangen wie tiefe Furchen erscheinen. „Sie faszinieren mich. Das erste Mal in meinem Leben fesselt mich etwas.“

„Sie sind so gefährlich wie die Vampire. Lass die Finger von der Sekte!“ Mahnend versuchte Aroq, auf seinen Freund einzuwirken.

„Sie huldigen einer Gottheit. Wie kann das falsch sein?“

Er schnalzte abfällig mit der Zunge. „Die Vampire denken, auch sie wären Götter und von heiliger Natur."

Fedlor winkte ab und lachte leise, als wäre er verliebt. „Die Mitglieder dieser Gemeinschaft sind anders."

„Sie sind anders, in der Tat." Aroq griff das Hemd seines Freundes und zog ihn heran. „Ausgestoßene, Abtrünnige; allesamt Werwölfe! Wie können sie Gutes im Schilde führen, wenn selbst die Vampire sie nicht dulden?"

Fedlor schlang die Finger um Aroqs Handgelenk. „Weil sie sich ihnen nicht unterordnen. Sie huldigen Rappaschumah und niemandem sonst. Die Mächtigen Valkenhorsts heißen dies nicht gut. Wie könnten sie auch? Sie sehen ihre Stellung durch die Wolfsanbeter gefährdet."

Aroq ließ von seinem Freund ab und konzentrierte sich auf die Kartoffel, die er mithilfe eines Stocks über dem Feuer röstete. „Was geben sie dir? Was erwartest du, Fedlor? Du würdest dich nur von einer Knechtschaft in die nächste begeben."

Sein Freund beobachtete den Tanz der Flammen. „Es wäre eine freiwillige Abhängigkeit."

„Was weißt du schon von ihnen?" Gedankenversunken wendete Aroq den Spieß. „Man sagt, sie seien verflucht."

„Unsinn." Fedlor prustete.

„Sie haben eine ansteckende Krankheit, die dich befällt, wenn sie dir eine Wunde zufügen."

Erneut lachte sein Freund und verstummte erst, als Aroq ihn warnend anblickte.

„Das sind nur Ammenmärchen, die die Menschen von einer Generation zur anderen weitergeben und nach ihrem Willen verändern." Fedlor grinste verschmitzt.

„Und wie kommt es, dass die Sektenmitglieder Menschen anfallen und diese sich dann verwandeln?" Abfällig blähten sich Aroqs Nasenlöcher wie Pferdenüster.

„Alles Unfug!" Fedlor stützte die Ellbogen auf den Knien ab. „Die Vampire erfinden Geschichten, um Morde zu vertuschen. Rappaschumah duldet nicht, dass seine Diener sich von Menschenblut ernähren. Er ist der Gott der Wölfe und damit der Tiere und der Natur. Nur kranke, schwache und alte Tiere dürfen ausgesaugt werden, um das Überleben zu sichern."

Aroq betrachtete die Kartoffel an seinem Spieß und hielt sie erneut übers Feuer. „Ernähren sie sich dann wie die Vampire – von Blut? Man sagt, sie reißen Menschen und Tiere und verschlingen sie mit Haut und Knochen."

„Die Sekte des Rappaschumah besteht aus Vampiren." Dünn, wie das Säuseln des Windes, klang seine Stimme.

Aroq fuhr zu ihm herum. „Werwölfe sind Vampire?"

Sein Freund nickte mit gesenktem Blick.

Er umfasste grob Fedlors Kinn und zwang ihn, ihm in die Augen zu sehen.

„Ich erwarte eine Erklärung. Mein Verstand wagt nicht, dieser Aussage Glauben zu schenken."

„Werwölfe sind Vampire, die dem Gott der Wölfe dienen und durch eine Zeremonie von ihm in ein Wolfswesen verwandelt werden. Näher können sie seinem Ideal nicht kommen. Er kann sie nicht komplett in einen Wolf umwandeln. Das wäre gegen die Gesetze der Natur. So bleiben sie halb Vampir, halb Wolf." Fedlor wischte Aroqs Hand von seinem Kinn wie eine lästige Fliege.

Vorsichtig formulierte Aroq seine nächste Frage. „Kann er auch Menschen umwandeln?"

Sein Freund schüttelte das Haupt.

„Nur Vampire?"

Diesmal bekam er ein Nicken als Antwort.

„Weshalb?"

Fedlor stöhnte genervt. „Sie sind widernatürlich und können deshalb von ihm zum Werwolf gemacht werden. Alles Natürliche darf er nicht verändern."

Aroq blickte düster drein. „Dann musst du dich erst in etwas Unnatürliches verwandeln, um ein Sektenmitglied zu werden?"

Fedlor wagte nicht, etwas zu sagen, sondern nickte nur.

Aroq schmiss den Spieß fort und packte seinen Freund mit beiden Händen am Hemd. „Bist du von Sinnen? Hast du den Verstand verloren? Du möchtest zu dem Wesen werden, das wir am meisten hassen. Du willst einer Gottheit dienen, die Kreaturen der Finsternis erschafft. Das kann nicht dein Ernst sein!"

„Sie mögen Furcht einflößend aussehen und animalisch sein, doch gebärden sich Menschen und Vampire nicht unkontrollierter als Tiere? Wölfe beugen sich einer natürlichen Ordnung, während wir um Macht und Reichtum kämpfen."

Aroq bemerkte, dass sie die Aufmerksamkeit ihrer Bewacher auf sich zogen, und ließ von seinem Freund ab. „Du bist geblendet. Wir kämpfen für unsere Freiheit."

Fedlor legte eine Hand auf Aroqs Oberschenkel. „Bitte versuche, mich zu verstehen. Rappaschumah bedeutet Freiheit für mich. Dort finde ich Freunde und eine Welt, in der ich mich sicher und geborgen fühle. Lerne sie erst kennen und du ... "

Er unterbrach ihn. „Nein! Ich will nichts mit ihnen zu tun haben."

Fedlor zog seine Hand zurück. „Dann unterstütze mich wenigstens. Ich brauche dich. Du bist und bleibst mein Freund."

Minutenlang saßen sie schweigend nebeneinander und blickten ins Feuer. Die Menschen legten sich bereits auf dem Boden schlafen. Diese Nacht würden sie nicht in die Katen ihres Heimatdorfes zurückkehren. Zuviel Arbeit wartete auf sie, obwohl die Ernte dürftig ausfallen würde. Ungeachtet dessen planten die Vampire, sie bei Tagesanbruch erneut anzutreiben, um Kartoffeln von Rosinengröße zu ernten.

Aroq legte sich auf den Rücken in die Nähe des Feuers und schaute in den wolkenverhangenen Himmel. „Du sagtest etwas über meine Unterstützung?"

Fedlor bettete sich neben ihn. Laut zischte sein Atem in die Stille der Nacht hinaus, als er Luft zwischen den Zähnen ausblies. „Du musst mich während des Wandlungsprozesses decken. Es wird einige Tage dauern, bis ich ein Vampir geworden bin. Erst dann kann die Zeremonie der Werwölfe stattfinden. Man wird mich suchen, zur Arbeit zwingen wollen. Sollten sie entdecken, dass ich zu einer der ihren werde, verurteilen sie mich auf der Stelle zum Tode, weil sie mich nicht erwählt haben."

„Du scheinst alles durchgeplant zu haben."

„Das habe ich!"

„Bist du sicher, dass du der Menschheit den Rücken kehren willst?"

„Das bin ich!"

„Dann werde ich für dich da sein", hauchte Aroq und drehte sich um.

Während der nächsten Tage beobachtete Aroq Fedlor. Jede Bewegung sog er auf. Jeder Silbe lauschte er. Hinter einer Übelkeit vermutete er eine erste Abneigung gegen normale Nahrung. Auch die plötzliche Fröhlichkeit seines Freundes erschien ihm suspekt. Doch noch war der Biss nicht erfolgt. Fedlor hatte das leidige Thema nicht erneut zur Sprache gebracht, und Aroq hoffte inbrünstig, dass der Wunsch, in die Sekte Rappaschumahs einzutreten, nur eine flüchtige Fehlleitung seiner Sehnsucht nach einem besseren Leben war. Aber er hatte sich getäuscht.

„Heute ist es so weit", flüsterte Fedlor eines Abends, während sie mit den anderen Männern vom Feld zurück zu den Katen marschierten. „Triff mich an Hollols Hütte, wenn der Mond hoch im Zenit steht."

Nickend stapfte er weiter, ohne Fedlor eines Blickes zu würdigen. Aroq wollte nicht, dass sein Freund diesen Weg beschritt. Er konnte dieser Art der Verwirklichung seinen Segen nicht erteilen. Sobald Fedlor die Wandlung in einen Werwolf vollzogen hätte, würde ihre Freundschaft keine Zukunft mehr haben.

An diesem Abend trat Aroq mit Übelkeit im Magen in die Kate seiner Familie, während Fedlor vor sich hin pfeifend den Weg zu seiner Hütte einschlug.

Die Zeit verging rasch. Als der Mond bereits in voller Pracht am Firmament stand, gespenstisch verschleiert durch Regenwolken, schlich Aroq heimlich aus der Behausung. Er erstarrte bei jeglicher Bewegung, die er wahrnahm oder wahrzunehmen glaubte. Diese Nacht gebar zahlreiche bizarre Stimmen. Sie ließen ihn erschreckt herumfahren. Im Wald meinte er, Irrlichter zu sehen, doch sobald er genauer hinsah, waren sie verschwunden. Wütend über das Zittern seiner Beine rannte er von einem Baumstamm zum anderen. Er spähte unruhig um Hausecken. Lautlos sog er Luft ein, wenn Kerzen in den Katen gelöscht wurden, an denen er soeben vorbeigehuscht war. Dann endlich erreichte der Hollols Hütte.

„Fedlor? Wo bist du?", fragte er kaum hörbar in die Nacht. Niemand antwortete und so schlich er um die Kate herum. „Fedlor? Verdammt, bist du hier?"

Er befürchtete, dass die Vampire seinen Freund erwischt hatten. Nachts herrschte Ausgehverbot. Aroq schaute zum Mond empor und betete, dass Fedlor lediglich zu spät kam. Er dachte an die verschiedenen Religionen, von denen seine Mutter berichtet hatte. Außerhalb Valkenhorsts frönte man Göttern, die im Gegensatz zu den Vampiren nicht fassbar waren. Nachvollziehen konnte er das nicht, war er doch unter komplett anderen Umständen aufgewachsen. Forderten die Vampire zwar absoluten Gehorsam, so verlangten sie glücklicherweise nicht, angebetet zu werden. Keine Preisungen mussten gesprochen und keine Zeremonien durchgeführt werden, um sie zufriedenzustellen. Trotzdem besaßen sie einen ähnlichen Status wie die Götter der anderen Länder. Sie waren heilig, unantastbar und überlegen.

Und Fedlor? Er wollte sich von Dämonen lossagen und im Gegenzug freiwillig Bestien dienen. Die erhoffte Erlösung sah Aroq als trügerisch an. Sein Freund begab sich lediglich in eine neue Abhängigkeit. Er würde eine Gottheit gegen die andere austauschen. Und Rappaschumah war genauso wenig greifbar, wie die Götter entfernter Länder.

Aroq dagegen hatte sich mit jedem Jahr, das er älter wurde, vehement gegen höhere Instanzen gewehrt. Sein Hass, jemandem zu gehorchen, war gewachsen. Er wollte frei sein und weder einer Kreatur noch einem göttlichen Wesen dienen.

„Ich bin hier." Fedlor winkte ihm aus einem Winkel der gegenüberliegenden Kate zu. Lautlos schlich er zu Aroq. „Danke, dass du gekommen bist. Ich hatte Angst, du würdest es nicht tun."

Aroq umfasste seine Schultern und schüttelte ihn. „Du machst den Fehler deines Lebens, mein Freund. Es tut mir in der Seele weh, dich nicht abhalten zu können."

Fedlor streifte seine Hände ab und lächelte besänftigend. „Vertrau mir. Die Zukunft wird zeigen, dass es das Richtige ist."

„Oder auch nicht", fügte er kopfschüttelnd hinzu.

„Ich stehe kurz davor, ein neues, wunderschönes Heim zu finden." Das Lächeln auf Fedlors Gesicht verschwand. „Wenn ich hierbleibe, sterbe ich innerhalb kurzer Zeit. Ich halte es nicht mehr aus, gedemütigt zu werden. Erniedrigung! Kaum genug zu essen, um zu überleben! Ewige Furcht! Wenn das Leben tatsächlich ein täglicher Kampf ist, dann will ich es nicht."

„Fedlor!"

„Es ist die Wahrheit." Er lehnte sich gegen die Wand. „Nenn mich schwach. Vielleicht laufe ich davon. Doch ich möchte nur, was alle erträumen. Rappaschumah wird mir die Tür in eine bessere Welt öffnen."

Aroq wischte sich mit der Handfläche über die Stirn. „Hast du dich mit seinen Lehren auseinandergesetzt? Bist du dir bewusst, dass du die Wandlung nicht rückgängig machen kannst? Es ist ein Weg ohne Wiederkehr."

„So oder so erwartet mich der Tod."

„Du warst immer eine Kämpfernatur." Er ballte seine Hand zur Faust und hielt sie ihm unter die Nase. „Du stehst kurz davor, den Kampf aufzugeben, nicht nur gegen die Vampire, sondern auch gegen deine menschliche Natur."

Sanft legte Fedlor seine Hand auf die Faust von Aroq. „Ich bin immer noch eine starke Persönlichkeit, mein Freund. Alles hinter mir zu lassen, ist wahrlich keine leichte Aufgabe. Aber es ist mein Weg. Mit jeder Faser meines Körpers weiß ich, dass ich diesen Pfad wählen muss. Noch immer kämpfe ich für ein besseres Leben."

„Ziemlich eigennützig, wie mir scheint." Aroq lachte abfällig und senkte seine Faust.

„Das mag sein. Es kostet mich entsetzliche Überwindung, zuerst zum Vampir werden zu müssen, um danach in Rappaschumahs Arme zu fallen. Wenn du es wirklich wissen willst – es widert mich an!"

„Um dann zum Werwolf zu werden", fügte Aroq hinzu.

„Sie mögen zwar einen gemeinsamen Ursprung haben", erklärte Fedlor, „doch sie sind grundverschieden. Während Vampire wie die Menschen nach Macht streben, verhalten sich Werwölfe wie Tiere und wollen lediglich überleben."

„Sie fallen Menschen an!"

„Nur, wenn sie in die Enge getrieben oder angegriffen werden."

„Sie bleiben dennoch ein Leben lang Vampire."

„Nein, sie klettern eine Rangstufe empor."

„Dann denken sie wie die Mächtigen Valkenhorsts, dass die Menschen minderwertig sind."

„Sie streben eine friedliche Koexistenz an. In Frieden wollen sie leben. Mehr nicht!"

Beide schwiegen, als sie bemerkten, dass die Lautstärke ihrer Unterhaltung dem Vorhaben nicht angepasst war. Ihre Blicke schweiften durch die Gassen, doch nichts geschah.

Fedlor stellte sich vor Aroq und sah ihm in die Augen. „Wirst du mir beistehen oder nicht? Ich bin nicht böse, wenn du zurück zu deiner Familie gehen möchtest. Dies ist schließlich mein Weg. Vielleicht war es ein Fehler, dich einzuweihen"

„Ohne meine Deckung wirst du es nicht schaffen." Brüderlich legte Aroq ihm seine Hand auf die Schulter und nickte. „Lass uns aufbrechen und nicht weiterstreiten. Wertwolle Zeit geht verloren."

Fedlor schenkte ihm ein Lächeln und huschte durch die Dunkelheit. Schwermütig folgte Aroq. Nie zuvor fiel ihm etwas derartig schwer. Sein Herz verkrampfte sich schmerzhaft. Tränen der Wut und Hilflosigkeit stiegen ihm in die Augen, als er Fedlor gebückt folgte und sein Blick an dessen Rücken klebte. Wie konnte sein Freund freiwillig zum Vampir werden wollen? Er mochte es als Übergang ansehen; ein Stadium, das unumgänglich war, um sich weiterzuentwickeln. Doch als Werwolf würde ein großer Teil immer ein Vampir bleiben. Die andere Hälfte wäre unnatürlich, animalisch und sein menschlicher Ursprung bald vergessen.

Fedlor hatte ihm eine Wahl gelassen und Aroq hatte entschieden, ihm beizustehen. Dies wollte er mit seiner ganzen Kraft tun, ohne ihn weiterhin mit seinem Unglauben zu quälen. Fedlor fiel es nach eigener Aussage nicht leicht. Dennoch war er sich sicher. Und so wollte Aroq ihm der Freund sein, den er verdiente.

Wie Schatten huschten sie über die Pfade Föhns, immer im Schutz der jämmerlichen Behausungen. Sie ließen die Katen der Menschen hinter sich und schlichen zu den Häusern aus Stein. Ein seltsamer Geruch lag in der Vampirstadt. Aroq konnte den Ursprung nicht ausmachen. Vielleicht war es die Abneigung gegen diesen Ort, der seine Sinne vernebelte.

Im Gegensatz zu den morastigen Pfaden des Menschenviertels zeigten sich die Straßen, die vor ihm lagen, fast schlammfrei. Täglich mussten seine jüngeren Brüder mit anderen Knaben die Pflastersteine mit Handbesen reinigen. Während er mit seinem Vater auf den Feldern arbeitete oder Wein kelterte, putzten seine Mutter und seine Schwestern die Häuser der Vampire. Wenn sie fertig waren, mussten sie den Männern helfen. Aroq war nur einmal in dieses Viertel gelangt, um eines der Häuser mit Tuch zu polieren, als Föhn einen hohen Vampir aus der Hauptstadt Wölfing erwartete.

Es schien, als weigerten sich seine Füße, das unbekannte Terrain zu betreten. Doch Fedlor sprang über die Straße. Aroq beobachtete, wie sein Freund sich neben ein Fass hockte und ihm winkte. Hastig schweifte Aroqs Blick in alle Richtungen. Dann jagte er über den Weg und kauerte sich neben den Blondschopf.

„Wir sind angekommen.“ Heftig ging Fedlors Atem. Sein Brustkorb hob und senkte sich, als hätte er einen Sprint vom Quell des Ankerleflusses im hohen Norden hinauf zu den Gipfeln Rabenhöhs gemacht.

„In diesem Haus ...“ Die Worte wollten nicht über Aroqs Lippen kommen.

Fedlor deutete mit dem Kopf zur Tür, auf deren Holzpaneelen ein verschnörkeltes „B“ eingeritzt war. „Hier wird mein Schicksal besiegelt werden, mit der Hoffnung auf eine bessere Zukunft.“

Er wollte aufstehen, aber Aroq hielt seinen Arm fest. „Bist du dir sicher? Ganz sicher? Es ist noch nicht zu spät.“ Kaum hatte er dies gesagt, bereute er es. „Es tut mir leid. Ich möchte dir ein guter Freund sein. Ich habe mir geschworen, dein Vorhaben zu unterstützen, und ich will nur das Beste für dich. Doch ich vermag die Furcht nicht zu unterdrücken.“

„Es gibt keinen größeren Kampf, als den gegen sich selbst.“ Fedlor stand auf und sah auf Aroq herab. „Mich schmerzt es, dich mit hineinzuziehen, obwohl dies mein Weg ist.“

Aroq erhob sich ebenfalls. „Lass uns vorwärtsschreiten und nicht mehr zurückschauen.“ Eigentlich versuchte er, Sentimentalitäten zu umgehen. Er rang mit sich, um stark und standhaft zu bleiben und befürchtete, dass jeglicher Gefühlsausbruch ihn schwächen würde.

Schwer atmend schlich Fedlor zur Tür, schloss kurz die Augen und trat ein. Aroq folgte ihm. Als hinter ihnen die Tür ins Schloss fiel, flogen beide herum.

Zuerst konnte Aroq in der Dunkelheit des Raumes nichts sehen. Doch dann erkannte er einen Vampir, den er bereits bei den Weinreben gesehen hatte. Seine Statur war kleiner als die der anderen und fülliger. Hochmütig ragte sein rundliches Kinn in die Luft. Er beäugte die Ankömmlinge argwöhnisch mit seinen Schweinsaugen und schnaubte.

„Was soll das? Du Wurm wolltest allein kommen.“ Er machte einen Schritt auf sie zu. „Wollt ihr mich hintergehen oder hast du mir ein Geschenk mitgebracht? Ah, dieser Kerl ist ein Bonus, ja?“

Irritiert sah Aroq zu seinem Freund hinüber. Fedlor schwieg.

„Das zeigt, wie sehr du dir wünschst, einer der unseren zu werden. Zuerst werde ich ihn töten und bis auf den letzten Tropfen aussaugen. Dann, mein Kleiner, widme ich mich deiner Wenigkeit.“

Keine Furcht kroch Aroqs Nacken empor, sondern blanker Zorn. Wie konnte sein bester Freund ihn verraten?

„Das hat den Vorteil, dass ich nicht mehr so durstig bin, wenn ich meine Zähne in dein Fleisch hacke. Deine Chance, lebendig unsere Vereinigung zu überstehen, steigt immens.“

„Es reicht!“ Breitbeinig und mit geballten Fäusten stellte Aroq sich dem Vampir gegenüber. „So einfach wirst du mich nicht bekommen. Und wenn ich mit dir fertig bin, ist deine Zeit gekommen, Fedlor.“

„Er hat ein großes Mundwerk.“ Süßlich klangen die Worte des Vampirs. „Ich werde es dir stopfen müssen. Aber wir werden Spaß haben, viel Spaß. Du bist ein Kämpfer. Das gefällt mir.“

Aroq beobachtete den Vampir, der auf ihn zuschritt. Das bittersüße Lächeln des Blutsaugers lähmte seine Glieder. Ihm war plötzlich, als hätte eine fiebrige Grippe Besitz von ihm ergriffen. Schweiß trat auf seine Stirn. Seine Augenlider waren schwer und er sehnte sich danach, sie zu schließen. Die Dunkelheit wurde noch finsterer. Aroq wischte sich mit dem Handrücken über das Gesicht. Er geriet ins Wanken. Um seine Balance zu halten, streckte er seine Hände aus und gab seine Abwehrhaltung auf. Er blinzelte, konnte jedoch den Vampir nicht ausmachen. Verdammt, er war ihm ausgeliefert! Und sein bester Freund hatte dies eingefädelt.

„Nein!“ Fedlors Schrei erschütterte das Haus. „Das verstehst du falsch. Er soll mich nach Hause bringen, nachdem der Biss erfolgt ist.“

Der Vampir spie: „Du brauchst keine Stütze, wenn du einer von uns bist. Wir sind stark. Wir werden eines Tages die regierende Rasse sein, nicht nur in Valkenhorst.“

„Er ist mein Freund. Wage es nicht, ihm etwas anzutun. Unsere Abmachung lautet, mich zu beißen. Mich!“ Verzweiflung schwang in Fedlors Stimme mit.

„Du beginnst, mich zu nerven, Kleiner“, grollte er. „Halte dich aus meinen Angelegenheiten heraus.“

„Das werde ich nicht!“ Fedlor stellte sich zwischen Aroq und den Vampir.

Der Bann brach und Aroq erholte sich von dem übernatürlichen Einfluss. Die

Kraft strömte zurück in seine Glieder. Sein Blick klärte sich. Er erkannte, dass der Vampir unmittelbar vor ihm stand. Nur Fedlor trennte sie. Aus der Nähe betrachtet sah der Blutsauger größer aus, als Aroq ihn aus der Ferne eingeschätzt hatte. Untersetzt, mit tellergroßen Händen und stechenden Augen, gab er ein imposantes Bild ab. Doch Aroq stand ihm in nichts nach. Mit seiner von körperlicher Arbeit gestählten Statur baute er sich auf. Er straffte den Rücken. Nicht einen Moment nahm er den Blick von dem Vampir, vermied es aber, ihm in die Augen zu schauen. Jede Bewegung beobachtete er. Aroq wollte gewappnet sein für einen Angriff. Die Rasse der Vampire ließ sich nichts sagen, und Fedlors klägliche Versuche, die Situation zu retten, schienen zu scheitern.

„Nun gut!" Der Vampir seufzte. „Du hast mich um einen Gefallen gebeten und ich habe nicht uneigennützig zugesagt. Zu lange ist es her, dass ich meine Zähne in zartes Fleisch gebohrt habe und Blut unmittelbar aus den Adern saugte." Seine Zunge fuhr über die Lippen. „Köstlich. Unwiderstehlich." Dann lachte er. „Und weshalb zur Hölle sollte ich mir entgehen lassen, gleich zwei Menschen auszusaugen?"

Plötzlich neigte der Blutsauger sich vornüber. Seine Pranken krallten sich tief in Fedlors Schultern und zogen ihn an sich. Er holte Aroq mit einem geschickten Tritt von den Füßen, während Fedlor in seinen Armen winselte. Aroq schlug mit dem Rücken gegen einen Tisch und krümmte sich schmerzerfüllt auf dem Holzboden. Sein Blick suchte den seines Freundes, aber dieser blickte lediglich in die grinsende Fratze des Angreifers. Er musste beobachten, wie der Vampir langsam seinen Kopf neigte und Fedlors Hals mit einem Kuss bedeckte. Streichelnd fuhren die wulstigen Finger über das Hemd des Blondschopfes, krallten sich in den Stoff und rissen den gesamten Ärmel ab. Nun lagen Schultern und Nacken frei. Der Vampir benässte seine Lippen erneut.

„Nein!" Aroqs Schrei hallte durch das Haus.

Erschreckt fuhr der Vampir hoch. „Halt den Mund, elende Kreatur! Wenn wir entdeckt werden, geht es uns allen an den Kragen."

Aroq betrachtete den jammernden Fedlor und vergaß seine Vorsätze. „Lass ihn los!"

„Halt endlich den Mund oder ich stopf ihn dir!" Eine Zornesfalte trat auf seiner Stirn hervor. Er schüttelte Fedlor durch, sodass dessen Kopf vor- und zurückflog.

Mit einem Satz war Aroq auf den Beinen. „Ich reiß dir deine Eckzähne aus, Monster!"

Er sprang zum Vampir, riss Fedlor los und schmiss ihn zur Seite. Aus dem Augenwinkel sah er seinen Freund zu Boden fallen, doch er hatte keine Zeit, sich um ihn zu kümmern. Schon stürzte sich sein Widersacher auf ihn. Grob krallten sich dessen Finger in Aroqs Schulter. Er versuchte, ihn abzuwehren, doch der Vampir war stärker, als er ihn eingeschätzt hatte. Man sagte ihnen überirdische Kraft nach, aber Aroq hatte nie einen Beweis dafür gesehen. Niemals hatte ein Mensch den Mut besessen, die Blutsauger derart zu reizen, dass sich ein Kampf entwickelte. Geschichten hatte er zahlreiche gehört, aber sie spielten immer weit entfernt vom Ankerlefluss und von Rabenhöh.

Das Haupt des Vampirs knallte schmerzhaft auf Aroqs Stirn. Seine Sinne vernebelten sich erneut. Er kniff die Augen zusammen und versuchte, sich auf sein Gleichgewicht zu konzentrieren. Doch der Vampir schüttelte ihn. Der Kopfschmerz pochte heftiger. Er versuchte zu ertasten, ob seine Stirn blutete, aber er kam nicht dazu.

Sein Schrei gellte durch das Haus, als die Zähne des Vampirs tief in seine Kehle stießen. Unbarmherzig suchten sie sich ihren Weg durch die Haut. Eine unbeschreibliche Pein quälte Aroq, doch etwas viel Schlimmeres ließ ihn zusammensacken. Angst! Panik! Denn wie ein Blitz traf ihn die Erkenntnis, dass sein Schicksal besiegelt war. Wäre es nur eine Wunde gewesen, die ihm zugefügt worden war, hätte er um sein Leben gekämpft. Aber was für einen Sinn hatte es, um ein Leben zu kämpfen, das in seinen Augen nicht mehr lebenswert war. Nicht einmal als wirkliches „Leben“ wollte er den Zustand bezeichnen, in den er innerhalb weniger Tage fallen würde.

Schmatzen drang an seine Ohren, während seine Knie weich wurden. Allein die tellergroßen Hände hielten Aroq auf den Beinen. Das Blut rauschte in seinem Kopf, als würde es in Windeseile durch seine Adern gesogen werden. Sein Blick wanderte durch den Raum. Er suchte einen Schrank oder eine Kommode, die in der Nähe stand und ihm Halt schenken konnte. Seine Hand griff hinter sich, doch der Tisch war zu weit weg, um sich abzustützen. Nicht einmal eine Vase oder eine Holzschale war in Greifweite. Aber was für einen Sinn hatte es, den Angreifer abzuwehren? Vielleicht war es besser, tot zu sein, als bis in alle Ewigkeit dahinzuvegetieren.

Aroqs Blick traf Fedlors. Er meinte, einen Ausdruck von Wahnsinn darin zu erkennen. Mit weit aufgerissenen Augen schaute der Blondschopf dem Spektakel zu, unfähig, einzuschreiten. Vielleicht wollte er auch seine Chance auf einen Wandel nicht vertun, indem er seinen Erlöser attackierte.

Fedlor wollte etwas sagen. Sein Mund bewegte sich, doch kein Laut kam über seine Lippen. Tränen liefen die Wangen hinunter. „Es tut mir leid“, brachte er endlich heraus.

Aroq streckte Hilfe suchend die Hand nach seinem Freund aus. Aus eigener Kraft konnte er sich nicht von seinem Peiniger losreißen. Seine Verzweiflung spiegelte sich in Fedlors Gesicht wider.

Plötzlich schrie Fedlor: „Hör auf! Lass ihn sofort los! Mich solltest du beißen, nicht ihn, du elender Scheißkerl.“

Vor Aroqs Augen verschwamm alles. Er konnte weder klar sehen noch klar denken. Aufkommende Ohnmacht ließ seine angespannten Muskeln erschlaffen. Seine Lider waren schwer, aber er wehrte sich gegen die Schläfrigkeit. Er musste aufgrund des Schmatzens neben seinem Ohr würgen.

Ein erneuter Aufschrei Fedlors erschreckte ihn und er riss seine Augen auf. Teilnahmslos sah er zu, wie seinen Freund, mit einem Stuhl ihn den Händen, heranbrauste. Weit holte er aus und Aroq meinte, einen Irren vor sich zu haben. Fedlor rammte dem Vampir den Stuhl in den Rücken. Der Blutsauger brach nicht zusammen, sondern schwankte lediglich. Wütend zog er die Eckzähne aus Aroqs Kehle und schmiss ihn zu Boden.

Aroq richtete seinen Oberkörper mit letzter Kraft auf. Erschöpft blinzelte er und beobachtete, wie sein Freund vor dem Feind erstarrte.

„Setz nach, Fedlor!“ Aroq hatte Mühe, zu sprechen. Lief Blut seinen Rachen hinunter? Mehrmals schluckte er, um den metallischen Geschmack loszuwerden.

Erneut schwang Fedlor den Stuhl durch die Luft. Doch er hielt inne. Der Vampir stand lächelnd vor ihm und wischte sich mit dem Ärmel Aroqs Blut vom Mund. Ohne einen weiteren Augenblick verstreichen zu lassen, trat Fedlor ihm in den Unterleib und hieb den Stuhl auf ihn. Der Vampir brach stöhnend zusammen. Mit den Händen zwischen den Beinen und schmerzverzerrter Fratze krümmte er sich neben Aroq.

„Hilf mir auf.“ Aroq streckte die Arme nach Fedlor aus. „Diese Bastarde erholen sich zu schnell. Wir müssen fort.“

„Er muss mich erst noch beißen.“

„Meinst du wirklich, er wird dich jetzt noch lebendig entkommen lassen? Aus Rache saugt er dich blutleer und wirft den Rest den Ratten zum Fraß vor.“

Fedlor blickte zu dem untersetzten Vampir. Zornesröte bedeckte das Porzellangesicht des Gepeinigten, aber er war nicht in der Lage, sich aufzuraffen – noch nicht.

„Du hast recht.“ Hastig schwang der Blondschopf den Arm um Aroqs Hüften und half ihm auf die Beine. „Wir müssen uns beeilen. Lange wird er nicht brauchen, um sich zu erholen.“

Fedlor schleppte Aroq zum Ausgang, ächzte unter dem Gewicht. Mühsam öffnete er die Tür einen Spalt. Die Nacht war durch den Vollmond ungewöhnlich hell, was ihre Flucht zurück zu den Katen zu einem Wagnis machte. Aroq war zu schwach, um sich aus eigenen Kräften von Haus zu Haus zu schleichen. Verzweifelt überlegte er, ob er Fedlor vorschlagen sollte, ihn zurückzulassen. Doch er wollte nicht aufgeben! Er konnte sich nicht durchringen, freiwillig in die Opferrolle zu schlüpfen. Nicht noch einmal konnte er ertragen, die Zähne in seiner Kehle zu spüren, das schlürfende Geräusch nah an seinem Ohr zu hören. Der Drang zur Flucht übermannte ihn.

„Wir müssen es wagen.“ Erschöpft würgte Aroq die Worte hinaus. „Entweder wir sterben auf der Flucht oder in dieser Vampirunterkunft.“

Fedlor schleppte sich und seinen Freund vorwärts. Aroq biss die Zähne zusammen. Mit letzter Reserve krallte er sich an Fedlor fest und konzentrierte sich auf die vom Mondschein erhellte Straße, um jede mögliche Bewegung frühzeitig auszumachen und zu fliehen. Hinter ihm hörte er, wie der Vampir Möbel gegen die Wände schmiss und vor Wut brüllte. Aroq schaute über die Schulter. Verwundert stellte er fest, dass der Vampir ihnen nicht folgte.

„Wieso zerrt er uns nicht zurück in die Hütte oder schlägt Alarm?“ Aroq hielt sich an Holzscheiten fest, die unterhalb eines Fensters mit einer Kordel zusammengebunden waren.

„Man würde ihn anklagen, die Regeln der eigenen Rasse gebrochen zu haben."

„Er könnte behaupten, wir hätten ihn überfallen." Plötzlich zuckte er und legte die Hand auf die Bisswunde. „Es sticht, als befänden sich tausend Ameisen unter der Haut."

Fedlor bedeutete ihm, weiterzugehen. „Wir müssen schnell zu deiner Kate. Wenn die Wandlung beginnt, darfst du nicht mehr auf der Straße sein."

„Sie hat schon begonnen." Aroq stützte die Hände auf den Oberschenkeln ab. Krämpfe quälten ihn. Der Schmerz war überall.

„Jetzt schon?" Fedlor hielt sich erschreckt die Hand vor den Mund, da er zu laut gesprochen hatte. „Warum so schnell? Ich dachte, es dauert ein Weilchen. Ich dachte, du hättest noch Zeit."

„Was macht das für einen Unterschied?" Nun war es Aroq, der seinen Freund mitzog. Schnell, sehr schnell wollte er sich in seiner Kate verstecken. Lange würde er sich nicht mehr auf den Beinen halten können. „Wenn die Vampire sehen, dass ich nicht auf den Feldern arbeite, werden sie mich holen kommen. Sie werden Zeuge der begonnenen Wandlung sein und mich auf der Stelle töten. Aber vielleicht wird meine Familie das vor ihnen tun. Einen Vampir im Haus werden sie nicht dulden." Nach einer Weile fügte er hinzu: „Nicht dulden können."

Fedlor schwieg. Er festigte lediglich seinen Griff um Aroqs Hüften und schleppte ihn vorwärts.

Endlich kamen sie an der Kate von Aroqs Familie an, glücklich, dass sie den Weg ohne Vorkommnisse hinter sich gebracht hatten. Ohne zu zögern, traten sie in die sichere Finsternis der Kate ein.

Fedlor ließ seinen Freund erst los, als sie dessen Bett erreichten. „Was machen wir jetzt?"

Sabber lief Aroqs Mundwinkel hinab. Angewidert wischte er ihn mit dem Handrücken fort. „Es gibt nur zwei Möglichkeiten, mein lieber Freund. Töte mich, oder verschaff mir Zeit und Ruhe für die Wandlung."

Er sah zu Fedlor, der es offensichtlich nicht wagte, sich auf die Bettkante zu setzen. Angst spiegelte sich in seinem Blick.

„Ich verstehe dich nur zu gut. Du kannst mir nicht länger trauen. Blutdurst wird mich überkommen und ich werde über die nächstbeste Kreatur herfallen, um meine Lust zu stillen. Ich spüre bereits die Gier, obwohl nicht einmal ein Tag vergangen ist. Ich bin ein Tier, das seinen Instinkten folgt und nicht seiner Willenskraft."

„Unsinn!", unterbrach Fedlor. „Die Vampire Valkenhorsts können sich unter Kontrolle halten. Dann schaffst du das auch."

Aroq lachte bösartig. „Sie haben es gelernt. Ich dagegen bin auf mich allein gestellt. Keine Hilfe. Keine Unterstützung. Niemand, der mir den Weg weist oder mir sagt, wie ich den Instinkt bezwingen kann."

Ungläubig starrte Fedlor ihn an. „Ich bin immer für dich da. Du bist mein Freund. Außerdem habe ich dich in diese Lage gebracht."

„Du kannst mir nicht helfen", zischte Aroq aufbrausend. „Du bist nur ein Mensch."

Fedlor wich erschreckt zurück. Kreidebleich schaute er auf Aroq herunter. Ihn schüttelte der nächste Krampf.

„Was ist hier los?" Plötzlich stand Umus, Aroqs Vater, vor ihnen.

Aroq sah sich im einzigen Raum der Kate um. Seine Mutter und auch seine Geschwister lugten hinter den Vorhängen hervor, die die Betten vom Wohnbereich trennten, aber sie wagten nicht, näherzukommen. Furcht einflößend musste das Szenario wirken, als wäre der Teufel persönlich in ihre Kate eingezogen.

Fedlor brach als Erster das Schweigen. „Ihm geht es nicht gut. Er hat etwas Schlechtes gegessen."

„Unsinn!", grollte Aroq. „Bleib bei der Wahrheit, denn sie kommt eh ans Tageslicht."

„Was ist geschehen?" Mit ernster Miene trat Umus auf Fedlor zu. „Was ist meinem Sohn zugestoßen?"

Der Blondschopf strich sich mehrmals durch die Haare, bevor er antwortete. „Er … er … Aroq wurde gebissen."

„Von einem Tier?" Umus' Stimme klang hart.

Ängstlich wich Fedlor zurück. „Nein, von einem … einem Vampir."

Deutlich hörte Aroq, wie seine Mutter und seine Geschwister vor Schreck Luft einsogen. Während sein kleiner Bruder sich hinter dem Vorhang versteckte, wischte die Mutter sich die Tränen mit dem Vorhangstoff vom Gesicht.

Aroq versuchte, sich aufzurichten, doch die starken Schmerzen zwangen ihn nieder. „In der nächsten Nacht werde ich fortgehen. Es liegt mir fern, euch in Gefahr zu bringen."

„Nein, du bist zu schwach." Zitternd ließ Fedlor sich vor dem Bett auf ein Knie nieder.

„Es ist zu gefährlich, hierzubleiben, für euch und für mich." Eine Hustenattacke quälte Aroq. Als er wieder durchatmen konnte, öffnete er die Handflächen und entdeckte Blut.

Heftig schüttelte Fedlor das Haupt. „Du kannst dort draußen nicht allein überleben. Die Wälder sind tückisch."

Aroq lachte leise. „Ich dachte, Vampire sind zäh wie Leder."

„Aber du bist noch keiner", flüsterte Fedlor und brachte Aroqs Lachen zum Verstummen.

Schweigend blickten sie sich in die Augen. Aroq wusste, dass er keinen Freund mehr vor sich hatte, sondern einen Schuldigen, der versuchte, seine Tat wieder gutzumachen. Dann sah er zu Umus auf.

Sein Vater rümpfte die Nase und wandte sich an Fedlor. „Er hat recht. Unter keinen Umständen kann er in dieser Kate, nicht einmal in dieser Siedlung bleiben. Er gefährdet meine Familie."

„Aber er gehört zu deiner Familie." Flehend faltete Fedlor die Hände.

„Ein Vampir ist nicht Teil unserer kleinen Gemeinschaft. Man würde ihn über kurz oder lang entdecken."

Das Schluchzen seiner Mutter zerriss Aroqs Herz. Doch was geschehen war, war geschehen und konnte nicht rückgängig gemacht werden. Fedlor hatte ihn in diese Situation gebracht und er musste innerlich kämpfen, seinem Freund nicht die Schuld an dem Unglück anzukreiden. Es war seine Schuld. Er hätte Fedlor bei seinem Vorhaben nicht unterstützen sollen. Nun war es zu spät und sein Untergang hatte begonnen.

Fedlor erhob sich wütend und stellte sich breitbeinig zwischen Umus und seinen Freund. „Soll ich ihn zum Wald schleppen und ihn liegen lassen? Er ist zu schwach, um allein zu gehen. Oder bringst du, Umus, deinen eigenen Sohn zum Medusenmeer und schmeißt ihn in die Fluten?"

Irritiert sah Umus ihn an. Sein Blick fiel auf Aroqs schweißbedecktes Gesicht. „Wir werden einen Familienrat einberufen. Ich möchte diese Entscheidung nicht allein treffen." Damit riss er den Vorhang vor Aroqs Bett, sodass dieser vom Rest der Familie getrennt lag.

Die Nacht verging schnell. Aroq wälzte sich hin und her. Er wusste, er konnte den Schmerzen nicht entkommen. Irgendwie würde er sie überstehen und der Wille, Rache zu üben, gab ihm die Kraft. Fedlor wischte ihm regelmäßig den Schweiß von der Stirn und den Speichel von den Lippen. Doch Aroq entging trotz der betäubenden Schmerzen nicht, dass Fedlor zurückschreckte, wann immer sich Aroq ruckartig bewegte. Seit Kindheitsbeinen waren sie Freunde. Nun zerbrachen alle Bande, die zu Fedlor und zu seiner Familie. Er besaß weder ein Heim noch Verbündete. Aber eines Tages würde er Genugtuung erhalten.

Wie aus weiter Ferne hörte er Fedlor Gebete säuseln. „Rappaschumah! Rappaschumah! Ich bin noch keiner deiner Jünger, doch höre die Worte deines Dieners. Hilf und beschütze meinen Freund, den ich ins Unglück gestürzt habe. Fordere deinen Tribut von mir und nicht von ihm. Rappaschumah! Ich flehe dich an, großer, mächtiger …"

„Hör auf!" Rasend vor Wut fuhr Aroq auf. Er brauchte viel Kraft, um seine Lider zu öffnen. „Du und dein Rappaschumah, ihr habt mir Unheil gebracht. Was hast du nun davon? Du bist immer noch ein Mensch."

Fedlor zuckte zusammen. „Nicht er war es, sondern ich. Ja, ich bin keinen Schritt weiter und mindestens genauso unglücklich wie du."

„Wie ich?" Aroq wollte nach ihm schlagen, aber er besann sich und krallte seine Finger in die Bettdecke. „Du kannst zurück in dein altes Leben, als wäre nichts geschehen. Mein Dasein dagegen ist zerstört. Für immer!"

Mit Tränen in den Augen kniete sich Fedlor vor das Bett. „Es tut mir schrecklich leid! Ich wünschte, ich könnte rückgängig machen, was ich verbockt habe. Aber ich kann es nicht. Das zerfrisst mich! Ich werde alles tun, was in meiner Macht steht, um dir zu helfen."

„Wirst du mir Tiere bringen, die ich aussaugen kann?" Aroq schnalzte. „Wirst du dich der Gefahr aussetzen, von mir angefallen und blutleer gesaugt zu werden? Und wie wirst du reagieren, wenn Tierblut mir irgendwann nicht mehr reicht?"

Fedlor zögerte. Nervös knetete er seine Unterlippe. „Wir werden eine Lösung finden. Gemeinsam. Wir stehen das durch."

Plötzlich trat Umus zu ihnen. „Wir haben eine Entscheidung getroffen. Sie ist endgültig. Kein Einspruch wird akzeptiert. Füge dich oder wir werden dich den Vampiren ausliefern."

„Er ist dein Sohn, dein eigen Fleisch und Blut." Wild gestikulierend stand Fedlor auf.

„Schweig!" Umus drängte ihn beiseite. „Die Familie hat sich beraten. Akzeptiere oder stirb durch Valkenhorsts Hand."

Fedlor ließ sich nicht beirren und legte Aroqs Vater besänftigend seine Hand auf die Schulter. „Gib ihm wenigstens die Möglichkeit zur Flucht ..."

Aroq unterbrach ihn. „Vielleicht wollen sie mich hinausjagen. Das ist wahrscheinlich ihre Absicht und zwar eine kluge."

„Was zur Hölle ist daran klug?" Verzweifelt raufte Fedlor sich die Haare.

Aroq rieb über die geschlossenen Lider. Als er sie öffnete, sah er seine Umgebung immer noch verschwommen. „Sie haben mich vom Hals und geben mir gleichzeitig die Chance, zu überleben. Das ist immer noch besser, als den sicheren Tod in den Händen der Vampire zu finden. Meine Familie überlässt es mir und der Natur, ob ich leben oder sterben werde."

Umus räusperte sich. „Sinnlose Vermutungen nützen euch nichts. Steckt eure Kraft besser in andere Dinge, denn es kommen schwere Zeiten auf euch zu."

„Also doch", hauchte Fedlor entmutigt.

Unbeirrt fuhr Umus fort: „Du bist unser Sohn, Aroq, und bist es bis zur vollkommenen Wandlung immer noch. Wir werden dieses Kreuz mit dir tragen und dich decken. Doch ein Vampir kann nicht unter meinem Dach wohnen. Und so wirst du gehen müssen, wenn du zu Kräften gekommen bist."

Aroq riss Fedlor den Stofffetzen aus der Hand und wischte sich übers Gesicht. „Er muss in kaltes Wasser getaucht werden." Keuchend schmiss er ihn Fedlor zu. „Danke." Dann drehte sich Aroq von ihnen weg und schloss die Augen.

„Bleib bei ihm", hörte er Umus sagen. „Wir werden ihn abwechselnd bewachen. Bei Tagesanbruch wirst du den Vampiren auf dem Feld erzählen, dass er wegen des Molochfiebers nicht arbeiten kann und er unter ständiger Beobachtung eines Familienmitgliedes stehen muss. Hoffentlich schlucken sie es."

„Molochfieber?" Fedlors Stimme zitterte. „Hab ich noch nie gehört."

Umus' Schritte knirschten auf dem Sandboden der Kate. „Gibt es auch nicht. Ich hoffe, sie kaufen uns das ab."

Müdigkeit legte sich bleiern auf Aroqs Körper. Als wieder Ruhe in die Kate einzog, glitt er in einen mit Albträumen getränkten Schlaf.

Die folgenden Tage waren die Hölle und Aroq wusste, sie waren es auch für seine Familie und Fedlor. Krämpfe schüttelten ihn. Seine Schmerzensschreie hallten trotz Knebel, den Fedlor ihm in den Mund gesteckt hatte, durch die Kate. Seine Mutter wechselte mehrmals am Tag die schweißgetränkten Laken und seine älteste Schwester Diara flößte ihm literweise Wasser ein. Doch als Aroqs Augen sich blutrot färbten, traute sie sich nicht mehr an ihn heran und so übernahm Fedlor diese Aufgabe.

Die Männer wechselten sich mit der Wache ab. Aber es wurde immer schwieriger, Ausreden zu finden, um sich von der Arbeit fortzuschleichen oder gar fortzubleiben. Bisher hatten sie es geschafft, Aroq nicht allein zu lassen. Doch wie lange würden sie den Balanceakt vollbringen können?

„Bring mir Blut“, wisperte Aroq eines Tages, als Fedlor den Knebel entfernt hatte, um ihm Wasser zu geben.

Fedlor starrte ihn an. Blankes Entsetzen spiegelte sich in seinem Blick. „Das kann ich nicht.“

Verzweifelt krallte sich Aroq in dessen Unterarm. „Ich brauche es!“

Fedlor wollte sich losreißen, doch trotz seines geschwächten Zustandes besaß Aroq enorme Kraft. „Nein, wirklich nicht.“

„Fedlor!“, knurrte Aroq drohend, sodass sein ehemals bester Freund zurückschreckte. Das erzeugte Mitleid und er bereute seine harschen Worte. „Bitte. Du warst doch mein Freund. Ich halte es nicht länger aus.“

„Aus meiner Sicht bin ich noch immer dein Freund, aber diesen Wunsch kann ich dir nicht erfüllen.“ Fedlor schloss kurz die Augen und atmete tief durch. „Es tut mir leid.“

Keuchend vor Anstrengung stützte sich Aroq auf seine Unterarme, um näher an seinen Wächter heranzukommen. „Das hast du schon zu oft gesagt. Dir tut es leid, aber du tust nichts, um das Geschehene gutzumachen. Ich brauche deine Hilfe und du verwehrst sie mir.“

Wütend riss Fedlor seinen Arm aus dem Griff und umklammerte Arogs Schultern. „Verdammt, Aroq! Du verlangst zu viel. Auch wenn du dich noch so bösartig mir gegenüber verhältst, ich bin und bleibe dein Freund. Ich habe immer und werde immer alles für dich tun. Doch alles hat seine Grenzen.“

„Soll ich dich anfallen?“ Aroq blinzelte ihn an.

„Du wirst dich im Zaum halten.“ Fedlors Stimme klang so laut wie nie zuvor seit dem Unglück. „Du wirst dich unter Kontrolle halten müssen! Sonst ...“

Zornig versuchte Aroq, ihn abzuschütteln, doch er fiel lediglich auf das nasse Laken zurück. „Sonst was? Beende deinen Satz, wenn du den Mut hast.“

Fedlor ließ von ihm ab und setzte sich auf die Bettkante. „Fordere mich nicht heraus. Solltest du auch nur den Ansatz eines Versuchs machen, mich anzugreifen, werde ich dich mit Leibeskräften niederkämpfen und ans Bett fesseln. Hast du das verstanden?“

Mit offenem Mund blickte Aroq Fedlor an. Er überlegte, ob er ihn beschimpfen oder anspringen sollte, und verwarf beides. Das erste Mal seit dem Biss erkannte er seinen alten Freund in Fedlor. Obwohl seine Worte alles andere als freundlich waren, sah er die freundschaftliche Absicht. Fedlor hätte sagen können, dass er ihn auf der Stelle töten würde. Sicherlich konnte er Aroqs geschwächten Zustand zu seinem Vorteil ausnutzen. Aber Fedlor wollte ihm selbst dann nichts Schlechtes, wenn Aroq Übles im Sinn hatte. Aroq nahm eine Ecke des Lakens und wischte sich den Sabber vom Mund. „Bring mir wenigstens Tierblut. Bitte, Fedlor. Mein Magen brennt, als hätte ich Goldregensamen gegessen.“

„Ich kann mich daran erinnern, als wir den Samen als Kinder gegessen haben, obwohl unsere Eltern es verboten hatten.“ Ein Grinsen zeigte sich auf Fedlors Gesicht. „Tagelang haben wir gelitten.“

„Wir wussten genau, dass sie giftig sind ... “, begann Aroq.

Und Fedlor beendete den Satz: „... und taten es dennoch.“

Dann erhob sich der Blondschopf von der Bettkante. Er schlurfte zur Tür, strich über seine Aknenarben und sagte, ohne sich umzudrehen: „In Ordnung.“

Von nun an brachte Fedlor Aroq täglich Tierblut. Zuerst heimlich – bis Umus und seine Familie Wind bekamen. Aus Angst, ihn durch den Entzug in den Wahnsinn zu treiben, gestatten sie Aroq weiterhin, einmal am Tag Blut zu trinken.

Aber bald genügte es ihm nicht mehr, kaltes, verklumptes Blut hinunterzuschlingen. „Ich möchte meine Zähne in das Fleisch hauen.“ Aroq hasste es, seinen Freund um einen weiteren Gefallen zu bitten, doch die Sucht wuchs wie ein Geschwür, das sich langsam im ganzen Körper ausbreitete.

Fedlor blickte ihn böse an. Die Furchen in seinem Gesicht verliehen ihm in diesem Augenblick ein beinhartes Aussehen. „Muss das sein? Erst wolltest du Blut, jetzt einen Tierkörper und bald sehnst du dich nach einem Menschen.“

Flehend streckte Aroq die Hand nach seinem Freund aus. „Ich brauche es. Bitte. Wenn ich es nicht bekomme, habe ich Angst, mich eines Nachts hinauszuschleichen und auf die Jagd zu gehen.“

Fedlor ignorierte Aroqs Hand. „Ich werde das nicht zulassen.“

„Und ich werde einen Weg finden!“ Mit Nachdruck brachte Aroq diese Worte hinaus und nahm seine Hand runter. Er musste Druck auf seinen Freund ausüben, damit er bekam, was er verlangte. In der Tat breitete sich Angst aus, eines Tages Föhn unsicher zu machen oder gar über seine Familie herzufallen. Ihn widerte der Gedanke an, wie ein tollwütiger Hund durch die Gassen zu streifen, und eine Beute zu suchen.

Fedlors starrer Blick verwirrte Aroq. Anstatt daran zu zerbrechen, einen sich verwandelnden Menschen zu bewachen, wuchs der junge Mann an der Aufgabe. Fedlor wirkte stärker und selbstbewusster denn je. Er schien innerhalb der letzten Wochen zu einem Mann gereift zu sein. Aroq konnte nicht umhin, ihn zu bewundern. Gleichzeitig befürchtete er, Fedlor könne seiner Bitte standhalten und seinen Wunsch nicht erfüllen. Gewiss war er in der mächtigeren Position.

Aber war er sich dessen auch bewusst?

Fedlor reichte ihm einen Holzbecher mit Wasser. „Trink! Du brauchst viel Flüssigkeit."

„Wasser ist nur ein minderwertiger Ersatz." Aroq leerte den Becher mit einem Schluck und stellte ihn auf die Kommode neben dem Bett.

Seufzend nickte Fedlor. „Ich weiß. Bald wird dir kein Ersatz mehr genügen. Du wirst die Lust nach warmem Menschenblut nicht unterdrücken können."

„Dann ist es Zeit, zu gehen."

Lange sahen sich Aroq und Fedlor an, als könnten sie die Gedanken des anderen lesen. Es war fast wie in alten Tagen; zwei beste Freunde, die den anderen genauso gut kannten wie sich selbst. Sie waren sich einig, dass Aroq schon bald die Kate und auch die Siedlung verlassen musste. Denn so war der Wille Umus', und auch Aroq wusste von der Notwendigkeit, um niemanden zu gefährden. Wussten Fremde von seiner Veränderung, würden sowohl Menschen als auch Vampire ihn jagen.

„Meinst du, die Vampire werden mich nach dem Wandel als einen der ihren akzeptieren?"

Aroqs Frage kam für Fedlor unerwartet, er wurde kreidebleich. „Willst du zu ihnen gehen?"

Aroq sah seinen Freund lange schweigend an. Schließlich sagte er: „Ich weiß es nicht. Aber wo soll ich denn hin? Hier sind meine Wurzeln."

Fedlor schüttelte den Kopf, sodass seine blonden Haare umherflogen. „Sie haben deine Veränderung nicht bewusst herbeigeführt. Zufallsvampire töten sie wie lästige Fliegen. Nur Auserwählte dürfen ihre Reihen ergänzen."

Aroq seufzte laut. „Alles, was mir lieb und teuer ist, wurde mir genommen. Ich kann nicht bei meiner Familie leben, nicht einmal in dieser Siedlung bleiben. Und unsere Freundschaft ..." Er beendete den Satz nicht, sondern schluckte hörbar.

„Sie bleibt bestehen. Wie oft muss ich dir das noch sagen?" Besänftigend legte Fedlor seine Hand auf Aroqs Arm. „Auch wenn ich nicht Schuld an deiner Misere wäre, würde ich an deiner Seite bleiben. Was auch immer du entscheidest zu tun, ich werde für dich da sein."

„Danke." Mehr brachte Aroq nicht hinaus.

Plötzlich zog Fedlor seine Hand fort. „Aber es gibt auch etwas, das du für mich tun könntest." Er machte eine Pause und fuhr mit zittriger Stimme fort: „Ich wage es nicht, auszusprechen, doch in meiner Brust lodert eine Flamme. Es gibt etwas, das ich mir sehnlichst wünsche."

„Nein, Fedlor", flüsterte Aroq heiser.

Unbeeindruckt fuhr Fedlor fort: „Mein Denken, mein Handeln und meine Hingabe gehören Rappaschumah. Ich möchte ihm mein Leben schenken. Immer noch bin ich ein Mensch und weit entfernt, ihm zu dienen. Bitte, Aroq, du musst mich zu einem Vampir machen. Erst, nachdem ich diesen Schritt gemacht habe, bietet sich mir die Möglichkeit, mich seiner Sekte anzuschließen."

„... und ein Werwolf zu werden!", spie Aroq angewidert.

Fedlor lächelte ihn süßlich an. „Du musst deine Werwolf verachtende Sichtweise endlich ablegen, mein Freund. Die Menschen haben eine beschränkte Auffassung. Sie lehnen alles ab, was anders ist als sie."

Aroq unterbrach ihn barsch. „Du hast schon versucht, mir zu erklären, dass Werwölfe nicht schlecht sind."

„Wenig erfolgreich, wie ich sehe." Fedlor schnalzte und fuhr sich mit den Fingern durch die Haare. „Sie sind ein Teil der Natur. Sie leben in Einklang mit ihr und reißen nur Menschen, die sie in Bedrängnis bringen. Wenn die Menschen sie in Ruhe ließen, könnten sie wunderbar nebeneinander leben."

Aroq schlug mit der Faust aufs Laken. „Aber du hasst die Vampire genauso wie ich. Wieso willst du freiwillig zu einem werden? Ich verstehe das nicht, Rappaschumah hin oder her."

„Es ist ein lästiges Übel, das ich auf mich nehmen muss, um meiner wahren Bestimmung einen Schritt näherzukommen."

„Du weißt verdammt gut, was du willst", fuhr ihn Aroq an.

Fedlor straffte die Schultern. „Ja, das erste Mal in meinem Leben bin ich mir ganz und gar sicher. Es ist eine schwere Entscheidung, doch ich trage sie mit allen Konsequenzen."

Aroq setzte sich im Bett auf. „Wie du siehst, gewinne ich an Kraft. Aber sag mir – wenn ich dich nicht beiße, wirst du jemand anderen finden? Du wirst nicht ruhen, bis du Rappaschumahs würdig bist. Habe ich recht?"

Fedlor nickte.

„Dann bring mir endlich ein Tier, um meine Zähne in sein Fleisch zu stoßen." Nach einer kurzen Pause fügte er leise hinzu: „Und ich werde dir deinen Wunsch erfüllen."

Ein zweites Mal nickte Fedlor und verließ die Kate.

Aroq haderte wie schon beim ersten Versprechen, das er seinem Freund gegeben hatte. Vor ein paar Wochen hatte er zugesagt, den Blondschopf zu einem Vampir zu begleiten, der ihn beißen würde. Der Plan war fehlgeschlagen. Nun musste er etwas viel Schlimmeres für Fedlor tun. Doch er tat dies nicht ohne Eigennutz. Ihm war bewusst, dass er sich nicht nach einem Tierkörper sehnte, um warmes Blut zu trinken, sondern nach einem Menschenkörper. Er wollte diese Gier so weit hinausschieben, bis er kurz davor stand, innerlich zu verbrennen.

Als seine jüngste Schwester Prien in die Kate trat, drehte er sich fort. Er wollte nicht, dass sie ihn so sah. Außerdem befürchtete er, sie könne die Sorgen auf seinem Gesicht lesen. Denn Aroq graute sich davor, nie zuvor erlebte Lust zu empfinden, wenn seine Zähne Fedlors Hals durchbohren und er warmes Blut aus dessen pulsierender Halsschlagader schlürfen würde.

Aroq schreckte aus tiefem Schlaf, als ihn eine Hand an der Wange berührte. Das erste Mal seit Langem fühlte er sich erholt, ein erstes Anzeichen für die Vollendung der Wandlung. Doch erst seine Kehle hinunterlaufendes

Menschenblut würde ihm Kraft spenden, um Pläne für seine Zukunft zu schmieden. Er hatte kein Ziel, keinen Rückhalt und keine Perspektive.

Gähnend drehte sich Aroq um und blickte in Priens traurige Augen. Er fühlte den Wunsch aufkommen, sie anzuschreien, sie solle fortgehen und ihn in Ruhe lassen. Aber seine Kehle war zu trocken und seine Zuneigung zu stark. Prien gehörte seiner Vergangenheit an, obwohl sie vor ihm stand. Bald schon würde er diese Kate und damit auch sie verlassen und nie wieder heimkehren.

„Geht es dir schlechter?" Prien legte den Kopf schief und weitete die Augen.

Aroq erkannte Mitleid in ihnen. Seufzend wandte er seinen Blick gen Decke. „Im Gegenteil. Ich fühle mich besser als zuvor."

Prien starrte ihn schweigend an. Nach einer Weile sagte sie: „Aber du hast ganz rote Augen. Und du bist bleich. Wenn ich blass bin, bekomme ich meistens Fieber."

„Bei mir ist es anders."

„Mutter macht mir dann heiße Ziegenmilch und tropft etwas Rapshonig rein, wenn wir mal welchen haben. Soll ich ihr sagen, dass sie Milch für dich machen soll?"

Erstaunt antwortete Aroq: „Nein."

Sie hielt seinem Blick stand. „Oder Kräutertee?"

„Wirklich nicht, Prien." Aroq erschrak, als er ihren Namen aussprach. Er erinnerte sich an einen schönen Sommertag. Mit Wehmut dachte er daran, wie sie sich einmal von der Arbeit fortgeschlichen hatten und gemeinsam über satte Wiesen gerannt waren. Oft hatte er ihren Namen gerufen, nur um sie zum Lachen zu bringen und ihn zu hören. „Mit Milch oder Tee ist mir nicht zu helfen."

„Aber vielleicht ist es dann nur halb so schlimm." Sie lächelte zaghaft.

„Ich sagte doch, mir geht es gut." Aroq betrachtete sie rügend. Sie sah erbärmlich aus in ihrem torfbraunen Leinenkleid, das schmutzig und zerrissen war. „Mir ist nicht zu helfen."

Prien nahm auf der Bettkante Platz. Die plötzliche Nähe verunsicherte Aroq. Er setzte sich aufrecht hin und wich in die äußerste Bettecke zurück. Verstohlen sah er auf den schlanken Hals seiner Schwester. Er meinte, ihr Blut pulsieren zu hören. Das Verlangen nach dem Lebenssaft war stark. Speichel sammelte sich in seinem Mund. Er strich mit der Zunge über seine Lippen und hasste sich für diese Gier. Angst überkam ihn, er könne sich der übermächtigen Lust hingeben und sich auf Prien stürzen. Wie konnte er sich nur unter Kontrolle halten? Wie würde er je als Vampir leben können? Es wäre besser gewesen, wenn seine Familie ihn getötet hätte, bevor er seine Familie tötete.

Prien holte ihn aus seinen Gedanken. „Vater sagt, du würdest bald fortgehen."

„Das werde ich." Ihre Unschuld stimmte ihn milde.

„Warum?" Fragend zog sie die Augenbrauen hoch.

Aroq überlegte, was er antworten sollte. Wusste sie von seiner Wandlung? Er wollte sie nicht belasten oder ihr gar Angst machen. Unsicher schaute er sie an.

Sie seufzte laut. „Vater sagt, du wirst ein Vampir."

Wieder war er nicht sicher, was er entgegnen sollte. Sie wusste also längst Bescheid. Schweigend nickte er.

„Wirst du in der Siedlung der Vampire wohnen? Dann kannst du uns doch besuchen kommen."

„Prien, ich werde fortgehen, weit weg. Wohin, weiß ich noch nicht." Aroq rückte ein Stück an sie heran und wunderte sich, dass sie nicht ängstlich zurückwich.

„So weit, dass du uns nicht besuchen kommen kannst?" Gedankenversunken spielte sie mit ihrem schwarzen Haarzopf, der ihr über die Schulter hing. Als er nicht antwortete, fügte sie hinzu: „Das gibt es nicht!"

„Was gibt es nicht?", fragte er.

Sie kaute auf ihren Haarspitzen herum. „Egal, wo du hinziehst, du kannst uns von überall besuchen kommen. Kein Weg ist zu weit, um seine Familie wiederzusehen."

Erschüttert betrachtete Aroq Priens schmale Arme. Wie zerbrechlich ihr Körper wirkte. Wie zart. Oft hatte er davon geträumt, sie aus Valkenhorst fortzubringen, damit das Mädchen ein besseres Leben führen könnte. Doch die Menschen konnten keinen Fuß vor den anderen setzen, ohne von den Vampiren kontrolliert zu werden. Aroq hatte seine gesamte Familie retten wollen, aber mit mehreren Personen hätten sie nicht flüchten können. Und so war aus dem Wunsch nie ein Plan geworden.

Prien rückte näher. „Wenn du ein Vampir bist, kannst du uns doch helfen."

Verwirrt blickte Aroq sie an. „Was redest du für einen Unsinn?"

„Du wirst stark sein, so stark wie die Blutsauger." Sie warf lächelnd ihren Haarzopf über die Schulter. „Du wirst einer von ihnen sein. Vielleicht kannst du sie überzeugen, uns freizulassen."

Aroq knurrte. „Nie werde ich einer von ihnen sein!" Aber zog es nicht jedes Geschöpf zu seinesgleichen?

Temperamentvoll streckte sie ihre Hand nach seinem Unterarm aus. Kaum berührten ihre Fingerspitzen seine Haut, fuhr er zusammen. Er entzog sich ihr. „Mach das nie wieder. Berühr mich nie wieder!" Scharf klangen seine Worte.

Prien hielt erschreckt den Atem an. Mit weit aufgerissenen Augen und einer Hand vor dem Mund murmelte sie: „Es tut mir leid. Wirklich."

Aroq schmerzte es, sie erschreckt zu haben. Aber er lechzte nach Blut, nach Menschenblut, nach Fedlor. Und je näher der Moment rückte, desto mehr schwoll seine Gier an.

Prien beruhigte sich wieder. „Du musst für uns kämpfen, Bruder. Du bist unsere einzige Hoffnung. Bitte, geh zu den Vampiren und mach, dass es den Menschen besser geht."

„Du siehst meine Wandlung als Chance?" Verdutzt strich er über die Stirn, als wolle er Schweiß fortwischen, aber er schwitzte nicht mehr. „Eine Gefahr, das bin ich für euch alle."

„Ich bin nur ein kleines Mädchen und hab keine Ahnung von all dem.“ Sie stellte die nackten Füße auf die Bettkante und umschlang ihre Beine. „Aber wir können nicht mit den Vampiren reden. Du kannst es jetzt. Vielleicht war das auch nur eine dumme Idee von mir.“ Gedankenversunken legte sie das Haupt auf ihre Knie.

Aroq antwortete nicht. Er dachte angestrengt nach. Konnte Prien recht haben? War die Möglichkeit auf Rache gekommen oder war es sinnvoller, das Land zu verlassen? Kinder sahen die Welt mit anderen Augen. Für sie war alles einfacher als für Erwachsene. Doch vielleicht stellte dies einen Vorteil dar.

Das Knarren der Eingangstür riss ihn aus seinen Gedanken. Fedlor betrat mit einem Jutesack die Kate und hielt unsicher inne, als er das Mädchen erblickte.

Aroq ergriff das Wort. „Geh jetzt, Prien.“

„Ich möchte bei dir bleiben“, erwiderte sie trotzig, „bald bist du fort.“

Mit einer schnellen Bewegung schmiss er die Decke zurück, schwang seine Beine über die Bettkante und stieg aus dem Bett. „Prien, ich sagte, du sollst gehen und zwar sofort! Verlass die Kate. Fedlor und ich haben etwas zu besprechen.“

„Ja.“ Ihre Stimme klang zittrig. „Dir geht es besser, wie ich sehe.“ In Windeseile stand sie auf und rannte durch die Kate. Er bemerkte ihren ängstlichen Blick, den sie Fedlor zuwarf, bevor sie das Haus verließ.

„Du hast sie eingeschüchtert.“ Mit großen Schritten kam Fedlor auf Aroq zu und warf ihm den Leinensack vor die Füße. „Mich nicht minder. Du hast dich in den vergangenen Tagen schnell erholt.“

Aroq zuckte missmutig mit den Achseln. „Das Tierblut hat meine Genesung vorangetrieben. Aber soll Essen nicht nur satt, sondern auch Spaß machen?“ Gierig griff er in den Sack. „Was hast du mir mitgebracht?“ Er ertastete Fell und holte das Tier heraus. Erstaunt hielt er es Fedlor unter die Nase. „Einen Dachs? Das ist alles, was du auftreiben konntest? Verflucht! Ich könnte einen Bären blutleer saugen.“

Fedlor rümpfte die Nase und schob Aroqs Hand mit dem Tier von sich. „Du sollst schließlich nachher noch Appetit haben.“

Aroq stockte. Seine Hand bebte vor Verlangen, und es erweckte den Anschein, als würde der Dachs in seiner Handfläche zittern. „Ja, ja, Rappaschumah wartet, Rappaschumah, dein Erlöser.“

„Ich werde keine weiteren Beleidigungen dulden.“ Fedlor baute sich vor ihm auf.

Aroq lachte. „Du bist auf mich angewiesen.“

„Ich werde nicht buckeln.“

„Hast du keine Angst, ich könnte es mir anders überlegen?“

„Nein, du bist mein Freund, Aroq.“

„Vampire und Menschen können keine Freunde sein. Jäger und Beute verbindet nur Hass.“

Fedlor hob beschwichtigend die Arme. „Die Gier macht dich blind und taub.

Trink! Dann geht es dir besser."

„Mach mir keine Vorschriften oder ich ..." Aroq sprach den Satz nicht zu Ende.

„Aus dir spricht der Wahnsinn. Es ist schwer, sich von seiner Familie zu entfernen, obwohl man mit ihnen lebt."

„Ha! Du bist mindestens genauso verrückt wie ich, denn du willst diesen Weg des Schreckens freiwillig gehen."

„Und weiter."

„Ja! Und ich werde ebenfalls in höhere Sphären aufsteigen."

„Was redest du, Aroq?"

„Prien hat recht."

„Prien?" Fedlors Augen weiteten sich. „Lass das Mädchen in Ruhe."

„Ich werde das Beste aus der Situation machen. Es ist meine Chance und Hoffnung für die Menschen Valkenhorsts."

„Sprich! Worüber halluzinierst du?"

Der Dachs in Aroqs Handfläche schaukelte hin und her. Plötzlich schmiss er das tote Tier an die Wand. Wie von Sinnen sprang er seinen Freund an. Die Finger krallten sich in Fedlors Schultern. Aroq fühlte sich, als würde er innerlich verbrennen. Flammen loderten in ihm – das Feuer des Verlangens. Außergewöhnlich viel Speichel zwang ihn, hektisch zu schlucken. Mit der Zunge befeuchtete er seine Lippen. Dann riss er Fedlor heran. Und als Aroqs Zähne sich gewaltsam in die Halsschlagader rammten, stieß dieser einen markerschütternden Schrei aus.

Es dämmerte. Umus betrat die Kate, gefolgt von zwei seiner Söhne und Prien. Schweißbedeckt und schmutzig kamen sie von der Feldarbeit und fanden ein Horrorszenario vor. Prien trug einen Putzeimer und Stofffetzen. Vor Schreck ließ sie alles fallen. Schlammiges Wasser ergoss sich über den Boden.

Aroq kniete selig lächelnd vor Fedlor und erhob sich, nun, da seine Familie heimgekehrt war. „Prien, hol neues Wasser und schrubb den Boden."

Seine Schwester schluckte. „Es wird nicht einfach sein, das ganze Blut zu entfernen."

Er warf den Kopf in den Nacken und lachte laut. „Ich muss lernen, nicht so viel von der Köstlichkeit zu verschwenden. Fedlor wehrte sich in seiner Panik und so musste ich mehrmals ansetzen."

Wütend trat Umus vor das Mädchen. Wie eine Wand zwischen Gut und Böse. „Geh, Prien. Dies ist nichts für dich."

Mit gesenktem Kopf hob sie den Eimer auf. Sie drehte sich um, nicht ohne Aroq vorher unsicher anzublicken, und rannte hinaus.

Umus knallte die Tür zu. „Du bist unserer unwürdig. Mach dich aus dem Staub, bevor ich die Vampire rufe."

Aroq straffte die Schultern. Er fühlte sich stark. Kaum hatte er Menschenblut aufgenommen, spürte er die Macht der Vampire. „Ich werde das tun, was ich für richtig halte.“

„Überschätze deine Situation nicht.“ Warnend hob Umus den Zeigefinger. „Du magst eine Wandlung bei mir auslösen oder gar mein Lebenslicht auslöschen, doch ich kann die Vampire auf dich aufmerksam machen. Sie würden dich in Stücke reißen, weil du nicht ihren Segen hast.“

Aroq reckte sich, als hätte er lange geschlafen. „Du kannst gar nichts tun. Solltest du mich verraten, würden sie die Kate niederbrennen und deine Familie auslöschen. Du hast mich während der Wandlung gedeckt. Vergiss das nicht.“

Wütend ballte Umus seine Hände zu Fäusten. Er erwiderte zuerst nichts. Schließlich sagte er: „Es ist auch deine Familie. Du würdest sie nicht verraten.“

Aroqs Miene verfinsterte sich. Er trat an seinen Vater heran. „Meine Familie? Ihr habt mich verstoßen. Hast du das schon vergessen?“

Umus zeigte keine Furcht. „Du gehörst nicht mehr zu uns. Dennoch, würdest du wirklich Prien den Vampiren Valkenhorsts ausliefern?“

„Nein!“, schoss es aus Aroq hinaus. „Wie es momentan scheint, gehöre ich weder zur einen noch zur anderen Seite. Doch dies wird sich ändern.“ Er entspannte sich. „Egal, was du vorhast, mir anzutun, Vater, ich würde niemanden von euch verraten, auch nicht dich, du Heißsporn.“

Umus ließ die Arme hängen. Von einem Moment zum anderen sah er um Jahre gealtert aus. „Dies ist für uns alle keine leichte Zeit. Wie ich sehe, bist du trotz der Verwandlung noch mein Sohn. Den Jähzorn hast du von mir.“ Er machte eine Pause und fuhr schärfer fort: „Aber mit dem Tod Fedlors bist du zu weit gegangen. Geh auf der Stelle, Aroq, und kehr niemals wieder heim.“

Aroq hob die Augenbrauen. „Du glaubst also, ich könnte meinen besten Freund töten?“

„Ich glaube es kaum, sehe es jedoch mit eigenen Augen.“ Traurig schüttelte Umus das Haupt. „Vielleicht kommen bereits vampirische Wesenszüge durch. Vielleicht war es nur ein Unfall, ausgelöst durch die unbekannte Gier. Du hattest dich nicht mehr unter Kontrolle …“

„Fedlor lebt.“ Aroq drehte sich um und fasste seinem Freund unter die Achselhöhlen. „Packt mit an.“

Seine zwei Brüder halfen ihm, Fedlor aufs Bett zu legen. Angewidert schauten sie auf ihre blutbeschmierten Hände.

Aroq stieß sie beiseite. „Wascht euch, bevor ihr anfangt, zu heulen.“ Er wandte sich an Umus. „Sein Brustkorb hebt und senkt sich. Sieht so ein Toter aus?“ Umus schwieg. „Vater, du wirst morgen verkünden, Fedlor habe ebenfalls das Molochfieber befallen. Schließlich war er oft mit mir zusammen.“

„Er wird sich ebenfalls wandeln.“ Ungläubig betrachtete er Fedlor.

Aroq nickte. „So war sein Wunsch.“

„Du machst Scherze.“

„Nein! Fedlor wollte es so. Er hat seine Gründe. Vielleicht erzählt er sie dir. Nun lass ihn schlafen. Es werden anstrengende Wochen für ihn.“

Doch Fedlor erholte sich innerhalb kurzer Zeit. Wenige Krämpfe quälten seinen geschwächten Körper. Er lachte nach einer Woche bereits und verlangte auch nicht nach Tierblut. Aroq brachte es ihm dennoch, denn er kannte das Brennen nur zu gut. Fedlor würde nie darum bitten, auch wenn das Verlangen ihn zerfraß.

Nachts saß Aroq am offenen Fenster und betrachtete den Mond, den Fedlor bald als Wahrzeichen Rappaschumahs anheulen würde. Lag Fedlors rasche Genesung daran, dass er die Wandlung herbeisehnte?

Noch immer grübelte Aroq, was er tun sollte. Er wollte Fedlor zur Sekte begleiten, seinen Freund wohlbehütet dort wissen, bevor er eigene Wege beschritt. Doch in welche Richtung? Prien hatte ihn wachgerüttelt. Das Mädchen hatte neue Kräfte geweckt. Sein Rachedurst war zurückgekehrt. Der alte Jähzorn trat ihm in den Hintern. Vielleicht sollte sie recht behalten und die Chance seines Lebens klopfte an seine Tür. Vielleicht blendete ihn jedoch auch das ungewohnte Machtgefühl und ließ Hoffnungen entstehen.

Er rieb sich die Augen, als wolle er Müdigkeit vertreiben, doch es war mehr eine Geste, der Wunsch, klarer sehen zu können.

Fedlor setzte sich neben Aroq auf die Fensterbank. Er hielt die Bettdecke fest um seinen Körper geschlungen.

„Du zitterst. Ist dir kalt? Vielleicht solltest du etwas Warmes trinken“, schlug Aroq vor.

Fedlor sah erschreckend blass aus, aber er lächelte. „Das ist es nicht.“ Verliebt sah er den Mond an. „Ich möchte dir von Herzen danken. Gegen deine Überzeugung hast du mir geholfen. Ich weiß dies sehr zu schätzen. Es wird die Zeit kommen, da werde ich dir meine Schuld zurückzahlen.“

Aufgebracht entgegnete Aroq: „Vergiss, was du gerade gesagt hast. Aber schnell! Du stehst nicht in meiner Schuld. Wage es nicht, mir einen Gefallen zu tun, nur weil ich dir einen getan habe!“ Beschämt spähte er aus dem Fenster. „Vielleicht habe ich dir gar nicht bewusst geholfen, sondern bin lediglich über dich hergefallen wie eine Katze über eine Maus.“

„Du hast es getan. Das ist, was für mich zählt. Nun lass uns nach vorn schauen.“ Fedlor fuhr nach einer Pause fort: „Heute ist es so weit.“

„Was?“ Aroq horchte auf.

„Ich zittere, weil ich Blut brauche. Aber ich weigere mich!“ Angewidert blickte Fedlor seinem Freund in die Augen. „Erst wenn ich die Zeremonie Rappaschumahs überstanden habe, werde ich Tierblut trinken, weil es unvermeidbar ist. Aber die Zeremonie muss heute stattfinden. Lange kann ich dem Verlangen nach Menschenblut nicht mehr standhalten. Die Sekte trifft sich heute Nacht. Ich weiß es.“

„So bald schon?“

„Ich muss dich um einen weiteren Gefallen bitten. Es ist mir sehr unangenehm.“ Fedlor senkte für einen Moment den Blick. „Ich bin zu schwach, um in den Ruten Hain zu laufen. Darum bitte ich dich, bring mich hin. Dann bist du mich ein für alle Mal los. Versprochen!“

Gedankenversunken schaute Aroq den Wolken nach, die der brausende Wind voranpeitschte.

Fedlor fragte: „Was sagst du dazu? Bist du bereit, mir ein allerletztes Mal zu helfen? Wenn nicht, akzeptiere ich das. Doch sprich jetzt zu mir. Die Zeit drängt."

„Du würdest dich allein auf den Weg machen, oder?"

„Ja."

„Obwohl du geschwächt bist und kaum gehen kannst."

„Ja."

Aroq musterte Fedlor kühl. Dann wurde sein Gesichtsausdruck milder. „Ich möchte dich nicht als Freund verlieren. Aber wenn du zu der Sekte Rappaschumahs gehst, wird uns kein Weg mehr zusammenführen."

„Das glaube ich nicht." Fedlor zog die Decke enger um seinen Leib. „Freunde bleiben Freunde, auch wenn sie sich verändern."

Aroq verschränkte die Arme. „Das sagte Prien auch, zumindest so ähnlich."

„Was sagte sie?" Fedlors Miene erhellte sich.

Aroq seufzte bei dem Gedanken an seine jüngste Schwester. Auch sie wollte er nicht verlieren. „Dass man seine Familie nicht vergisst, egal, welchen Weg man einschlägt."

Fedlor lächelte verschmitzt. „Die Kleine ist weiser als du, mein Freund." Als sich Aroqs Blick verhärtete, fügte er hinzu: „Du willst alle Brücken hinter dir abreißen, nur weil dein Leben nicht verläuft, wie du es dir vorstellst?"

„Welche andere Möglichkeit habe ich?"

„Du findest schon eine. Du hast immer eine Lösung gefunden, auch wenn du manchmal mit dem Herzen und nicht mit dem Verstand entschieden hast." Ächzend erhob sich Fedlor von der Fensterbank und schleppte sich zum Bett.

„Ich bringe meine Familie in Gefahr, wenn ich bleibe. Mein eigener Tod ist unabwendbar, wenn ich zu den Vampiren gehe und von ihnen fordere, dass sie mich als einen der ihren akzeptieren." Aroq verfolgte, wie Fedlor sich schweigend anzog. „Ich kann nicht bleiben."

Nachdem Fedlor angekleidet war, machte er ihm klar, dass er aufbrechen wollte. Schwerfällig schleppte er sich zur Tür. „Wenn du nicht kämpfst, verlierst du alles. Und nicht nur du. Die Menschen, deine Familie und Freunde verlieren eine wertvolle Chance auf ein besseres Leben. Nun komm! Es wird Zeit."

Unschlüssig ging Aroq hinter seinem besten Freund hinaus in die vom Mondschein erhellte Nacht. Es war kein guter Tag, um sich davonzuschleichen.

„Wenn jemand es schafft, dann du!" Fedlor sagte dies so voller Inbrunst, dass Aroq den Atem anhielt. Schweigend schlichen sie von Kate zu Kate, von Haus zu Haus, um schließlich in den Ruten Hain zu sprinten. Doch die Stätte, an der die Zeremonie stattfinden würde, lag weit entfernt von Föhn, nah an den Hängen von Rabenhöh. Ein langer Weg lag vor ihnen. Obwohl sie zwischen Tannen liefen, stets bemüht, geduckt zu bleiben, mussten sie jederzeit damit rechnen, von den Vampiren entdeckt zu werden.

Aroq betrachtete Fedlor verstohlen. Nicht nur, um zu sehen, ob dessen Kräfte reichten, sondern auch voll Erstaunen. Innerhalb weniger Wochen war aus dem knabenhaften Blondschopf ein stolzer, junger Mann geworden. Und Aroq hatte es bis jetzt nicht bemerkt. Im Nachhinein dachte er, es hätte ihm bereits damals am Lagerfeuer auf dem Feld auffallen müssen, als Fedlor ihm das erste Mal seinen Wunsch – der Sekte Rappaschumahs beizutreten – gestanden hatte. Doch seine Gedanken nach Rache und der Hass hatten ihn blind gegenüber anderen gemacht.

Vor ihnen knacke es im Geäst. Erschreckt kauerten sie sich auf den Moosboden unter einen riesigen Tannenzweig und warteten. Sie tauschten Blicke aus. Fedlor nickte, um anzudeuten, dass sie weitergehen sollten, aber Aroq hielt ihn zurück.

„Da ist nichts." Fedlors Worte waren ein Wispern.

„Woher willst du das wissen?"

„Wir müssen weiter. Die Zeit läuft uns davon."

„Lieber später ankommen als gar nicht."

„Da sind nur Tiere." Mit einem Mal stand Fedlor auf.

Aroq versuchte, ihn aufzuhalten. Vergebens. Da sprang plötzlich ein Wolf zwischen den Tannen hervor und verschwand sogleich wieder im Gehölz.

„Das war Zufall, oder?"

Amüsiert lachte Fedlor. „Wenn du meinst."

Sie setzten ihren Weg fort. Je mehr sie sich von Föhn entfernten, desto sicherer fühlten sie sich. Trotzdem blieb Aroq wachsam, denn diese verdammten Blutsauger streiften überall umher. Bevor sie nicht am Ort des Rituals angelangt waren, durften sie sich nicht bewegen wie zwei harmlose Wanderer.

„Was geschieht bei der Zeremonie?" Aroqs Flüstern klang im nächtlichen Wald unangenehm laut.

Fedlor sah ihn nicht an. „Das willst du nicht wissen."

„Du verheimlichst mir etwas. Das habe ich schon bemerkt, als du vorhin etwas von ‚Zeremonie überstehen' sagtest." Aroq unterdrückte den Wunsch, seinem Freund den Kopf zu waschen.

Fedlor blickte stur geradeaus. „Wenn wir dort sind, möchte ich, dass du dich umdrehst und fortgehst."

Abfällig schnaubte Aroq. „Nicht schon wieder einen Gefallen. Ich muss ihn dir nicht gewähren, denn ich habe schon zu oft Zugeständnisse gemacht."

Unerwartet blieb Fedlor stehen und schaute ihn eindringlich an. „Bitte! Es wird nicht schön anzusehen sein. Du wirst nicht verstehen, weshalb ich es mache."

„Mich kann nichts schockieren. Mein ganzes Leben war ein Albtraum …"

„Aroq, bitte. Tu es für dich! Behalte mich in Erinnerung, wie ich war."

Er schluckte schwer. „Dann sehen wir uns nicht wieder?"

„Doch, wenn du es möchtest." Fedlor seufzte. „Ich muss die Hölle durchmachen, um dem Himmel nah zu sein. Dein Biss und die Wandlung zum

Vampir war ein Dreck gegen das, was mir bevorsteht."
„Es hat also doch einen Haken."
„Du wusstest …"
Barsch unterbrach Aroq ihn. „Ich will nichts hören, Fedlor. Es ist deine Entscheidung. Ich habe lange mit mir gerungen und akzeptiere sie nun. Ich weiß ja selbst nicht einmal, wohin mich mein Weg führen wird, nachdem ich dich zu ihnen gebracht habe."
„Lass uns nicht mehr streiten. Wer weiß, ob und wann wir uns wiedersehen." Fedlor reichte ihm die Hand.
Mit gemischten Gefühlen umschloss Aroq Fedlors Handgelenk. „Wir werden uns wiedersehen", sagte er und fügte hinzu: „Freund."
Lächelnd nickte Fedlor. Dann gingen sie weiter. Die Tannen gaben immer öfter kleine Lichtungen frei, die mit Moos bewachsen waren. Aroq konnte dann und wann einen Blick auf die Weinhänge Rabenhöhs werfen. Wie eine Barriere wirkten die Reben im fahlen Mondlicht, als stände dort eine Armee Vampire, bereit, jeden aufzuhalten, der Rabenhöh erklimmen und Valkenhorst entfliehen wollte.
Sollte Aroq auf allen vieren zwischen den Rebstöcken hindurchkriechen und die Grenze überwinden? Er war einer möglichen Flucht sehr nahe. Wie dumm wäre es, zur Siedlung zurückzukehren, um seinen Platz in der Mitte der Vampire einzufordern? Aber nichts zog ihn in die Fremde. Freiheit würde er dort nicht finden, denn sein Herz war auf ewig in Valkenhorst gefangen. Er verfluchte seinen Idealismus! Sein ganzes Leben hatte er darauf ausgerichtet, Rache zu üben und seinem Hass Luft zu machen. Wie konnte er davonlaufen? Doch er stellte auch eine gewisse Angst fest; die Furcht, als einziger Vampir in einem Land voller Menschen zu leben. In Valkenhorst könnte er es schaffen, nicht aufzufallen und unter seinesgleichen zu sein. Doch welch einsames Leben erwartete ihn in der Fremde. Er hoffte, eine Lösung zu finden, aber er suchte noch vergebens.
„Wir sind angekommen." Fedlor streckte seinen Arm aus und hinderte Aroq, weiterzugehen.
„Du hättest es auch ohne mich geschafft. Kein Mal musste ich dich stützen."
„Vielleicht brauchte ich deine Stärke neben mir." Fedlor betastete nervös die Furchen seiner Aknenarben.
In Aroqs Augen sah er in diesem Moment aus wie zu der Zeit, als sie den Vampiren heimlich in die Blutkrüge urinierten, nachdem sie zur Ader gelassen worden waren. „Welche Stärke? Du siehst einen gebrochenen Mann vor dir."
Fedlor prustete los, was Aroq irritierte. „Du weißt verdammt genau, wie viel Leidenschaft und Stärke in dir stecken. Die vergangenen Wochen mögen dein Selbstbewusstsein ins Wanken gebracht haben, doch du hast dich längst erholt, sowohl körperlich als auch seelisch. Du bist dir dessen nur noch nicht bewusst."
„Ach ja?"
„Ich kenne dich besser als du dich selbst." Plötzlich wurde Fedlor ernst.

„Kämpfe für die Menschen, Aroq. Kämpfe für das, was wir uns als Knaben gewünscht haben. Während unserer Kindheit haben wir es uns ausgemalt. Nun bist du ein Mann und die Zeit ist gekommen, unsere Träume wahr werden zu lassen.“

Aroq war versucht, zu erwidern, dass er keine Ahnung hatte, wie er dies tun solle. Er wollte fragen, weshalb Fedlor ihm nicht half. Wie zur Hölle sollte er sich gegen die Vampire stellen? Aber er schluckte alle Fragen hinunter.

„Geh jetzt besser. Sonst führen sie die Zeremonie nachher nicht mehr durch.“ Trauer schwang in Aroqs Stimme mit. Es war ein Abschied. Niemand von beiden wusste, ob sie sich wieder treffen würden.

Sie umarmten sich kurz, dann drehte Aroq sich ab und stapfte auf dem Pfad von dannen, auf dem sie gekommen waren. Kein einziges Mal schaute er sich um. Er lauschte krampfhaft dem Gesang einer Nachtigall, um seine Gefühle auszuschalten. Zeitweise zählte er seine Schritte. Schnaufend lief er ein Stück und blieb unsicher stehen. Er genoss den Frieden des Waldes und die Ruhe der Nacht.

Bis plötzlich Fedlors Schreie die Nachtruhe störten. Entsetzt fuhr Aroq herum. Wieder wehklagte sein Freund. Wie viel Zeit war vergangen, seit sie sich verabschiedet hatten? Waren die Schmerzen Teil des Rituals oder zerfleischten ihn diese Bestien?

Wie von Sinnen raste Aroq zurück. Ihm war es egal, ob er auf Äste trat und dieses Geräusch streifende Vampire anlockte. Er pfiff auf einen geduckten Gang, ignorierte die Zweige, die ihm ins Gesicht schlugen. Einen Bären ließ er links liegen, ohne die Angst zu verspüren, dass der Koloss sich auf ihn stürzen könnte. Fedlor! Fedlor! Fedlor!, hallte es in seinen Gedanken wider.

Hastig bahnte er sich einen Weg zwischen den Kiefern und Fichten hindurch, begleitet von entfernten Schmerzensschreien. Er überquerte Lichtungen, strauchelte hin und wieder durch Wurzelschlingen, die aus dem Erdboden ragten, und fiel hin. Ohne sich um seine aufgeschürften Knie zu kümmern, sprang Aroq auf und rannte weiter. Würde er rechtzeitig eintreffen, um die Zeremonie zu stören?

Endlich erreichte er den Ort, an dem er Fedlor verlassen hatte. Aroq hielt inne und lauschte, um die Richtung auszumachen. Wolfsgeheul war überdeutlich zu vernehmen. Das Wimmern Fedlors. Krachende Holzscheite. Raschelnde Bäume. Brausender Wind. Schon hastete Aroq weiter.

Nach ein paar Schritten konnte er einen vagen Blick auf das Horrorszenario werfen. Geduckt schlich er näher, bedacht, nicht auf Zweige zu treten und entdeckt zu werden. Vorsichtig ging er von Tanne zu Tanne, einen Fuß vor den anderen setzend. Fedlor jammerte, wann immer ein Wolf Fleisch aus seinem Körper riss. In tollwütiger Manier umkreisten sie ihn.

Aroq schüttelte sich beim Anblick ihrer Fratzen – halb Wolf, halb Vampir. Doch er schwor, sich nicht aus der Fassung bringen zu lassen. Riesige Hauer ragten aus ihren Fängen. Aufgerissene, blutrote Augen. Ihre Krallen waren monströs und konnten mit einem Hieb Fedlors Kehle aufreißen. Aber sie verletzten ihn nur. Wollten sie ihn leiden sehen oder gehörte dies zum Ritus? Aroq erinnerte sich Fedlors Worte. Sollte er eingreifen? Sollte er den Dingen ihren Lauf lassen, so wie sein Freund verlangt hatte?

Unerwartet kam die Wende. Die Werwölfe beruhigten sich. Wie in Trance wippten ihre großen Köpfe. Blutverschmiert glänzte ihr Fell. Noch immer umkreisten sie Fedlor. Aber nun führten sie eine Art langsamen Tanz um ihn herum auf. Es war fast so, als stände die Zeit auf der Lichtung, auf der sein bester Freund auf einem Bett aus Ästen und Tannenzweigen lag, still. Mystisch mutete die mondbeschienene Szene an.

Dann erschien ein Licht zwischen den Baumkronen. Langsam näherte es sich der Sektengemeinde. Die Häupter der Bestien blieben gesenkt. Keine Silhouette konnte Aroq erkennen, kein Wesen oder den Hauch einer Kontur. Aber er spürte mit jeder Faser seines Körpers, dass Rappaschumah eingetroffen war, um ein neues Mitglied unter seinen Anhängern zu begrüßen.

Aroqs Blick streifte den geschundenen Körper Fedlors, der nun entspannt dalag. Der Blondschopf hielt seine Augen geschlossen. Flach ging sein Atem. Er schien keine Schmerzen mehr zu empfinden. Vielleicht war er bereits in höhere Sphären aufgestiegen oder seine Wandlung vom Vampir zum Werwolf vollzog sich soeben. Fedlor hatte sein Ziel erreicht. Er war dort, wo er sein wollte. Nun war es an Aroq, ebenfalls seinen Weg einzuschlagen und ein neues Zuhause zu finden.

Aroq senkte den Blick und drehte der Zeremonie, die im Begriff schien, zum Ende zu kommen, den Rücken zu. Sollte Rappaschumah seinen besten Freund haben. Sollte Fedlor seinen Frieden finden und die Art von Freiheit genießen, die er auserwählt hatte. Aroqs Schuldigkeit war getan. Er konnte nichts mehr tun, außer sich Fedlors letzten Wunsch zu Herzen zu nehmen und zu kämpfen. Fedlor, ein Werwolf und Jünger Rappaschumahs.

Vorsichtig bahnte sich Aroq einen Weg durch das Gehölz. Von den Anhängern entdeckt zu werden, konnte fatal sein und von Rappaschumahs Macht hatte er keine Ahnung. Vielleicht konnte das seltsame Wesen, das als Gottheit verehrt wurde, Vampire mit dem kleinen Finger töten. Er beschleunigte seine Schritte. Leichtfüßig, doch mit schwerem Herzen, sprintete er durch den Ruten Hain. Nach Wölfing wollte er gelangen, um die Hauptstadt zu erobern und Rache an Valkenhorst zu üben. Aroq hatte Blut geleckt. Behände setzte er einen Fuß vor den anderen. Der Morgen war nicht mehr fern. Die Vögel erwachten und stimmten ein Konzert an. Die Tannen verschmolzen nicht länger mit der Finsternis, sondern nahmen Konturen an. Hier und da knackte es im Unterholz, aber Aroq ignorierte es. Schneller und schneller lief er. Stoßweise presste er den Atem hinaus, der durch die Kälte sichtbar wurde. Frühnebel zog auf. Er bedeckte den Waldboden, gab dem Ruten Hain etwas Geheimnisvolles – und Aroq war ein Teil davon.

„Ich spüre es“, sprach er zu sich, ohne anzuhalten. „Ich spüre deutlich den

Vampir in mir. Früher hätte ich diesen Ort gemieden, als wäre er die Hölle. Doch jetzt pulsiert mein Blut, als würde es kochen.“ Urplötzlich hielt er an und schrie sich die Seele aus dem Leib: „Die Finsternis ist mein Heim!“ Er verstummte, um den Reaktionen aus dem Ruten Hain zu lauschen. Doch die Tiere des Waldes ignorierten seinen leidenschaftlichen Ausbruch. Die Tannen und Moosflechten verwandelten sich nicht zu mystischen Wesen, um ihn willkommen zu heißen; ihn – Aroq, der das erste Mal vampirisches Blut durch seinen Körper fließen spürte. Violettes Blut und amethystfarbene Augen, mit denen er die Dunkelheit durchbrach, als stände die Mittagssonne im Zenit. Ein seltsames Prickeln durchströmte seine Glieder. Das Gefühl, neu geboren zu sein, erfüllte ihn. Was ihn am meisten verwunderte, war, dass er nicht den Hauch von Furcht über die Vollendung des Wandels empfand. Frische! Klarheit! Entschlossenheit!

„Wölfing wird noch einen halben Tag warten müssen“, feixte er und rannte den Abhang hinunter, der zu seiner alten Heimat führte. „Erst muss ich noch etwas in Föhn erledigen. Vorbereitungen für den nächsten Schritt.“

Die Katen des Menschendorfs tauchten auf. Jämmerlich standen sie in einem riesigen Schlammloch. Doch nicht sie waren sein Ziel. Was ihn magisch anzog, waren die Steinhäuser. Wie schon beim Verlassen der Siedlung schlich er geduckt von Ecke zu Ecke und von Wand zu Wand. Die Vampire durften ihn nicht fangen, bevor er sein Versteck erreicht hatte. Schnell würde man seinem Leben ein Ende setzen, denn er war ein – Fehltritt. Aroq war nicht bewusst von der blutsaugenden Gemeinde auserkoren worden, um einer der ihren zu werden. Ein Aussätziger, das war er, was er für immer und ewig sein würde. Doch mit List und Tücke konnte er seinem Schicksal entgehen. Nur eine Kreatur auf dieser Erde hatte die Macht, ihn als Zögling in die Gesellschaft von Wölfing einzuführen. Und er würde diesen Bastard dazu zwingen!

Aroq hockte sich hinter einen Wassertrog, als patrouillierende Vampire an ihm vorbeimarschierten. Lächelnd schaute er ihnen nach, diesen feinen Herrschaften in edlem Zwirn, der elitären Rasse, die ihre ackernden Untertanen fast verhungern ließen, während sie auf zahlreichen Festen dem Blutrausch frönten.

Ich werde diesen Abschaum das Fürchten lehren, feuerte er sich an. Dann rannte er, so schnell er konnte, zu der Holztür des gegenüberliegenden Hauses. Mit seinen Fingerspitzen fuhr er über die Gravur und hauchte: „Wofür das ‚B' steht, werde ich auch noch herausfinden.“

Er drückte die Klinke hinunter, doch die Tür ging nicht auf. Er klopfte.

„Wer ist da?“

Aroq erkannte die Stimme sofort. Mit vorgehaltener Hand näselte er: „Ich bin's. Mach schon auf, verdammt.“

Stille.

„Was willst du?“

Aroq hielt die andere Hand ebenfalls vor den Mund. Eine seltsame Ruhe hatte von ihm Besitz ergriffen. „Mach auf! Ich warte nicht ewig hier draußen.“

Wieder trat Stille ein. Schließlich hörte Aroq Schritte im Haus. Triumphierend ballte er die Hand zur Faust und stellte sich breitbeinig hin, den linken Fuß eine Schrittlänge vor dem rechten.

Die Tür wurde einen Spalt geöffnet. Sofort nutzte Aroq die Chance. Mit einer Kraft, die ihn verwunderte, rammte er die Tür. Sie flog in hohem Bogen auf. Der Hauseigentümer fiel mit einem Aufschrei rückwärts gegen einen Wandschrank und stürzte auf den Steinboden. Geschwind schloss Aroq die Tür hinter sich.

Die Augen des am Boden Liegenden weiteten sich vor Schreck. „Du bist es! Elende Missgeburt, verlass mein Haus oder ich …“ Er vollendete den Satz nicht.

Aroq lachte laut auf. Dann schaute er verächtlich auf den fülligen Vampir hinunter. „... oder ich werde was?“ Er spie neben den hochroten Kopf des Blutsaugers. „Nichts wirst du tun, nichts, was ich dir nicht befehle!“

Der füllige Vampir versuchte, aufzustehen, doch Aroq stellte sich über ihn. Seine rundlichen Wangen sahen fiebrig rot aus.

„Ich werde die Patrouille rufen und dich foltern lassen, bis dich der Tod erlöst.“

„Wie willst du das machen, wenn ich dich hindere?“

„Ich bin älter. Reife siegt über Torheit. Ich weiß meine Kräfte genau einzusetzen. Du bist nur ein Missgeschick und weder eingewiesen noch trainiert worden, deine Macht zu lenken.“

„Und weshalb liegst du unten und ich schaue auf dich hinab?“ Aroq hob seine Augenbrauen an.

Mit einem Sprung war der untersetzte Vampir auf den Beinen. Aroq erkannte zu spät, wie dessen tellergroße Hände sich zu Fäusten ballten. Schon rammten sie sich in sein Gesicht. Schmerztrunken torkelte er rückwärts. Ein Fußtritt traf ihn in den Magen. Aroq war versucht, sich zu krümmen, aber er kämpfte dagegen an. Unter Aufbietung all seiner Kräfte unterdrückte er den Schmerz. Er richtete sich keuchend auf. Die Hände nahm er vom Gesicht und starrte den Vampir, der seine Wandlung ausgelöst hatte, eiskalt an. Wut stieg auf. Unbändige, unkontrollierbare Wut. Sein Jähzorn verlieh seinem Hass ungeahntes Feuer.

Aroq knurrte und lief auf den fülligen Vampir zu. Er bückte sich, kurz bevor er ihn erreichte, und rammte ihm seine Schulter in die Lungen. Nach Luft japsend stieß dieser gegen den Tisch. Sofort setzte Aroq nach. Seine Hand umfasste den Hinterkopf des Vampirs und griff dessen Haar. Mit großer Wucht schlug er die Stirn des Untersetzten auf die Tischplatte. Immer und immer wieder. Hart und ohne Erbarmen. Violettes Blut besprenkelte den Tisch. Plötzlich traf ein Tritt Aroqs Unterleib. Die Luft blieb ihm weg. Er sank auf die Knie, die Hände fest auf seine Männlichkeit gepresst. Betäubt vor Schmerz schloss er die Lider.

Brutal wurde sein Kopf nach hinten gerissen. Aroq blickte in das wächserne Gesicht des Bullen.

„Nicht schlecht für eine beschissene kleine Missgestalt, aber lange nicht gut genug.“ Mit den wulstigen Fingern kramte der Vampir eine Ampulle aus der

Innentasche. Er schlug das obere Ende an der Tischkante ab und hielt das andere an Aroqs Hals.

Die Glasspitzen bohrten sich in Aroqs Haut. Blut floss warm seinen Nacken hinunter. Er sah seine Felle davonschwimmen.

„Das ist Weihwasser, Aussätziger." Das Gesicht des Vampirs verzog sich zur Fratze. „Eine Bewegung, und ich gieße es über dich. Es mag nicht viel sein. Sterben wirst du nicht, aber außer Gefecht gesetzt und bereit für die Exekution. Also trink es lieber freiwillig."

„Ich soll *was*?", fragte Aroq ungläubig.

Er hielt ihm die Öffnung des Gefäßes an die Lippen. „Trink, um deine Qualen zu lindern."

Was sollte Aroq machen? Unzählige Gedanken durchzuckten wie Blitze sein Gehirn. Es tobte ein wahres Gewitter zwischen Herz und Vernunft. Ein Leben als Vampir hatte er nie gewollt. Dies war eine Möglichkeit, dem verhassten Dasein für immer zu entkommen. Keine Ernährung von Blut. Kein Ausbeuten oder gar Töten von Menschen. Aber sein Herz verlangte nach Vergeltung. Es erinnerte ihn an das Versprechen, das er Fedlor gegeben hatte. Sein Ziel durfte er aufgrund von Gefahr nicht aus den Augen verlieren. Pure Feigheit wäre es, in den Tod zu flüchten. Doch was konnte er tun? Ein Augenzucken und der korpulente Vampir würde ihm das Weihwasser in den Rachen kippen. Alles wäre aus.

„Nein", schrie Aroq aus tiefster Seele. Mit der Schnelligkeit eines Wiesels schlug er dem Vampir die Ampulle aus der Hand. Noch während sich die Flüssigkeit wie Säure in den Handrücken des Bullen brannte, drehte sich Aroq um. Er faltete die Hände zur Faust und hieb sie dem Alten in die Weichteile. Der Vampir brach zusammen und wandte sich wie ein Wurm vor Aroq, der nur eine Handbreit entfernt kniete. Wie von Sinnen würgte Aroq ihn. Ein Knie drückte er mit aller Kraft, die er aufzubringen vermochte, auf den Unterleib des Gegners.

„Du wirst dich ergeben." Er verstärkte den Druck, indem er sein Gewicht auf das Knie verlagerte. „Du wirst mich in Wölfing als deinen Zögling einführen."

„Niemals."

„Du wirst mir dienen und …"

„Einen Dreck werde ich, verfluchter Bastard." Der Vampir versuchte, sich zu befreien, indem er unkontrolliert zappelte. Doch dies veranlasste Aroq nur, den Druck auf die Geschlechtsteile zu erhöhen.

Aroq keuchte vor Anstrengung. „Tust du es nicht, werde ich preisgeben, dass du dich gehenlassen und einen Menschen ohne Erlaubnis gebissen hast. Grausame Strafen stehen auf dieses Vergehen. Forderst du mich immer noch heraus?"

„Diesem Handel werde ich mich nie und nimmer unterwerfen." Der Vampir rang nach Luft.

Aroq lachte gequält. „Du erinnerst dich an den Menschen, den du eigentlich hättest aussaugen müssen? Erinnerst du dich an den blonden Knaben, den ich begleitete? Ihn habe ich gebissen und nun ist er ebenfalls ein Vampirs. Ein Blutsauger ..." Er machte eine Pause und fuhr lauter fort: „... mein Zeuge!"

Der Vampir hustete. „Er ist genauso eine verdammte Missgeburt wie du. Kein Vampir wird ihm glauben."

Hämisch grinsend sagte Aroq: „Aber zwei Bastarde sind bereits zwei zu viel. Steckt nicht in jeder Anschuldigung ein Fünkchen Wahrheit? Du wärst ein Tor, wenn du ernsthaft glaubst, ungeschoren aus diesem Dilemma hinauszukommen. Sie werden dich verhören. Mit allen Mitteln werden sie versuchen, aus dir herauszukitzeln, ob nicht doch etwas an den Aussagen von gleich zwei Missgeburten etwas dran ist. Willst du dein Schicksal herausfordern?"

Der Vampir verschluckte sich an seiner Spucke. Er hustete und würgte. Eine violette Ader trat auf seiner Stirn hervor und die Lippen färbten sich dunkellila.

Aroq weidete sich an dem jämmerlichen Anblick. Sein Gegner war am Ende! Er lag in den letzten Zügen und brauchte nur noch eine Weile, um sich die Niederlage einzugestehen. Aroq vergrub die Angst tief in seinem Inneren, der Unterlegene könnte auf seine und Fedlors Familie anspielen. Irgendwer musste sie während ihrer Wandlung gedeckt haben. Irgendwer musste ihnen geholfen haben, unentdeckt zu bleiben. Aber vielleicht dachte dieser Bulle auch, sie hätten sich in den Tiefen des Ruten Hains verkrochen.

„Halt ein." Der Alte schien nachzugeben. „Ich krieg keine Luft mehr."

Unbeeindruckt konzentrierte sich Aroq darauf, den Druck aufrechtzuerhalten. „Ich habe bisher von keinem Vampir gehört, der an Luftnot gestorben ist." Er konnte ein gehässiges Lachen nicht unterdrücken. „Ich werde dich nur ein wenig quälen, bis du die Notwendigkeit einer Kapitulation einsiehst."

Unerwartet streckte der Blutsauger die Arme von sich. „Du hast gewonnen. Ich scheine nicht in der Lage zu sein, deine Entschlossenheit zu übertreffen."

Aroq war schlau genug, seinen Griff nicht zu lockern. Schließlich hatte er während seiner Kindheit und Jugend die Blutsauger gut beobachtet. Unter den Vampiren gab es tatsächlich Ehrenkodexe. Einer war, Versprechen nicht zu brechen – aber galt das auch ungewollten Schülern gegenüber? „Wirst du mir dienen?"

„Ja, verdammt."

„Wirst du mich als Zögling in Wölfing einführen?"

„Lass mich schon los!"

Aroq verstärkte erneut den Druck auf die Weichteile des Vampirs. „Wirst du?"

„Ja. Und jetzt lass mich los."

„Leiste einen Eid! Schwöre, dass du alles tun wirst, um mich zufriedenzustellen. Ab sofort vergisst du, dass ich ein Unfall bin. Schwöre!"

Der Vampir kreuzte Zeigefinger und Ringfinger über dem Mittelfinger. „Ich leiste den verdammten Eid."

Aroq ließ von ihm ab und sprang auf die Füße. Mit Argusaugen beobachtete er jede noch so unscheinbare Bewegung seines neuen Dieners, immer bereit, anzugreifen.

Der Vampir zog sich mühsam am Tisch hoch. Kreidebleich stützte er sich auf der Tischplatte ab. Er befingerte die Würgemale am Hals und hielt schützend seine Männlichkeit. Dann sauste plötzlich seine Faust auf die Holzplatte nieder. „Verflucht sei ich! Verflucht, mich in diese Zwangslage geführt zu haben, durch eine winzige Fahrlässigkeit. Aber du hast wahrlich triumphiert. Nie zuvor habe ich solch eine Entschlossenheit bei einem frisch Gewandelten gesehen.“ Er drehte sich zu Aroq um: „Bortlams Loyalität sei dir von nun an gewiss.“

Noch am selben Morgen, bevor der Raureif von den Grashalmen tropfte und die Hähne die Bewohner von Föhn weckten, reisten sie nach Wölfing, um ein neues Leben zu beginnen. Aroq befahl Bortlam, eine rote, mit zahlreichen Glöckchen verzierte Samtrobe zu tragen, damit der Füllige leicht zu hören und zu sehen war. Eine reine Schutzmaßnahme. Doch mit den Jahren wurde aus Misstrauen Vertrautheit und aus Vertrautheit Freundschaft.

Durch seine jähzornige und erhabene Art eroberte Aroq die Hauptstadt Valkenhorsts. Er behauptete sich gegen die betagten Vampire und wies die Jungen in ihre Schranken. Unaufhaltsam stieg er auf. Amt für Amt ließ er hinter sich und eines Tages krönte man ihn zum „Grafen“. Nun bekleidete er den höchsten Posten im Land. Endlich war er der mächtigste Mann der östlichen Krisis. Es wurde Zeit, sein Versprechen einzuhalten. Er befahl, die Menschen besser zu behandeln, ihnen mehr Nahrung zu geben und sie weniger zu schinden. Bestrafungen durften nur mit seiner Genehmigung durchgeführt werden. Sogar einen Festtag im Monat brachte er trotz allem Unmut durch. Erfolgreich setzte er sich gegen mündliche und körperliche Attacken zur Wehr. Aroq benutzte seinen Verstand, wenn es um Überzeugungskraft ging und seinen Jähzorn, wenn er seinen Willen kompromisslos durchboxen wollte. Denn Missgunst und heimlichen Groll gab es genug.

Dann geschah das Unerwartete. Bei einem Ausritt traf er auf Fedlor.

„Wir sollten uns beeilen, nach Wölfing zurückzukehren.“ Holbar, der Rothaarige unter Aroqs Leibwächtern, schloss zum Grafen auf. „Irgendetwas schmeckt mir nicht.“

Es regnete nicht, aber das Moos war vollgesogen vom letzten Guss und schmatzte unter den Pferdehufen. Die meisten Tiere des Ruten Hains schliefen. Eine gespenstische Stille umgab den Tross.

„Euch schmeckt ständig irgendetwas nicht. Immer und überall vermutet Ihr Unheil.“ Gleichgültig sah Aroq nach vorn. Er erinnerte sich an weit zurückliegende Tage, an denen er bei dieser Dunkelheit nicht einmal seine Hand vor den Augen gesehen hätte. Doch nun schenkte die Finsternis ihm Sicherheit.

Holbar gab nicht nach. „Es liegt ein seltsamer Geruch in der Luft.“

„Tiere?“ Ein Grinsen huschte über Aroqs Gesicht.

„Ich weiß es nicht.“

„Menschen?“

„Graf, ich kann es nicht sagen."
„Abtrünnige Vampire?"
Holbar antwortete nicht und Aroq vermutete, dass der Leibwächter gekränkt war. Stolz lebten diese Kämpfernaturen ihr Leben. Befehle entgegenzunehmen waren sie gewöhnt. Zu jeder Zeit würden sie ihren Körper vor das Oberhaupt Valkenhorsts werfen, um es zu schützen. Doch auf Hohn und Spott reagierten sie aggressiv.
Aroq hob die Hand und sofort hielt die sechsköpfige Delegation an. „Holbar, ich vertraue Eurem siebten Sinn. Untersucht den Waldabschnitt, der vor uns liegt. Erst dann reiten wir weiter."
Ohne etwas zu erwidern, ritt der Rotschopf erhobenen Hauptes voran. Obwohl seine Miene starr war, meinte Aroq ein zufriedenes Grinsen hinter seiner Fassade erkannt zu haben. Sollte der Leibwächter seine Genugtuung erhalten. Zufriedenheit war eine Gewähr für Holbars Loyalität.
Aroq wollte ihn gerade zurückpfeifen, da huschte etwas durchs Gehölz. Äste brachen. Tritte waren zu hören, obwohl der Tross stillstand. Plötzlich begann der Ruten Hain, zu leben. Tannenzweige tanzten, als würde es stürmen, obwohl nicht einmal eine Brise wehte. Eine Krähenschar erhob sich und flog über den Köpfen der Vampire davon, laut protestierend über die nächtliche Ruhestörung. Ein Käuzchen stimmte hysterisch mit ein. Und noch ehe sich Aroq versah, fand er sich mit seinen Begleitern umzingelt. Vor ihm rissen Schemen Holbar aus dem Sattel. Die Schmerzensschreie des Rothaarigen übertönten den Protest der Krähen und des Käuzchens. Zottelige Kreaturen kamen auf den Tross zu, rissen den Körper entzwei. Wie Widerhaken hackten sie ihre Hauer in Holbars Körper und bissen große Stücke heraus. Die Bestien zerlegten den Vampir. Wolfsgeheul begleitete ihren Rausch. Sie wiegten ihre Köpfe hin und her und jaulten, um dann wieder über den Leibwächter herzufallen. Kaum hatte das Käuzchen aufgehört, zu schreien, war Holbar bereits vom Erdboden verschwunden. Lediglich eine riesige Blutlache erinnerte an ihn.
Aroq war bestürzt. Nie hatte er einen Gedanken daran verschwendet, dass weitere Möglichkeiten existieren könnten, einen Vampir auszulöschen. Sonnenlicht, Weihwasser, das nach der *Purpurnen Schriftrolle* Ingrimms hergestellte Gift – aber darüber hinaus nichts! Und nun war er Zeuge eines Vampirmordes der bisher unbekannten Art. Oder kannten seine Begleiter diese Möglichkeit? Verdammt! Aroq hatte noch viel zu lernen.
Die Werwölfe hielten die Vampire umzingelt. Geifer tropfte von ihren Hauern. Augen, rot wie glühende Kohlen, starrten die Delegation aus Wölfing gierig an. Die Krallen der Nachtgeschöpfe waren geschwungen und anscheinend scharf wie Säbel. Die Werwölfe waren bereit, sich jeden Augenblick auf sie zu stürzen und sie in Stücke zu reißen. Unruhig wieherten die Pferde der Vampire. Nur mit Mühe konnten die Vampire sie abhalten, aus Panik loszugaloppieren.
Plötzlich verwandelte sich ein Werwolf vor Aroq. Seine Säbelkrallen schrumpften. Das Leuchten seiner glutroten Augen erlosch. Der Wolfskörper

stand nur noch auf den Hinterpfoten, richtete sich auf und nahm die Haltung eines Buckligen an, teils mit Haut, teils mit Fell bedeckt.

Als der Werwolf seine Vorderläufe anhob, richtete die Leibgarde ihre Lanzen, Schwerter und Armbrüste auf ihn. Aroq fragte sich, ob sie die Kreaturen durch ihre primitiven Waffen töten konnten. Erforderte es nicht ebenfalls Weihwasser wie bei den Vampiren? Waren die Werwölfe verletzlich geworden, da sie durch eine erneute Wandlung ein Teil der Natur wurden, oder lag Rappaschumahs schützende Hand über ihnen? Aroq wollte es nicht herausfinden.

„Halt!“ Er schrie so inbrünstig, dass seine Leibgarde zusammenzuckte. „Das Geschöpf hält seine Mitstreiter zurück. Diese Geste ist keine Drohgebärde.“

Langsam ritt er näher an den Werwolf heran. Nicht einen Moment ließ er ihn aus den Augen. Die halb verwandelte Kreatur starrte ihn ebenfalls unentwegt an, als würde sie ihn mustern. Aroq stieg wachsam vom Pferd ab. Seine Leibwächter klagten über seinen Leichtsinn. Nervös trippelten die Pferde auf der Stelle. Aroq konzentrierte sich auf den Werwolf. Er ertappte sich, wie er Zeichen zu deuten versuchte. Mit aller Macht kämpfte er dagegen an, dem Wunsch nach Vertrautheit zu erliegen. Konnte er sich selbst blenden?

Schritt für Schritt. Atemzug um Atemzug. Bis Aroq vor dem Geschöpf stand und ihn erkannte. „Du hast deine Erlösung gefunden?“

Der Werwolf nickte lächelnd. „Und du hast dich verändert, Aroq.“

„Ich habe meinen Stolz und Jähzorn, den du oft kritisiert hattest, zu meinem Vorteil eingesetzt, Fedlor.“ Er wandte sich an seine Leibgarde. „Reitet weiter. Ich folge euch später.“ Als sie protestierten, fügte er hinzu: „Ich befehle euch, zieht weiter!“

Fedlor jaulte auf und schon verschwanden die Werwölfe zwischen den Tannen. Widerwillig zog Aroqs Leibwache von dannen.

„Ich sehe, du bekleidest ebenfalls eine mächtige Stellung.“ Wärme durchströmte Aroq. Er merkte, wie sehr er seinen Freund vermisst hatte.

Fedlor nahm auf dem moosbedeckten Waldboden Platz. Schmatzend gab dieser nach. „Während du die Wolfsburg, nein, ganz Valkenhorst erobert hast, bin ich zum Alphawolf aufgestiegen. Rappaschumahs Sekte beizutreten war das Beste, das ich jemals getan habe.“

Nachdenklich setzte sich Aroq auf einen Baumstumpf. Eine Spitzmaus huschte zwischen seinen Stiefeln hindurch und verschwand hinter Morcheln. Während er ihr nachschaute, entschied er, nicht noch einmal seine Bedenken gegenüber Rappaschumah zu äußern. Auch nach vielen Jahren war er nicht in der Lage, über seinen Schatten zu springen und Fedlors Entscheidung zu akzeptieren. Er knuffte seinen Freund brüderlich und lächelte. „Nur dein Aussehen hat darunter gelitten.“

Fedlor lachte laut auf. „Und du bist blass geworden. Das Regieren auf der Wolfsburg tut dir nicht so gut wie das Schuften in den Weinhängen Rabenhöhs.“ Seine Fröhlichkeit ebbte ab und er wurde ernst. „Du hast die Situation der Menschen verbessert. Die Zeiten haben sich geändert. Dennoch sehe ich mit

Besorgnis, dass du durch und durch Vampir geworden bist."

Aroq riss ein Wurzelende aus dem Waldboden und brach es entzwei. „Ich hatte ein Ziel, und dieses habe ich nur erreichen können, indem ich zum Vollblutvampir wurde. Außerdem kann sich niemand dem Sog der Zugehörigkeit entziehen. Dafür ist die Lebensdauer eines Vampirs zu lang. Ein friedliches Zusammenleben mit den Menschen ist leider auch nicht möglich. Schließlich geben sie uns ihr Blut nicht freiwillig." Er schmiss das Wurzelende fort. Es flog gegen einen gespaltenen Fichtenstamm und scheuchte eine Armada Borkenkäfer auf, die an der Rinde nagten. „Gib dich dem Mitleid hin und verschone sie – und du wirst sterben."

Fedlor nickte. „Keine Wahl. Eure Beziehung zu den Werwölfen ist jedoch anders." Auffordernd legte er eine Hand auf Aroqs Arm. „Unsere Völker sollten Frieden schließen. Die Werwölfe wollen lediglich in Ruhe gelassen werden. Es gibt keinen Grund für die Vampire, uns als Bedrohung anzusehen."

„Ihr greift uns an."

„Das wird nicht mehr geschehen." Fedlor reichte Aroq seine Hand. „Lass uns ab sofort an einem Strang ziehen. Ihr überlasst uns die Wälder und wir geben Acht, dass kein Fremder sie durchquert."

„Damit wären die Grenzen Valkenhorsts abgesichert." Begeistert schlug Aroq ein. Das Käuzchen begann erneut, zu schreien, aber dieses Mal war es eher ein zufriedenes Gurren. „Jetzt müssen wir nur noch unsere Völker überzeugen."

Aroq schaffte es tatsächlich, durch Beharrlichkeit den Frieden zwischen den Werwölfen und Vampiren durchzusetzen. Fedlor überzeugte die Sekte Rappaschumahs. So entstand nach jahrelanger Trennung der beiden Männer nicht nur eine neue Freundschaft, sondern sie führten auch ihre Völker zusammen. Aroq ließ unter Fedlors Aufsicht Werwolfskulpturen aus dem grauen Höllenstein, der nur in den tiefen Höhlen von Rabenhöh zu finden war und dem Mythen ein mysteriöses Eigenleben nachsagten, meißeln und vor die Eingangstür der Wolfsburg stellen, als ein Symbol der Vereinigung.

TEIL III
MOGALL

„Diese Geschichte, die so wahr ist, wie mein Name Bortlam lautet, mag beunruhigend und erleichternd zugleich sein." Mit hochgezogenen Augenbrauen prüfte Bortlam Loreenas Reaktion. „Aber Ihr müsstet Aroq vertrauen und stets an seinen Eid denken, den er Fedlor leistete. Der Graf weiß, dass kein Mensch freiwillig Blut spenden würde. Er ist sich auch seiner übernatürlichen Macht bewusst und kostet sie in vollen Zügen aus. So sind sie, die Menschen – auch wenn sie zu Vampiren geworden sind."

Loreena war sprachlos. Sie saß dem fülligen Blutsauger gegenüber, der Schuld an Aroqs Wandlung trug. Doch die Zeiten hatten sich geändert. Aroq war zum mächtigsten Mann Valkenhorsts aufgestiegen und Bortlam hatte sich ihm unterworfen, weil er dessen Bestimmung spürte. Loreena brauchte Zeit, um die Geschichte zu verdauen. Es klopfte zaghaft an der Tür und sie war dankbar dafür. Zwei Mägde mit rosigen Wangen und dürren Armen betraten das Gemach, füllten die in einer Ecke stehende gusseiserne Wanne mit dampfendem Wasser und legten Kernseife auf den Beistelltisch.

„Denkt über meine Worte nach und versprecht, Stillschweigen zu bewahren." Bevor Bortlam, begleitet von der Melodie der Glöckchen an seiner Robe, das Zimmer verließ, sah er sie auffordernd an.

Loreena nickte und so verschwand der Vampir mit den Mägden. Nun war sie allein. Weshalb hatte er ihr diese Geschichte erzählt? Sicherlich war dies nicht im Sinne Aroqs. Niemand, besonders nicht ein Bewohner Küstenmarks, sollte ihn gut kennen. Zumindest verstand sie nun, weshalb er das Reich noch nicht unterjocht hatte.

Erschöpft zog sie die Stiefel aus, entledigte sich der speckigen Lederhose und des nassen Leinenhemdes und stieg ins Wasser. Loreena griff nach der Kernseife. Während sie die Seife unter Wasser zwischen den Handflächen rieb, legte sie den Hinterkopf auf dem Wannenrand ab. Müde schloss sie die Augen. Ihre Gedanken schwirrten durcheinander. Sie dachte an Aroq, der ihr im Hof eine Klinge an die Kehle gelegt hatte und ihr nun seltsamerweise ein heißes Bad gewährte; an Lomas, der sich tapfer vor seine Schwester gestellt hatte, obwohl er nur Haut und Knochen war; an Wor, der sich besserer Gesundheit erfreute als vor der Verletzung durch ein frostländisches Schwert und an Mogall, dessen violett gesprenkelte Smaragdaugen ein Lächeln auf ihr Gesicht zauberten.

Welche Strafe hatte Aroq für sie am morgigen Tag vorgesehen? Welche Qualen sollte sie zur Buße erleiden? Und welche Rolle spielte Amorgene in diesem Schachspiel? Loreena würde es erfahren – morgen.

Ihre Muskeln entspannten sich durch die Wärme des Wassers. Loreena atmete ruhig und genoss das Bad. Sie fuhr mit der linken Hand, die voll Seifenschaum war, über ihre Brust, wusch den Schmutz fort, der sich während der Reise nach

Firn angesammelt hatte und dachte an Mogall, der sie lustvoll von den Strapazen abgelenkt hatte. Ihre Linke legte sich auf ihren Busen, streichelte ihn zärtlich und verteilte den Schaum. Sachte presste sie ihren Nippel, während ihre Hand gleichzeitig den Busen massierte. Lust durchflutete sie, eine Gier, die Graf Aroq als erster Mann befriedigt hatte. Er hatte den Wunsch nach Unkeuschheit erkannt und gesagt, dass Loreena diese Lust wie eine zweite Haut trug. Ob er sie jemals wieder berühren würde? Seine Härte schüchterte sie ein, doch sie fühlte sich zu ihm hingezogen, da er stark war und sie als Frau, nicht als Mädchen, sah.

Loreena ergriff ihren Busen und drückte am Ansatz ein wenig, sodass er prall und lüstern hervorstand. Dann rieb sie die Kernseife über die Brustspitze, bemüht ihr Stöhnen in der Gewalt zu haben, damit niemand sie erwischte. Sie fühlte sich erregt, betört durch das warme Wasser und losgelöst durch die Sinnlichkeit, die ihre Erinnerung entfachte. Ihre Hand wanderte unter Wasser zu ihrem Bauch. Sie umkreiste ihren Bauchnabel und ihren Venushügel. Seufzend legte sie den Hinterkopf auf dem Badewannenrand ab, ihre Beine weit gespreizt auf den Rand rechts und links und schloss die Augen, nur dass diesmal die Seife zwischen ihre Schenkel glitt. Sanft massierte Loreena ihre Klitoris. Ihr Becken hob und senkte sich ihrer Hand entgegen. Sie rieb über ihre Schamlippen, die rasch anschwollen. Wann immer sie gegen ihren Kitzler, keuchte Loreena. Sie dachte plötzlich daran, wie bizarr ihre Situation war, befand sie sich doch auf der Wolfsburg inmitten von Vampiren. Der Graf hatte sie in der Hand. Aroq, allein der Gedanke an ihn entbrannte ein Feuer. Hatte sie ihn gar vermisst?

Sie hielt die Erregung nicht länger aus und rieb die Seife über die Klitoris. Sanften Druck ausübend, kreiste sie über ihre empfindsamste Stelle und presste gleichzeitig ihr Becken höher. Ihre Waden rutschten ab. Als der Höhepunkt Loreena ergriff, lag der Beckenrand in ihren Kniekehlen und ihre Oberschenkel waren hart angespannt. Ihr Delta durchstieß die Wasseroberfläche. Noch immer reizte die Kernseife ihren Kitzler, nun über Wasser und daher durchdringender, obwohl Loreena längst vor Ekstase zuckte und sich ihre Feuchtigkeit mit dem Seifenschaum vermischte. Sie wollte nicht aufhören, zu fliegen. Ihr Körper verkrampfte sich, erschauderte und zitterte, weil der Orgasmus ihr mehr Kraft abforderte, als sie nach der anstrengenden Reise übrig hatte. Schmerzhaft drückte sich der Wannenrand in ihre Kniekehlen. Noch immer spannte sie ihren Unterleib an, dass er über Wasser lag und ihr Becken verzweifelt zappelte, denn es wollte sich nicht von der Seife trennen, die der Klitoris solch eine Lust bereitete. Aber irgendwann ließen Loreenas Kräfte endgültig nach. Die Seife rutschte ihr aus der Hand. Die Schenkel glitten ins Wasser. Und sie hatte große Mühe die Augen offenzuhalten.

Loreena schlief die Nacht und den halben Tag durch. Heftige Regengüsse klopften nachmittags an ihr Fenster und erinnerten sie, vor Anbruch der Abenddämmerung aufzustehen. Sie rieb sich die Lider und blickte den Regentropfen nach, die die Fensterscheibe hinunterliefen, um sich auf dem

Vorsprung zu sammeln. Eine Spinne hatte ihr Netz in der obersten Erkerecke gesponnen. Sie versteckte sich unter dem Dach, während ihr Netz die Regentropfen auffing. Wie Silberperlen glitzerten die Tropfen.

Gähnend reckte Loreena ihre Glieder. Ihr ganzer Körper schmerzte. Die Anstrengungen der vergangenen Zeit forderten ihren Tribut. Sie setzte sich im Bett auf schwang die Füße über die Kante, als die Tür aufflog. Aroq! Er schenkte ihr einen Blick, der das Blut in ihren Adern gefrieren ließ, und knallte die Tür hinter sich zu.

Empört zog sie die braune Baumwolldecke bis unters Kinn, denn sie war nackt. „Graf, das geht zu weit. Ihr könnt doch nicht …"

Den Jutesack, den er bei sich trug, warf er aufs Bett. „Ich kann tun und lassen, was ich will, denn ich regiere Valkenhorst und nun auch Ingrimm und kann über Euch bestimmen, wann und wie es mir beliebt." Er schritt auf sie zu, begleitet vom Klacken seiner Stiefel auf dem Steinboden, beugte sich zu ihr herunter und stützte die Hände auf seinen Oberschenkeln ab. „Stellt Ihr meine Macht infrage?"

Sie zog es vor, zu schweigen. Was sie auch antworten würde, es konnte nur falsch sein. Wer wusste schon, welches Folterwerkzeug er in dem Sack mitgebracht hatte?

Er schnalzte, richtete sich auf und ging zum Fenster. Dann drehte er ihr den Rücken zu und schaute hinaus. Der Wind peitschte dunkelgraue Regenwolken voran. Unaufhörlich hämmerten die Tropfen gegen die Scheibe, das einzige Geräusch im Raum.

Nach einer Weile fuhr er herum und lehnte sich mit verschränkten Armen an die Wand neben dem Fenster. Eindringlich schaute er sie an. „Kommt her!"

Sie zog erstaunt die Augenbrauen hoch. Mit um den Körper gewickelter Decke ging sie langsam auf ihn zu.

„Näher!"

Loreena schluckte und trat nah an ihn heran. Eine purpurne Zornesfalte zeigte sich auf seiner Stirn.

„Weshalb seid Ihr gegen meinen ausdrücklichen Befehl nach Nebelhorn geritten?" Er klang kühl. „Wolltet Ihr mir Euren Widerstand verdeutlichen? Hattet Ihr vor, Küstenmark zur Revolte aufzufordern?"

Kräftig schüttelte sie den Kopf. Ihre Haare flogen umher und diese Bewegung hatte etwas unerwartet Sinnliches. Oder bildete sie es sich nur ein, da es sie erregte, halb nackt vor Aroq zu stehen? „Nein, ich wollte nur Lomas …"

„Oder wolltet Ihr Eurem Vater zeigen, dass in Euch mehr steckt, als er bemerkt?"

Mit offenem Mund stand sie vor ihm, verblüfft über seine Worte. Sie umschloss die Baumwolldecke krampfhaft.

„Verschlägt die Wahrheit Euch die Sprache?" Ein zaghaftes Lächeln ließ seine markanten Gesichtszüge weicher erscheinen.

Loreena rang nach Worten. „Ich wollte meinen Teil zur Befreiung Lomas' beitragen. Ich konnte nicht auf der Festung Tide warten und warten und …“

„Wo wir schon vom Warten sprechen“, begann der Vampir. „Ihr wusstet genau, meine erbarmungslose Bestrafung würde auf Euch warten.“ Als sie nicht antwortete, sondern ihn lediglich entsetzt ansah, fuhr er fort: „Und dennoch seid Ihr fortgelaufen wie eine aufmüpfige Göre, die an der Seite ihres Geliebten sein will.“ Er schnaubte.

„Es tut mir leid, wenn ich nicht Euren Erwartungen entspreche. Ihr habt mich falsch eingeschätzt.“ Sie wollte die Situation entschärfen, aber es gelang ihr nicht. „Ich hätte auf jeden Fall eine Seite enttäuscht – genau wie Ihr.“ Erschreckt über ihre Worte hielt sie die Luft an.

Graf Aroq blinzelte. „Sprecht weiter.“

„Ich meine nur …“ Unsicher räusperte sich Loreena.

„Ich sagte, sprecht klarer!“ Mit seiner ganzen Größe baute er sich vor ihr auf.

Sie musste den Kopf in den Nacken legen, um ihm ins Gesicht sehen zu können. Ein paar Mal versuchte sie, zu einem Erklärungsversuch anzusetzen, stotterte aber nur. Dann fasste sie sich ein Herz. Mit butterweicher Stimme versuchte sie, harmlos zu klingen. „Ich meinte, was Ihr bei unserem letzten Treffen angesprochen hattet, im Korridor nach dem Trinkgelage, als Tide den Triumph über Frostlande und Wahnstein feierte, bevor Gamtam dazwischen …“ Er machte einen Schritt auf sie zu. Unsicher wich sie rückwärts aus und wäre fast durch die über den Boden schleifende Bettdecke gestolpert. Ein Prickeln ergriff von ihr Besitz bei der Erinnerung an die Entjungferung. „Ihr sagtet, es wäre nicht einfach, Wor als König zu behalten, ihn gar am Leben zu lassen, da Wölfing ihn lieber tot sähe und Mogall auf dem ingrimm’schen Thron als Eure rechte Hand.“ Knallrot lief sie an. Wie kam sie auf den spitzbärtigen Vampir? Weshalb erwähnte sie seinen Namen, obwohl sie nicht einmal seinen Stand in Valkenhorst kannte?

„Mogall?“, zischte Aroq.

Er schritt auf sie zu, sodass sie gezwungen war, rückwärts auszuweichen. Als sie gegen den Pfosten des Himmelbetts stieß, fuhr sie erschreckt zusammen und blickte zu Aroq auf. Hautnah stand er vor ihr, sein rabenschwarzes Revers vor ihrem Gesicht und blickte zu ihr herab.

„Mogall?“, fragte er unnachgiebig.

Loreena wollte seitlich aus der Bedrängnis fliehen, doch sein Knie fuhr zwischen ihre Schenkel und fixierte sie. Sie fühlte sich bedrängt und in die Enge getrieben. Aber auch Hoffnung wuchs; Hoffnung, er könne einen Funken Zuneigung für sie empfinden, der ihn abhielt, Ingrimm noch mehr ins Unglück zu stürzen.

„Ich dachte nur, weil er uns auf der Reise nach Firn anführte.“ Die erhoffte Erleichterung blieb aus. Hastig fügte sie hinzu: „Oder Klavorn auf dem Thron als Euer verlängerter Arm oder …“

Leise lachte der Graf. „Ihr seid eine verdammt schlechte Lügnerin.“ Er streifte ihre Wange mit der Zungenspitze. „Was ist zwischen Mogall und Euch auf dem

Ritt nach Frostlande vorgefallen?"

„Nichts." Zu hastig sprach sie dieses Wort. Zu panisch blickte sie ihn an.

Aroqs Lachen verstummte. Ernst sah er sie an, eindringlich und betörend. Der Opiumduft, der den Grafen ständig umgab, war bisher schwach gewesen, doch nun umhüllte er Loreena. Dann drang sein hypnotischer Blick in sie ein. Benebelt schloss sie die Augen. Als sie die Lider öffnete, war ihr, als schaue sie durch einen Schleier. Ihre Arme hingen schlaff hinunter. Die Baumwolldecke fiel zu Boden. Loreena wusste, sie stand splitterfasernackt vor ihm. Aber sie war nicht in der Lage, sich zu schämen oder wütend zu sein. Da war nichts, außer dem Gefühl, die Kontrolle über den eigenen Körper verloren zu haben. Und doch rührte sich ein Wunsch tief in ihrem Inneren. Die *Purpurne Schriftrolle* musste zurück in ingrimm'sche Hände fallen. Die Mixtur musste zusammengebraut und unter der Bevölkerung verteilt werden – sonst besaß das Reich keine Chance und würde früher oder später durch Valkenhorsts Hand untergehen.

Graf Aroq umfasste ihr Kinn mit Zeigefinger und Daumen und küsste ihre Schläfe, bevor er ihr ins Ohr flüsterte: „Was ist zwischen Euch und Mogall?"

Tränen füllten ihre Augen, weil sie immense Kraft aufbringen musste, um seinen gesäuselten Worten zu widerstehen. Sie wollte ihm nicht sagen, dass Mogall und sie sich mehr als einmal lustvoll die Zeit vertrieben hatten und einander nahegekommen waren, nicht nur körperlich. Immer wieder schluckte sie. Ihr Mund war staubtrocken. Wie konnte sie etwas in Worte fassen, über das sie sich bisher geweigert hatte, nachzudenken? Die Gedanken schwirrten durcheinander. Und genau das war ihr Glück. Loreena konnte die Frage nicht beantworten, nicht für Aroq und nicht für sich.

Er begann, ihre Hüften zu streicheln, unerträglich zärtlich, als wolle er sie durch eine bittersüße Folter dazu bringen, die Wahrheit zu sagen. Doch die Folter quälte sie nicht durch Schmerz, sondern durch ein Verlangen, das ihren Körper durchflutete und das unerfüllt bleiben würde. Sie fühlte sich zu Aroq hingezogen. Sie spürte den Wunsch, sich ihm an den Hals zu werfen, niederzuknien und ihn zu bitten, sie zu lieben. Aber sie konnte nicht einmal den kleinen Finger rühren. Zum einen war dies gut, denn somit konnte sie später nichts bereuen. Zum anderen riss die Sehnsucht sie entzwei. Ihre Brustwarzen richteten sich auf, reckten sich Aroq gierig entgegen, doch er betrachtete die leuchtend roten Knöpfe nur amüsiert.

Loreena fühlte sich, als hätte sie ein Fass Wein ausgetrunken. Alles verschwamm vor ihren Augen. Plötzlich spürte sie Hände, unzählige Hände, kleine mit filigranen Fingern und auch große mit schwieliger Haut. Aber da war niemand, nur der Graf. War dies wieder eine Vision? Ein Trugbild, von dem sie nicht wusste, ob es ihrer Fantasie entsprang oder durch Aroqs Einfluss entstand? Die Hände liebkosten ihren Körper. Sie rieben die Handrücken über ihren Hintern, ließen die Fingerspitzen über ihre Oberschenkel tanzen und kraulten ihren Busenansatz. Loreena atmete schneller. Es hatte keinen Sinn, gegen die aufkeimende Erregung anzukämpfen. Aroq hatte ihr jegliche Stärke geraubt. Darum gab sie sich dem Feuer hin, das die Liebkosungen entfachten, bemerkte hilflos, wie der Funke zur Flamme anwuchs und dass sie wie Kerzenwachs unter Aroqs vampirischem Einfluss schmolz. Die Hände zwackten Loreenas Haut in der Nähe der Scham, jedoch vermieden sie es, den Schoß zu berühren. Sie massierten die Oberschenkel, streiften die Schamlippen, aber fassten nicht zu und drangen auch nicht in sie ein, dabei fantasierte Loreena davon. Sie wünschte es sich so sehr, war erregt und willig und wusste, dass Aroq ihr die Lust ansah. Wollte sie, dass die Hände aufhörten, diese bittersüße Qual beendeten, und der Graf das Zimmer verließ? Wollte sie Aroqs Schaft in sich spüren, von ihm gestoßen werden, um endlich erlöst zu sein?

„Ich halte das nicht mehr aus", wisperte sie. Verzweifelt sah sie den Vampir durch einen Schleier aus Trance und Tränenflüssigkeit an. Eine Träne lief ihre Wange hinunter. Der Graf fing sie mit dem Zeigefinger auf. Auf einmal lichtete sich Loreenas verschwommener Blick. Klar und deutlich machte sie Aroqs Gesicht aus. Fast mitleidig schaute er sie an, immer noch ihr Kinn mit Daumen und Zeigefinger haltend. Loreena holte tief Luft und schluchzte beim Ausatmen unbeabsichtigt. Die Hände waren verschwunden. Sie spürte, wie ihre Kraft zurückkehrte. Die Stärke füllte sie mit Wärme. Und obwohl sie Aroq schwach wie ein kleines Kind gegenüberstand, wusste sie nun, dass sie stärker war, als sie gedacht hatte. Trotzig erwiderte sie seinen Blick.

„Mein Einfluss war nur halbherzig." Während er die Nase rümpfte, funkelten seine Augen neckisch. „Ich hätte eine Antwort erzwingen können."

Sie schwieg. Ein verbaler Fehltritt und er würde erneut seine schärfste Waffe ansetzen.

„Seht Ihr nicht, in welch problematische Situation Ihr mich manövriert habt?" Aroq zerrte den Gürtel aus seiner Hose. Ohne Umschweife legte er ihn um Loreenas rechten Busenansatz und zog an den Enden. Er schlang den längeren Teil um die linke Brust und zurrte sie ebenfalls fest. Dann kreuzte er den Gurt auf ihrem Dekolleté und schloss ihn hinter ihrem Nacken. „Ich muss Euch bestrafen, denn Ihr habt mir den nötigen Respekt nicht gezollt, den Gehorsam verweigert, und kehrt auch noch als Märtyrerin heim." Er schnaubte. „Die Vampire verlangen, Wors Tochter zu vernichten, damit Ingrimm sie nicht als Vorbild nimmt."

Loreena erstarrte. Alles war so schnell gegangen. Nun standen ihre Brüste wollüstig hervor, festgezurrt wie ein Paket und gerötet „Dann gibt es keine andere Möglichkeit für Euch?" Gerne hätte sie die Decke vom Boden aufgehoben und schützend um ihren Körper geschlungen, aber sie wagte nicht, sich zu bewegen.

Graf Aroq schüttelte kaum merklich das Haupt und sah zufrieden auf sein Werk. Als er wieder aufschaute, war sein Blick milde. „Ihr habt die Mission gerettet. Ohne Euch säße Wor im berüchtigten Gefängnis aus Eis und Lomas in der Nachbarzelle. Eine Revolte Ingrimms wäre die Folge."

„Das wäre allen recht gewesen", sprach sie außer Atem, als wäre sie um die gesamte Festung gesprintet. Der lüsterne Anblick ihres Busens raubte ihr die Luft. „In mich setzt niemand Hoffnungen. Der Sieg von Valkenhorst wäre sicher gewesen."

Aroq streichelte ihre Brustspitzen. „Vielleicht hätte Ingrimm resigniert. Vielleicht wäre ein Krieg die Folge gewesen. Beides ist nicht in meinem Sinne. Wor ist einer von uns, ein Vampir. Er wird seine Verbundenheit zu Valkenhorst entdecken und mein verlängerter Arm sein. Niemand kennt das Reich besser!" Er zwirbelte beide Nippel gleichzeitig und strich mit den Mittelfingern geschickt über die Warzenhöfe.

Loreena stöhnte und errötete. Ihre Brustwarzen reagierten äußerst sensibel. Lag es daran, dass der Busen nun stramm und hart war? Sie konnte sich kaum auf das Gespräch konzentrieren. Graf Aroq war also ein Mann der Strategie und nicht des Gefechts und dennoch war er in der Lage, zu kämpfen. Er war sich seiner Macht äußerst sicher. Würde sich das eines Tages rächen? Loreena wusste von der Missstimmung unter den Vampiren, weil Aroqs Entscheidungen oft kontrovers waren.

Er brummte mürrisch, ließ von ihr ab und schlenderte zum Fenster. Aroq blickte nachdenklich zum Graupelwald hinüber. Der Wind rüttelte an den Kiefern und Fichten, als wollte er ihre Tannenadeln abschütteln. „Und was mache ich nun mit Euch?"

Loreena hob in Windeseile die Baumwolldecke auf und schlang sie um ihren Körper. Den Gürtel wagte sie nicht, zu lösen. Aus irgendeinem Grund zog es sie neben den Grafen, obwohl sie das Weite hätte suchen sollen. Widerstrebend gab sie zu, dass er sie faszinierte. Er war so anders als alle ingrimm'schen Männer: hochgewachsen, schlank, mit markanten Gesichtszügen, bleicher Haut, kurzen pechschwarzen Haaren und hypnotisierenden purpurnen Augen. Alle Männer, die sie bisher kennengelernt hatte, waren gut genährt und braun gebrannt, mit fettigen langen Haaren und rüpelhaftem Benehmen. Wor und Lomas waren nur zeitweise eine Ausnahme.

Graf Aroq betrachtete Loreena von der Seite. Lachfalten zeigten sich um Mund und Augen, als er sich mit der Schulter gegen die Wand lehnte. „Ich muss Euch bestrafen, es sei denn, Ihr nehmt den Vorschlag Amorgenes an ..."

„Amorgenes?" Sie versteifte sich.

„... obgleich es meine Entscheidung ist, was mit Euch geschieht." Er trommelte provozierend mit den Fingerspitzen gegen sein Kinn, als würde er grübeln.

„Ich verstehe nicht. Was hat sie damit zu tun?" Diese Vampirin bedeutete nichts Gutes.

„Entweder Ihr trotzt den Qualen des Kerkers oder Ihr macht Euch heute Abend zum Gespött vor allen. Nur wenn die Vampire und auch die Menschen Euch auslachen, werdet Ihr den gewonnenen Respekt verlieren. Eine menschliche Märtyrerin hat kein Recht auf Leben unter den Vampiren und somit auch nicht in Ingrimm."

„Welche Rolle spielt sie? Verdammt! Das ist nicht fair." Sie hieb mit der Faust gegen die Wand. „Mich sieht niemand als Heldin. Alle Blicke richten sich auf Lomas."

Aroq unterbrach sie: „Er ist ein schwächlicher Junge, mager und knabenhaft."

„In ihm steckt viel mehr, als Ihr zu sehen vermögt. Küstenmark kennt ihn noch aus den Zeiten vor der Gefangenschaft."

„Dann soll er Euren Platz einnehmen und sich zum Narren machen!"

Sie zögerte. Immer wieder wusste er sie in die Enge zu treiben. „Nein." Traurig lehnte sie ihre Stirn gegen das Fenster. „Über mich hat man immer gelacht. Da verdiene ich mir das erste Mal ein winziges Stück Ansehen und Ihr raubt es mir gleich wieder."

Aroq trat hinter sie und legte ihre Haare über die Schulter. Schwer atmend beugte er sich über Loreena. Seine Nasenspitze strich durch den Flaum am Haaransatz und suchte sich einen Weg nach vorn. Als er gefährlich nah an ihre Halsschlagader herankam, fuhr Loreena ängstlich herum.

„Es gibt keine andere Möglichkeit." Aroq benässte seine Lippen. „Ansonsten wartet der Kerker auf Euch. Amorgenes Vorschlag ist die einzige Chance, der Folter zu entgehen."

Ungläubig schüttelte sie den Kopf. „Was hat sie damit zu tun?"

„Das Wandervolk wird uns nach dem Abendmahl mit einer Vorstellung erfreuen. Ihr werdet eine der Attraktionen sein. Ihr assistiert ein wenig. Alle lachen über Euch. Und schon sieht man in der Märtyrerin nur noch ein kleines, dummes Mädchen."

Um ihre Verzweiflung zu verbergen, schloss sie die Lider. Das konnte alles nicht wahr sein. Das durfte nicht wahr sein. Tagelang hatte sie gekämpft und nun würde sie zum Gespött der südlichen und östlichen Krisis werden. Mogall und Klavorn, Bortlam und Wolweer würden über sie lachen. Und das Schlimmste neben Aroqs und Amorgenes Gelächter würde sein, Wor und Lomas in die Augen schauen zu müssen.

Seine Lippen streiften ihren Mund. Erschreckt blickte sie ihn an. Dann küsste er sie. Er drückte seinen Mund fest auf ihren und legte die Hand an ihren Hinterkopf, als wolle er verhindern, dass sie sich ihm entzog. Dabei sehnte sie sich danach, ihn zu spüren. Sie träumte von Hingabe, obwohl er ihr Feind war, und seufzte zufrieden, denn er legte seine freie Hand auf ihr Gesäß und massierte kraftvoll ihre nackte Pobacke. Seine Zunge drang in ihren Mund ein, während sein Finger in ihre enge Öffnung glitt und sie erforschte wie die Zungenspitze ihre Mundhöhle. Loreena liebte diese parallele Stimulation und schob ihr Becken an seine Lenden.

Da löste Aroq sich von ihr. „Fürchte dich nicht", hauchte er und zwang sie durch seine Hand an ihrem Hinterkopf in die Hocke. Er beugte ihren Oberkörper nach vorn. Dann löste er den Gürtel in ihrem Nacken, führte die Enden unter ihren Knien hindurch und band den Gurt wieder fest. Loreena war verschnürt, ihr Oberkörper an die Schenkel gefesselt, sodass es ihr unmöglich war, sich aufzurichten. Ihr Busen steckte zwischen den Beinen, sodass sie diese nicht schließen konnte. Keuchend stützte sie sich mit den Händen auf dem Boden ab.

Sie stöhnte auf, als sie Aroqs Zunge an ihrem Schoß spürte. Er leckte von hinten über ihre äußeren Schamlippen und hinterließ kühle Feuchtigkeit. Hätte sie versucht, ihn abzuwehren, wäre sie umgefallen und auf dem Rücken gelandet, hilflos wie ein Käfer. Er kniete und hielt ihr Hinterteil mit den Händen hoch, um ihr Halt zu geben. Zweimal saugte er und fuhr dann mit der Zungenspitze durch das Tal zwischen ihren inneren Schamlippen. Loreena seufzte, als er in sie eindrang. Seine Zunge tauchte in sie ein und kostete ihre Feuchtigkeit. Er saugte an der Öffnung, drückte die Pobacken weiter auseinander, um sie noch tiefer zu füllen. Loreena war ihm ausgeliefert, ihm und seinen Trieben, die er an ihr auslebte und sie damit in den Wahnsinn steuerte. Ihre Schenkel konnte sie nicht schließen. Die Brüste standen abgebunden und anrüchig ab. Ein Paket voller Lust, geschnürt, um benutzt zu werden. Ein berauschendes Erlebnis.

Als ihr Schoß bereits weich und willig war, stand Aroq auf. Er ging um sie herum und ließ sich auf ein Knie nieder. Mit vor Verlangen getrübtem Blick holte er sein steifes Glied heraus. „Was für ein Pech! Nun habe ich Eure Scham trocken geleckt und kann nicht mit meinem Gemächt in Euch hineinstoßen, ohne Euch wehzutun. Talg haben wir nicht zur Hand. Daher müsst ihr meinen Phallus geschmeidig machen.“ Schmunzelnd hob er ihr Kinn an und legte seine Penisspitze an ihren Mund.

Gierig nahm Loreena den erigierten Schaft auf. Sie lechzte danach, Aroq zu spüren, nahm alles, was er ihr bot, wenn sie ihm nur nah sein konnte. Er zeigte sich von einer anderen Seite, wenn sie allein waren. Und sie verstand, weshalb er seine Zuneigung vor der Öffentlichkeit verstecken musste. Aus demselben Grund wie sie.

Aroq ließ sein Glied tief in ihren Mund gleiten, bis sie unruhig wurde. Lüstern leckte Loreena von der Wurzel über den Schaft bis zur Eichel, ohne den Penis freizugeben. Sie speichelte ihn ein, lutschte ihn wieder trocken und saugte am hochrot geschwollenen Kopf. Der Phallus zuckte. Aroq schmolz unter Loreenas Liebkosungen dahin und sie genoss seine Reaktion. Dann und wann saugte sie sich an der Vorhaut fest und gab sie erst frei, wenn er vor Schmerz stöhnte.

Aroq begann, ihre Brustspitzen zu streicheln. Während er die Nippel nach unten zog, drehte er sie etwas und entlockte Loreena ein Seufzen. Die Empfindung war stärker als zuvor. Das aufgestaute Blut in ihren abgebundenen Busen erhöhte die Lust. Wenn sie doch nur ihre Beine strecken könnte! Sie verspürte den Wunsch, sich sinnlich zu rekeln. Aber sie war noch immer verschnürt.

Loreena legte Aroqs Schaft auf ihren Kopf und bedeckte seine Hoden mit feuchten Küssen. Ihre Zunge schnellte hervor und schaukelte den Hodensack. Bevor Aroq sich erholen konnte, nahm sie einen Hoden – so weit es ging – in ihrem Mund auf. Sie neckte ihn sanft mit den Zähnen und stieß mit der Zunge hinein, um zu testen, wie prall er war. Dann saugte sie an ihm.

„Genug“, brachte Aroq mühsam hervor.

Loreena seifte seinen Phallus ein letztes Mal mit ihrem Speichel ein. Hastig stand er auf, schritt um sie herum und kniete sich hinter ihr Gesäß, das sich ihm, so wie er sie gebunden hatte, begehrlich entgegenstreckte.

Schwungvoll stieß er in sie hinein und lachte. „Das Einspeicheln hätten wir uns sparen können. Ihr seid schon wieder feucht.“

Seine Hoden schaukelten bei jedem Stoß gegen ihr Hinterteil. Loreena musste sich mit den Händen abstützen, um das Gleichgewicht zu halten, den Busen noch immer zwischen die Schenkel geschnürt, damit sie die Beine nicht schließen konnte und ihm ausgeliefert war. Als ob sie sich ihm verwehrt hätte! Sie genoss es, von ihm geritten zu werden. Er hatte einer Stute Zaumzeug angelegt, die nie vor ihm geflohen wäre. Loreena nahm von Aroq, was sie kriegen konnte. Nun jagte er sie einem Höhepunkt entgegen. Fieberhaft trieb er sie an, bewegte sich ohne Unterlass vor und zurück und nahm sie heftig, aber nicht grob, sodass sie nicht umfiel. Geschickt zwirbelte er gleichzeitig ihre Brustsptizen. Während er die Nippel zwischen den Fingern rollte, füllte er Loreena mit seinem mächtigen Phallus aus, und ließ auch nicht von ihr ab, als sie bereits vor Wonne zitterte. Sie konnte nicht an sich halten und stand kurz davor, ihren Orgasmus herauszuschreiben, da verschloss Aroq ihre Lippen mit seiner Hand, stieß noch einige Male hemmungslos zu und gab sich ebenfalls seinem Höhepunkt hin.

Erschöpft zog er den langsam erschlaffenden Penis aus ihr hinaus. Loreena schaute zwischen ihre Schenkel und bemerkte, dass ihre und seine Feuchtigkeit aus ihrem Schoß auf den Boden tropften. Sie schämte sich nicht. Im Gegenteil! Dieser Moment besaß etwas Magisches, denn mit einem Mal wurde ihr bewusst, dass Aroq bei ihr war, sich mit ihr vereinte, und nicht mit Amorgene.

Graf Aroq band Loreena los. Er half ihr beim Aufstehen, denn ihre Beine und ihr Rücken waren steif. Sein Glied war längst in der Hose verschwunden und Loreena empfand Trübsal.

Er betrachtete sie schmunzelnd von oben bis unten und reichte ihr die Baumwolldecke. Dann zeigte er auf den Jutesack. „Bereitet Euch vor. In Kürze wird Bortlam Euch abholen.“ Er vergrub seine Hände in ihren Haaren und zog sie an sich. Sein Kuss war besitzergreifend, hart und unnachgiebig, doch seine Zunge spielte mit der ihren umso zärtlicher. Er nuckelte an ihrer Unterlippe, fast so, als wolle er sich festsaugen. Zu bald gab er sie frei, schaute ihr zum Abschied tief in die Augen und ging aus dem Zimmer.

Loreena ließ die Schultern hängen. Sie fragte sich, wie viel ein Mensch ertragen konnte, und ob die Wolfsburg Folterwerkzeug für Mensch und Vampir im Kerker bereithielt. Ein weiteres Mal musste sie stark sein. Einen kurzen Abend gab es, zu überstehen. Dann würde sie nach Tide zurückkehren und mit Wor und Lomas den Gegenschlag vorbereiten. Aber Amorgene würde sicherlich nicht zimperlich mit ihr umgehen. Hatte die Vampirin auch einen Vorschlag gemacht, um Loreena vor der Folter zu retten, so brachte diese List Loreena gewiss vom Regen in die Traufe. Unmöglich konnte diese Hexe ihr Gutes wollen. Niemals!

Loreena ging zum Bett und legte die Decke ab. Nachdem sie den Sack geöffnet hatte, atmete sie erleichtert aus. Eine Robe! Graf Aroq hatte ihr ein Ballkleid gebracht, damit sie nicht in speckiger Hose und schmutzigem Leinenhemd erscheinen musste. Strahlend zog sie es heraus. Loreena hielt das Kleid vor den Körper und drehte sich im Kreis. Da sah sie es und stockte! Es bestand hauptsächlich aus Netz. Lediglich der Rock und ein Stoffstreifen über dem Busen waren aus schwarzer Seide. Ein seltsames Emblem zierte die Schulterpartie. War dies ein Zeichen für Geächtete? Fassungslos fuhr Loreena mit den Fingerspitzen über das Netz. Sie konnte unmöglich mit einer fast durchsichtigen Robe zum Ball gehen, besonders da sie im Mittelpunkt stehen würde.

„Sicherlich ist es Teil von Amorgenes Plan“, fauchte sie und warf das Ballkleid auf den Boden.

Als sie den Ballsaal der Wolfsburg betrat, spürte Loreena alle Blicke auf sich. Die Gäste rümpften die Nase, runzelten die Stirn und musterten sie abfällig von den sandfarbenen Haaren bis zu den Stiefelspitzen. Hinter vorgehaltener Hand spotteten sie. Doch es war nicht nur ihr geschwollenes Auge, über das die Menschen und Vampire sich mokierten. Loreena hatte gewusst, dass es so kommen würde, aber ihr war es egal. Nein! Sie wollte es so. Sollten die Gäste denken, dass König Wors Tochter verrückt geworden sei. Wenn auch nur einige unter ihnen Loreenas Bestreben verstanden, hätte sie in dieser Nacht gewonnen.

Suchend schweifte ihr Blick durch die Menge. Der große Saal war bis zum Bersten gefüllt. Es roch nach Ausdünstungen, die allein von den ingrimm'schen Männern stammen mussten, denn so viel hatte Loreena auf der Reise in die nördliche Krisis gelernt, Vampire schwitzten nicht. Die Tafeln mit den kunstvoll verzierten Tischbeinen waren verweist. Die Gäste verstopften die Gänge und prosteten sich mit Kelchen zu, in besten Zwirn gekleidet, die Nasen arrogant in die Luft gereckt, um ihre Furcht und ihren Missmut bezüglich der unangenehmen Lage zu verbergen. Das erste Mal feierten Vampire und Menschen gemeinsam, doch weder Ingrimm noch Valkenhorst vergaßen, dass es bei diesem Fest um die Knechtschaft Ingrimms ging. Graf Aroqs Absichten waren klar. Er wollte beiden Ländern die neue Situation vor Augen führen. Hier ging es nicht um eine Feier. Jeder Anwesende trug eine unsichtbare Schlinge um den Hals. Loreena hoffte, ihre würde sich in dieser Nacht nicht zuziehen.

Sie schaute aus den riesigen Fenstern. Der starke Nebel war undurchdringlich. Nachdem es bis zur Abenddämmerung wie aus Kübeln geschüttet hatte, waren die Schwaden aufgezogen. Sie hüllten die Hauptstadt Wölfing wie ein Vorhang ein, als wollten sie verstecken, dass Menschen und Vampire gemeinsam feierten.

Auf den Fensterbänken standen Tropfkerzen. Nur vereinzelte Dochte waren entflammt. Wachs ergoss sich über die Außenseiten und sammelte sich auf den

Untertellern. Fackeln brannten über den Köpfen der Feiernden. Bizarre Masken, die an der Wand hingen wie Jagdtrophäen und die Menge anstarrten, rahmten den pompösen Saal ein. Die Fratzen schienen über die angespannte Atmosphäre zu wachen. Eine Borte fremdartiger Schriftzeichen zierte die Wände knapp unterhalb der Saaldecke. Loreena legte den Kopf in den Nacken und betrachtete die Decke genauer. Ein Maler hatte sich mit einem Meisterwerk verewigt. Hundeähnliche Kreaturen mit langen Hauern liefen sabbernd hinter Mensch und Tier her. Aufgerissene Fänge. Blutverschmiertes Fell. Eine Bestie riss ein Fleischstück aus einem daniederliegenden Körper. Loreena hatte das Gefühl, das Kampfgejaule und die Todesschreie hören zu können. Die Wolfsburg war unheimlich. Sie erinnerte sich an die Werwolfsteinfiguren neben der Eingangstreppe und an ihre Vision, der Stein würde zum Leben erwachen. Die Fratzen an den Fenstern. Ihr Herz raste. Eine Hand berührte ihre Schulter. Loreena schreckte zusammen.

„Fasziniert von der Deckenmalerei?“ Mogall lachte verschmitzt.

Erleichtert wischte sie sich den Schweiß von der Stirn. Die Angst vor dem, was ihr bevorstand, war größer, als sie zugab. Verschämt schaute sie an sich hinunter und prüfte dann Mogall. Er trug einen dunkelgrünen Samtanzug, der seine Smaragdaugen zur Geltung brachte und ein anthrazitfarbenes Seidenhemd. Seinen Kinnbart hatte er gestutzt, trug aber immer noch dasselbe neckische Grinsen. „Entschuldigt meinen Aufzug.“

Mogall neigte sich zu ihr, wodurch sie das Blut in seinem Kelch sehen konnte. Metallischer Geruch drang in ihre Nase. Angewidert lenkte sie ihre Aufmerksamkeit auf die Silberknöpfe seiner Weste.

„Eine gute Wahl.“

„Wie bitte?“ Verdutzt schaute sie ihn an.

„Man wird sich an die Reise nach Nebelhorn erinnern. Die Gunst der Vampire und Menschen, die Euch begleiteten, ist Euch sicher.“

Sie hob die Augenbrauen. „Auch die der Armee Valkenhorsts? Das bezweifele ich. Sie wollte nicht mit zum Fuße Nordalps reiten. Ihr wäre es egal gewesen, wenn wir von einer Schneespinne verspeist worden wären.“

Lächelnd trank Mogall einen Schluck Blut. Sein Blick schweifte über die Gesichter der Feiernden und ruhte schließlich wieder auf ihr. „Ihr seid nicht reich an Selbstbewusstsein. Nicht wahr, meine Liebe?“

Loreena schluckte. Nervös zog sie an ihrer schmierigen Lederweste, damit diese ihre Hüften versteckte. „Niemand sieht mich als Heldin.“

„Es gibt nicht nur schwarz oder weiß – Helden oder Verlierer.“ Er schwenkte den Kelch mit ernster Miene und betrachtete die rotierende Flüssigkeit. „Strafft Eure Schultern, Loreena. Ihr habt Großes vollbracht und jeder, wirklich jeder, sieht das auch. Nun ist es an Euch, dies anzuerkennen. Nicht umsonst habt Ihr die Kleidung angezogen, die Ihr auf der Reise nach Firn getragen habt. Ihr wollt allen und besonders Graf Aroq deutlich machen, wie stark Ihr seid. Ihr versucht, Ingrimm zu zeigen, dass ihr Valkenhorst trotzt. Sie sollen sich Eurer Taten erinnern und Gleiches tun. Also schmälert Euren Ruhm nicht."

Der Vampir hatte recht. Sie wollte dem Reich den Rücken stärken, vielleicht sogar ein Zeichen setzen. Daher hatte sie die Kleidung der Reise samt den mit Schlamm besudelten Stiefeln angezogen, nicht, ohne vorher das durchsichtige Ballkleid in tausend Stücke zu zerreißen. Sie spähte durch den Saal. Kaum hatte sie Lomas und Wor gesehen, entspannte sie sich. Den Grafen sichtete sie nirgends. Bortlam stand in gewöhnt roter Robe am Eingang und prüfte den Inhalt einiger Schalen, die ein Diener hereinbrachte. Mit vor dem Oberkörper verschränkten Armen betrachtete Klavorn die Gäste, ohne am Fest teilzunehmen. Wolweer dagegen, ganz in Nachtblau gekleidet, schlug nicht weit von ihm entfernt grölend auf die Tischplatte und führte eine lebendige Unterhaltung mit einer mädchenhaften Vampirin. Ihr lief Blut an den Mundwinkeln hinab, nachdem sie aus ihrem Kelch getrunken hatte. Beschämt leckte sie es mit der Zunge ab, worauf Wolweers Augen glänzten.

Loreena schmunzelte und schaute verträumt Mogall an. Als sie sich ihres verliebten Blickes bewusst wurde, wandte sie das Gesicht ab. Sie sichtete Artin, dessen gekräuselte Lippen unmissverständlich zeigten, wie sehr er diese Farce von einer Feier hasste. Loreena hoffte, dass er sich in dieser Nacht zurückhielt und ausnahmsweise einmal keine Unruhe stiftete. Ein offener Kampf nutzte dem Reich nichts. Die Vampire waren zu stark für eine öffentliche Auseinandersetzung.

Die Gäste begannen, Platz zu nehmen. Die Menschen auf einer Seite der Tafel und die Vampire auf der anderen. Doch sie versperrten sich gegenseitig den Durchgang und so ging es nur langsam voran.

Da gab die Menge Graf Aroq frei. Dicht stand er bei Amorgene. Seine Rechte hatte er auf ihre Taille gelegt und mit der Linken hob er ihre Hand, um den Handrücken galant mit einem Kuss zu bedecken. Nun, da sich der Saal lichtete, bemerkte er Loreena. Aroq stockte in seiner Bewegung, noch bevor er Amorgene küsste. Sein Blick verfinsterte sich. Er sagte etwas zu der Vampirin und schritt auf Loreena zu. Kaum hatte Mogall den Grafen entdeckt, suchte er das Weite. Verwirrt schaute Loreena ihm hinterher. Warum blieb er nie, wenn Aroq sich näherte? Er musste einen Heidenrespekt vor ihm haben oder war es Angst? Mogall hätte ihr zur Seite stehen und sie verteidigen können. Doch er ließ sie allein.

Grob fasste Graf Aroq Loreenas Arm und flüsterte: „Weshalb tragt Ihr nicht das Ballkleid, das ich Euch brachte? Ihr treibt es mit Eurem Eigensinn zu weit."

Sie versuchte, sich unauffällig freizukämpfen, aber sein Griff war fest. „Ich werde heute Nacht zum Narren. Da muss ich mich nicht auch noch durch meine Kleidung zum Gespött machen."

„Wovon sprecht Ihr?" Kühl blickte er auf sie herunter. „Wie Ihr an Amorgene seht, hat sie einen hervorragenden Geschmack. Eure Eifersucht ist mir von Anfang an aufgefallen."

„Eifersucht?" Loreena legte die Hand auf den Mund, denn ihre Worte waren ein Schrei der Empörung. Ihre Vermutung hatte sich bestätigt. Amorgene schoss Pfeile auf sie ab und Loreena war sicher, dass die Spitzen mit Gift bestrichen waren.

„Ihr seid geblendet."

„Hütet Eure Zunge. Später werdet Ihr nach ihrer Pfeife tanzen. Es ist zu Eurem Vorteil, ein wenig höflicher zu Amorgene zu sein." Eine Zornesader trat auf seiner Stirn hervor. „Sie neigt manchmal zu Übertreibungen."

Loreena prustete. Sie hatte die Warnung verstanden, aber anstatt eingeschüchtert zu sein, kochte sie vor Wut. Amorgene würde sie zum Gespött machen. Natürlich! Das hätte sie ahnen können. Doch Loreena hatte keine Lust mehr, vor Angst zu schlottern und auf den Knien vor den Vampiren herumzurutschen. Sollte diese geheimnisvolle Frau mit den hervorstehenden Wangenknochen, der schwarzen Lockenpracht und den roséfarbenen Augen versuchen, einen Narren aus ihr zu machen. Loreena würde ihr die Stirn bieten!

„Ihr hättet nicht in diesem Aufzug erscheinen sollen." Graf Aroq roch an ihrem Leinenhemd und schnaubte: „Ihr stinkt bis zum Himmel. Verdammt! Ist Euer geschwollenes Auge nicht undamenhaft genug? Immer wieder provoziert Ihr mich. Wie soll ich Euch in Ruhe lassen, wenn Ihr es unentwegt darauf anlegt, mich zur Weißglut zu bringen?"

Er genoss es nicht, mit ihr zusammen zu sein? Verwirrt schaute sie ihm ins Gesicht und versuchte, hinter seine Fassade zu sehen. Mochte er ihr auch heimlich gutgesinnt sein, so war eines klar – in dieser Nacht hielt er nicht seine schützende Hand über sie, sondern ließ Amorgene walten.

Trompeten ertönten. Unsanft riss er sie am Arm mit sich. Graf Aroq führte sie zur Tafel, die an der Tanzfläche stand, und gab ihren Arm frei. Lomas! Froh, ihren Bruder zu sehen, setzte sie sich neben ihn – und erstarrte sogleich. Ihr gegenüber saß Amorgene, vertieft in ein Gespräch mit König Wor. Aroq hatte ihn auf die Seite der Vampire gesetzt!

„Sie ist wirklich wunderschön." Lomas knuffte Loreena in die Seite. „Schade, dass sie eine Vampirin ist."

Zornig blickte sie ihren Bruder an und ballte unterm Tisch die Hände zu Fäusten. „Sie versucht, unseren Vater zu umgarnen."

Erneut ertönten Trompeten. Graf Aroq stand am Ende der Tafel und erhob seinen Kelch. „Lasset uns trinken." Die Männer, Hunderte mussten es sein, prosteten ihm zu. Doch als er hinzufügte: „Auf Ingrimm unter der Flagge von Valkenhorst", entstand Tumult. Ohne dem Stimmengewirr Beachtung zu schenken, leerte Aroq seinen Kelch und führte Amorgene auf die Tanzfläche. Schon begann das Orchester, das sich hinter der Tanzfläche vor einem riesigen bordeauxfarbenen Gobelin formiert hatte, zu spielen. Fideln und Lauten wechselten sich harmonisch mit Posaunen und Pauken ab. Leidenschaftliche Musik durchflutete den Saal.

Loreena kniff verbissen die Lippen zusammen. Wie verliebt Aroq Amorgene ansah! Galant und respektvoll. Sie trug ihre schwarzen Locken offen.

Verführerisch warf sie hin und wieder eine Haarsträhne über die Schulter. Sie trug ein anthrazitfarbenes Kleid mit eingearbeitetem Korsett. Es war so eng zusammengezogen, dass Loreena vermutete, ein Mann könne ihre Taille mit beiden Händen umfassen. Unauffällig streichelte Loreena über ihren Bauch. Abgenommen hatte sie während der Reise nach Firn. Von Amorgenes schlanker Erscheinung war sie jedoch immer noch weit entfernt. Die hervorstehenden Wangen gaben der Vampirin ein edles Aussehen. Loreena hätte nicht im Entferntesten gedacht, diese Fremde könnte einem Wandervolk angehören. Amorgenes Augen leuchteten wie rosafarbene Sterne – und strahlten Graf Aroq an.

Zahlreiche Paare betraten die Tanzfläche, während einige Mägde die restlichen Kerzen entzündeten. Plötzlich legte sich ein Schatten auf Loreena. „Darf ich?"

Verdutzt sah sie auf. Mogalls Spitzbart zuckte aufgeregt. Er reichte ihr seinen Arm. „Tanzen? Wir beide? Seid Ihr Euch sicher, dass das eine gute Idee ist?"

„Gut in meinen Augen." Er zwinkerte. „Ein Skandal in den Augen anderer."

Loreena erhob sich zögerlich. „Mensch und Vampir. Sie werden uns zerfleischen."

Lachend warf Mogall seinen Kopf in den Nacken. „Lasst uns etwas für die Völkerverständigung tun."

„Wir werden höchstens das Gespräch des Abends sein." Unsicher ließ sie sich von dem Vampir auf die Tanzfläche führen. Sie krallte sich in seine grüne Samtweste und wiegte sich zur Musik.

„Seit wann so schüchtern?", flüsterte Mogall und zog sie näher heran. „Ich habe Euch schon ganz anders erlebt. Ihr seid sehr wohl in der Lage, Euch gehenzulassen."

Sie errötete. „Ich tue nur das, was ich für richtig halte."

„Nun schaut nicht so verbissen. Ich riskiere auch viel mit einem Tanz, aber er ist es wert." Liebevoll streichelte er ihren Rücken. „Euer Auge schwillt bereits ab."

Loreena wich seinem Blick aus. Sie versuchte, die Gesichter der Tanzpaare zu deuten. Mit finsteren Mienen beobachteten die anderen sie, missbilligend und verstimmt. Dann sah sie Graf Aroq. Seine Haltung nahm etwas Animalisches an, als wäre er bereit, sie anzuspringen. Seine Augen funkelten vor Wut. Loreena spürte, dass er sich krampfhaft zurückhielt, um nicht in ihre Richtung zu stürzen und Mogall und sie auseinanderzureißen. Sein Arm umfasste Amorgenes Wespentaille. Es sah fast so aus, als würde er sich an ihr festhalten, um nichts Unüberlegtes zu tun. Weshalb musste Loreena nur immer wieder Ärger heraufbeschwören? Erst die unpassende Ballrobe. Nun der Tanz mit einem Vampir. Dabei musste dringend Ruhe einkehren, damit Küstenmark seinen Angriff auf Wölfing vorbereiten konnte. Der Anschlag sollte im Geheimen geplant werden. Zumindest vorerst war es hilfreicher, hinter den Kulissen zu operieren. Amorgene flüsterte Graf Aroq etwas ins Ohr, worauf dieser Loreena erbost ansah.

Ängstlich widmete sich Loreena Mogall. „Dieser Tanz bringt uns in Teufels Kü…“

„Psst!“ Sanft legte er seinen Zeigefinger an ihre Lippen. „Lasst uns nicht reden, sondern diesen Tanz genießen.“

Loreena wollte widersprechen, sich von ihm losreißen, aber sie besaß keine Kraft. Hatte sie noch beim Betreten des Saals den aufmüpfigen Schalk im Nacken verspürt, so fühlte sie sich auf einmal benommen. Konnte sie sich auf der Ebene Fallbö eine Erkältung zugezogen haben? Oder peinigte sie die Furcht vor der kommenden Schmach?

Sie krallte die Finger in seinen linken Oberarm, da sie fürchtete, ohnmächtig zu werden. Mogalls Lächeln schien eingefroren zu sein. Es rückte mal in die Ferne, mal kam es näher. Seufzend legte sie den Kopf in den Nacken. Als sie die Deckenmalerei betrachtete, erschrak sie. Die gemalten Werwölfe verfolgten fliehende Menschen, die ihre Panik hinausschrien. Gierig hieben die Bestien ihre Hauer in das Menschenfleisch, trennten Arme ab und zerfetzen Bäuche. Därme wickelten sich um den Kronleuchter. Blut tropfte von der Decke. Mogall! Er stand genau darunter. Mit weit aufgerissenen Augen musterte Loreena den Vampir. Sie betrachtete seinen blonden Haarschopf, seinen grünen Samtanzug, sein wächsernes Gesicht. Ihre Hände glitten über seine Schultern. Nichts! Kein Blutstropfen. Sie strich sich verstört über die Augen. Müde war sie nicht. Betrunken auch nicht. Was also …

Graf Aroq unterbrach ihre Gedanken. Er stand breitbeinig auf der Tanzfläche und klatschte in die Hände. Das Orchester verstummte. Lediglich der Mann mit der Trompete spielte ein paar Takte weiter, bevor auch er sein Spiel beendete.

„Es ist so weit, liebe Gäste.“ Aroqs Stimme klang dumpf, obwohl er nicht weit von Loreena weg stand.

„Amorgene wird uns nun eine Vorführung bieten, die außergewöhnlich ist, da eine Person mitwirken wird, von der niemand es vermutet hätte.“

Loreenas Wangen glühten. Zwei in Fell gekleidete Hünen ergriffen ihre Oberarme. Als wäre sie leicht wie eine Feder rissen sie sie aus den Armen Mogalls und trugen sie in die Mitte der Tanzfläche. Hektisch strömten die Tanzenden zu ihren Tafeln. Neugier spiegelte sich auf ihren Gesichtern wider. Sie glotzen und stierten.

Loreena wandte sich angewidert an Amorgene. Die Vampirin stand rechts von ihr und schwang eine Lederpeitsche.

„Euer garstiges Grinsen schüchtert mich nicht ein“, zischte Loreena.

Störrisch zog sie an ihren menschlichen Fesseln, doch die Männerpranken hielten sie fest. Die Hünen stanken nach Jauche. Ihre Augen waren blutunterlaufen. Loreena blickte über die Schulter. Amorgenes Helfershelfer, zwei zwielichtige Gestalten – ein verkrüppelter Greis mit linkisch zusammengekniffen Augen und ein Vermummter, der einen rothaarigen Skalp an seinem Gürtel trug – bauten die Requisiten auf. Das Orchester verschwand durch einen Nebeneingang. Was kam nur auf sie zu? Fragend blickte sie zu Aroq, der mittlerweile an Wors Tafel Platz genommen hatte. Mit erstarrter Miene verfolgte er das Geschehen auf der Tanzfläche.

Plötzlich bemerkte Loreena, dass die Atmosphäre sich seltsam verändert hatte. Der Saal glich einem Tollhaus. Im Gegensatz zum Grafen feierten die Gäste ein stimmungsvolles Fest. Sie prosteten sich lauthals zu. Die ingrimm'sche Delegation sang Trinklieder. Grölend stimmte sie Triumphgesänge an und vergoss Rotwein auf Tafel und Boden. Selbst die sonst so reservierten Vampire lachten unentwegt. Blut floss ihre Mundwinkel hinab. Ein bizarres Szenario. Loreena schüttelte den Kopf, als versuche sie, ein Trugbild loszuwerden. Benommen blickte sie in die glasigen Augen König Wors. Er klopfte sich erheitert auf die Oberschenkel. Führte er eine Konversation mit seinem Spiegelbild im Fenster? Lomas torkelte zu Artin und fiel ihm um den Hals. Klavorn und Wolweer lagen mit den Oberkörpern auf der Tafel und leckten das verschüttete Blut auf. Der Ballsaal glich einem Hexenkessel. Die Gäste führten sich wie Tiere auf, verloren die Kontrolle. Loreena dagegen fühlte bleierne Müdigkeit. Sie konnte sich kaum auf den Beinen halten. Amorgene und ihre Helfer verfolgten die Entwicklung mit kühler Gelassenheit. Hatte diese Höllenbrut etwas in die Getränke getan, um die feiernde Gesellschaft zu berauschen? Unmöglich. Loreena hatte nichts getrunken. Verzweifelt versuchte sie, klar zu denken, doch das Gefühl der Trunkenheit nahm zu. Was ging hier vor sich? Allein Graf Aroq blickte sie starr, gar maskenhaft an. Keine Gefühlsregung zeigte sich auf seinem Gesicht. Blieb er als Einziger verschont? Oder war seine mystische Kraft stark genug, dem zu trotzen, was immer es war?

„Deine Zeit ist gekommen." Peitsche schwingend trat Amorgene an Loreena heran. Immer wieder knallte das Ende des Lederriemens auf den Marmorboden und zuckte zurück, mal kurz vor Loreenas Stiefelspitzen, mal zwischen ihren Beinen. Die Vampirin grinste verschwörerisch, während sie den Lederriemen langsam über Loreenas Nacken gleiten ließ, sodass sie erschauderte. Ein Mann, der auf Händen und Füßen lief, reichte der Vampirin einen Kelch mit Blut. Über und über war sein Körper mit starkem braunem Haar bedeckt. Amorgene fischte eine Ampulle aus ihrem Dekolleté. Lasziv seufzend tropfte sie den Inhalt in den Kelch. Sie reichte die Ampulle dem behaarten Mann, der diese zwischen die Zähne nahm und davonkrabbelte. Mit dem Zeigefinger verrührte Amorgene die Flüssigkeiten.

An der Hand der Vampirin bemerkte Loreena einen Silberring mit einem imposanten Siegel, das eine Spinne mit dem Buchstaben „B" auf dem Rücken zeigte, doch das Siegel war zur Handfläche gedreht. Wollte Amorgene es verstecken? Loreena erinnerte sich an die Geschichte, die Bortlam ihr erzählt hatte; und dem Buchstaben „B" an seiner damaligen Haustür in Föhn. Steckte die Vampirin mit Bortlam unter einer Decke? Gründe besaß der bullige Blutsauger genug.

Amorgene lutschte das Blut vom Finger und lächelte zufrieden. Schließlich hielt sie den Kelch an Loreenas Lippen.

„Kommt schon, Kätzchen“, hauchte ihre Stimme samtweich. „Ihr werdet es trinken, so oder so.“

Loreena presste die Lippen aufeinander. Einer der Hünen grub seine Hand in ihr Haar und riss ihren Kopf in den Nacken. Unweigerlich öffnete sich ihr Mund. Amorgene kippte den kompletten Kelchinhalt in Loreenas Rachen und sie schluckte gezwungenermaßen. Der Hüne löste den Griff. Würgend beugte sich Loreena nach vorn. Blut lief ihre Mundwinkel hinab. Es schmeckte intensiv, lag samtig weich auf ihrer Zunge, lief warm ihren Rachen hinunter. Der metallische Geruch kroch in ihre Nase. Angewidert wollte sie sich das Blut vom Kinn wischen, aber die Hünen hielten ihre Arme fest. Loreena kochte vor Wut. Sie wollte Amorgene die schwarzen langen Haare vom Kopf reißen, sie ihr um den Hals legen und sie würgen. Sie verspürte Lust, das Korsett der Vampirin noch enger zu schnüren, bis diese keine Luft mehr bekam. Loreena war zornig wie nie zuvor im Leben. Mit aller Kraft zog sie an ihren menschlichen Fesseln. Sie zappelte und zerrte. Doch plötzlich hielt sie inne. Sie konnte wieder klar denken! Der Zustand der Benebelung war verschwunden. Deutlich sah sie die feiernde Menge. Die Gäste machten den Anschein, als wären sie weggetreten. Selbst Aroq schien nicht er selbst zu sein. Starr schaute er auf Amorgene. Er sah so regungslos aus wie die Wachsfigur, die Loreena auf einem Jahrmarkt vergangenen Sommer betrachtet hatte.

„Ihr habt sie alle verhext!“, kreischte sie.

Amorgene ließ ihre Peitsche in ihre Richtung schnellen. Der Lederriemen zuckte über Loreenas Hüfte. Schmerzerfüllt schrie sie auf.

„Das ist zutreffend. Von Hexerei zu sprechen mag vielleicht etwas übertrieben sein. Aber …“ Die Vampirin lachte. „Ich werde Euch nicht zu viel verraten. Damit Ihr jedoch meine Vorführung bei hellem Verstand miterlebt, habe ich Euch eine Mixtur zu trinken gegeben. Schließlich ist dies Euer großer Auftritt.“

„Diese Vorführung hat nicht den Sinn, mich lächerlich zu machen. Habe ich recht?“

„Stellt sie in Position!“ Amorgenes Peitsche surrte durch die Luft.

Die Hünen zerrten Loreena in den hinteren Bereich der Tanzfläche, wo vorher das Orchester vor dem bordeauxroten Gobelin gespielt hatte. Neben dem Wandteppich hatte das Wandervolk ein Brett aus Ebenholz an die Wand gestellt. Blutkrusten schimmerten auffällig auf dem schwarzen Holz. Die Männer stellten Loreena mit dem Rücken an das Brett und hielten ihre Arme weit vom Körper gespreizt. Loreena versuchte, sich loszureißen. Aussichtslos! Was hatte Amorgene vor?

Die Vampirin wandte sich an die Gäste, die ihr jedoch kaum Aufmerksamkeit schenkten. „Verehrtes Publikum. Nun zeigen wir Ihnen eine Darbietung der besonderen Art. Mögen wir auch nur gewöhnliche Tricks beherrschen, so würzen wir sie doch mit einer Prise Exotik.“ Einige wenige Anwesende klatschten, darunter Lomas und Wor. Die meisten konzentrierten sich weiterhin auf das Wetttrinken und die Fressorgien.

Wie ein Rudel wilder Bestien, dachte Loreena und schaute zur Deckenbemalung. Hatte diese einen magischen Einfluss auf die Gäste? Unmöglich – war die Wolfsburg doch Graf Aroqs Domizil, aber der war offensichtlich ebenfalls einem Zauber erlegen.

„Dies ist Euer Abend." Ein Dolch mit perlmuttfarbenem Griff tauchte in Amorgenes Hand auf, die sich zu Loreena herumdrehte. „Ich tue Euch lediglich einen Gefallen."

Loreena schluckte. Die gebogene Klinge blitzte im Kerzenschein auf, als die Vampirin das Messer provozierend in der Luft umherschwenkte. Sehnlichst wünschte sich Loreena eine größere Anzahl Kerzen neben der Tanzfläche. Während die Gäste von einigen Hundert Tropfkerzen umgeben waren, hüllte sich der hintere Teil der Tanzfläche in Dunkelheit. Sie vermutete Absicht dahinter, so konnten die Gäste kaum sehen, was wirklich vor sich ging. Verzweifelt versuchte sie, Graf Aroqs Aufmerksamkeit zu erlangen, aber sein Blick war leer. Er starrte regungslos in ihre Richtung. Weshalb sollte er ihr auch helfen? Dieses Hexenspiel war seine Rache.

Schon schnellte der Dolch heran. Loreena stockte der Atem. Steif stand sie an der Wand, die Arme durch die Hünen gespreizt wie bei einer Kreuzigung. Würde sich die Klinge wie ein Nagel zur Fixierung in ihr Handgelenk bohren? Loreena hatte sich geschworen, nicht schwach zu sein. Die Zeit, zu handeln, war gekommen. Sie atmete tief durch. Mit aller Kraft zerrte sie an ihren menschlichen Fesseln. Sie schmiss ihren Körper zur rechten und zur linken Seite, ging in die Knie. Die Hünen sahen sie erstaunt an. Brutal rissen sie Loreena hoch. Der Dolch erreichte sein Ziel. Er bohrte sich in das Ebenholzbrett, unweit von Loreenas Pulsader. Die Klinge war nur daumenbreit von ihrem Handgelenk entfernt. Hätte sie nicht gegen die fleischigen Fesseln angekämpft …

Ungläubig schüttelte sie den Kopf. „Ihr kennt keine Grenzen."

Amorgene präsentierte Loreena vier weitere Dolche. „Natürlich nicht. Wir sind ein Wandervolk." Ihre Stimme klang rauchig und eiskalt. „Haltet sie gefälligst besser fest!"

Die Hünen hielten Loreenas Handgelenke und drückten gleichzeitig gegen ihre Schultern. Doch Loreena kämpfte! Sie stemmte sich gegen die Pranken und trat nach den Männern.

Plötzlich schnellte der zweite Dolch heran. Er bohrte sich in die Außenseite von Loreenas Oberschenkel. Schmerztrunken biss sie sich auf die Lippe, bis sie Blut schmeckte.

„Hättet Ihr Euch nicht bewegt, hätte ich Euch nicht getroffen." Amorgene küsste die Klinge des dritten Dolchs und hielt ihn hoch. Der Perlmuttgriff glänzte im Kerzenlicht, während die Klinge stumpf und verrostet war. „Also, entscheidet Euch."

Loreena dachte fieberhaft nach. Wie konnte sie sich aus dieser abartigen Situation befreien? Es musste einen Weg geben. Es gab immer einen Ausweg. Weshalb fiel ihr gerade jetzt keine Möglichkeit ein? Gegen die Kraft der Hünen war sie machtlos. Loreena besaß lediglich eine Chance, sich loszureißen, wenn die Männer sich in Sicherheit wiegten. Doch war sie in der Lage gegen die Panik zu arbeiten und still stehen zu bleiben?

Schwer atmend leckte sie sich das Blut von der Unterlippe. „Ich habe Graf Aroq mein Wort gegeben, dass ich diese Farce mitmache und ich halte mein Versprechen.“ Bewusst entspannte sie ihren Körper. Keine Gegenwehr. Keine Feindseligkeit sprach aus ihren Worten. Sie nickte den Hünen zu.

„Taten sprechen mehr als Worte.“ Amorgene warf den dritten Dolch.

Ängstlich sah Loreena ihn näherkommen. Die Hünen hielten sie noch immer an Unterarmen und Schultern fest. Es gab kein Entrinnen. Sie musste das Spiel mitspielen, bis die Männer dachten, Loreena hätte aufgegeben, zu kämpfen und ihr dadurch Raum ließen. Tapfer vermied sie es, sich zu bewegen. Erneut suchte sie Blickkontakt mit Aroq. Vergeblich. Als die Klinge zwischen ihre leicht gespreizten Oberschenkel unweit ihres Unterleibs in das Brett stieß, schrie sie vor Schreck auf. Loreena brauchte einige Zeit, bis sie wieder klar denken konnte. Dieses Mal war sie unverletzt geblieben. Dieses Mal!

Bösartig klatschte die Vampirin Beifall, sodass ihre zahlreichen Ringe hörbar gegeneinanderstießen. „Wie überaus männlich stark von Euch. Ihr erinnert mich an einen Knaben, den ich mal kannte, und nicht an eine Jungfrau.“

Loreena errötete. In diesem Moment war sie froh über die Tatsache, dass niemand dieses peinliche Spektakel mitbekam. Obwohl Zorn sie peinigte, vermied sie es, diesem Luft zu machen.

Amorgene rieb die zwei letzten Klingen aneinander. Durch das Geräusch erschauderte Loreena. Ihre Nackenhaare stellten sich auf. Es ging ihr durch Mark und Bein. Als der vierte Dolch heranschnellte, schloss sie die Augen. Ihre Nerven lagen blank. Der Wunsch nach Gegenwehr war groß. Die Klinge bohrte sich in das Brett. Sie teilte das Schweinsleder von Loreenas Hose und schnitt in ihre Wade. Erschreckt riss Loreena die Augen auf. Sie starrte die Vampirin ungläubig an. Offensichtlich war Amorgene zu allem fähig. Sie weidete sich an Loreenas Angst. Grinsend hielt sie den fünften Dolch hoch. Sie leckte über die Klinge und strich über ihr pralles Dekolleté.

Loreena vermied es tunlichst, sich zu bewegen. Sie quälte ein Lächeln hervor und schenkte es den Hünen. Unerwartet ließen diese ihre Schultern los und hielten nur noch ihre Hände fest. Loreena versuchte, ihre Verblüffung zu verbergen. Stattdessen fuhr sie sich lasziv mit der Zunge über die Lippen. Einer der Männer streichelte ihren Unterarm. Seine dicken Finger wanderten zu ihrem Oberarm und suchten ihren Busenansatz. Er widerte Loreena an. Aber noch immer verharrte sie bewegungslos. Sie nahm allen Mut zusammen und konzentrierte sich auf den letzten Dolch. Sicherlich hatte Amorgene mit der letzten Klinge etwas Besonderes vor. Loreena war auf der Hut. Würde ihre Stärke reichen?

Bevor sie weiter nachdenken konnte, warf die Vampirin den Dolch. Er flog geradewegs auf Loreenas Herz zu. Sie war vor Schreck erstarrt. Konnte

Amorgene wirklich so abgebrüht und kaltblütig sein?

Du musst dich bewegen. Du musst dich bewegen, hallte es in Loreenas Gedanken wider. Der Schrecken saß tief. Die Angst war groß. Lomas und Wor brauchten sie. Ingrimm brauchte sie. Und sie liebte das Leben. Sie würde nicht untergehen, ohne zu kämpfen.

Plötzlich schrie Loreena ihren Frust hinaus. Mit aller Kraft, die sie aufzubringen vermochte, zog sie an ihren menschlichen Fesseln. Sie beugte sich vornüber und stemmte sich mit den Füßen an dem Ebenholzbrett ab. Leicht riss sie sich von dem Mann los, der sie gestreichelt hatte. Doch der zweite Hüne hielt sie gewaltsam fest. Sie bückte sich blitzschnell, legte ihre Finger um den Perlmuttgriff des Dolchs, der ihre Wade angeritzt hatte. Panik überkam sie, als sie ihn aus dem Brett herauszog. War sie schnell genug? Sie wandte sich dem Hünen zu, der sie immer noch festhielt, und rammte ihm die Klinge in den Bauch. Sein Schmerzensschrei gellte durch den Saal. Mit beiden Händen umschlang er den Griff und zog die Klinge heraus.

Loreena spürte die Hände des zweiten Mannes an ihrem Arm. Die Klinge des letzten Messers bohrte sich hinter ihr in das Brett, ohne sie zu treffen. Schnell flitzte sie gebückt nach vorn. Dies war ihre Chance zur Flucht. Einer der Gäste musste das Geschehen doch verfolgt haben! Wenn sie erst bei Lomas ankam, würde sie ihn schon wachrütteln. Ihr Blick klebte an Aroq. Sah er denn nicht, was vor sich ging?

Unglücklicherweise fiel sie, stolperte über etwas, knalle unsanft auf den schwarzen Marmorboden. Obwohl sie sich mit den Händen abfing, schlug ihr Kinn auf. Ihre Knie schmerzten. Sie drehte sich erschreckt um. Lachend krabbelte der absonderliche Mann auf allen vieren davon. Er tauchte im Dunkel einer Ecke unter. Sofort stürmten die Hünen herbei und rissen sie hoch. Als sie Loreena jedoch wieder freigaben, wunderte sie sich und wurde misstrauisch. Fackeln tauchten in den Händen der Hünen auf, sie spien dagegen. Eine Flüssigkeit ergoss sich in die Flammen und tünchte sie bläulich. Das Feuer griff nach Loreena. Schützend hielt sie die Hände vor das Gesicht und duckte sich. Eine Flamme entzündete ihre Haare. Loreena geriet in Panik. Sie ergriff einen Holzkrug, der auf einem Schemel abseitsstand, und goss die darin befindliche Flüssigkeit auf ihre brennenden Haarspitzen. Blut! Es färbte ihre sandfarbenen Haare in ein Höllenrot. Der behaarte Mann tauchte aus der Dunkelheit der Ecke auf. Bevor Loreena den Krug nach ihm schleudern konnte, rissen Pranken sie zurück. Mit der Schulter stieß sie eine Tropfkerze um. Heiß ergoss sich das Kerzenwachs über ihrem Handrücken. Doch nicht die Hitze schmerzte. Loreena hatte das Gefühl, ihre Haut würde brennen. Bevor sie dem merkwürdigen Schmerz mehr Beachtung schenken konnte, schleiften die Hünen sie zurück auf die Tanzfläche. Amorgenes heroisches Grinsen hieß sie willkommen. Obwohl sie unweit von Graf Aroq standen, klebte sein Blick verträumt an dem Korsett der Vampirin. Das Horrorszenario nahm er nicht wahr. Loreena fühlte unbändige Wut, aber auch Ohnmacht. Nichts, rein gar nichts vermochte sie gegen die

Übermacht des Wandervolkes zu tun. Wandervolk? Das klang wie ein Hohn. Wer waren diese Kreaturen wirklich?

„Kommen wir zum Höhepunkt.“ Mit ausgebreiteten Armen präsentierte Amorgene den grölenden Gästen einen Sarg aus dunkelrotem Teakholz, der erhöht auf einem Metallgestell vor der Tafel von Lomas, Wor und Aroq aufgebahrt war. „Loreena, Tochter von König Wor, in einer Totenkiste. Erzählen nicht die Menschen in ihren Sagen, wir Vampire würden in Särgen schlafen? Fünf Säbel werde ich durch die Schlitze stoßen. Wird Loreena lebendig heraussteigen oder werden die Klingen sie ...?“ Ein laszives Lachen beendete den Satz.

Loreena zerrte an der Umklammerung der Hünen, versuchte mit dem Holzkrug, den sie immer noch in der Hand hielt, nach ihnen zu schlagen. „Das kannst du nicht tun, Amorgene, nicht vor den Augen aller Gäste.“ Ihr Handrücken schmerzte höllisch. Sie betrachtete ihn. Erschreckt sah sie Brandblasen. Die Haut war feuerrot und geschwollen. Das konnte unmöglich gewöhnliches Wachs sein.

Die Männer zogen sie zum Sarg. Amorgene öffnete den Deckel.

Und Loreena schrie aus Leibeskräften: „Es sind die Kerzen. Lomas! Wor! Die Kerzen versetzen Euch in Trance. Seht Ihr denn nicht, was diese Hexe plant? Helft mir endlich. Graf Aroq, wacht auf! Ihr müsst Luft in den Raum lassen. Öffnet die Fenster!“

Sie meinte, ein Flackern in Aroqs Blick zu erkennen. Doch noch immer saß er wie eine Wachsfigur. Halt! Erhellte sich seine Mimik nicht?

Beharrlich zerrten die Hünen Loreena in den Sarg. Der eine umfasste ihre Unterschenkel und hob sie hoch, während der andere ihren Oberkörper in die Kiste beförderte.

Warum half ihr niemand? Vielleicht war dieses Komplott Aroqs Idee. Hilflosigkeit und Zorn wechselten sich ab. Sie stemmte sich mit einer Hand am Sargrand ab. Mit der anderen schlug sie den Krug auf das Haupt des Hünen, der ihre Beine trug. Aussichtslos. Das Spiel war vorbei. Sie hatte verloren. Wütend schmiss sie den Krug in Aroqs Richtung. Doch er traf den Grafen nicht, sondern das Fenster hinter ihm. Klirrend zerbrach es. Scherben prasselten auf Aroq und Wor.

Die Hünen schlugen auf Loreenas Wunden. Ihre Gegenwehr erstarb. Kraftlos glitt sie in den Sarg. Sie hörte Amorgenes gehässiges Lachen, bevor sich der Sargdeckel schloss. Hilflos lag sie in der Teakholzkiste, drehte sich mühsam auf den Rücken. Sie winkelte die Arme an und hieb immer wieder gegen den Sargdeckel. Verzweifelt stemmte sie die Knie dagegen. Er rührte sich nicht. Loreena konnte nichts mehr tun. Sie war verloren.

Da stieß der erste Säbel in den Innenraum. Gerade noch konnte sie ihre Beine einen Fingerbreit spreizen. Schon fuhr die Klinge durch einen Spalt im Deckel zwischen ihre Knie. Ihr Herz raste. Tränen stiegen ihr in die Augen. Das konnte alles nicht wahr sein! Sie hatte so viel in der vergangenen Zeit durchgemacht –

und verlor am Ende doch gegen die Vampire.

Tränenbäche liefen über ihre glühenden Wangen. Kaum wischte sie die Tränen fort, stieß ein zweiter Säbel durch den Deckel. Die Klinge blieb dort stecken, wo vorher noch Loreenas Fingernägel das Holz zerkratzt hatten. Loreena atmete schwer. Todesangst quälte sie. Sie ertrug die Enge nicht länger. Loreena wollte Amorgene in die Augen sehen, wenn sie schon sterben musste. Mit aller Kraft drückte sie gegen den Sargdeckel. Sie trat gegen die Wände, kratzte an der Unterseite und hämmerte gegen die Seiten. Wie eine Furie rollte sie sich hin und her und kreischte. Aber nichts geschah. Das Holz zerbrach nicht. Der Sarg fiel nicht vom Gestell. Loreena fügte sich lediglich Blutergüsse zu. Splitter schoben sich unter ihre Fingernägel.

Sie erschrak, als unerwartet der Deckel angehoben wurde. Eine große wächserne Hand streckte sich in das Innere des Sargs. Was für ein heimtückischer Plan war dies nun wieder? Loreena setzte sich – ohne die Hand zu ergreifen – aufrecht hin.

„Graf Aroq." Erstaunt riss sie die Augen auf. Müde sah das Oberhaupt Valkenhorsts aus, als hätte sich Graf Aroq gerade erst von seinem Nachtlager erhoben. Sein Blick war immer noch verklärt, jedoch schien sein Geist wacher zu sein.

„Steigt hinaus." Seine Stimme klang dünn. „Dies geht zu weit."

Ohne zu zögern, ließ sie sich aus der Totenkiste helfen. Er reichte ihr die Hand und sie sprang über den Sargrand. Amorgene schäumte vor Wut. Der sonst blasse Teint schimmerte rosafarben. Ihre Augen funkelten Loreena bösartig an. Einen der Säbel hielt sie vor ihren Oberkörper.

„Ihr, Graf Aroq, haltet mich davon ab, wie vereinbart einen Narren aus ihr zu machen?" Sie deutete provozierend mit der Klinge auf Loreena.

Bevor er etwas erwidern konnte, ergriff Loreena das Wort. „Welch ein Unsinn!" Noch immer hielt sie seine Hand und verstärkte ihren Griff. Sie deutete auf die unbeherrschten Gäste. „Seht die geifernden Gesichter. Hört das Gegröle. Selbst Klavorn liegt auf der Tafel und leckt Blutstropfen von der Holzplatte."

Amorgene schnalzte. „Sie feiern zu Recht die Unterwerfung Ingrimms."

Loreena klopfte auf Aroqs Schulter, sodass er sie verwirrt ansah. „Mustert mich von oben bis unten. Blutbesudelt, mein angesengtes Haar. Meine Kleidung ist zerrissen ..."

„Eure Kleidung war schon vorher in unangebrachtem Zustand", unterbrach die Vampirin sie.

Unbeirrt fuhr Loreena fort: „Mein Ansehen ist gesunken. Das ist es doch, was Ihr erreichen wolltet. Das ist es, was mich rettet."

Amorgene drängte sich zwischen Loreena und den Grafen. „Seid kein Tor ..."

„Schluss!" Aroq baute sich drohend vor ihnen auf. „Ich fühle mich kraftlos. Seit Jahren habe ich mich nicht schwach gefühlt. Etwas geht hier vor." Er rief einem betagten Diener mit schneeweißem Haar zu: „Blas die Kerzen aus. Öffne die Fenster.“ Dann wandte er sich wieder an sie. „Lasset uns feiern. Eurer Darbietung schenkt eh niemand Beachtung.“

Amorgene blinzelte erbost, während Aroq Loreena zur Tafel von Wor und Lomas zog. Doch Loreena riss sich los. „Ich kann nicht bleiben. Habt Verständnis.“

Ohne auf seine Einwilligung zu warten, lief sie zwischen den Tafeln hindurch. Ihr Blick streifte Bortlam, als sie durch die Tür eilte und die feiernde Gesellschaft verließ. Schwer atmend rannte sie den düsteren Gang entlang, der sie zum Ausgang führte, und stolperte die Stufen der Burg hinunter. Sie sprang in den Sattel des erstbesten Pferdes und galoppierte wie von Sinnen durch das Tor.

Loreena trieb ihr Pferd an. Sie wollte nur weg, fort von diesem Ort des Schreckens. Nicht einmal einen Umhang hatte sie in der Eile angezogen. Nun schlotterte sie vor Kälte. Doch die Festivität auf der Wolfsburg war um einiges frostiger gewesen. Nie und nimmer hätte sie gedacht, dass ihr Vater sich derart schnell den Vampiren zuwenden würde. Wie alle war er charmant um Amorgene herumgetänzelt.

„Nicht einmal Lomas spuckte auf die reich gedeckte Tafel, um Graf Aroq seine Ablehnung zu zeigen“, blaffte Loreena gegen den pfeifenden Wind an.

Zitternd hielt sie die Zügel. Ihre Finger waren steif und ihre Kleidung klamm vor Kälte. Immer wieder schaute sie ängstlich zum Graupelwald, der sich unweit finster erstreckte und die eisigen Nordwinde fernhielt. Doch der Wind war trotz des natürlichen Schutzwalls kalt genug, um sie permanent erbeben zu lassen. Oder war es Furcht? Furcht vor den Kreaturen der Nacht, die sich in Valkenhorst heimisch fühlten? Vor den Häschern Aroqs, die ihr hinterhergaloppieren könnten, um sie einzufangen? Nein! Sie hatte ihre Schuld beglichen. Vor aller Augen hatte sie sich lächerlich gemacht. Nun war sie wieder die dumme, wohlgenährte Tochter des Königs.

„Der Ruhm, den ich während der Reise nach Frostlande errang, ist bereits verblichen“, murmelte Loreena verbittert.

Würde das Volk der südlichen Krisis Lomas folgen? Lomas, der Hoffnungsträger. Lomas, der mit den Vampiren auf der Wolfsburg die Unterjochung Ingrimms feierte.

Loreena kämpfte gegen die Tränen an. Vielleicht hatte das Gefängnis aus Eis aus ihrem Bruder einen anderen Menschen gemacht, der in Frieden leben wollte. Oder er besaß keine Kraft mehr, um zu kämpfen. Besonders, da er sah, wie sein Vater sich mit den Blutsaugern arrangierte. Was auch immer seine Gründe waren, der Anblick des auf der Wolfsburg feiernden Lomas schmerzte Loreena zutiefst. An was sollte sie noch glauben? Alle Hoffnungen schienen vernichtet.

Plötzlich schrak sie auf. Sie setzte sich kerzengerade in den Sattel. Wolfsgeheul! Aus dem Graupelwald in ihrer Nähe. Wie konnte sie so stur und leichtsinnig sein und allein nach Küstenmark reiten? Während sie zu den im Wind tanzenden Baumwipfeln sah, hielt sie den Atem an. Schweißperlen tropften trotz der nächtlichen Kühle von ihrer Stirn. Loreena wischte sie schluchzend weg. Erneut trieb sie ihren Gaul an.

„Komm schon!“ Sie beugte sich vor, sodass ihr Oberkörper fast auf dem Pferdehals lag. „Dort hinten liegt bereits die Grenzsiedlung Markscheid. Wir schaffen es. Reite geschwind …“

Wolfsgeheul unterbrach Loreenas Worte. Dunkle Gestalten krochen geduckt zwischen den Tannen hervor. Ihre Augen glühten in der Finsternis wie heiße Kohlen. Die Bestien kamen näher. Loreena presste ihre Beine an den Pferdekörper. Die Kreaturen bewegten sich erst langsam, rannten dann aber unerwartet los. Loreena erspähte eine Gestalt, die den anderen zögerlich folgte. Verbissen starrte Loreena in die Dunkelheit. Zuerst schlich der Schemen menschenähnlich zwischen Kiefern und Tannen hervor. Aber je mehr er sich duckte, desto geschmeidiger wurden seine Bewegungen, bis schließlich seine hundeähnliche Silhouette über die Wiese zu ihr herübergejagt kam.

Die Bestien kamen von überall her. Sie schossen aus dem Graupelwald auf Loreena zu, standen unvermittelt hinter und vor dem Pferd. Der Gaul bäumte sich auf. Schnaufend kam er zum Stehen und wieherte nervös. Er spürte Loreenas Angst. Amorgenes Tötungsversuchen war sie knapp entgangen und sah erneut dem Tod ins Gesicht.

Die Werwölfe umzingelten sie. Hektisch blickte sich Loreena um, suchte nach einer Fluchtmöglichkeit, hoffte auf Hilfe. Nichts! Lediglich Nacht, das Säuseln des Windes und das Knurren der Wölfe. Aroq saß sicher auf der Wolfsburg und lachte sich ins Fäustchen über seinen gelungenen Streich. Amorgene fluchte über die verpasste Chance und Lomas und Wor kümmerten sich einen Dreck um ihr Schicksal. Sonst wären die Männer Tides ihr längst gefolgt. Nun musste Loreena einer Horde Werwölfen die Stirn bieten.

Die Wölfe näherten sich jaulend und sabbernd, rot glühende Augen blickten gierig auf sie und das Pferd. Der Gaul trippelte unruhig auf der Stelle herum. Loreena befürchtete, dass er sie abwerfen könnte, und tätschelte beruhigend seinen Hals. Auf Rettung konnte sie nicht hoffen. War alles vorbei? Hatte sie die Schmach von Amorgenes Vorführung umsonst über sich ergehen lassen?

„Nein!“, schrie Loreena aus voller Kehle.

Überrascht hörten die Wölfe auf, zu knurren. Sie reckten ihre Nasen in die Höhe und schnüffelten.

Loreena nahm allen Mut zusammen. „Ihr habt einen Pakt mit Graf Aroq geschlossen. Vergesst das nicht! Auch wenn ihr euren animalischen Instinkten nachgeben wollt, so habt ihr doch Aroq und Fedlor und auch eurem verdammten Rappaschumah gegenüber einen Schwur geleistet.“

Bei dem Wort „Rappaschumah“ horchten die Werwölfe auf. Sie erstarrten in ihrer Bewegung. Kein Jaulen. Kein Knurren. Kein Scharren im Sand des Weges.

Erschreckt über ihre Worte weitete Loreena die Augen. Sie prüfte die Reaktion ihrer Angreifer. Ihr loses Mundwerk hatte sie ins Visier von Grafen Aroq gebracht. Brachte es sie nun um Kopf und Kragen?

„Ich meine, also …“, stammelte sie. „Es stimmt doch. Rappaschumahs Jünger genießen Freiheiten in Valkenhorst, die nur durch das Abkommen zwischen dem Grafen der Vampire und dem Oberhaupt der Werwölfe ermöglicht wurde. Wenn … wenn ihr dagegen verstoßt, werdet ihr euresgleichen nicht nur in Verruf bringen, sondern auch Rappaschumah … nun ja, erzürnen.“

Sie umfasste die Zügel so fest, dass sich die Lederriemen in ihre Handflächen drückten. Loreena spürte die Kälte nicht mehr, nur den eisigen Griff des Todes. Ängstlich spähte sie zur Siedlung Markscheid, die friedlich in der Ferne lag und deren Bewohner nichts von ihrer misslichen Situation ahnten. Würde doch nur eine Wache sie zufällig bemerken oder Reisende diesen Weg entlangkommen. Konnte das Schicksal ihr nicht einmal seine Gunst erweisen?

„Anhänger Rappaschumahs retteten mir vor einigen Tagen im Gallenforst das Leben, als ich mit der Armee Valkenhorsts Seite an Seite kämpfte.“ Ihr Herz raste. „Es wäre nicht logisch, wenn Werwölfe mich nun töten würden.“

Noch immer bewegten sich die Kreaturen nicht, die weder Mensch, Tier noch Vampir waren. Schließlich rannte der erste Werwolf zurück in den Graupelwald. Als Geheul aus dem Wald erklang, liefen die anderen zu ihm. Die Finsternis verschluckte die Werwölfe.

Loreena schloss für einen Moment die Augen und dankte Bortlam dafür, dass er ihr Graf Aroqs Geschichte erzählt hatte. Konzentriert lauschte sie ihrem Atem, der das Säuseln des Windes übertönte. Sie beruhigte sich nur langsam.

In den nächsten Tagen werde ich mich aus allem raushalten, ermahnte sie sich. Keine verbalen Attacken gegen Graf Aroq. Lomas und Wor werde ich aus dem Weg gehen. Zu tief haben sie mich verletzt. Ich werde mich an Gamtams Schulter lehnen – wie damals als Kind – und ihre Umarmung genießen.

Sie trieb ihren Gaul an. Artig trabte er los. Als sie die Siedlung Markscheid passierten, fand Loreena ein schlafendes Dorf vor. Keine Menschen. Keine Vampire. Nur eine dösende Wache, die nicht einmal die Laute der Hufe auf dem Sandweg vernahm. Ohne anzuhalten, ritt sie weiter bis Küstenmark. Kaum lenkte sie ihr Pferd durch die Straßen ihrer Heimatstadt, fiel Loreena ein Stein vom Herzen. Sie war zu Hause. Jetzt würde alles besser werden.

Loreena stand am Treppenabsatz und reckte sich. Gähnend rieb sie sich die Augen. Sie hatte lange geschlafen, aber die vergangenen Wochen waren auch eine Tortur gewesen. Traurig strich sie über ihren schulterlangen Zopf. Ihre Kammerzofe Pati hatte die angesengten Haarspitzen abschneiden müssen. Nun war er ein gutes Stück kürzer.

Scheppern, Poltern und Geschrei drangen aus dem Erdgeschoss zu ihr. Geschäftigkeit? Sie hatte vermutet, dass sie Tide nach den Festivitäten auf der Wolfsburg allein für sich hatte.

Neugierig geworden raffte Loreena den Stoff ihres burgunderfarbenen Baumwollkleids und schritt die Stufen hinab. Sie gluckste. Welch ein seltsames Gefühl, nach einer derart langen Zeit wieder ein Kleid zu tragen! Lieber wäre sie in eine Hose geschlüpft, empfand sie diese doch als weitaus bequemer.

Loreena kam an einem Fenster vorbei. Sie lugte in den Innenhof der Festung und beobachtete erstaunt die zahlreichen Mägde und Diener, die zügig ihre Arbeit verrichteten. Zwei Köche mit blutverschmierten Schürzen luden frisch erlegte Wildschweine und Hirsche von einem Wagen auf ihre Schultern und trugen sie in die Küche. Drei Knaben schleppten ein Weinfass aus den Katakomben hoch. Während der Blonde von ihnen es zum Festsaal rollte, rannte die zwei Dunkelhaarigen gleich wieder die Treppe hinunter. Ein Bursche mit rosigen Wangen fegte den Eingang des Pferdestalls. Sogar die Messingbeschläge des Tores polierte eine Magd. Was ging auf Tide vor?

Eilig lief Loreena die restlichen Stufen hinab. Jede Bewegung schmerzte. Obwohl Pati Kräuterverbände auf die Wunden gelegt hatte, taten sie immer noch weh.

Loreena entdeckte die Köchin, die sich mit einem Stock den Weg in die Küche ertastete. „Gamtam!“ Freudestrahlend ging sie zu der fülligen Alten, die ihr schönes schwarzes Haar mit den grauen Strähnen hochgesteckt hatte.

„Loreena, mein Kind. Weshalb so aufgeregt?“

„Was geschieht auf der Festung? Ich dachte, die Männer schlafen den ganzen Tag ihren Rausch aus.“

Gamtam schaute mit ihren milchigen Augen ins Leere. „Morgen wird das Fest der Vampire auf Tide stattfinden.“

„Morgen schon?“

„Sie ritten mit König Wor und Lomas in den Morgenstunden auf Tide ein. Früh weckten sie die Bediensteten.“

Loreena strich gedankenverloren eine kurze Haarsträhne hinters Ohr. „Weshalb die Eile?“

„Eile. Mein Stichwort. Ich muss gehen. Es gibt viel zu tun.“ Sie winkte zum Abschied mit ihrem Stock und schritt in Richtung Küche.

Loreena seufzte. Sie hatte mehr erfahren wollen. Friedlich hatte sie in ihrem Bett geschlafen, dabei wimmelte es auf Tide vor Vampiren.

Zwei kleine rundliche Diener trugen Fässer herein, setzten sie ächzend im Gang ab und rollten sie an Loreena vorbei in den Saal. Fässer, die nicht aus Küstenmark stammten und wahrscheinlich auch keinen Wein enthielten. Zu dunkel war das Holz und Wein lagerte man nur in massiven Eichenholzfässern.

Loreena schlenderte zum Ausgang. Sie öffnete den zweiten Flügel der Tür, damit sie den Dienern nicht im Weg stand, und sah hinaus. Der Himmel zeigte sich freundlicher als an den Tagen zuvor. Die Wolken waren hellgrau und zogen zügig voran. Kein Tropfen fiel herab. Lediglich der Steinboden des Hofes glänzte von den Regengüssen der vergangenen Tage. Kühl war es dennoch. Loreena konnte ihren Atem sehen und schlang ihre Arme um den Körper. Ihr Blick schweifte über die Anwesenden, die geschäftig den Hof bevölkerten.

Sie erschauderte. „Zu viele wächserne Gesichter.“

Klavorn stand gestikulierend an einem Wagen und dirigierte die Diener, welche die dunklen Fässer von einem großen Planwagen abluden. Loreena ahnte, was sich darin befand. Angewidert schüttelte sie den Kopf, als könne sie damit den Gedanken abschütteln. Fünf ingrimm'sche Krieger beäugten das Geschehen. Argwöhnisch blickten sie den Vampir mit den buschigen Augenbrauen und den kinnlangen Koteletten an. Ein Buckliger tuschelte hinter vorgehaltener Hand, während die anderen auf den Boden spuckten und die Nasen rümpften.

„Hoffentlich geht das gut", murmelte Loreena.

„Hoffentlich geht was gut?"

Erschreckt flog sie herum. „Lomas!"

Er stellte sich lächelnd neben sie und schaute in den Hof hinaus.

Sie entspannte sich. „Bei Feierlichkeiten auf der Wolfsburg mögen die ingrimm'schen Gäste schweigen. Bei Festen auf Tide könnte es passieren, dass sie ihrem Unmut Luft machen."

„Alles wird ruhig bleiben."

„Wie kannst du so sicher sein und gelassen bleiben?"

„Sie sind nicht so dumm und suchen einen offenen Krieg mit Valkenhorst."

„Auf dem Bankett morgen Abend könnte Ingrimm alle wichtigen Vampire mit einem Schlag vernichten."

„Ohne die *Purpurne Schriftrolle* und den *Schutz* haben sie keine Chance. Sie wissen das."

Loreena runzelte die Stirn und betrachtete ihren Bruder von der Seite. Er war dürr, aber sein Teint hatte wieder einen rosigen Schimmer bekommen. „Du sprichst, als wäre es nicht dein Kampf, sondern nur ihrer."

„Meine Liebe", zärtlich streichelte er ihren Oberarm, „unsere Zeit wird kommen. Wir müssen Geduld haben und dürfen nicht hitzköpfig sein. Deine Beharrlichkeit in allen Ehren, aber das morgige Fest ist nicht der richtige Zeitpunkt für einen Angriff."

„Morgen Abend wird etwas passieren. Ich spüre es."

„Ihr Frauen …", lachte Lomas. Sanft knuffte er sie in die Seite und schaute wieder in den Hof.

„Hast du nicht gesehen, was gestern auf der Wolfsburg geschehen ist?"

„Wovon sprichst du?"

„Von Amorgene und ihren bösartigen Attacken, ihrem Spiel mit mir vor aller Augen."

„Du hast wacker bei der Vorführung mitgewirkt. Nur ein Kleid hättest du wirklich tragen sollen."

„Mitgewirkt? Sie hat versucht, mich …"

„Schwesterchen, du reagierst zu leidenschaftlich auf die Vampire. Wir müssen klar denken."

„Du musst es doch mit eigenen Augen gesehen haben. Du warst dort."

„Ich habe nur miterlebt, wie du dich einmal wieder in den Mittelpunkt gedrängt hast. So kenne ich dich gar nicht. Vor meiner Gefangenschaft warst du anders. Hat deine Veränderung vielleicht mit Graf Aroq ..."

„Die Kerzen versetzten alle Gäste in eine Art Trance."
„Du gehst zu weit."
Loreena schluckte. Sie konnte nicht glauben, was Lomas von sich gab. „Dem Kerzenwachs hat das Wandervolk etwas hinzugemischt. Das hat nichts mit Zauberei zu tun." Sie dachte darüber nach, ihm ihre Wunden zu zeigen, doch dann bemerkte sie, wie zwei Personen vom Saal zur Küche schlenderten. „Wor und Amorgene! Sie versucht erneut, ihn um den Finger zu wickeln."
„Er ist nur gastfreundlich. Du musst zugeben, dass sie eine Augenweide ist."
„Sie ist gefährlich."
„Sie ist nur eine Frau."
Loreena flog herum. „Nur eine Frau? So denkst du bestimmt auch über mich."
„So war das nicht gemeint." Lomas Lächeln verschwand.
Sie rang nach Luft. Außer sich vor Wut raffte sie den Stoff ihres Kleides und rannte zur Treppe.
„Halte dich vom Nordtrakt fern", rief Lomas ihr hinterher. „Dort ist die Abordnung Valkenhorsts einquartiert."
„So ein ungehobelter Kerl", blaffte sie, als sie die Stufen zu ihrem Gemach hochstieg. „Unser Hoffnungsträger? Ein Jammerlappen scheint er geworden zu sein."
Oder war er Amorgene ebenfalls verfallen wie jeder andere Mann? Nur Mogall hatte sie noch keines Blickes gewürdigt. Mogall. Aber er war Loreena auch nicht zu Hilfe gekommen, als Amorgene sie mit Dolchen bewarf und mit Säbeln traktierte. Nicht einmal Aroq hatte sich gegen den Einfluss der Vampirin wehren können. Nur dem Krug, der nicht den Grafen, sondern das Fenster getroffen hatte und frische Nachtluft hereinließ, hatte sie es zu verdanken, dass Aroq aus seiner Trance erwachte.
Schnellen Schrittes ging sie in ihr Gemach und warf die Tür hinter sich ins Schloss. Konnte Amorgenes Macht größer sein als Graf Aroqs? Schreckliches würde auf dem morgigen Ball geschehen. Diese Vorahnung war zu stark, um pure Fantasie zu sein.
Loreena ließ sich aufs Bett fallen und war froh, allein zu sein. Keinen Schritt würde sie vor die Zimmertür machen. Zu viele Vampire schlichen in der Festung Tide umher. Während sie den himmelblauen Baldachin ihres Bettes betrachtete, grübelte sie, welche Ausrede sie vom Ball fernhalten könnte. Um nichts in ganz Krisis wollte sie am Bankett teilnehmen.

Verschlafen öffnete Loreena die Augen. Finsternis. Lediglich der schwache Schein einiger Fackeln im Hof drang durch das Fenster in ihr Gemach. Wie lange mochte sie geschlafen haben? Schwerfällig richtete sie sich auf und reckte die Arme. Sie fühlte sich gerädert. Zu viel Schlaf. An ihre Träume konnte sie sich nicht erinnern. Tief und fest hatte sie den ganzen Tag geschlummert. Nun war es Nacht und ihr Magen knurrte.
Sie stand auf und schlenderte zur Waschkommode. Gähnend goss sie Wasser

aus einem Krug in eine Porzellanschüssel und schöpfte kühles Nass in ihr Gesicht.

„Ah, das ist besser.“ Ihre Lebensgeister kehrten langsam zurück. Kaum hatte sie ihr Gesicht abgetrocknet, fühlte sie sich frisch wie Morgentau. Ihre Glieder schmerzten weitaus weniger als zuvor. Die Wunden juckten. Ein Zeichen der Heilung. Pati hatte gute Arbeit geleistet.

Loreena ging zum Fenster und linste hinaus. Keine Menschenseele zeigte sich im Hof. Nur die Wachen befanden sich auf ihren Posten. Zwei bullige Männer patrouillierten im Innenhof und schauten in jedes Gebäude. Der Rest stand auf der Mauer, um die Hauptstadt und den Wald Goblin zu beobachten. Es musste schon spät sein. Eine Fledermaus kreiste über der Festung und tauchte in der Finsternis unter.

Loreenas Magen knurrte und sie beschloss, die Küche aufzusuchen. Sie schritt zur Tür, öffnete sie ein Stück und lugte durch den Spalt. Der Gang war leer. Auf leisen Sohlen schlich sie hinaus und rannte leichtfüßig die Treppenstufen hinab. An jeder Biegung schaute sie um die Ecke, ob jemand in einem der anderen Gänge stand. Doch sie traf weder auf jemanden aus Valkenhorst noch aus Ingrimm. In der Küche schnitt sie sich eine Scheibe Kartoffelbrot ab, belegte sie mit Ziegenkäse und verschlang beides hungrig. Bei jedem Laut lauschte sie in die Stille hinein. Sie fühlte sich gefangen in ihrem eigenen Heim.

Nachdem sie das Brot verzehrt hatte, schnitt sie sich ein weiteres Stück Käse ab und machte sich auf den Weg zurück in ihr Gemach. Vorsichtig setzte sie einen Fuß vor den anderen, den Käse fest in der Hand. Graf Aroq könnte aus einer finsteren Ecke heraustreten und sie wieder nackt verschnüren. Für Amorgene und die zwei Hünen wäre Loreena eine leichte Beute. Selbst ein zweites Gespräch mit Lomas hätte sie in dieser Nacht nicht durchgestanden.

Loreena biss sich auf die Lippe. Sie benahm sich kindisch. Tide war ihr Zuhause. Niemand würde es wagen, sie in dieser Umgebung anzufallen. Sicherlich schliefen alle – entkräftet von der Reise nach Nebelhorn und dem Fest auf der Wolfsburg.

Sie blieb stehen, atmete tief aus und entspannte sich. Lächelnd betrachtete sie den Ziegenkäse. Sie roch den würzigen Duft. Verführerisch! Sie führte das Stück zum Mund – da wurde es plötzlich finster. Es dauerte einen Moment, bis sie begriff, was geschah. Jemand verschloss ihren Mund mit seiner Hand, stülpte einen Samtbeutel über ihr Haupt und legte einen Arm um ihre Hüften. Krampfhaft hielt sie den Käse fest. Sie hatte Angst, zu ersticken. Die Luft zum Atmen war gering.

Panisch trommelte Loreena mit den Fäusten gegen die Arme des Angreifers. Dieser schleifte sie mit sich, einige Stufen hinunter und durch unendlich lange Gänge. Dann hielt er an. Ängstlich lauschte Loreena. Rechts von ihr rückte jemand einen Stuhl. Links stellte jemand einen Becher ab. Geflüster aus allen Richtungen. Loreena bekam eine Gänsehaut. Man beobachtete sie. Sie spürte die Blicke auf ihrem Körper. Mit einem Mal wurde sie sich des Ziegenkäses in ihrer

Hand bewusst. Schnell stopfte sie das Stück in die Tasche ihres Baumwollkleides. Der Angreifer musste das beobachtet haben, denn er fesselte ihre Hände mit einem Strick hinter ihrem Rücken. Loreena fürchtete sich. Wer hatte sie entführt? In welcher Zwangslage war sie nun schon wieder?

Als Loreenas Angreifer ihr den Beutel vom Kopf nahm, kniff sie geblendet die Augen zusammen. Gerade noch konnte sie einen Blick auf den Tisch vor ihr werfen. Eine schwarze Kerze mit großer Flamme stand darauf. Schwarz war die Farbe Valkenhorsts. Loreena biss sich auf die Unterlippe. Sie blinzelte immer wieder, bis sich ihre Augen schließlich an den Kerzenschein gewöhnt hatten. Die Kerze war die einzige Lichtquelle. Unsicher schaute Loreena sich um. Sie machte in der Finsternis Schemen in der Ecke aus. Neun Männer, vermutete sie. Ihre Gesichter konnte sie nicht erkennen. Würde jeden Augenblick einer der Hünen vortreten und ihr ins Gesicht schlagen, begleitet von Amorgenes verächtlichem Lachen? Würde der Graf sich ihrer bemächtigen als ersten Schlag gegen Ingrimm?

Ein Mann trat aus der Finsternis. Er war schmächtig und ging aufrecht. Krause hellblonde Locken umspielten sein Antlitz. Knabenhaft waren seine Gesichtszüge, aber seine Augen funkelten aggressiv.

„Wir bedauern, diese Maßnahme treffen zu müssen. Die Zeiten sind heikel. Die Gesinnung vieler ist wie eine Fahne im Wind. Obwohl wir bei Euch guter Hoffnung sind. Sonst wärt Ihr nicht hier. Entschuldigt! Unsere Einladung war nicht standesgemäß."

„Artin", hauchte Loreena erstaunt. War er zu den Vampiren übergelaufen?

Er straffte die Schultern und stolzierte zum anderen Ende des Tisches. Durch den Kerzenschein wirkte sein heroisches Grinsen finster.

Artin räusperte sich. „Das Fest auf der Wolfsburg war unserer unwürdig. Das morgige Bankett auf Tide ist eine Farce. Menschen und Vampire dürfen keine Beziehung miteinander eingehen, egal welcher Natur diese Beziehung ist."

Eindringlich musterte er sie. Sie atmete schwer. Spielte er auf sie und den Grafen oder Mogall an? Natürlich war niemandem entgangen, dass es zwischen ihr und Aroq knisterte. Auch Mogalls Tanz mit ihr hatte für genügend Gerüchte gesorgt.

„Ich stehe auf Ingrimms Seite", verteidigte sie sich.

„Das haben wir ersehnt." Er nickte. „Sonst hätten wir nicht gewagt, uns Euch zu offenbaren. Ihr habt Fürsprecher unter uns. Wenn es nach mir gegangen wäre, hättet Ihr nichts von uns erfahren."

„Uns?"

Artin schlenderte um den Tisch herum und lehnte sich seitlich gegen die Tischplatte.

„Wir hätten verhindern müssen, dass die Vampire nach Küstenmark kommen. Mit aller Macht hätten wir sie bekämpfen müssen. Stattdessen luden wir sie sogar ein, mit uns zu feiern."

Sie schüttelte so heftig das Haupt, dass ihr Haarband sich löste und Strähnen ihr ins Gesicht fielen. „Graf Aroq hat bestimmt, dass ein Ball stattfinden wird.“

„Wir duldeten es“, zischte er. Wütend hieb er mit der Faust auf die Tischplatte. „Graf Aroq wird für seine Unverschämtheit büßen. Aroq wird vernichtet werden!“

Sie wehrte sich gegen den Gedanken. Ihr wurde übel. Hätte sie nur nichts gegessen! „Wollt Ihr die Vampire nicht nur in ihre Grenzen verweisen?“

„Wir werden alles tun, was in unserer Macht steht!“

Am Liebsten hätte Loreena ihm eine Ohrfeige für seine Überheblichkeit gegeben. Schließlich war sie die Tochter des Königs. Er maßte sich an, sie wie eine Magd zu behandeln und zu tun, als sei er der König persönlich – herablassend und erhaben. Aber sie kannte seine Hitzköpfigkeit, die er oft genug in letzter Zeit präsentiert hatte. Zudem war sie gefesselt und gefangen in diesem Raum. Da wollte sie kein Risiko eingehen und schnippisch werden. Wer versteckte sich noch in den dunklen Ecken?

„Was ist mit König Wor?“, fragte sie zögerlich.

Artin schnaubte. „Er ist ein Vampir.“

„Nicht im Herzen.“

„Er widmet seine Zeit ausschließlich den Blutsaugern.“

„Nie wird er seine Wurzeln vergessen.“

„König Wor hat uns in diese missliche Lage gebracht.“

„Er hat sich geopfert, um Ingrimm zu retten.“

„Der südlichen Krisis hat er den Untergang gebracht.“

„Er liebt sein Reich.“

„Unser Reich!“

„Ihr versteht das alles nicht. Lasst mich sein Verhalten begründen, seine Strategie erklären …“

„König Wor ist einer von ihnen, ein Vampir.“ Artin schritt auf sie zu und stützte sich rechts und links auf eine Stuhllehne. „Seid Ihr in der Tat so naiv, dass Ihr glaubt, er würde etwas tun, dass Valkenhorst schadet? Bald schon zieht es ihn ins Land der Finsternis. Dort wird er die Menschen unter Graf Aroqs Augen knechten.“

„Der Graf sicherte uns zu, dass mein Vater auf Tide bleiben darf.“

„Wie leichtgläubig!“

„Aroq reicht es, einen Vampir auf dem ingrimm’schen Thron zu wissen. Äußerlich ist Wor ein Blutsauger, innerlich ein Mensch.“

„Welche Nahrung nimmt Euer Vater zu sich?“

Loreena schwieg bedrückt.

„Ihr solltet Eure Zuneigung zu Aroq in Hass umwandeln, sonst bringt sie Euch eines Tages in Schwierigkeiten und uns ebenfalls.“

„Er wird sein Wort halten.“

„Er unterdrückt uns bereits in diesen Tagen, zwingt uns, einen Sieg zu feiern, den wir nicht feiern wollen.“

„Heute Abend zelebrieren wir Lomas Rückkehr.“

„Nein! Wir werden die Gläser auf Ingrimms Knechtschaft heben."
„Ohne die Hilfe der Vampire hätten wir meinen Bruder nicht aus dem eisigen Gefängnis Nebelhorns befreien können."
„Ihr verschönt und romantisiert die Blutsauger."
Loreena rang nach Luft. „Welch eine Unterstellung! Ich habe immer für unser Reich gekämpft, habe mich in Gefahr gebracht …"
„Ich auch!" Gereizt zog Artin sein Hemd aus der Lederhose und schob es hoch. „Diese Narbe fügte mir Graf Aroq zu, als ich Ingrimms Ehre verteidigte. Erinnert Euch. Ihr seid Zeugin gewesen. Für diese Schmach wird er büßen!"
„Auch ich zeigte ihm meine Missbilligung an diesem Abend."
„Ihr wart betrunken und habt Euch lächerlich gemacht. Doch Eure Wangen glühten nicht nur aufgrund des Rotweines."
„Hüte deine Zunge!"
„Des Grafen Kuss machte Eure Knie weich. Als seine Zunge über Euren Hals strich und den Wein ableckte, habt Ihr es durch und durch genossen."
Loreena stieß einen markerschütternden Schrei aus. Wütend sprang sie auf. Ihr war es egal, dass sie gefangen und umzingelt war. Nah trat sie an ihn heran, um ihm ihr Knie in den Unterleib zu rammen. Sie hielt seinem Blick stand. Auch wenn es das Letzte sein würde, das sie tat. Artin würde seine Anschuldigungen bereuen. Mochte er Loreena auch durchschaut haben, so würde sie dessen ungeachtet keine üble Nachrede dulden.
„Schluss! Hört sofort auf. Beide."
Loreena fuhr herum. Einer der Schemen bewegte sich. Artin funkelte den Mann böse an, als dieser aus dem schützenden Dunkel heraustrat. Das dunkelblonde schulterlange Haar klebte an seinen hageren Wangen. Eingefallen wirkte sein Gesicht. Nur seine großen meerblauen Augen strahlten.
„Bitte, Streit unter Verbündeten hemmt das Vorhaben." Lomas hob beschwichtigend die Arme. „Wir stehen auf derselben Seite. Da bin ich sicher."
Loreenas Herz raste. Ihr Bruder war einer der Entführer. Unfassbar! Traurig nahm sie wieder auf dem Stuhl Platz. Er hatte sich einverstanden erklärt, dass man eine Kapuze über ihren Kopf stülpte und sie in die Katakomben Tides schleifte. Er hatte zugesehen, wie man sie fesselte, mit Vorwürfen quälte – wie man ihren Vater in den Dreck zog.
Lomas blickte Artin ermahnend an. „Nicht meine Schwester ist Graf Aroq verfallen, sondern er meiner Schwester. Es wird gemunkelt, dass er die Menschen Küstenmarks bisher nicht zur Ader ließ, um Loreenas Gunst zu behalten."
„Weibergewäsch", blaffte Artin und steckte seinen Hemdsaum zurück in die Lederhose.
„Was hat ihn sonst abgehalten, das Reich in Schutt und Asche zu legen?" Lomas zuckte mit den Achseln.
Der blonde Heißsporn zeigte sich unnachgiebig. „Ihr messt der Liebe zu viel Macht bei. Aber gehen wir einen Moment davon aus, es wäre in der Tat an dem.

Beunruhigt es Euch nicht, dass der Graf sich Amorgene zuwendet?“

Ohne zu antworten, kratzte Lomas sein Kinn.

„Könntet Ihr bitte die Fesseln lösen?“ Loreena verdrehte die Augen. Ihre Handgelenke schmerzten. „Ich werde mich wohl kaum gegen zehn Männer zur Wehr setzen können, geschweige denn gegen meinen Bruder kämpfen.“

Grimmig löste Artin den Strick. Dann lehnte er sich gegen die Tischplatte. Während er Loreena beobachtete, wickelte er den Strick um seine Hände und zog provozierend daran.

„Du fragst dich, wer wir sind“, ergriff Lomas das Wort. „Nun, es wurde Zeit, den Geheimbund aufleben zu lassen.“

„Den Geheimbund?“ Sie runzelte die Stirn, während sie sich die Handgelenke rieb.

Ihr Bruder nickte. „Ich traue Graf Aroq nicht …“

„Seine Versprechungen sind nicht den Dreck unter meinen Fingernägeln wert“, unterbrach Artin ihn.

Lomas fuhr fort: „Die Zeit wird kommen, wo er die Menschen Ingrimms zur Ader lässt, weil die Quellen von Valkenhorst versiegen. Wir brauchen die *Purpurne Schriftrolle* zurück.“

„Die Königsfamilie kennt die Rezeptur“, brachte Loreena zaghaft hinaus.

„Es geht weniger um die Rezeptur“, erklärte ihr Bruder. „Die *Purpurne Schriftrolle* ist vielmehr ein Symbol. Sie wird der südlichen Krisis Kraft geben, an ihre Freiheit zu glauben.“

„Sie wird das Volk vor den Angriffen der Vampire schützen“, fügte Artin hinzu.

„Erst wenn wir sie in unserem Besitz haben, werden wir die Rezeptur herstellen. Danach greifen wir an. Es ist wichtig, Schritt für Schritt vorzugehen.“ Lomas nickte ihr zu.

„Dazu benötigen wir Eure Hilfe“, sagte er mürrisch.

Loreena horchte auf. „Meine Hilfe?“

Er brummte: „Nur des Nachts, wenn keine Vampire die Korridore Tides bevölkern, haben wir die Möglichkeit, unentdeckt an Aroqs Gemach heranzuschleichen.“

„Du musst ihn aus seinem Zimmer fortlocken“, fügte Lomas hinzu.

Sie schreckte auf. „Ich?“

Unbeirrt sprach ihr Bruder weiter: „Wir durchsuchen es nach der Schriftrolle. Ich bin mir sicher, dass er sie nicht auf der Wolfsburg zurückgelassen hat.“

„Aber man sagt, er trägt sie stets bei sich“, wandte sie ein.

„Wohl kaum nachts am Körper“, schnaubte Artin und warf das Seil in eine Ecke.

Erneut stieg Wut in Loreena auf. Artin nahm sie nicht ernst, obwohl er noch ein Knabe war. Aber sie würde ihm und allen anderen zeigen, was in ihr steckte. Sie reckte ihre Nase in die Luft. „In Ordnung.“

Artin schnaubte, während Lomas sie freudestrahlend umarmte.

„Ich wusste, du bist auf unserer Seite."

Ihr Bruder zog sie sanft auf die Beine. Sie hatte sich in ihm getäuscht. Seine Gelassenheit war gespielt. Es brodelte in ihm, aber er hatte seine wahren Gefühle unter der Maske der Gleichgültigkeit versteckt. Er war doch der Hoffnungsträger Ingrimms! Er ließ sie nicht im Stich.

Sie fühlte sich auf einmal frisch und stark. Schließlich hatte sie den ganzen Tag geschlafen und durch den Geheimbund neue Zuversicht gewonnen.

„Lass es uns sofort machen", sagte sie keck.

Lomas schob sie von sich. „Das ist zu früh. Die Vampire sind sicher in der ersten Nacht auf Tide in Alarmbereitschaft."

„Morgen Nacht ist das Bankett. Übermorgen reiten sie bestimmt zurück nach Wölfing. Uns läuft die Zeit davon." Aufmunternd lächelte sie ihn an.

Ihr Bruder winkte ab. „Wir gehen davon aus, dass sie länger in der Festung verweilen werden."

„Sie haben das Schwert ins Fleisch gestoßen." Aufbrausend hielt Artin seine Faust hoch. „Als Nächstes werden sie die Klinge herumdrehen, bis Tide blutet."

Welch leidenschaftlicher Hass! Loreena stemmte die Hände in die Hüften. „Ist das Reich geschwächt, wäre ein Angriff zu spät. Daher sollten wir so früh wie möglich die *Purpurne Schriftrolle* in unsere Finger bekommen."

„Sie hat recht." Lomas wandte sich von seiner Schwester ab und winkte die Männer zu sich, die bisher in der Finsternis gewartet hatten. Sie krochen aus den Ecken, allesamt Mitglieder des Heeres und beäugten Loreena misstrauisch. „Ihr werdet Euch in den Gängen postieren. Artin und ich folgen ihr auf Schritt und Tritt, aber so, dass niemand uns sieht. Sobald sie sich mit Graf Aroq aus seinem Gemach entfernt, durchsuchen wir es. Haben wir die *Purpurne Schriftrolle* gefunden, geben wir Loreena ein Zeichen." Er nickte verschwörerisch.

Loreenas Herz schlug bis zum Hals. Sie wusste, wie gefährlich der Graf war und sie fürchtete seine Macht. Dennoch war sie bereit, ihren Teil zur Befreiung Ingrimms beizusteuern. Auch, um Artin zu beweisen, dass sie kein Überläufer war. Ihre Beine zitterten vor Angst. Oder war dies freudige Aufregung wegen des Wiedersehens mit Aroq? Beschämt über ihre unkeuschen Gedanken drehte sie auf dem Absatz um und stolzierte aus dem Gewölbe.

Der Geheimbund folgte Loreena unauffällig. Die Männer versteckten sich hinter massiven Kirschholzkommoden und Schränken, die in den Korridoren standen und allerlei Plunder beinhalteten. Geduckt schlichen sie von Schatten zu Schatten. Vier Männer liefen in den Gang, der in den südlichen Teil Tides führte, um den Osttrakt von der Südseite zu betreten.

Loreena schritt die Stufen empor, dicht gefolgt von Lomas und Artin. Als sie den Korridor betrat, von dem die Gemächer der Vampire abgingen, bemerkte sie, dass nur wenige Fackeln leuchteten. Deutlich finsterer war es hier. Sie wunderte sich, dass keine Wachen ihr den Weg versperrten. Zögernd schritt sie an den Gemächern vorüber. Es fröstelte sie. Sie fühlte sich, als würde sie auf

Feindesland wandeln, obwohl sie zu Hause war.

„Dort", flüsterte Lomas, der neben einer riesigen Porzellanvase kauerte.

Loreena folgte Lomas Fingerzeig mit ihrem Blick. Die Holztür mit der starken Maserung und den Eisenbeschlägen musste in Aroqs Zimmer führen. Loreena schloss für einen Moment die Augen. Sie konzentrierte sich auf ihren Herzschlag, versuchte, den Rhythmus zu verlangsamen, damit er sich nicht überschlug. Was sollte sie zum Grafen sagen? Nicht einmal eine Erklärung für die nächtliche Störung hatte sie sich überlegt. Alles ging so schnell. Die Ereignisse überschlugen sich. Tagsüber hatte sie noch gedacht, Lomas wäre ein Jammerlappen, und nachts erfuhr sie, dass er Mitglied des neuen Geheimbundes war. An Wor kam Loreena kaum noch heran. Stets umgaben ihn Vampire. Amorgene kümmerte sich auffällig um ihn. Langsam entglitt er Ingrimm.

Aufgewühlt ging sie zur Tür. Kaum hatte sie die Hand gehoben, um zu klopfen, hielt sie inne. Wurde nicht soeben eine Schranktür in Aroqs Gemach geschlossen? Schlief er nicht? Loreena ärgerte sich über ihr Zögern. Schließlich mochten die Vampire die Nacht. Sie pflegten andere Gepflogenheiten als die Menschen.

Loreena atmete schwer und klopfte. Nichts. Auch wenn der Graf nicht gestört werden wollte, würde sie beharrlich bleiben. Erneut klopfte sie. Nichts. Nicht einmal empörtes Schreien, sie möge sich fortscheren. Aber sie hatte ihn doch gehört, wie er den Schrank schloss?

Unsicher spähte sie zu Lomas, dessen Gesicht neben der Vase auftauchte. Er gab ihr Zeichen, dass sie ungestümer sein solle.

Loreena fasste sich ein Herz und klopfte so lange an der Holztür, bis sie in Gedanken bis zwanzig gezählt hatte. Keine Reaktion. Ernüchterung. Graf Aroq schien nicht in seinem Gemach zu sein. Aber was war mit dem Geräusch, dass Loreena gehört hatte? Ohne weiter zu grübeln, streckte sie den Arm aus. Ihre Finger legten sich um den Metallknauf, der das Wappen Ingrimms zeigte, drehten ihn und stieß die Tür auf. Finsternis. Erstaunt über ihre Furchtlosigkeit lugte sie in den dunklen Eingang und schritt vorwärts.

„Graf Aroq?", flüsterte sie, aber ihre Stimme war mehr ein Krächzen. „Seid Ihr da? Sagt etwas."

Sie blieb im Türrahmen stehen. Langsam gewöhnten sich ihre Augen an die Dunkelheit. Die Vorhänge waren nicht zugezogen. Das Licht der Fackeln im Hof drang durch die Fenster. Schemenhaft erkannte Loreena das Mobiliar. Unmittelbar vor ihr stand das Bett. Leer. Unbenutzt. Links davon, vor dem Fenster, beleuchtete das Licht von draußen einen Schreibtisch und eine Truhe. Loreenas Blick schweifte umher. Rechts vom Bett befanden sich ein kleiner Waschzuber und ein Schrank. Hatte sie sich das Schließen der Schranktür eingebildet oder war das Geräusch aus dem Nachbarzimmer gekommen?

Loreena linste in den Gang hinaus. „Er ist nicht da."

Zögernd traten Lomas und Artin aus ihren Verstecken hervor. Sie schauten sich fragend an. Loreena zuckte mit den Schultern.

„Weshalb ist seine Tür nicht verschlossen?“ Lomas hielt seine Stimme gedämpft. „Könnte eine Falle sein.“

Sie deutete zur Treppe. „Keine Wachen. Die Delegation Valkenhorsts kann unmöglich so viel Vertrauen haben.“

Verächtlich blinzelte Artin sie an. „Ihr solltet Euch mehr um König Wor kümmern. Mir scheint, Ihr geht neuerdings getrennte Wege.“

„Was hat das mit …“

„Dann wüsstet Ihr“, unterbrach Artin sie, „dass er und der Graf eine Absprache getroffen haben, die beinhaltet, dass weder auf der Wolfsburg noch auf der Festung Tide, weder im Trakt der Abgesandten von Valkenhorst noch der Ingrimms Wachen postiert werden, um Vertrauen aufzubauen.“ Kopfschüttelnd trat er in das Gemach und öffnete den Schrank, um ihn nach der *Purpurnen Schriftrolle* zu durchsuchen.

Lomas steckte seiner Schwester eine Haarsträhne hinters Ohr. „Ohne dieses Abkommen wäre unser Plan unmöglich gewesen. Valkenhorst hätte eigene Wachen gewählt, die wir nicht unbemerkt hätten ausschalten können.“

„Dann weiß unser Vater von dem Vorhaben?“, fragte sie erstaunt. Doch ihr Bruder war längst ins Zimmer gegangen und durchwühlte den Schreibtisch.

Unschlüssig stand sie im Türrahmen. Sollte sie bleiben und wachen? Unsinn. Die versteckten Männer im Korridor erledigten diese Aufgaben bereits. Sie entschied, sich ebenfalls auf die Suche nach der Schriftrolle zu machen.

„Welch eine Überraschung!“, donnerte eine Männerstimme hinter ihr.

Erschreckt fuhr Loreena zusammen. Wie gelähmt blieb sie mit dem Rücken zu ihm stehen, ihm, Aroq, dessen kalte Stimme sie jedes Mal erschütterte und zugleich Furcht und Lust auslöste. Aus dem Augenwinkel sah sie Lomas und Artin wie Mäuschen huschen. Ihr Bruder kauerte sich unter den Schreibtisch, während der Lockenkopf sich hinter den Schrank mit dem Rücken an die Wand presste.

Loreena wagte nicht, sich zu bewegen. Sie fühlte, wie ihre Leidenschaft erwachte, als der Graf an ihren Rücken herantrat. Opiumduft hüllte sie ein. Ihr Schoß pochte sehnsüchtig und ihre Brustwarzen stießen hart gegen ihr Oberteil. Sie war dankbar für die Finsternis im Raum, denn sie spürte, dass Hitze in ihre Wangen stieg. Sie konnte sich unmöglich zu ihm umdrehen. Vampire waren in der Lage, im Dunkeln zu sehen. Sie wollte sich nicht die Blöße geben, dass er ihr die Lust ansah. Weshalb fühlte sie sich von einem Vampir angezogen, der sie nahm, wann und wie es ihm beliebte? Was würde geschehen, wenn er in dieser Situation über sie herfiel? Lomas würde ihm an die Kehle springen. Alles wäre aus. Für Lomas. Für sie. Für Ingrimm.

Um ihn gegebenenfalls abwehren zu können, drehte sie sich trotz ihrer Schamesröte um. Sein harter Blick bestürzte sie. Da war nichts von einer Anzüglichkeit. Sie wich rückwärts aus. Der Graf folgte ihr. Er drängte sie zum Fenster, bis sie gegen den Schreibtisch stieß. Ohne eine Miene zu verziehen, stützte er seine Hände neben ihren Hüften auf der Tischplatte auf. Sie lehnte sich nach hinten, um seinem Mund auszuweichen. Lomas! Er kauerte unter dem Schreibtisch. Loreena musste den Grafen weglocken, damit ihr Bruder fliehen konnte. Fieberhaft suchte sie nach einer Begründung, um ihn in die andere Ecke des Raumes zu locken. Da sah sie Artin! Langsam schlich er hinter dem Schrank hervor. Seine Augen waren vor Entsetzen weit aufgerissen. Das Licht vom Hof strahlte seine blonde Lockenpracht an. Sie leuchtete in der Finsternis. Zitternd wie Espenlaub arbeitete er sich vorsichtig Schritt für Schritt auf den Ausgang zu. Nur langsam kam er vorwärts, da er das kleinste Geräusch vermeiden wollte. Loreena musste den Grafen in ein Gespräch verwickeln und ihn ablenken. Aroq bemerkte, dass sie hinter ihn schaute. Er runzelte die Stirn und wollte sich umdrehen. Er nahm bereits eine Hand von der Tischplatte.

„Es tut mir leid, Euch geweckt zu haben“, sagte Loreena, etwas zu forsch. Sie hielt für einen Augenblick die Luft an.

Aroq blinzelte. „Ihr habt mich doch gar nicht schlafend vorgefunden.“

„Ich meinte ... nun ... “, stammelte sie verlegen. Unruhig blickte sie zum Ausgang. Artin huschte in den Korridor hinaus.

Da flog der Graf herum. „Was schaut Ihr immer wieder zur Tür?“

Sie zuckte mit den Achseln. Hatte er den Blondschopf noch gesehen? Hoffentlich ging Aroq nicht in den Gang hinaus, weil er etwas vermutete.

Aber er wandte sich wieder Loreena zu. „Seid Ihr nervös, weil wir allein sind?“

Verlegen schaute sie ihn prüfend an. Sie war nicht sicher, ob er sie necken oder warnen wollte. Die Kälte in seiner Stimme, die ungewohnte Härte, schnürte ihr die Kehle zu. Amorgenes Bemühungen, einen Keil zwischen sie und Aroq zu treiben, schienen von Erfolg gekrönt zu sein. Auch ihr Netz um König Wor zog sich enger. Loreena stand auf verlorenem Posten. Doch so leicht gab sie nicht auf. Sie nahm allen Mut zusammen und schenkte dem Grafen ein zaghaftes Lächeln.

„Sollte Euer nächtlicher Überraschungsbesuch ein Angebot sein?“ Er hob die Augenbrauen.

Ihr Lächeln verschwand. Sie rang nach Luft. Welche Unverfrorenheit! Wie konnte er sich erdreisten, zu denken, ihr Eindringen in sein Gemach wäre romantischer Natur? Am Liebsten hätte sie ihm das bleiche Gesicht zerkratzt. Von ihm genommen zu werden, war eine Sache, sich ihm willig vor die Füße zu werfen, eine andere. Aber ihr Bruder kauerte unter dem Schreibtisch. Sie durfte ihn nicht in Gefahr bringen.

Loreena ballte hinter ihrem Rücken eine Faust und bemühte sich, ihre Stimme gleichgültig klingen zu lassen. „Leider muss ich Euch enttäuschen. Ich schaue nicht nervös zum Ausgang, sondern blinzele nur. Es ist recht finster in Eurem Gemach.“ Sie schaute sich gespielt blasiert um. Da erblickte sie den rettenden Anker. „Würdet Ihr bitte die Kerze auf dem Tisch gegenüber anzünden? Dann wärt Ihr nicht länger dem Trugschluss erlegen, ich mache Euch Avancen.“

Aroqs Gesicht verfinsterte sich. Misstrauisch kniff er die Augen zusammen und starrte sie einen Moment abwägend an. Loreena fürchtete, nicht den richtigen Ton angeschlagen zu haben. Doch dann drehte er sich um und schritt zum Tisch, der neben dem Waschzuber stand. Schnell folgte sie ihm. Sie musste es schaffen, dass er sich mit dem Rücken zur Tür stellte. Nur so konnte Lomas aus dem Zimmer fliehen.

Während Graf Aroq den Kerzendocht entflammte, ging sie zügig um ihn herum. Sie öffnete ihr Brusttuch, um seiner Aufmerksamkeit gewiss zu sein und lehnte sich lasziv gegen die Wand. Groß war die Sehnsucht nach seinen feuchten Lippen, stark der Wunsch, seine geschickten Finger an ihrem Schoß zu spüren. Früher hätte er seine Lenden längst gegen ihren Bauch gedrückt. Nun saß Amorgenes giftiger Stachel in seinem Fleisch und hielt ihn von ihr fern.

Er schaute verwundert, ließ sich aber nicht ablenken. „Ihr seid mir eine Antwort schuldig!" Frech griff er in ihr Mieder, ergriff ihre Brustwarzen mit Zeigefingern und Daumen und zog ihre Brüste hinaus.

„Wie bitte?" Loreena betrachtete fassungslos und aufgewühlt ihren Busen, der anrüchig aus ihrem Dekolleté quoll, als wäre sie eine billige Dirne. Aroq zwirbelte die Nippel bedächtig und aufreizend langsam stieg Loreenas Erregung.

„Was sollte Euer Eindringen in mein Gemach, dazu noch nachts?", fragte er mit sinnlicher Stimme und drückte seine Fingernägel in ihre Brustspitzen.

Loreena verzog lustvoll gequält das Gesicht, während sie krampfhaft nach einer logischen Erklärung suchte. Die gab es aber nicht! Dies war der Trakt der Vampire und somit tabu für Menschen. Weshalb sollte sie den Grafen bei Nacht aufsuchen und sich in Gefahr begeben?

Hinter Aroqs Rücken huschte Lomas auf leisen Sohlen aus dem Raum. Zumindest dies war geschafft. Jetzt musste sie sich retten. Er rieb ihre Nippel weiter, streichelte die Warzenhöfe und strich über die roten anschwellenden Erhebungen. Lust erfasste Loreenas Körper. Ihre Scham pulsierte, wollte mehr.

Loreena überhörte seine Frage einfach. „Könnt Ihr Euch an den gestrigen Abend auf der Wolfsburg erinnern? Das Fest, Amorgenes übles Spiel ..."

„Amorgene ist nicht Teil unserer Unterhaltung." Aroq ließ ihre Brustwarzen los. Er bückte sich, zog die Schnürsenkel aus seinen Schuhen und richtete sich wieder auf.

„Sie trachtete mir nach dem Leben."

Gewissenhaft wickelte er eine Schnur um ihren linken Nippel. „Ihr sprecht wirr. Hütet Eure Zunge."

„Bitte, Graf Aroq, Ihr wart anwesend. Weshalb hat niemand gesehen, wie ..."

„Ich sagte, schweigt zu diesem Thema." Er zog an den Enden des Senkels, sodass er die Brustspitze an der Wurzel zusammendrückte, und verknotete sie.

Loreena stöhnte auf, hin- und hergerissen zwischen Lust und Leid. Mühsam brachte sie hinaus: „Es waren die Kerzen."

„Eure Eifersucht ist unbegründet." Mit dem zweiten Schnürsenkel verschnürte er ihren rechten Nippel. „Ihr habt kein Recht, Amorgene immer wieder anzugreifen." Loreena wollte sich verteidigen, doch er fuhr ihr über den Mund. „Schweigt!" Dann zurrte er die Schnur um die Brustwarze fest.

Ihre Augen wurden feucht. Seine Dickköpfigkeit und Kälte tat mehr weh als ihre Brustwarzen. Konnte oder wollte er Amorgenes Spiel nicht durchschauen? Was auch immer es war, es hatte keinen Sinn, weiter über die Vampirin zu sprechen.

Sie riss sich von ihm los. „Es tut mir leid, Euch gestört zu haben. Ich werde mich in mein Gemach zurückziehen."

„Es scheint mir, Ihr wollt meine Frage nicht beantworten." Mit verschränkten Armen stellte er sich in den Weg und betrachtete sein Werk. „Ohne Antwort werdet Ihr diesen Raum jedoch nicht verlassen. Was mich noch interessiert, wie konntet Ihr die Tür entriegeln? Als ich ging, war sie verschlossen."

„Sie war nicht verriegelt." Verlegen schaute sie auf ihre Nippel, die hochrot hervorstanden. Die Schnürsenkel erzeugten Lust. Der stete Druck machte Loreena wahnsinnig, denn die Erregung blieb gleichbleibend stark.

„Infame Lüge!" Er begann, die geschwollenen und hochempfindsamen Brustspitzen zu streicheln. Behutsam strich er über die abgebundenen Knospen. „Sicher gibt es einen Ersatzschlüssel. Wer sollte ihn sonst haben, wenn nicht die Königsfamilie?"

Loreenas Beine zitterten vor Wollust. „Nein, bitte glaubt mir. Ich habe keinen Schlüssel zu Eurem Zimmer."

„Welchem Zweck diente Euer Eindringen?" Er benässte seine Daumen und rieb seinen Speichel in ihre Nippel ein.

Entsetzt durch die heftige Reaktion ihres Körpers winselte sie. Sie versuchte, ihre Triebhaftigkeit zu unterdrücken, aber ihr Schoß war bereits heiß und feucht. Weshalb nahm Aroq sie nicht endlich? Fühlte er sich nicht mehr zu ihr hingezogen? Wenn es stimmte, was das Volk tuschelte, hielt er somit auch nicht länger seine schützende Hand über Ingrimm. Es war alles verloren. Das Bankett am morgigen Abend würde die Wende bringen. Etwas Barbarisches stand kurz davor, zu geschehen. Sie spürte es mit jeder Faser ihres Körpers. Die Suche nach der *Purpurnen Schriftrolle* war ihre letzte Hoffnung gewesen. Die Chance war verspielt. Morgen würde Valkenhorst zum vernichtenden Schlag ausholen. Aber was sollte Loreena Aroq als Begründung für ihr Kommen auftischen?

„Mir scheint, Ihr habt Eure Sprache verloren." Aroq lächelte, denn sie schmolz unter seinen Berührungen dahin. Dann nahm er die vier Enden der Schnürsenkel, zog den Busen noch enger zusammen und verknotete die Schnüre. „Habt Ihr etwa ein Geheimnis vor mir zu verstecken?"

Sie betrachtete lüstern ihre Brüste, die nun an den Nippeln zusammenstießen.

„Sie suchte nach mir!", sagte eine Männerstimme energisch.

Der Graf fuhr herum. Loreena linste an ihm vorbei und erblickte Mogall, der selbstgefällig grinste. Hastig drückte sie ihren Busen zurück in das Mieder und schloss das Brusttuch, bevor Mogall sah, was vor sich ging. Die Schnürsenkel banden noch ihre Brustwarzen ab, nun im Verborgenen. Es schien Loreena fast, als ob der Graf sie noch immer berühren würde.

Aufrechten Ganges stolzierte Mogall zu Aroq. Er schaute ihm eindringlich in die Augen. Sein selbstbewusstes Auftreten verblüffte Loreena, hatte doch der spitzbärtige Vampir sonst vor dem Oberhaupt Valkenhorsts gebuckelt oder gar das Weite gesucht.

„In meinem Zimmer suchte sie nach Euch?“ Aroq runzelte ungläubig die Stirn.

Mogall nickte. „Wir hatten eine Verabredung. Sie hat wohl die Türen verwechselt. Ich sagte ihr, sie möge eintreten, falls ich noch nicht zurück sein sollte.“

„Zurück – wovon?“

„Ein Ausritt. Die Nachtluft ist herrlich frisch.“

„Eine Verabredung bei Nacht?“

„Mit Verlaub, Graf Aroq. Über Dinge, die eine Dame betreffen, spricht man nicht.“ Mogall griff nach Loreenas Hand und zog sie zur Tür. „Euch eine gute Nacht.“ Er neigte zum Abschied den Kopf. Nachdem er Loreena einen kurzen Blick zugeworfen hatte, schritten sie in den Korridor hinaus. Loreena sah sich nach Lomas, Artin und den anderen um, entdeckte aber niemanden.

Mogall schloss die Tür zu Aroqs Zimmer. „Ihr solltet besser in Euer Gemach zurückgehen und es versperren.“ Er führte sie einige Türen weiter.

„Danke.“ Erleichtert lächelte Loreena ihn an und fragte sich, ob er ihr die Erregung ansah. Sie musste rote Wangen haben. Ihre Brüste quollen unter dem Tuch aus dem Mieder, da die Brustwarzen aneinandergebunden waren.

Unerwartet küsste er sie. Mogall legte die Hand unter ihr Kinn und zwang ihren Kopf in den Nacken. Seine Zungenspitze befeuchtete ihre Lippen. Immer wieder leckte er über ihren Mund, bis sie sich ihm schnäbelnd entgegenreckte. Gierig küsste er sie. Er legte den Kopf schräg und stieß in ihre Mundhöhle. Seine Zunge drang tief in sie ein, während er Loreenas Körper zwischen seinen Lenden und der Wand einkeilte. Er war genauso erregt wie sie, dabei hatte er Aroqs Spiel mit ihr verpasst. Oder doch nicht?

Nun, da Loreena an den Grafen gedacht hatte, empfand sie den Kuss als falsch. Ja, sie begehrte Mogall. Aber es war unrecht, dass er zu Ende brachte, was Aroq begonnen hatte. Die Erkenntnis schmerzte – der Graf hatte zwar lustvoll mit ihr gespielt, jedoch nur, weil er ihr Verlangen erkannt und gegen sie benutzt hatte, um an Informationen zu kommen. Er wandte sich von Loreena ab und Amorgene zu und eben dadurch spürte sie, wie sehr sie ihm zugetan war. Aber was empfand sie für Mogall? Sie schob ihn fort, weil sie unsicher über ihre Gefühle für ihn war.

Aber er missverstand und zwinkerte, als ob er zeigen wollte, dass er ihre Geste begriffen hatte. Mogall kniete sich hin und kroch unter ihren Rock. Hatte er gedacht, sie wollte ihn auffordern, einen Schritt weiterzugehen? Entrüstet spähte Loreena in alle Richtungen. Sie schmiegte sich in die Schrankecke, um wenigstens etwas Schutz zu haben, sollte jemand sein Zimmer verlassen. Mogall zog ihr Höschen herunter, spreizte ihre Beine und hockte sich dazwischen. Dann begann er ihre großen Schamlippen zu lecken, er saugte an den kleinen und lutschte an der Vorhaut der Klitoris, bis sie die empfindsamste Stelle freigab. Mit den Lippen umschloss er den Kitzler. So blieb er einige Sekunden sitzen, in denen Loreena die Welt um sich herum vergaß, obwohl er sich nicht bewegte. Sie spürte lediglich seinen Atem auf ihrem Venushügel und das Pochen ihrer aufflammenden Lust. Als Mogall die Klitoris freigab, stöhnte Loreena. Sie hielt sich am Schrank fest und lehnte sich gegen die Wand. Zuerst saugte er sanft an den kleinen Schamlippen, behutsam, dann fordernd und kräftig und biss zärtlich in das weiche Fleisch. Loreena rieb über ihr Mieder. Sie verlor ihr Schamgefühl, je erregter sie wurde und streichelte die verschnürten Brustwarzen. Mogall drang mit der Zunge in ihre Mitte ein. Immer wieder stieß er in sie hinein und glitt dann durch das Tal zwischen ihren kleinen Schamlippen hinauf zur Klitoris, um dort zu saugen.

Loreena verschwendete keinen Gedanken mehr daran, ihn fortzustoßen. Sie gierte nach Erlösung, die Aroq geweckt, aber nicht gelöscht hatte. Nun war der Funke zur Flamme gewachsen, dank Mogall, und es gab kein Entrinnen. Die Triebhaftigkeit würde nicht fortgehen, es sei denn, Loreena trieb sie auf die Spitze. Deshalb begann sie, ihr Becken zu bewegen. Zuerst vor und zurück, dann kreisend, um Mogalls Gesicht mit ihrer Feuchte zu bedecken. Sie seufzte wann immer seine Nase gegen ihren Kitzler stieß oder in sie tauchte. Manchmal saugte er sich an ihren Schamlippen fest, sodass Loreena in ihrer Bewegung innehalten musste. Dann lachte er leise unter ihrem Rock und gab sie wieder frei. Doch als er mit dem Mund nach der Klitoris schnappte, presste er seine Lippen fest darum. Er drückte Loreenas Schenkel weiter auseinander und hielt sie gespreizt, indem er die Hände nicht wieder von den Oberschenkeln nahm. Mogall saugte kräftig ohne Unterlass. Die Gefühle überwältigten Loreena. Mit der linken Hand stützte sie sich an der großen Vase ab, hinter der Lomas gehockt hatte, und mit der Rechten hielt sie ihren Mund zu. Dennoch drang ihr Stöhnen gedämpft durch den Korridor. Mogall führte zwei Finger in sie ein, um sie sanft zu penetrieren. Ohne abzusetzen, saugte er an der Klitoris. Loreena raste auf den Orgasmus zu, so schnell wie nie zuvor. Sie wimmerte und keuchte, als sie von Lustkrämpfen geschüttelt im Gang stand und die Ekstase sie erschütterte. Die Vase wackelte. Loreenas Körper erbebte. Schweißtropfen perlten von ihrer Stirn. Nur langsam bekam sie wieder Luft. Ihre Beine zitterten auch noch, als Mogall sich längst zurückgezogen hatte.

Da spähte plötzlich ihr Bruder um die Ecke. „Wo bleibst du denn?"

„Lomas! Ich bin unterwegs", antwortete sie hastig. Er durfte unter keinen Umständen in den Korridor kommen. Mogall war gewarnt. Er würde nicht unter ihrem Kleid hervorkommen. Aber wie sollte sie es schaffen, dass Lomas ihn nicht sah?

„Mach schon", ermahnte er sie.

Sie winkte ihn fort. „Geh, ich komme nach."

„Nein, ich gehe nicht noch einmal ohne dich."

Loreena überlegte eifrig. In diesem Augenblick leckte Mogall über ihre Klitoris.

Erschreckt gab sie einen unterdrückten Schrei von sich. Dieser Teufel! Sie spürte seine Zungenspitze an ihrer feuchten Öffnung. Was tat er denn? Wollte er unbedingt entdeckt werden?

Sie fasste ihren Rock mit beiden Händen, breitete ihn aus und stieg über Mogall hinweg. Schnell lief sie den Korridor entlang auf Lomas zu. Es musste zu komisch aussehen. Aber das war ihr egal. Als sie bei ihrem Bruder ankam, lief sie sofort mit ihm die Treppe hinunter.

„Das ist gerade noch einmal gut gegangen", hechelte sie außer Atem.

„Hat der Graf etwas bemerkt?" Ihr Bruder schaute sie besorgt an.

Sie schüttelte den Kopf. „Nein, Mogall hat ihm eine Lüge aufgetischt und Aroq hat sie geschluckt." Frivol dachte sie an die Schnürsenkel an ihren Brustwarzen und die Feuchtigkeit zwischen ihren Schenkeln.

„Woher kam der blonde Vampir plötzlich? Ich habe ihn nicht kommen sehen." Fragend schaute Artin die Männer an. „Nach meiner Flucht aus dem Zimmer hockte ich hinter der Vase. Ich habe ihn nicht einmal kommen hören."

Alle zuckten die Achseln. Niemand hatte Mogall durch den Gang gehen sehen oder aus seinem Zimmer treten hören.

„Unheimlich, diese Vampire", flüsterte Lomas.

„Nein, nein, das glaube ich nicht", wetterte Artin. „Wir haben den Gang die ganze Zeit im Blick gehabt. Wir hätten ihn sehen müssen. Die Vampire können sich schließlich nicht unsichtbar machen."

„Er stand plötzlich im Türrahmen." Nachdenklich rieb sich Loreena die Stirn. „Ich habe ihn auch nicht gehört, obwohl ich auf jedes kleinste Geräusch gelauscht habe, um sicherzugehen, dass ihr den Raum verlassen hattet."

„Seltsam", pflichtete ihr Bruder bei.

Grimmig blickte Artin in die Runde. „Irgendetwas stimmt nicht."

Die Männer waren ratlos und knirschten mit den Zähnen.

„Wirklich seltsam", hauchte Loreena und wusste, dass sie etwas vergessen hatte. Sie griff in die Tasche ihres Kleids und spielte gedankenverloren mit dem Ziegenkäse. Angestrengt dachte sie nach. Eine Ahnung quälte sie. Eine Ahnung, die sich nicht näher beschreiben ließ. Doch je mehr sie grübelte, je weiter rückte dieses Gefühl in die Ferne. Der Ziegenkäse zerbröselte. Loreena nahm ihre Hand aus der Tasche und verabschiedete sich, um in ihrem Gemach, allein und in Ruhe, das Geschehen dieser Nacht zu reflektieren.

Loreena seufzte und stieg bedächtig die Treppenstufen ins Erdgeschoss hinab. Niemand begegnete ihr. Wie leergefegt war dieser Teil der Festung Tide. Stille herrschte jedoch nicht vor. Vom Ballsaal drangen Musik und Stimmen herüber. Nur noch wenige Schritte. Lediglich den Innenhof musste sie überqueren. Schon würde sie in der Menge untertauchen.

Sie drehte sich um. Sehnsüchtig schaute sie zum Treppenabsatz hinauf und wünschte sich, in ihrem Gemach bleiben zu können. Aber nicht auf dem Bankett zu erscheinen, würde erneut böses Blut erzeugen, sowohl bei ihrem Vater als auch bei Aroq. Hatten sich die Wogen wirklich geglättet? Der Graf hatte angespannt gewirkt in der letzten Nacht. Er wusste, dass das Fest auf Tide eine Gratwanderung war. Die Situation konnte jeden Augenblick kippen, denn die Vampire fragten sich, weshalb er Ingrimm nicht endgültig unterwarf. Und die Menschen wünschten sich, die Blutsauger aus ihrem Reich zu vertreiben.

„Ich muss meinem Vater zur Seite stehen."

Für einen Moment schloss sie die Augen. Sie atmete tief ein und aus. Zögernd drehte sie sich wieder dem Ausgang zu und schlenderte zur Tür, die in den Hof führte. Eine eiskalte Brise wehte ihr entgegen. Der Himmel war sternenklar. Prall stand der Mond über Küstenmark. Loreena sichtete einen Uhu, der auf einer Turmspitze saß und unheimlich gurrte. Sie fröstelte und musste niesen, deshalb trat sie in die wärmeren Mauern Tides zurück.

„Ist dies ein Zeichen, nicht zum Ball zu gehen, Loreena?"

Loreena blinzelte in die Dunkelheit des Korridors hinein. Mithilfe ihres Stocks tastete sich Gamtam ihren Weg vorwärts. „Fast hätte ich dich nicht erkannt. Du riechst anders. Nur deine Stimme hat dich verraten."

Loreena ging auf sie zu. Zärtlich streichelte sie über das schwarze Haar mit den Silbersträhnen und schaute durch ein Fenster hinaus in den unheimlich wirkenden Innenhof. „Ich trage Rosenwasser."

„Du solltest längst auf dem Ball sein."

„Wer geht schon gerne freiwillig zum eigenen Schafott?"

„Schafott?" Gamtam runzelte die Stirn.

Ihre milchigen Augen schauten in Richtung des Saales und Loreena schien es fast, als könne die Köchin sehen. „Etwas Schreckliches wird passieren."

„Natürlich! Ingrimm beugt sich Valkenhorst."

Loreena wischte mit dem Handrücken Schweißtropfen fort, die sich über der Oberlippe gesammelt hatten.

„Wird das Reich die Niederlage anerkennen?"

Sie war drauf und dran, den Geheimbund zu erwähnen, weil sie der Köchin blind vertraute. Aber sie entschied sich dagegen. Gamtam sollte nicht mit hineingezogen werden.

„Du vermutest, es wird einen Aufstand heute Nacht geben?" Besorgt legte die Köchin eine Hand auf Loreenas Arm.

„Bisher ist noch immer irgendetwas geschehen. Jemand begehrt immer auf."

Gamtam lachte leise. „Und das warst meistens du."

Schmunzelnd umarmte Loreena sie. „Du meinst, wenn ich mich zurückhalte, geschieht auch nichts Schlimmes?"

„Es brodelt in allen Lagern", erwiderte die Köchin plötzlich ernst. „Heute Nacht ist äußerste Vorsicht geboten."

Loreena löste die Umarmung. Seufzend blickte sie zum Festsaal hinüber. Ein Diener hetzte über den Hof. Als er in den Korridor trat, hastete er zur Vorratskammer weiter und schien sie nicht einmal bemerkt zu haben. Wenig später lief er mit einem Stück gepökelten Schinken zum Bankett zurück.

„Du solltest langsam hinübergehen. König Wor wartet sicher bereits auf dich."

„Das bezweifle ich." Amorgene hatte ihren Vater fest im Griff. Sie ließ ihn seine menschliche Herkunft und auch seine Aufgabe als Monarch vergessen.

„Fürchtest du Graf Aroq?"

Loreena sah Gamtam erstaunt an. „Niemals!"

Die Köchin feixte: „Ich meinte nicht die Waffen des Vampirs, sondern die des Mannes."

Loreena hielt die Luft an, um sie dann geräuschvoll auszustoßen.

„Erinnerst du dich? Man munkelte, er würde unser Volk meinetwegen nicht zur Ader lassen. Nun, egal ob dieses Gerücht wahr ist oder nicht – jetzt fühlt er sich offensichtlich zu dieser Vampirin hingezogen."

„Schlechte Kunde für Ingrimm. Schlecht auch für dich, wo du ihn doch anziehend findest."

„Gamtam!" Empört über die Offenheit der Köchin stemmte Loreena die Hände in die Hüften. „Ich finde ihn abstoßend."

„Mir brauchst du nichts vorzuspielen. Doch ich hörte auch von einem anderen Vampir, der beim Fest auf der Wolfsburg mit dir tanzte."

„Dieses Getratsche geht mir auf die Nerven."

„Du magst ihn? Oder ist dies nur eine weitere Provokation, um den Grafen zu reizen?"

„Mogall forderte mich auf."

„Ein Vampir bittet einen Menschen zum Tanz? Höchst ungewöhnlich. Er scheint dich sehr zu mögen."

„Mogall?"

Gamtam nickte. „Böses Blut unter den Vampiren mag ein Vorteil für die Menschheit sein. Aber es birgt auch Gefahr."

„Wovon sprichst du? Ich hatte keinen Plan, als ich zum Tanz einwilligte."

„Eifersucht."

„Wie bitte?"

„Eifersucht könnte einen Keil zwischen die Vampire schlagen und sie schwächen. Nun, da Lomas zurückgekehrt ist, ist das Volk voller Hoffnung. Sobald Lomas wieder bei Kräften ist, erwarten die Menschen große Taten. Die von dir erzeugte Eifersucht könnte ein Angriffspunkt sein. Gemeinsam schlagt ihr Valkenhorst."

„Du solltest ins Heer aufgenommen werden", erwiderte Loreena bissig. „In dir ist ein Stratege verborgen."

„Es tut mit leid, wenn ich dir zu nah getreten bin."

„Ist schon gut." Erneut wischte Loreena den Schweiß fort. „Du kennst mich besser, als ich mich selbst. Weißt du noch – unser Gespräch vor der Reise nach Frostlande? Du sagtest, in mir schlummert Stärke." Als Gamtam nickte, fuhr sie fort: „Du hattest recht. Ich habe sie gefunden. Aber was hat es mir gebracht? Ärger und Schmach."

„Du hast dir den Respekt hart erkämpft."

„Alles hat sich verändert. König Wor wendet sich von den Menschen, seinem Volk und von mir ab.“

„Erinnere ihn an seine Wurzeln.“

„Lomas ist nicht der große Kriegsheld, den alle erwarteten.“

„Er ist schlau und weniger ein Mann des Schwertes. Gib ihm Zeit.“

„Graf Aroq entzieht mir seine Gunst. Somit gerät Ingrimm in Gefahr.“

„Umschmeichele ihn.“

„Und Mogall? Er dreht sich wie ein Fähnchen im Wind. Kaum dachte ich, ihn durchschaut zu haben, zeigt er mir eine fremde Seite.“

Gamtam schlug mit ihrem Stock gegen die Fensterbank. „Geduld ist eine Tugend. Erwarte keine Veränderung über Nacht. Beharrlichkeit zahlt sich aus. Halte durch und ...“

„... alles wird gut?“ Ungläubig schüttelte Loreena den Kopf. „Nein, der heutige Ball ist eine Hinrichtung. Ingrimm wird geköpft, indem der König vom Volk getrennt wird. Graf Aroq zeigt der südlichen Krisis, dass die Vampire das Reich regieren werden. Die Frage ist, in welcher Form er das machen wird. Ich ahne Schreckliches.“

Mit hängenden Schultern schritt Loreena den Korridor entlang. An der Tür zum Hof schaute sie zu Gamtam zurück, als wolle sie sich verabschieden. Sie rückte mit den Fingern ihre Hochsteckfrisur zurecht, strich über die rabenschwarze Robe, die sie nach dem Tod ihrer Mutter getragen hatte. Schweren Herzens setzte sie einen Fuß über die Schwelle und überquerte zügig den Innenhof. Das Klacken ihrer Tanzschuhe begleitete sie. Sie zitterte vor Kälte. Fröstelnd schlang sie die Arme um den Körper.

„Ihr kommt spät“, hieß Bortlam sie an der Tür zum Ballsaal willkommen. Er machte eine einladende Geste, wodurch die Glöckchen an seinem burgunderroten Gewand erklangen.

Loreena trat ein. „Man hat mich wohl kaum vermisst.“ Sie dachte an das „B“ auf Amorgenes Siegelring. Heckte Bortlam einen Plan aus, um Graf Aroq zu schaden und war Amorgene seine Verbündete?

„Ihr irrt. Der König fragte bereits mehrmals nach Euch.“

Verdutzt blickte sie den fülligen Diener an. Nie hätte sie erwartet, dass ihre Abwesenheit Wor aufgefallen wäre. Seine Aufmerksamkeit galt stets der Vampirin. Vielleicht war er doch noch nicht verloren. Vielleicht.

Sie schaute sich im Saal um. Grüppchenweise standen Menschen und Vampire zusammen, doch niemals mischten sich die Bewohner der südlichen und östlichen Krisis. Sie tranken Wein oder Blut. Die Menschen bedienten sich am Büffet, das an der Fensterwand aufgebaut und so lang wie der Salon war. Ein Orchester spielte melancholische Lieder. Wenige Gäste tanzten. Die Atmosphäre war eisiger als die Nachtluft. Loreena erschauderte. Sie hätte sich wohl und sicher fühlen müssen, war dies doch ihr Heim. Stattdessen blieb sie unweit des Eingangs stehen und beäugte die Szenerie kritisch. Die Anspannung war fühlbar. Die Gäste lachten, sahen sich aber immer wieder misstrauisch um. Ihre

Gesichter waren verbissen, ihre Augen zusammengekniffen. Es brauchte nur einen Funken, um ein Gefecht auszulösen – und Loreena besaß das Talent dazu, dieser Funke zu sein.

Sie drehte sich auf dem Fuße um. Nur fort von dieser Farce!

„Das nenne ich einen kurzen Besuch."

Klavorn stand plötzlich vor ihr und hinderte sie, das Bankett zu verlassen. Freundlich lächelte er sie an. Er trug einen blauschwarzen Samtanzug mit Seidenrevers, über das er mit den Fingerspitzen strich.

Da sie nichts erwiderte, fuhr er leise fort: „Es wäre nicht von Vorteil, wenn Ihr bereits jetzt wieder gehen würdet."

Loreena zuckte mit den Achseln. „Vielleicht ist es besser so. Ich scheine Ärger anzuziehen."

„Ihr reizt lediglich gewisse Personen." Er zwinkerte.

„Diese Personen reizen mich." Pikiert reckte sie ihr Kinn in die Höhe, um es sofort wieder zu senken. Er hatte recht. Eigentlich war Klavorn der Einzige, der sich ihr gegenüber stets höflich und zugänglich verhalten hatte. Seine ruhige Art schmeichelte ihr. Fast väterlich kümmerte er sich um sie. Ein Charakterzug, den sie an Wor vermisste.

„Kommt." Er reichte ihr seinen Arm. „Ich geleite Euch zu Eurem Vater und Eurem Bruder."

Resignierend hakte sich Loreena bei ihm ein. Er führte sie an einigen Mitgliedern des Geheimbundes vorüber. Ein Blondschopf stach aus der Gruppe heraus. Böse funkelte Artin Loreena an, da sie sich erneut an der Seite eines Vampirs zeigte. Sicherlich stellte er ihre Loyalität infrage und grübelte, ob die Entscheidung Lomas' richtig gewesen war, sie in die Pläne des Geheimbundes einzuweihen. Loreena nahm es ihm nicht übel, sie verstand seinen Argwohn.

Ihr Blick schweifte über die Gesichter der Gäste, während sie sich ihren Weg bahnten. Mogall plauderte in der Nähe der Tanzfläche mit Wolweer. Kaum sah er Loreena, verstummte er. Er beobachtete sie verträumt, aber dennoch machte er einen traurigen Eindruck. Schwermütig wandte er sich Wolweer zu. Sein Spitzbart zuckte unruhig. Er versuchte, Loreena zu ignorieren, aber immer wieder lugte er verstohlen zu ihr herüber.

Loreena lächelte ihm zu. Etwas ging in Mogall vor, etwas, das sie anspornte. Sie würde später am Abend schon aus ihm herauskitzeln, welches Geheimnis er hütete. Vielleicht, ja, vielleicht würden sie sogar noch einmal einen Tanz wagen.

Klavorn führte Loreena durch die Menge. Bevor sie zu König Wor und Lomas durchdrang, bemerkte sie Graf Aroq. Er trug einen anthrazitfarbenen Samtanzug, der von zahlreichen Silberfäden durchzogen war. Auf der Schulter prangte das Wappen Valkenhorsts. Aufmerksam lauschte er den Erzählungen eines Vampirs, der an dem behaarten Leberfleck auf seiner Wange kratzte. Der Graf beachtete Loreena kaum, nickte ihr nur kurz zu. Sie fühlte einen Stich im Herzen. Wütend über ihre unangebrachten Gefühle für ihn, vermied sie es, ihn noch einmal anzuschauen.

„Ihr kommt spät“, zischte Amorgene und setzte ein teuflisches Grinsen auf.

Loreena hätte ihr am Liebsten die roséfarbenen Augen ausgekratzt.

König Wor stellte sich zwischen sie, den Rücken der Vampirin zugedreht. Seine Haltung war kerzengerade. Seine Augen strahlten voll Leben. „Du hast wahrlich lange gebraucht, um zum Ballsaal zu finden. Hast du dich in deiner Heimatfestung verlaufen?“

Loreena murrte leise. Nein, sie hatte vor, sich in keinster Weise provozieren zu lassen, von nichts und niemandem. „Dein Sarkasmus ist wie immer unübertroffen, Vater. Es tut mir sehr leid, deinen Vorstellungen nicht gerecht zu werden.“ Innerlich fluchte sie. Ihr loses Mundwerk war nicht im Zaum zu halten.

Wor kraulte seinen silbergrauen Bart. Plötzlich lachte er laut auf. „Mein Kind, du bist erwachsen geworden.“

Fiel es ihm erst jetzt auf? Loreena ließ die Schultern hängen. Immerhin hatte er es bemerkt. Besser spät als nie. „Nun bin ich hier. Die Nacht ist lang. Mein spätes Eintreffen wird niemand bemerkt haben.“

Lomas trat an sie heran. „Alle haben sie nach dir gefragt, Schwesterherz. Graf Aroq, Amorgene, sogar dieser streitsüchtige Vampir Mogall.“

„Mogall?“ Loreena zwinkerte ihrem Bruder zu. „Er ist nicht minder streitsüchtig als du. Da magst du recht haben.“

„Ich kann ihn nicht leiden.“ Entschuldigend zuckte er mit den Achseln.

Wor räusperte sich verlegen. „In Firn rettete er mir das Leben. Und auch du, Loreena, hast wahrlich Heldentaten vollbracht. Weder ihm noch dir gegenüber habe ich bisher meinen Dank zum Ausdruck gebracht.“

Lomas knuffte ihr in die Seite. „Mach den Mund zu.“

Sie war nicht in der Lage, die Überraschung zu verbergen. Ihr Vater hatte ihr tatsächlich gedankt. Nicht unter vier Augen. Nicht auf sarkastische Weise. Sie traute ihren Ohren kaum. Anstatt zu antworten, schluckte sie mehrmals, um den Frosch im Hals loszuwerden. Ein Diener ging mit einem Tablett vorbei. Errötend griff Loreena einen der Holzbecher, vergewisserte sich, dass Rotwein darin war, und trank hastig.

„Bei uns trinken nur Mägde derart maßlos.“ Amorgene schlich um König Wor herum. Sie rümpfte die Nase und hakte sich bei ihm ein.

Mit einem Mal wurde Loreena speiübel. Sie drückte Lomas den Becher in die Hand. Nur nicht provozieren lassen!

„In Küstenmark“, begann Wor amüsiert, „ist dies normal.“

„Menschen sind gierige Geschöpfe“, blaffte die Vampirin. „Nur Gesindel kippt Rotwein in den Rachen, um schnell betrunken zu sein.“

Loreena kochte vor Wut. Sie musterte Lomas und Wor, doch niemand erwiderte etwas. Ihr Vater schien sich köstlich zu amüsieren, während Amorgenes Streitlust ihrem Bruder die Sprache verschlagen hatte.

„Gerade die Tochter des Königs sollte Manieren haben“, setzte Amorgene nach. „Aber mit Euren kurzen Haaren seht Ihr nun eh aus wie ein Knabe. Da macht es keinen Unterschied, ob Ihr sie hochgesteckt habt oder nicht."

Außer sich vor Zorn krallte Loreena ihre Finger in den Stoff ihres Kleides. Die Vampirin trug Schuld, dass Loreena ihre Haarpracht verloren hatte. Wenn Loreena schon von der Natur mit keiner schönen Haarfarbe gesegnet war, so war sie wenigstens stolz auf die Länge gewesen. Nun hatte sie nichts mehr! Verzweifelt versuchte sie, gegen ihre Wut anzukämpfen – und gab schließlich auf.

Sie schaute Amorgene von oben bis unten an, beäugte abfällig das dunkelviolette Korsett und den üppigen Busen. „In Ingrimm kleiden sich nur Huren wie Ihr."

Amorgene fauchte und riss sich von Wor los. Sie bebte vor Zorn. Ihr blasser Teint färbte sich rosig.

Sofort stellte sich ihr Lomas in den Weg. „Meine Damen, zügeln Sie Ihr Temperament."

Erst jetzt erkannte Wor den Ernst der Lage. „Wie wäre es, wenn du Graf Aroq zu einem Tanz aufforderst, Loreena?"

„Wie bitte?" Sie konnte nicht glauben, was sie hörte. Offensichtlich wollte er ablenken und sie auseinanderreißen.

„Als Zeichen der Vereinigung von Küstenmark und Wölfing." Nickend forderte er sie auf. „Bitte tu es für unser Reich."

Zumindest sah er Ingrimm noch als seine Heimat an. „Das kann ich nicht." Sie wandte sich Hilfe suchend an Lomas.

Ihr Bruder schaute sie ratlos an. „Vielleicht wäre das in der Tat eine gastfreundschaftliche Geste." Kaum merkbar zwinkerte er ihr zu.

Natürlich! Sie sollte sich an den Grafen heranmachen, um der *Purpurnen Schriftrolle* näher zu sein.

„Ich kann nicht", wiederholte sie bedrückt. Nicht, wenn er sie so kühl ansah. Nicht, nachdem er sie in seinem Gemach überrascht und Mogall ihm gesagt hatte, dass sie ihn hatte nachts besuchen wollen.

„Wirklich nicht", flüsterte sie und schlang die Arme um ihren Körper. Die Erinnerung an seine Hände an ihrem Busen, die Schnürsenkel an ihren Brustwarzen und seine fordernden Worte ließen sie erschaudern. Das Spiel des Grafen war bittersüß gewesen, schön und schaurig zugleich wie das Medusenmeer im Frühjahr – die Oberfläche lauwarm, doch in der Tiefe eiskalt. Wie konnte man sich gleichzeitig von einem Mann angezogen und abgestoßen fühlen? Vor ihrem inneren Auge sah Loreena einen wunderschönen Luchs, den sie streicheln wollte – aber nicht durfte, weil er sie anfallen würde.

„Dann werde ich ihn auffordern." Amorgene straffte energisch die Schultern, sodass ihre Brüste wie zwei Quallen waberten, und strich über ihr Korsett. Herausfordernd grinste sie Loreena an.

Lomas berührte sie unauffällig mit dem Handrücken an der Hüfte. Flehend schaute er sie an.

Die Vampirin nickte Wor zu. „Eure Tochter scheint uns Vampiren feindlich gesinnt zu sein. Deutlich zeigt sie uns ihre Abneigung. Ich werde mit dem

Grafen tanzen. Vielleicht sollte seinesgleichen bei seinesgleichen bleiben."

„Nein!", erwiderte Wor gereizt. „Das fördert nicht den Frieden. Loreena, ich verlange von dir, Ingrimm diesen Dienst zu erweisen. Diplomatie ist gefragt. Vergiss persönliche Feindschaften."

Verwirrt schaute sie ihren Vater an. Dann beäugte sie Amorgene kritisch. Die Vampirin heckte einen Plan aus. Irgendetwas ging vor sich. Hatte sie den Grafen bereits um den Finger gewickelt und umgarnte nun Wor? Was auch immer es war, Loreena würde ihr einen Strich durch die Rechnung machen.

Eindringlich sah sie Lomas an. „Wirst du Vater Gesellschaft leisten, während ich Graf Aroq zum Tanz auffordere?"

Ihr Bruder lächelte sie verschwörerisch an. „Aber gerne doch, Schwesterherz."

Sie reckte ihr Kinn in die Luft und drehte sich auf dem Absatz um. Loreena würde Amorgenes Einfluss auf Aroq zunichtemachen. Mochte sie auch ungeübt im Spiel mit den Männern sein, so war sie doch nicht gänzlich unerfahren. Diesen einen Tanz würde sie hinter sich bringen. König Wor wäre zufrieden, der Geheimbund milde gestimmt und Amorgene verärgert.

Ihr Herz pochte aufgeregt, als Loreena sich ihren Weg durch die Gäste bahnte. Mut und Zuversicht verschwanden so schnell, wie sie gekommen waren. Was tat sie nur? Immer, wenn sie auf den Grafen traf, knallte es. Sie hatte sich fest vorgenommen, ihn zu meiden. Durch diesen Tanz forderte sie das Schicksal heraus. Erneut bereiteten ihr üble Vorahnungen Bauchschmerzen. Schon von Weitem bemerkte sie, dass er sie kommen sah. Würdevoll blickte er über die Köpfe der ingrimm'schen Männer. Die Erhabenheit verwandelte sich in Erstaunen, als sie geradewegs auf ihn zuging. Wider Erwarten verfinsterte sich seine Miene nicht. Loreena versuchte, ihren Atem flach zu halten. Ihr Herz raste mittlerweile. Nur einen Tanz lang wollte sie sich zusammenreißen. Nur wenige Takte musste sie durchhalten und sich nicht provozieren lassen. Schwer genug. Je näher sie kam, desto mehr zitterten ihre Beine. Der Vampir mit dem Leberfleck auf der Wange schaute verblüfft auf. Ihre Unterhaltung verstummte. Loreena wollte fortlaufen, raus aus dieser Hölle in den eigenen Mauern.

Anstatt ihrem Wunsch nachzugeben, fasste sie sich ein Herz und trat an den Grafen heran. „Darf ich Euch zum Tanz auffordern?" Mühsam kamen diese Worte ihr über die Lippen. Sie spürte Hitze in ihre Wangen steigen. Verschämt biss sie auf die Unterlippe.

Seine Augen weiteten sich überrascht, doch er blieb stumm. Loreena verlagerte ihr Gewicht von einem Fuß auf den anderen. Weshalb antwortete er nicht? Keine Regung zeigte sich auf seinem Gesicht. Starr musterte er sie. Dachte er über eine Antwort nach? Grübelte er, ob es weise wäre, ihr einen Korb zu geben oder welche Absichten sie hegen könnte? Insgeheim hoffte sie, er würde ablehnen. Sie beschloss, ihm die Entscheidung leicht zu machen.

„Ihr seid nicht in der Stimmung. Ich sehe das", heuchelte sie. „Daher werde ich mich zurückziehen." Loreena verneigte sich andeutungsweise und schritt rückwärts.

„Ihr missversteht meine Reaktion."

Aroqs Stimme ließ sie wohlig erschaudern. Beschämt über ihre Gefühle wich sie seinem Blick aus.

„Euer Angebot erstaunt mich." Sanft hob er ihr Kinn mit Zeigefinger und Daumen an.

Betörender Opiumduft strömte wie immer von ihm aus. Loreena erschrak über diese Vertrautheit. Sie verlor sich in seinen Augen, die so dunkel waren wie die Tiefe des Medusenmeers. Sie wurde hinabgezogen. Der Sog war stark. Kein Schutz. Keine Möglichkeit der Gegenwehr. Jeglicher Versuch, sich freizuschwimmen, war schon im Ansatz zum Scheitern verurteilt.

„Weshalb fragt Ihr nicht Mogall?", erkundigte Aroq sich bissig.

„Ich bitte Euch um diesen Tanz." Loreena lächelte ihn an. Sie hatte gedacht, es würde ihr schwerfallen, aber nun formten sich ihre Lippen von selbst zu einem Halbmond. Aroq schmunzelte mit einem Mal, als würde er ihre Empfindung erkennen. Und hatte er nicht gesagt, für ihn trug sie ihre Leidenschaft wie eine zweite Haut? Verlegen schaute sie zu den anderen Gästen, die tuschelnd die Köpfe zusammensteckten. Nur seinem Blick entfliehen. Nur nicht dahinschmelzen. Plötzlich streifte sein Zeigefinger ihre Wange. Verblüfft sah sie Aroq erneut an. Er reichte ihr seinen Arm. Nun war es unvermeidbar. Sie würde vor den Augen aller mit ihm tanzen. Aber anstatt von Magenschmerzen geplagt zu werden, durchflutete sie Wärme. Seine Aufmerksamkeit gehörte endlich wieder ihr.

Das Orchester stimmte ein neues Lied an, einen Reigen. Aroq fasste Loreena an den Händen und hob die Arme. Gemeinsam wiegten sie sich im Takt. Die anderen Paare formierten sich neben ihnen und bildeten eine Röhre. Als die Musik schneller wurde, lief das erste Paar unter den Armen hindurch. Aroqs Blick klebte an Loreena. Er beachtete nicht die missbilligenden Gesten der Bewohner Ingrimms, nicht die zusammengekniffenen Augen seiner Landsleute aus Wölfing. Kein einziges Mal schaute er zu den Paaren, die unter den Armen hindurchliefen. Dann waren Loreena und Aroq an der Reihe. Geduckt rannten sie unter den Armen hindurch, Schulter an Schulter, ohne die Hände loszulassen. Loreena lachte. Sie schwebte über die Tanzfläche und genoss den kräftigen Händedruck Aroqs. Als sie wieder auftauchten, begannen sie ihren Paartanz.

Plötzlich bemerkte sie Aroqs irritierten Gesichtsausdruck. Er runzelte die Stirn. Misstrauisch starrte er Loreena an. Er musterte sie von oben bis unten und kniff die Augen zusammen. Sein Arm umschlang ihre Taille fester. Langsam zog er sie näher heran. Sein Blick verfinsterte sich. Loreena war verunsichert. Ihr Lächeln verschwand. Was ging in ihm vor? Hatte sie etwas falsch gemacht?

Mit einem Mal zog er sie bis an seinen Körper. Ihr Busen drückte sich gegen seinen Oberkörper. Aber er betrachtete sie nicht begehrlich, sondern funkelte sie zornig an. Unerwartet neigte er sich blitzschnell nach vorn. Sie spürte seine Nase an ihrem Hals und hielt die Luft für einen Augenblick an. Was hatte er vor? Sie wollte etwas sagen, wollte schreien. Aber kein Wort kam über ihre Lippen.

Loreena schloss die Augen. Gleich würden sich seine langen scharfen Eckzähne in ihr Fleisch bohren. Ihre böse Vorahnung bestätigte sich. Sie musste Blut lassen. Die Vampire führten den Bewohnern Ingrimms ihre Überlegenheit vor Augen, sodass sie sich unterordneten. Doch es geschah nichts. Sie öffnete die Lider. Aroq schnupperte an ihrem Hals, es kitzelte. Dann tauchte sein Gesicht neben ihrem auf. Hass schlug ihr entgegen, aber sie sah auch Enttäuschung.

„Was ...?“ Verstört hob sie die Schultern und versuchte, Aroq fortzudrücken. Aussichtslos. Er hielt ihre Hüften mit beiden Armen fest umschlungen.

„Wie konntet Ihr mir das antun?“, knurrte er leise. „Gerade Ihr.“

„Ich verstehe nicht.“

„Ich habe Euch Freiheiten erlaubt, die kein anderer Vampir Euch zugestanden hätte, und Ihr fallt mir in den Rücken. Euer Leben ist verwirkt.“ Er flüsterte in ihr Ohr: „Und Eure Hinrichtung wird mich mehr schmerzen als Euch.“

„Graf Aroq, bitte ...“

Grob stieß er sie fort. Die Tanzenden blieben stehen. Einige schauten erschreckt, andere belustigt auf das Spektakel, das sich ihnen bot. Das Orchester verstummte. König Wor, Amorgene und Lomas stürzten herbei, Klavorn und Mogall ebenfalls.

„Was geht hier vor?“ Wors Stimme wetterte durch den Saal.

Spöttisch lächelnd stand Amorgene neben ihm, die Hände in die Hüften gestemmt. „Die Kleine hat ihren Gönner erzürnt. Eine Todsünde“, zischte sie gerade so laut, dass Loreena es verstand.

„Schweigt! Alle!“ Graf Aroq hob die Hände, um den Gästen Einhalt zu gebieten. „Die Situation ist zu ernsthaft, um Mutmaßungen anzustellen.“

König Wor ließ sich nicht einschüchtern. „Ich erwarte eine Erklärung“, wandte er sich an seine Tochter.

„Ich weiß es nicht …“, begann Loreena. Ihre Gedanken und Gefühle waren durcheinander. Etwas Schreckliches geschah mit ihr und sie wusste nicht, was es war.

„Ihr …“, Graf Aroq zeigte mit dem Finger auf Loreena, „… habt meine Fürsprache missbraucht, habt ausgenutzt, dass ich Küstenmark nicht unterjochte, wie Wölfing es von mir verlangt. Einen Narren machtet Ihr aus mir. Doch das werdet Ihr und das gesamte Reich bitter büßen.“

„Erklärt Euch“, forderte Lomas.

Ängstlich schaute Loreena ihren Bruder an. Konnte es sein, dass der Geheimbund etwas mit Aroqs Zorn zu tun hatte? Sie schaute zu Amorgene, die sichtlich zufrieden grinste. Vielleicht war dies erneut ein Plan der Vampirin, um Loreena auszuschalten. Hilfe suchend sah Loreena sich um. Niemand amüsierte sich mehr, nicht einmal die Blutsauger, obwohl sie sich über den Streit hätten freuen können. Loreena betrachtete Mogall, der ihrem Blick auswich. Der spitzbärtige Vampir starrte auf den Boden der Tanzfläche. War Aroqs Rage sein Werk? Loreena verwarf den Gedanken. Er besaß ebenso wenig einen Grund, wie Klavorn und Wolweer. Glöckchen erklangen. Roter Samt schob sich zwischen den Gästen hindurch. Mit gerunzelter Stirn beobachtete Bortlam, wie der Graf nach Loreena griff. Der füllige Vampir faltete die tellergroßen Hände und hob sein rundliches Kinn. War das alles vielleicht Aroqs Werk und kam sein Diener, um ihm zu sekundieren? Oder steckte Bortlam mit Amorgene unter einer Decke?

Sie schrak aus ihren Gedanken, als der Graf ihre Oberarme umfasste. In diesem Augenblick sah er wie ein gebrochener Mann aus.

Loreena fühlte sich plötzlich schuldig. „Ich habe nichts Unrechtes getan", wisperte sie. Obwohl sein Griff schmerzte, schwieg sie.

„Ihr unterschätzt meine Macht."

Sie blieb stumm. Erneut im Mittelpunkt zu stehen und Ärger heraufzubeschwören, beschämte sie.

Aroq zog sie so nah heran, dass sie seinen Atem auf der Stirn spürte. „Weshalb behaltet ihr Eure Maske weiterhin auf?" Sein Griff wurde stärker. „Es ist vorbei. Gesteht Eure Niederlage, obwohl es Euch nichts nützen wird. Ich muss ein Exempel statuieren, so oder so."

„Ein Exempel?"

„Ihr habt Ingrimm ins Unglück gestürzt, nicht nur Euch. Wie konntet Ihr so dumm sein? Ihr müsst Valkenhorst wohl sehr verabscheuen."

„Ich empfinde keinen Hass."

„Gut versteckt habt Ihr Eure Ablehnung. Ihr seid in der Tat eine ausgezeichnete Schauspielerin. Doch dieses Mal seid Ihr zu weit gegangen. Sagt mir warum?"

„Ich habe Euch zu keiner Zeit etwas vorgespielt."

„Wolltet Ihr mich provozieren, sehen, wie weit Ihr es treiben könnt? Wollt Ihr auf diese Weise einen Krieg anzetteln?"

„Ich habe immer offen mit Euch gesprochen und mich damit oft genug in Gefahr gebracht."

„Wenn Ihr als Märtyrerin in die Geschichte eingehen wollt, könnt Ihr dies haben. Der Tod ist Euch sicher."

Loreena erschrak. Aroq konnte das nicht ernst meinen. Er versuchte, sie einzuschüchtern. Vergebens wartete sie auf ein befreiendes Lächeln.

Wor donnerte: „Ich erwarte sofort eine Erklärung!"

„Die sollt Ihr haben." Aroq zeigte auf Loreenas Hals. „Riecht selbst."

Irritiert blickte Wor ihn an, zuckte mit den Schultern und neigte sein Haupt zu ihrem Hals. Sofort schrak er hoch, seine Augen weit aufgerissen, ungläubig. „Das ist unmöglich. Das kann nicht sein, darf nicht sein. Wie konntest du nur, Tochter?"

Langsam beschlich Loreena eine schlimme Vorahnung. Es lag an ihrem Duft. Doch weshalb verabscheuten die Herren ihr Rosenwasser?

„Ich verstehe nicht, wieso", sagte er betrübt. „Nun weiß ich, wie abstoßend *das Geheimnisvolle* ist."

„Der Schutz?", fragte Lomas skeptisch, begleitet vom Gezeter der Gäste.

Verzweifelt krallte Loreena ihre Finger in Aroqs Arme. „Das kann nicht sein. Ihr habt die Schriftrolle."

Der Graf stieß sie fort und bebte vor Wut. „Die *Purpurne Schriftrolle* wurde gestohlen!"

Loreena brauchte nicht zu fragen, seit wann die Rolle verschwunden war. Sie ahnte, dass Aroq das Schriftstück seit der gestrigen Nacht vermisste – seit der Nacht, in der er Loreena in seinem Gemach erwischte hatte. Es gab nichts mehr zu sagen. Keine Rechtfertigung konnte seinen Verdacht entkräften. Resignierend ließ sie den Kopf hängen.

Aroq beruhigte sich ein wenig. „Eure Tochter ist verloren. Sie hat sich ihr Los selbst zuzuschreiben."

Wor nahm Loreena die Worte aus dem Mund: „Was habt Ihr mit ihr vor?"

Sie konnte nur wie ein Häufchen Elend dastehen.

„Noch heute Nacht ...", traurig betrachtete er Loreena, „... während des Banketts werde ich ein Exempel statuieren. Dies wird Vorbote sein, für das, was auf Ingrimm zukommt. Keine Gnade mehr. Keine Kompromisse. Sie hat ihr Leben verwirkt."

Tumult entstand im Saal. Loreenas Aufschrei ging im Stimmenwirrwarr unter. Ihre Hände umschlossen ihren Hals und rieben über die Haut, als könne sie *den Schutz* fortwischen und alles ungeschehen machen. Wer hatte ihr das angetan? Diese quälende Frage hallte in ihren Gedanken wider. Graf Aroq forderte tatsächlich ihren Tod. Tränen stiegen in ihre Augen. Sie konnte und wollte es nicht wahrhaben. Nicht Aroq! Sie dachte an die Entjungferung, die Schnürsenkel, all die lustvollen Treffen, die ihr Herz hatten höherschlagen lassen. Oder hatte er diese Farce gar eingefädelt? Schließlich hatte er sich in jüngster Zeit von ihr abgewandt. War er eifersüchtig auf Mogall? Oder trugen Amorgenes Bemühungen Früchte? Loreena musterte die Vampirin. In gespieltem Mitleid versuchte sie, Wor zu beruhigen. Sie tätschelte seine Wange und streichelte über seinen Wanst. Lomas beobachtete erstarrt, was vor sich ging. Unbändige Wut stieg in Loreena auf. Nun war sie bereit, Amorgene die Augen auszukratzen. Nichts hielt sie mehr davon ab. Kaum hatte sie den Entschluss gefasst, ergriff eine Pranke Loreenas Oberarm. Wütend fuhr sie herum.

Bortlam blickte streng auf sie herunter. „Ich bringe Euch in den Kerker. Dort werdet Ihr warten, bis ..."

Er sprach den Satz nicht zu Ende, sondern zerrte sie mit. Flehend sah sie über die Schulter zurück. Graf Aroqs Blick war eiskalt. Dennoch erkannte sie auch Kummer darin. Immer wieder schüttelte sie den Kopf, um ihm zu signalisieren, dass sie keine Schuld trug.

Schließlich folgte sie Bortlam widerwillig. Er führte Loreena aus dem Saal über den frostigen Innenhof in das Gebäude auf der linken Seite. Loreena seufzte niedergeschlagen bei jeder Treppenstufe, die sie in den Kerker schritt.

„Weshalb kennt Ihr Euch so gut in der Festung aus?", fragte sie in die Stille. „Ihr seid gestern erst angereist und das erste Mal auf Tide."

Bortlam nickte den zwei Wachen zu, die sich dösend neben dem Eingang zum Kerker gegen die Mauer lehnten und aufschreckten. Er gab Loreenas Arm frei und deutete ihr mit einer ausladenden Geste an, einzutreten. „Nach all den vielen, vielen Jahren hat sich absolut nichts geändert."

„Ihr stammt aus Küstenmark?" Er hatte doch gesagt, sein Heimatdorf wäre Markscheid gewesen. Hatte er gelogen? Hatte er noch mehr Dreck am Stecken? Da der untersetzte Vampir nicht antwortete, fuhr sie fort: „Jeder von Euch war einmal ein Mensch. Wie kommt es, dass Ihr Eure Wurzeln so schnell vergesst?"

„Notwendigkeit."

„Ihr braucht Blut, um zu überleben. Brüder und Schwestern zu beißen fällt schwerer als Fremde, daher wendet ihr Euch von der Familie ab. Aber Ihr müsstet doch eine Art Verbundenheit fühlen."

„Ich habe die Menschen noch nie gemocht."

„Nicht einmal, als ihr einer wart?"

Bortlam befahl den Wachen, eine der Zellen zu öffnen. Ohne ihr zu antworten, schob er Loreena hinein und schloss die Tür: „Ich hole Euch, sobald die Guillotine im Innenhof aufgestellt ist und alle Gäste versammelt sind."

Loreena taumelte rückwärts. Ihr Blick folgte Aroqs Diener, bis er hinter der Eingangstür verschwand. Die Wachen standen vor der Zelle, rieben sich die Augen und starrten sie an. Kaum machte Loreena einen Schritt auf die Männer zu, verriegelten sie die Zelle und eilten aufgeregt plappernd hinaus. Loreena ging zur Zellentür, umfasste die Gitterstäbe und rüttelte. Wenn sie nur fliehen könnte! Keine der Wachen war zu sehen. Sicherlich ereiferten sie sich außerhalb des Kerkers über das Schicksal der Tochter König Wors.

Loreena schaute sich um. Vielleicht gab es doch eine Fluchtmöglichkeit. So schnell würde sie nicht aufgeben. Der Raum war fast so groß wie der Ballsaal. Zelle reihte sich an Zelle. In der Mitte des Kerkers standen Foltergeräte und an der Decke baumelte ein Käfig. Angewidert wandte sich Loreena ab. Da öffneten die Wachen die Kerkertür.

Nun war Loreenas Ende gekommen. Bortlam würde sie holen. Die Gäste umringten sicherlich bereits das Schafott. Die Menge tobte. Der Aufstand war nah. Oder man verfluchte die Tochter Wors. Loreena stand kurz davor, dies herauszufinden. Am meisten fürchtete sie sich, Graf Aroq ein letztes Mal in die Augen zu schauen. Der Schmerz würde schlimmer sein, als der Gang zur Hinrichtung.

Tränen liefen über ihre Wangen. Sie wollte keine Schwäche zeigen. Irgendjemand unter den Gästen hatte ihr den Tod gebracht. Ihm durfte sie nicht auch noch die Genugtuung schenken, sie vor Angst winseln zu sehen. Schnell wischte Loreena die Tränen fort.

„Mogall!" Erleichterung breitete sich aus.

Mit ernster Miene trat er an die Zelle heran. Seine Hände legten sich auf Loreenas, die wieder die Gitterstäbe umfassten.

Traurig hauchte er: „Es tut mir so leid."

„Ihr tragt keine Schuld." Sie empfand Mitleid mit ihm, obwohl sie sich in einer misslichen Lage befand und nicht er.

„Schrecklich leid."

Sie genoss seine Berührung. „Macht Euch keine Gedanken um mich. Ihr habt mir das nicht angetan. Vermutet Ihr einen Racheakt Aroqs aus Eifersucht?"

„Eifersucht?" Sein Blick erhellte sich. „Ihr meint, er neidet uns die Nähe?"

Loreenas Wangen glühten auf einmal, als hätte sie Fieber. „Es könnte durchaus sein."

„Dann spürt Ihr es auch?"

„Mogall, dies ist nicht der rechte Ort …"

„… und nicht die rechte Zeit." Seine Miene verfinsterte sich wieder. „Weshalb führt dieser Bastard Euch zum Schafott? Eine andere Strafe hätte ihm ebenfalls Genugtuung verschafft. Kerker, Verbannung – es gibt zahlreiche Möglichkeiten."

„Er sprach von einem Exempel."

„Ingrimm hat nichts mit Eurer Tat zu tun."

„Ich bin unschuldig. Jemand legte mir diesen Strick um den Hals."

„Vielleicht habt Ihr das Rosenwasser in eine Flasche gefüllt, in der vorher *Das Geheimnisvolle* war."

„Woher wisst Ihr, dass ich Rosenwasser benutze?"

Mogalls Kinnbart zuckte. „Ich rieche es."

„Ihr seid so weit weg."

Er lächelte sie an und kam näher. „Ist es besser so?"

Für einen Moment vergaß Loreena, was bald mit ihr geschehen würde. Nur das Hier und Jetzt zählte. Die Magie des Augenblicks hielt sie gefangen.

Dann fragte sie: „Bemerkt Ihr nicht den *Schutz* an mir? Ihr schreckt nicht zurück."

„Ganz schwach vernehme ich ihn."

„Seltsam. Das Rosenwasser habt Ihr bereits gerochen, als Ihr noch weiter weg standet."

„Nichts könnte mich von Euch fernhalten."

„Ihr versüßt mir meine letzten Minuten."

Das Lächeln verschwand aus Mogalls Gesicht. „Dieser Bastard."

„Es bedeutet mir sehr viel, dass Ihr hier seid."

Er nickte. Seine Finger streichelten zärtlich über ihre Handrücken. Langsam näherte sich sein Gesicht dem ihren. Seine Lippen öffneten sich. Loreena streckte sich ihm entgegen. Sie roch seinen Atem, erdig und frisch. Wie sehr sehnte sie sich danach, ihn zu küssen! Hoffentlich schreckte *das Geheimnisvolle* ihn nicht ab, sobald seine Lippen die ihren berühren würden. Ein Kuss – der letzte. Nie hatte sie geträumt, dass es ein Vampir sein würde.

„Mogall!"

Loreena fuhr zusammen. Wütend grollte die Männerstimme durch den Kerker. Selbst Mogall erschrak. Sofort zog er sich zurück. Seine Hände glitten von den ihren. Der Kuss blieb Fantasie.

Graf Aroq schritt zügig durch den Kerker auf sie zu, dicht gefolgt von einer Wache mit Augenklappe. „Was geht hier vor? Eine private Abschiedsfeier, traute Zweisamkeit?“

„Und wenn es so wäre?“ Mogall rümpfte aufsässig die Nase.

Loreena hatte erwartet, dass der spitzbärtige Vampir buckeln würde, so wie er es häufig vor dem Oberhaupt Valkenhorsts tat. So wie alle es taten, Vampire und Menschen. Wider Erwarten wetzte Mogall seine Krallen. Die zwei Vampire standen voreinander, Stiefelspitze an Stiefelspitze und tauschten vernichtende Blicke. Unschlüssig blieb der Wachmann im Hintergrund und kratzte sich unter der Augenbinde, bis er sich entschloss, Loreenas Zelle aufzuschließen.

„Ihr holt mich ab. Die Guillotine wartet. Habe ich recht?“ Sie trat hinaus, hielt aber gebührenden Abstand zu Aroq.

Der Graf fixierte noch immer Mogall. „Draußen tobt die Menge und Ihr lasst Euren romantischen Gefühlen freien Lauf. Geschmacklos.“

Mogall schnaubte. „Das geht Euch nichts an.“

„Oh, das geht mich sehr wohl etwas an“, blaffte Aroq. „Ich bin das Oberhaupt von Valkenhorst und Ingrimm. Alles, was in meinen Ländern geschieht, unterliegt meiner Herrschaft.“

„Nicht, was zwischen einem Mann und einer Frau ...“

„Alles!“

„Habt Ihr deshalb eine derart hohe Strafe verhängt?“

„Sie ist angemessen. Der Aufstand muss im Keim erstickt werden.“

„Ich bin unschuldig!“ Loreena konnte nicht länger an sich halten. „Ihr könnt glauben, was Ihr wollt. Ihr könnt mir das Haupt abtrennen oder mich foltern. Die Tatsache meiner Unschuld bleibt bestehen.“

„Beweise sprechen lauter als Geschwätz.“ Aroq sah sie nicht einmal an.

„Habt Ihr an Sabotage gedacht?“, warf Mogall ein. „Wäre es nicht möglich, dass ein Rest des *Schutzes* in der Flasche war, in die Loreena das Rosenwasser einfüllte?“

Aroq legte seinen Kopf in den Nacken und lachte laut auf. „Sicherlich, Ausreden gäbe es zahlreich.“

„Aber in Loreenas Fall lasst Ihr keine Entschuldigung zu.“ Mogalls Spitzbart zitterte vor Wut.

Loreena klagte: „Nicht einmal einen Prozess bekomme ich.“

„Es geht nicht um die Person, sondern um das Vergehen“, erklärte Aroq.

Wütend stampfte Mogall auf. „Das ist eine Lüge.“

„Ihr werft mir vor, zu lügen?“ Eine Zornesfalte trat auf Aroqs Stirn.

„Die Gerüchte könnten wahr sein.“

„Welche Gerüchte, Mogall?“

„Über Eure Gefühle für Loreena.“

„Ihr wagt, mir dies ins Gesicht zu sagen?“

„Eifersucht ist ...“

Plötzlich schlug Graf Aroq zu. Seine Faust traf in Mogalls Magen. Der blonde Vampir krümmte sich. Bevor er sich erholen konnte, umfasste Aroq seinen Hals. Er zog ihn brutal zur Streckbank. Der Graf presste ihn mit dem Rücken auf die Bank. Mit beiden Händen drückte er auf Mogalls Kehle. Dieser ruderte wild mit den Armen, bis er die Stahlkette, mit der die Hände der Folteropfer auf die Streckbank gebunden wurden, zu fassen bekam. Mit aller Kraft hieb er mit der Kette auf Aroq. Der Graf wehrte mit einer Hand die Schläge ab und hielt mit der anderen Mogall fixiert. Schließlich schaffte der blonde Vampir es, den Grafen mit den Füßen fortzustoßen. Aroq flog mit dem Rückgrat auf die Daumenschrauben. Sein Schmerzensschrei erschütterte den Raum. Mit verzerrtem Gesicht richtete er sich auf, seine Hände in die Hüften gestemmt. Sofort stürmte Mogall zu ihm. Sein Gewicht prallte auf den Grafen. Die Vampire stürzten. Eine Rangelei entstand auf dem Boden. Rattenkot klebte an ihrer Kleidung. Stroh verfing sich in den Haaren.

„Hört auf!", kreischte Loreena hysterisch, doch die Vampire ignorierten sie. „Es lohnt sich nicht, wegen mir zu kämpfen. Ich sterbe noch heute Nacht."

Mogall stieß sich den Kopf an der eisernen Jungfrau. Benommen tastete er nach der Wunde. Violettes Blut lief seine bleiche Wange hinab. Schon würgte Aroq ihn erneut. Mogalls Kräfte schwanden. Seine Augen blieben geschlossen. Er vermochte den Grafen nicht mehr abzuwehren. Verbissen drückte Aroq zu. Als er Mogalls Schwäche bemerkte, fingerte er eine Ampulle aus seiner Jackentasche. Den Verschluss schlug er an einer Tischkante ab und hielt sie hoch.

Loreena ahnte Schreckliches. Natürlich konnte Aroq Mogall nicht erwürgen. Er musste eine andere Waffe wählen. Sie hastete zwischen den Folterinstrumenten hindurch und stolperte fast über die einigen Fußfesseln. Vor den Vampiren blieb sie stehen. Loreena faltete die Hände und flehte Aroq an: „Das *Geheimnisvolle* ist die Waffe der Menschen gegen Vampire. Es wäre ..."

„... eine Schmach, von einem aus den eigenen Reihen auf diese Weise getötet zu werden", vollendete er ihren Satz.

„Es wäre eine absurde Torheit", widersprach sie ihm und bereute es sogleich. „Bitte lasst ihn leben."

„Weshalb sollte ich Euch diese Bitte gewähren? Eure Liebschaft ist so oder so beendet. Das Schafott ..."

„Ich weiß, Ihr hasst mich abgrundtief." Sie nahm allen Mut zusammen und schaute ihm offen ins Gesicht. „Ist Euch mein Tod nicht Befriedigung genug? Lasst ihn am Leben. Gewährt mir diesen letzten Wunsch. Lasst nicht zwei Geschöpfe der Krisis unschuldig sterben."

Mogall stöhnte. Immer noch waren seine Lider geschlossen, während seine Hand auf der Wunde lag. Purpurnes Blut quoll zwischen den Fingern hervor.

Aroq lockerte seinen Griff. Fragend schaute er zu Loreena hoch. „Liebt Ihr ihn so sehr?"

Sie haderte. Liebe. Was wusste sie schon von Liebe? Seit sie in Wors Namen

Graf Aroq um einen Biss gebeten hatte, war sie mal himmelhoch jauchzend und mal zu Tode betrübt. Aroq nahm sie und stieß sie fort, wie es ihm passte. Selbst Mogall zeigte sich mal als Freund, mal als Feind. Waren denn die Vampire in sie verliebt? Oder hielten beide sie zum Narren? Loreena hatte nie viel Zuspruch von Männern erhalten. Ihre üppigen Rundungen bezauberten niemanden. Gerade deshalb verwirrten die Vampire sie. Aber Liebe? Loreena ärgerte Mogall gern. Seine scharfe Zunge reizte sie, nicht nur, wenn er sie neckte, sondern auch seine frivole Zungenfertigkeit bezauberte sie. Trotz allem bestand auch Freundschaft zwischen ihnen. Aroq dagegen raubte ihr den Atem, wenn er sich in unverschämter Weise ihres Körpers bemächtigte. Sein weicher Kern hinter eiskalter Fassade brachte ihr Herz dazu, sich zu überschlagen. Aber war er jemals ein Freund gewesen? Nein, keinen Fehltritt hatte er ihr durchgehen lassen. Dennoch, ihretwillen hatte er gegen die Regeln von Wölfing verstoßen und Ingrimm nicht unterjocht.

Aroq ließ von Mogall ab. Fluchend erhob er sich und warf die Ampulle gegen eine Schädelpresse. Sie zerbrach. Der *Schutz* ergoss sich über den schmutzigen Boden.

Grob zog Aroq Loreena mit sich. „Schweigen sagt oft mehr als tausend Worte."

Tränen füllten ihre Augen. Ihr Blick richtete sich kurz auf die Wache, die noch immer vor der Zellentür stand und vor Furcht erstarrt war.

Nun war es so weit. Der Abschied war gekommen. Ohne zu zögern, führte der Graf sie aus dem Kerker, die Treppe hinauf und in den Hof. Die versammelten Gäste johlten, als sie Loreena sahen. Amorgene hielt Wor zurück, zu ihr zu laufen.

Bevor sie das Schafott betreten konnten, versperrte Lomas ihnen den Weg. „Das könnt Ihr nicht machen, Graf."

„Ich muss es tun." Aroqs Stimme klang dünn.

„In Küstenmark steht jedem ein fairer Prozess zu."

„In Valkenhorst bin ich das Gesetz. Da Ingrimm sich von nun an meinem Land unterordnen wird, bin ich auch in Ingrimm die oberste Instanz."

„König Wor war nie so vermessen, allein …"

„Die Zeiten haben sich geändert, Lomas. Ich habe das Sagen. Es wird nach meinen Regeln gespielt. Tretet beiseite oder ich werde Euch entfernen lassen."

Loreena zitterte vor Furcht, als ihr Bruder nicht wich.

„Bring dich nicht auch noch in Gefahr. Es freut mich, zu sehen, dass dein alter Kampfeswille zurückgekehrt ist. Ich hatte schon Angst, du hättest ihn in Firn verloren." Sie nickte ihm verschwörerisch zu. „Du wirst tun, was du tun musst. Steh Vater zur Seite."

Widerwillig trat Lomas beiseite. Feindseligkeit spiegelte sich auf seinem Gesicht und er formte lautlos das Wort Rache mit seinen Lippen.

Graf Aroq führte Loreena die Holzstufen hinauf. Der Henker stand bereits neben der Guillotine. Er hob die fleischigen Arme, um seine Kapuze, die nur seine Augenpartie freiließ, zurechtzurücken. Dann stemmte er erwartungsvoll die Hände in die breiten Hüften.

Loreena ließ ihren Blick über die Anwesenden schweifen. Die Menge tobte. Sie kreischten und zeterten. Tränen flossen. Gejammer schallte im Innenhof wider. Selbst Klavorn und Wolweer schauten fassungslos zu ihr herauf. Loreena musste hart kämpfen, um nicht in Tränen auszubrechen. Sie konnte es immer noch nicht fassen. Wer hatte ihr das angetan? Argwöhnisch beäugte sie Amorgene. Das Lächeln der Vampirin, die an Wors Arm hing, schmerzte.

„Möchtet Ihr eine Kapuze tragen?“ Aroqs Stimme klang das erste Mal, seit sie sich getroffen hatten, unsicher.

Während Loreena den Kopf schüttelte, kam er näher heran. Glänzten seine Augen?

Plötzlich flüstert er: „Es tut mit leid.“

Sie schluchzte leise. Musste er das sagen? Traurig und verzweifelt schaute er sie an. Sie verstand Aroq nicht. Sie hatte ihn nie verstanden. Er schmiss sie den Wölfen zum Fraß vor, um sie dann zu retten. Doch diesmal schien er eine Rettung nicht zu wollen. Oder konnte er sie nicht retten? „Ihr müsst es nicht tun.“

„Ich habe keine Wahl.“

„Ihr seid das Oberhaupt. Das sagtet Ihr selbst. Ihr könntet …“

„Auch ich habe Verpflichtungen.“

„Ihr wollt nicht.“

„Mehr als alles andere in Krisis.“ Aroq atmete schwer. „Oft habe ich Euch in Schutz genommen. Täte ich es diesmal, würde ich meine Glaubwürdigkeit und Immunität verlieren.“

„Selbstverständlich ist dies wichtiger für Euch.“

„Ich bin eins mit meinem Amt.“

Loreena nickte und lächelte bekümmert, wusste sie doch, dass er sein Leben als Mensch darauf ausgerichtet hatte, als Vampir aufzusteigen, um Valkenhorst zu verändern. Aber alles brauchte seine Zeit. Dass er die Bewohner Ingrimms nicht knechtete, war Wagnis genug. Loreena zu begnadigen, würde ihn zu Fall bringen.

Erhobenen Hauptes schritt sie auf den Henker zu, der seine Hose am Ledergürtel hochzog. Schwer lastete sein Bauch auf dem Gürtel. Das Wehklagen der aufgebrachten Menge schwoll an.

Über die Schulter hinweg wandte sich Loreena zum Abschied leise an Aroq: „Er ist ein Freund. Mein Herz gehört einem anderen Mann.“

Der Graf trat an ihren Rücken heran. „Wovon sprecht Ihr?“

Sein Atem, der wie die Brise in kühlen Morgenstunden roch, streichelte ihre Ohrmuschel. Sie schloss die Augen. Seine Nähe, ein letztes Mal wollte sie seine Nähe spüren, um sich im Moment ihres Todes daran zu erinnern. „Im Kerker habt Ihr mich gefragt, ob ich Mogall …“

„Loreena.“ Seine Stimme zitterte. „Wen liebt Ihr?“

„Das ist nicht mehr wichtig."

„Doch. Es könnte …"

„Nein." Die Wahrheit konnte sie nicht retten. Sie würde für Ingrimm sterben und damit einen Aufstand anzetteln.

Kaum hatte Loreena die Augen geöffnet, zog der Henker das Fallbeil mithilfe eines Seils hoch und befestigte es an der Guillotine. Gamtams Aufschrei. Irgendwo in der Menge. Loreena fuhr herum. Die Köchin musste die Schafottgeräusche erkannt haben. Ihr Gehör war das beste in ganz Ingrimm. Suchend schweifte Loreenas Blick über die Gesichter. Könnte sie doch ein letztes Mal in Gamtams milchige Augen sehen und über das schwarze Haar mit den wunderschönen Silberstreifen streicheln! Die Köchin mit der rauchigen Stimme wäre die Einzige im Reich, die Loreena beruhigen konnte. Loreena fühlte sich, als würde sie die südliche Krisis auf den Schultern tragen. Ihr Rückgrat würde bald schon unter der Last brechen. Das war alles zu viel. Sie hatte gekämpft – um Ingrimm, um die Gunst Aroqs, um Freiheit – und verloren.

„Haltet ein!", schrie ein Mann außer Atem, als wäre er von Wölfing nach Küstenmark gelaufen. Eilige Schritte auf dem Schafott.

Erstaunt sah Loreena Mogall auf der obersten Treppenstufe stehen, völlig außer Puste. Er sah mitgenommen aus. Getrocknetes Blut klebte an seiner Stirn. Würgemale färbten seinen Hals blau. Mit der rechten Hand stützte er sich am Geländer ab. Die linke Hand hielt etwas hoch. Loreena erkannte es sofort, die Versammelten ebenfalls. Sie wurden unruhig. Menschen und Vampire drängelten sich enger um das Schafott. Wor bahnte sich einen Weg zur Treppe. Er zog Amorgene, die sich immer noch bei ihm eingehakt hatte, mit.

Panik entstellte ihr schönes Antlitz. Lomas stürzte ebenfalls herbei, dicht gefolgt von Klavorn und Wolweer.

Loreena stand wie angewurzelt mit dem Rücken zur Guillotine, die Augen weit aufgerissen, während Aroq auf Mogall zuging, der die *Purpurne Schriftrolle* brachte.

„Nehmt, was Euch gehört", begann der blonde Vampir und rang nach Luft. „Mir steht der Besitz nicht zu. Ich habe mich schuldig gemacht. Nicht gegenüber Valkenhorst. Mir tut es auch nicht wegen Euch leid, Graf."

„Wählt Eure Worte weise", blaffte Aroq.

Mogall lachte wie ein Wahnsinniger. Abrupt verstummte er. Er schaute Loreena bitterernst an und fand seine Sprache wieder. „Ihr seid der Grund meiner Einsicht und meiner Gewissensbisse. Euch habe ich unrecht getan. Ich darf Euch nicht opfern für ein Ziel, an das ich bis heute glaube."

„Ihr habt Euer Land verraten!" Aroq rümpfte die Nase.

„Valkenhorst ist unter Eurer Macht nichts wert. Ihr ruiniert es. Zu viele Kompromisse. Zu viele Eingeständnisse."

„Ihr habt recht. Ich bin kein militanter Anführer. Im Gegensatz zu meinen Vorgängern benutze ich meinen Verstand."

Loreena schlang ihre Arme um den Körper. Sie fror plötzlich.

„Ihr, Mogall, macht doch selbst in diesem Moment Eingeständnisse."

„Es gibt eine Macht, die stärker ist, als mein Wunsch, Graf Aroq zu stürzen." Mogall verneigte sich vor ihr. „Liebe."

Loreena hielt sekundenlang den Atem an. Liebe hatte sie gerettet. Mogall hatte sie gerettet. „Wie konntet Ihr mir das antun?"

„Ich war leicht zu beeinflussen", gestand der blonde Vampir. „Ich bin schwach."

Tränen schossen in Loreenas Augen. „Nun zeigt Ihr Stärke und gebt das gestohlene Gut zurück." Sie erinnerte sich an die Nacht, in der sie versucht hatte, die *Purpurne Schriftrolle* zu stehlen. Geräusche in Aroqs Gemach vor dem Eintreten, obwohl der Graf nicht im Zimmer war. Mogalls plötzliches Erscheinen im Türrahmen, obwohl ihn niemand durch den Korridor kommen sah.

„Ich habe das *Geheimnisvolle* in Euer Rosenwasser getropft." Unruhig zuckte sein Bart. „Es sollte an Euch entdeckt werden. Krieg zwischen Ingrimm und Valkenhorst war das Ziel, das Scheitern von Graf Aroqs Plänen."

Sie schniefte. „Ihr habt mich dem Tode geweiht. Wie skrupellos!" Fühlte sie sich im Kerker zu ihm hingezogen, so waren nun alle Gefühle für ihn vergessen.

„Ich werde mich ewig schuldig fühlen." Mogall ließ den Kopf hängen. Mit einem Male richtete er sich auf und deutete mit der Schriftrolle auf Amorgene. „Sie heckte den Plan aus. Sie stiftete mich an und ließ die geheime Loge der Bombardierspinnen wieder aufleben. Ihre Worte sind hypnotisch. Ihr Kuss wirkt wie ein giftiger Biss."

„Amorgene?" Aroq stürmte zum Treppenabsatz. „Die Loge der Bombardierspinnen? Seit mir der Titel des Grafen verliehen wurde, hat diese verfluchte Vereinigung versucht, mich zu entmachten und die Herrschaft über Valkenhorst zu übernehmen."

Hektisch winkte die Vampirin ab. „Das ist eine infame Lüge von Mogall! Ihr habt diesen Geheimbund vor meiner Geburt zerstört, Graf Aroq. Mogall hat sich in mich verliebt. Ich erwidere seine Gefühle nicht. Nun versucht er, mich ins Unglück zu stürzen."

Loreena verkrampfte sich innerlich bei dem Wort „Geheimbund". Doch die Vampire sprachen nicht von Lomas, Artin und den anderen aus Ingrimm. Noch ein Geheimbund war auferstanden. „B" – dieser Buchstabe schwirrte durch Loreenas Gedanken. „B" hatte auf Bortlams Eingangstür in seinem Haus in Föhn gestanden. Aber nicht nur die Tür trug diese Gravur. Nun wusste sie, dass Bortlam kein falsches Spiel spielte, um Rache an Aroq zu üben. Bortlam nicht, aber jemand anderes.

Aroq wandte sich an Klavorn. „Bringt sie hoch." Kurz sah er zu Loreena. Diese deutete auf ihre Finger. Fragend zog er die Augenbrauen hoch. Kaum hatte Klavorn Amorgene die Stufen heraufgezerrt, zischte Aroq: „Ihr seid die Lügnerin. Ich weiß von Mogalls Gefühlen für Loreena. Ihr seid nicht Ziel seiner Begierde. Euch interessiert nur Macht. Ihr habt keine Ahnung, auf welches Spiel

Ihr Euch eingelassen habt. Ich werde Euch demonstrieren, was Macht bedeutet."

Loreena räusperte sich. Verwundert guckten alle sie an. Erneut deutete sie auf ihre Finger. „Sie trägt einen Ring mit dem Siegel der Loge am Zeigefinger. Das Siegel ist zur Handfläche gedreht, um es zu verstecken."

Aroq riss Amorgenes Hand hoch und streifte ihr den Ring ab. Er prüfte ihn, sah das Siegel und schleuderte ihn angewidert in den Innenhof, wo dieser klirrend über die Steine rollte und schließlich in einer Pfütze liegen blieb. Der Graf zog die Vampirin an den Haaren hinter sich her. Sein Blick streifte Loreena, als er vorüberging. Dann nickte Aroq dem Henker zu. Mit eiskalter Miene drückte er Amorgene auf die Guillotine, sodass ihr Hals unter dem Fallbeil lag. Verzweifelt versuchte sie, sich zu wehren. Sie ruderte wild mit den Armen, stieß sich an den Holzbalken des Schafotts mit den Füßen ab. Doch Aroq hielt ihre Haare fest.

„Passt auf!", rief Mogall plötzlich. „Sie ist eine von ihnen. Sie besitzt Brennhaare."

„Bombardierspinne", entfuhr es dem Grafen. Angewidert ließ er von der Vampirin ab. Mit einem Satz sprang sie hoch. Schon löste sich Amorgenes Lockenpracht. Sie kreischte laut und schleuderte Aroq ihre Haare entgegen.

Loreena hielt sich erschreckt die Hand vor den Mund. Aroq hustete hysterisch, als drohe er, zu ersticken. Obwohl er die Locken mit beiden Händen abwehrte und zu Boden warf, benahm er sich, als würge ihn jemand. Mit hochrotem Gesicht schnappte er nach Luft. Während seine rechte Hand an der Kehle lag, hielt er sich mit der Linken krampfhaft am Geländer fest. Mitleid riss Loreena entzwei. Aroqs Rachen und seine Nase mussten sich anfühlen, als würde jemand mit Strohhalmen hineinstechen. Brennhaare. Amorgene besaß sie tatsächlich, als wäre sie eine Bombardierspinne.

Dann ging alles sehr schnell. Der Henker krallte die Finger in die Schultern der Vampirin, warf sie auf die Guillotine und kniete sich unbarmherzig auf ihren Rücken. Mittlerweile atmete Aroq langsamer. Sein Teint wurde wieder wächsern. Der Graf hob den Arm. Er blickte zu Loreena, sodann zum Henker und senkte die Hand. Der Henker kappte das Seil mit einem Dolch. Surrend fiel das Beil herab und Amorgenes Haupt rollte in den Eimer. Ihre Gliedmaßen fielen kraftlos runter. Schlaff lag ihr Körper dort, wo beinahe Loreena gelegen hätte.

Es herrschte Totenstille auf Tide. Nur Graf Aroq hustete. Kaum konnte er ruhig atmen, schritt er forsch zu Mogall. Seine Miene war starr, sein Teint leichenblass.

„Bitte nicht." Loreena stellte sich ihm in den Weg. Mochte Mogall sie auch reingelegt haben, so hatte er sich zumindest am Schluss gestellt, um ihr zu helfen. „Lasst ihn gehen."

„Er hat ebenfalls den Tod verdient."

„Tut es für mich."

„Er wollte Euch umbringen."

„Ihr wolltet mich auch töten."

Seine Gesichtszüge entspannten sich. Aroq schob sie beiseite und stapfte an ihr vorüber. „Geht, bevor ich mich vergesse“, zischte er Mogall zu. „Kehrt nie wieder nach Valkenhorst oder Ingrimm zurück.“

„Verbannung?“ Erstaunt strich sich Klavorn über seine kinnlangen Koteletten. „Eine milde Strafe.“

Aroq deutete auf Loreena. „Das bin ich ihr schuldig“, sagte er und nickte. „Tötet das Wandervolk – ausnahmslos!“

Loreena kämpfte mit den Tränen, während sie Mogall beobachtete. Zitternd reichte er dem Grafen die *Purpurne Schriftrolle*. Er zog schnell seine Hand zurück und stolperte die Stufen hinab. Dort blieb er wie erstarrt stehen, anstatt das Weite zu suchen. Sehnsüchtig sah er zu Loreena. Der Graf schritt drohend einige Treppenstufen hinab. Da drehte sich Mogall um. Hastig bahnte er sich einen Weg durch die Menge. Er sprang auf einen Gaul und gab ihm die Sporen. Graf Aroq erteilte den Wachmännern auf der Festungsmauer den Befehl, das Tor zu öffnen. Ohne sich umzuschauen, ritt er hindurch.

Loreena schluchzte. Sie war am Ende mit ihren Nerven. Besorgt sah Aroq sie an. Wor und Lomas stürzten die Stufen hoch.

„Wie konnte ich nur so blind sein?“, fragte sich ihr Vater und umarmte sie.

Lomas drängte dazwischen. „Bist du in Ordnung?“

„Ja“, brachte sie mühsam hervor. Sie wollte nur fort von dem Schafott, der schrecklichen Guillotine. Die Menschen und Vampire starrten sie an. Alle Blicke waren ihr gewiss, das Tuscheln unerträglich. Es klang wie das Summen von Tausenden Hornissen, aufdringlich und gefährlich. Loreena war schweißgebadet, obwohl die Nacht bitterkalt war. „Ich möchte ein Bad nehmen.“

„Ich lasse einen Zuber in dein Gemach stellen und Wasser erhitzen.“ Zärtlich streichelte Wor ihre Wange.

„Komm.“ Lomas reichte ihr seinen Arm.

Dankbar hakte sich Loreena ein. Bevor sie die Stufen hinabschritt, sah sie Aroq tief in die Augen. Sie meinte, Sehnsucht zu erkennen, gar Scham. Bereitwillig ließ sie sich von ihrem Bruder durch die Versammelten führen. Sie vermied es, in ihre Gesichter zu gucken. Sie wollte nur fort. Als sie in die Festung trat und Lomas sie die Treppe hoch in ihr Gemach geleitete, entspannte sie sich. Bleierne Müdigkeit überwältigte sie. Sie fühlte sich erschöpft wie nie zuvor.

Lomas küsste sie zärtlich auf die Stirn. „Leg dich aufs Bett, bis die Mägde kommen und den Badezuber vorbereiten.“

Kraftlos nickte sie und legte sich hin. Sie schloss die Augen. Mogall tauchte in ihren Gedanken auf, wie er schwer atmend, mit todtraurigem Blick vor dem Schafott stand und sie herzzerreißend ansah. Schluchzend zog sie die Gänsedaunendecke bis unters Kinn. Sie spürte, wie Lomas ihr die Schuhe auszog, und schlief ein.

Stühle wurden gerückt. Der Fußboden knarrte. Gemurmel war zu hören.

Loreena öffnete verschlafen die Augen. Draußen verschloss die Finsternis der Nacht das Fenster wie ein Vorhang. Ihr Blick schweifte zum massiven Eichenholztisch, der vor dem Bett stand. Die Flamme der Kerze flackerte beruhigend. Kerze? Tisch? Weshalb stand er nicht auf der anderen Seite des Raumes? Träge rollte sie sich auf den Rücken.

Ein Diener mit Hakennase verneigte sich vor ihr. „Es tut uns leid, Euch geweckt zu haben. König Wor befahl uns, Euch ein Bad zu bereiten.“ Er deutete auf den Badezuber aus Kiefernholz, den zwei Mägde mit tropfnassen Schürzen und hochgekrempelten Ärmeln mit dampfendem Wasser füllten.

„Schon gut.“ Loreena richtete sich mühsam auf. Sie konnte kaum glauben, dass sie so tief und fest geschlafen und den Umbau in ihrem Gemach nicht bemerkt hatte.

Der Diener schloss die Vorhänge und winkte die Mägde aus dem Raum. Sich verneigend verließ er das Zimmer ebenfalls und schloss die Türe hinter sich.

Loreena erhob sich vom Bett, noch immer kraftlos. Lange konnte sie nicht geschlafen haben. Sie knöpfte ihr Kleid auf. Gähnend streifte sie es ab und warf es achtlos auf einen Stuhl. Die Kerze flackerte. Loreena reckte sich. Es war still auf Tide. Alle mussten bereits schlafen oder die Festung verlassen haben. Sie erinnerte sich an das Bankett und verspürte Übelkeit. Es war vorüber. Ihre Befürchtungen hatten sich zwar bestätigt, doch das Schicksal hatte es gut mit ihr gemeint. Endlich breitete sich Erleichterung aus. Sie war dem Tod von der Schippe gesprungen. Amorgene konnte ihr nie wieder etwas anhaben. Und Valkenhorst hatte Ingrimm nicht unterjocht. Oder doch? Loreena hielt für einen Augenblick inne. Woher sollte sie wissen, was geschehen war? Sie hatte sich früh vom Fest verabschiedet. Fest? Nein, ein Schafott – etwas anderes war diese Farce nie in ihren Augen gewesen.

Loreena löste die Haarnadeln und lockerte ihre Hochsteckfrisur, indem sie mit den Fingerspitzen durch die Haare fuhr. Ihre Kopfhaut schmerzte. Ihr Herz schmerzte. Mogall, dieser Verräter! Wie hatte er sie die ganze Zeit hinters Licht führen können? Sie hatte sich in ihm getäuscht. Er hatte sie betrogen und ausgenutzt. Und seine Gefühle für sie – waren sie gespielt oder echt?

Loreena massierte ihre Schläfen mit den Fingerspitzen. Ihr Herz pochte bis in die Stirn. Dabei lag der größte Druck nicht auf ihr, sondern auf Lomas, dem Thronerben. Lomas, der Hoffnungsträger. Lomas, der verloren geglaubte Sohn. Er war heimgekehrt. Doch die Bürde trug immer noch sie. Alle Blicke richteten sich auf sie. Aber daran trug nur sie Schuld. Kopfschüttelnd zog sie das Mieder aus. Sie hatte nie einen Hehl aus ihrer Ablehnung gegen Valkenhorst gemacht. Das war töricht. Lomas dagegen agierte mit Vernunft. Er hinterließ den Eindruck von Gleichgültigkeit, selbst bei ihr und sie kannte ihn mitunter am besten. Dabei brodelte es in seinem Inneren. Er verlieh dem Geheimbund Stärke. Bald, schon sehr bald würden sowohl Lomas, als auch der Bund seine alte Kraft erlangen – und die Vampire in ihre Grenzen verweisen.

Der Holzboden knarrte unter ihren bloßen Füßen, als sie zum Badezuber ging.

Vorsichtig hielt sie einen Finger in das Wasser. Es war angenehm warm und duftete nach Lavendel. Lautlos glitt sie hinein. Loreena lehnte sich zurück, legte den Hinterkopf auf den Rand und schloss die Augen. Seufzend breitete sie die Arme aus und legte sie auf dem Zuberrand ab. Wie sehr hatte sie sich auf der Ebene Fallbö, als eiskalte Winde sie umpeitschten, nach einem heißen Bad gesehnt. Schon beseelte er wieder ihre Gedanken – Mogall.

Loreena schaufelte sich warmes Wasser über die Haare und ins Gesicht. Sie wollte nicht an ihn denken. Er hatte sie verraten und mit ihr gespielt. Dabei verband sie ein zartes Freundschaftsband. Oder mehr? Wütend über ihre Gedanken hielt sie die Luft an und tauchte unter. Erst als ihre Lungen schmerzten, tauchte sie wieder auf und schnappte nach Luft. Sie fuhr sich übers Gesicht, um das Wasser abzustreifen, und öffnete die Augen.

„Aroq!“

Mit verschränkten Armen stand er vor dem Zuber und schaute lächelnd auf sie herab. „Lassen wir die Amtsbezeichnung nun schon weg? Sind wir derart vertraut miteinander?“

Sie spürte Hitze in ihre Wangen steigen und schlang die Arme um ihren Oberkörper. „Wie könnt Ihr es wagen, einfach hier hereinzukommen?“

„Ihr habt mein Klopfen unbeantwortet gelassen.“

„Ich war nur ... abgetaucht.“

Sein leises Lachen durchflutete den Raum mit einer heiteren Melodie. „Ich habe mir Sorgen gemacht. Ihr hättet ...“

„... flüchten können?“, führte sie seine Frage sarkastisch zu Ende. „Eine weitere rebellische Tat?“

„So seht Ihr Euch also.“ Schmunzelnd kratzte er sich am Kinn. „Euch hätte etwas zugestoßen sein können.“

Loreena tauchte ein wenig ab, sodass ihr das Wasser bis zur Unterlippe reichte. „Seit wann sorgt Ihr Euch um mich?“

„Das habe ich immer getan.“

Mit großen Augen musterte sie ihn. Sie atmete schwer und spürte ein Kribbeln zwischen ihren Schenkeln. Konnte er sich nicht einfach wie ein Edelmann zurückziehen? Oh ja, er trug einen Titel, besaß aber das Benehmen eines Rüpels. Sie meinte immer noch, seine Schnürsenkel an ihren Brustwarzen, seine kräftigen Hände, die ihren Körper an seine Lenden drückten, zu spüren. Auch in diesem Augenblick erkannte sie seine Lüsternheit. Sie bekam eine Gänsehaut trotz des warmen Wassers.

„Ihr solltet stets Eure Tür verriegeln.“ Er ließ seinen Blick über die Wasseroberfläche schweifen.

Sofort schloss sie die Oberschenkel. Hätten die Mägde doch nur Ziegenmilch hineingegossen! „Ich war übermüdet, hab es vergessen.“

„Solch eine Torheit darf nie wieder passieren.“ Drohend hielt er einen Zeigefinger hoch. „Es könnte jemand Euer Gemach betreten, den Ihr gar nicht hereingebeten habt.“

Er grinste anzüglich. Verlegen senkte sie den Blick. Sie schluckte, als sie ihre Füße auf dem Zuberboden erkannte. Die Narben an ihren Beinen, verursacht durch die Säbel, waren gut zu sehen. Plötzlich vernahm sie das Öffnen eines Gürtels. Sie erschrak. Graf Aroq entledigte sich seiner Kleidung. Die Jacke lag bereits auf dem Bett, die Lederschuhe standen davor. Schon streifte er sein Seidenhemd ab. Loreena öffnete den Mund. Kein Wort kam hinaus. Ungläubig betrachtete sie Aroqs nackten Rücken, das Spiel seiner Muskeln. Das konnte nicht wahr sein, nach allem, was in dieser Nacht passiert war! Sie musste einen Fiebertraum haben oder endgültig dem Irrsinn verfallen sein. Seine Hose warf er neben die Jacke aufs Bett und zog zum Schluss seine Socken aus.

Mit weit aufgerissenen Augen verfolgte Loreena das Geschehen. Ihr Blick klebte an seinem Hintern, glitt seine schlanke, hochgewachsene Statur hinauf. Er sah so anders aus als alle Männer Ingrimms. Keinen Bart. Keinen Bauch. Keine zotteligen Haare und auch kein ausgeprägter Haarwuchs am Körper. Im Gegenteil!

Unerwartet drehte sich Aroq um. Loreena erschauderte. Sein prächtiges Gemächt stand steil von den Lenden ab. Verlegen wandte sie sich ab. Sie suchte verzweifelt nach einem Handtuch. Sie brauchte es. Sonst konnte sie sich nicht aus dem Wasser erheben. Das ziemte sich nicht, egal, ob der Graf sie nackt gesehen hatte oder nicht. Das Tuch musste irgendwo liegen. Endlich sah sie einen Zipfel. Ernüchtert ließ sie die Schultern hängen. Es lag unter Aroqs Jacke auf dem Bett. Weit weg, zu weit, um es zu greifen, ohne dass er einen Blick auf ihre Rundungen erhaschen konnte. Loreena drehte dem Grafen den Rücken zu. Da stieg er in den Badezuber.

Fassungslos erstarrte sie. Für eine Person war der Zuber groß. Für zwei dagegen reichte er kaum. Sie spürte seinen Atem auf ihrer nassen Schulter. Erschreckt fuhr sie zusammen, als er ihr mit der Hand Wasser über den Nacken schaufelte. Diese Geste war so sinnlich, dass sie erschauderte. Verführerisch war die Nähe zu diesem Mann, über den die Kinder Schauerlieder sangen.

Grausamer Graf Aroq,
Gnadenloser Graf Aroq,
kommt in rabenschwarzer Nacht
und hat den Tod mitgebracht.

Grässlicher Graf Aroq,
Gefährlicher Graf Aroq,
trinkt begierig dein Herzensblut,
auf dass deine Seele nimmer ruht.

Sie erinnerte sich an ihre erste Begegnung auf der Wolfsburg. Trotz des *Schutzes* hatte er die Kraft besessen, ihr nah zu kommen. Er hatte ihr lustvolle Visionen geschickt, nachdem er ihre unerfüllte Leidenschaft erkannt hatte. Nun war sie ihm erneut ausgeliefert. Doch es stand so vieles zwischen ihnen, so viel war vorgefallen. Das konnte sie nicht einfach vergessen. Sie begehrte ihn, aber wehrte sich gegen ihre Gefühle.

„Das solltet Ihr nicht tun." Zittrig klang ihre Stimme.

„Hab ich jemals irgendwen um Erlaubnis gefragt?"

Seine Küsse bedeckten ihre Schulter.

„Ich schreie ..."

„Wollt Ihr das Tide antun?"

„Wie meint Ihr das?" Loreena zog ihre Beine heran, als sie seine Zehen an ihrem Unterschenkel spürte.

„Die Wogen zwischen den Völkern haben sich nach den Geschehnissen auf der Festivität geglättet." Graf Aroq stützte sich rechts und links neben ihrem Körper auf dem Zuberrand ab. „Ein Vorfall wie dieser würde eine erneute Krise heraufbeschwören."

Seine Nasenspitze glitt ihre Ohrmuschel hinab. Loreena biss sich auf die Unterlippe, um einen Seufzer zu unterdrücken, und schloss die Augen.

„Die Vorkommnisse waren furchtbar für Euch. Ich verwöhne Euch lediglich."

„Wenn König Wor wüsste, ..."

„... welche Hingabe Ihr verzweifelt versucht, zu unterdrücken."

Aroqs Überlegenheit machte sie wütend. „Werdet Ihr ihn auf dem Thron Ingrimms lassen?"

„Wie versprochen."

„Wie großmütig. Ihr müsstet dies nicht."

„Mein Wort gilt. Außerdem ist er einer von uns."

Er kam so nah, dass sein Brustkorb ihren Rücken berührte. „Ihr bekommt, was Ihr verlangt. Das Reich setzte sich gegenüber Frostlande und Wahnstein zur Wehr. Lomas ist zurück. Und Euer Ansehen in den Augen Wors ist gestiegen."

Zornig blinzelte sie ihn über die Schulter hinweg an. „Ich habe nie meinen Vater beeindrucken wollen. Allein das Wohl Ingrimms liegt mir am Herzen."

„Ihr könnt weder Euch noch mich belügen, Loreena. Tapfer habt Ihr gekämpft. Er ist stolz auf Euch."

Sie nahm ihren Blick von ihm. „Ist er das?", fragte sie schnippisch.

„Eure Wünsche wurden erfüllt. Nun bin ich an der Reihe, Forderungen zu stellen."

„Das Reich liegt Euch zu Füßen. Ihr könnt damit machen, was Ihr wollt."

„Aber ich schöpfe nicht aus vollem Kruge."

„Was wollt Ihr denn noch?", schnaubte sie.

Zärtlich spielte seine Zunge mit ihrem Ohrläppchen. Sie schlängelte sich herauf und wieder hinab. Aroqs Küsse bedeckten ihren Hals. Langsam glitten seine Lippen über ihre Haut. Dann saugte er an ihrer Halsschlagader, biss jedoch nicht zu.

Ängstlich kauerte sich Loreena an die Zuberwand. „Ist es das, was Ihr begehrt – mein Blut?"

Er nahm ihr Gesicht in seine Hände und zwang sie, sich umzudrehen und ihn anzuschauen. „Würde ich auch nur einen Tropfen Eures Blutes trinken, könnte ich mich nicht mehr beherrschen."

„Was habt Ihr dann ...?" Kaum hatte sie begonnen, ihre Frage zu formulieren, neigte sich sein Kopf. Sanft pressten sich seine Lippen auf die ihren. Seine Fingerspitzen streichelten ihre Wange. Loreena versuchte, ihn fortzustoßen, doch er umfasste ihr Handgelenk und zog es von seiner Schulter. Fest drückte er seinen Daumen gegen ihren Pulsschlag. Er zitterte vor Erregung. Unerwartet löste er sich von ihr. Begierig schaute er sie an.

„Was wird aus der Zukunft?" Ihre Stimme bebte. So oft, so lange hatte sie sich gewehrt und nun verlor sie. Nicht gegen den Grafen, sondern gegen ihre Gefühle. Die Stimme des Herzens war lauter als die Stimme der Vernunft. Loreena hatte sich in Aroq verliebt.

Bedrückt sagte er: „Ingrimm würde mich niemals an deiner Seite erlauben. Ich bin ein Vampir, zudem noch zeugungsunfähig wie alle."

„Seit wann fragst du um Erlaubnis?" Kess blickte sie ihn an.

„Valkenhorst würde es ebenfalls nicht akzeptieren ..."

„... und du bist eins mit deinem Amt", fügte sie am Boden zerstört hinzu. Wieder einmal begehrte er nur ihren Körper und nicht ihr Herz.

Er nickte. „Aber ich würde meine Stellung für dich riskieren."

Was hatte er gesagt? Sie erinnerte sich an das, was Bortlam über Aroq berichtet hatte. Sein Leben war darauf ausgerichtet, den Menschen seines Landes ein besseres Leben zu ermöglichen. Doch als Vampir merkte er, dass dies nicht so einfach war, da die Blutsauger abhängig von den Menschen waren. Trotz aller Widerstände hatte er es geschafft, ein friedlicheres Zusammenleben zu schaffen und einen Friedenspakt mit den Werwölfen zu schließen. Und all das – sein Lebenswerk – wollte er für sie aufs Spiel setzen?

„Ich werde um dich kämpfen", sprach er sanft. „Unrecht habe ich dir zugefügt und wage kaum zu hoffen, dass du mir jemals verzeihst."

„Du hast mich zum Schafott geführt", unterbrach sie ihn aufgebracht.

„Das ist nicht wieder gutzumachen. Aber es hatte den Anschein, als hättest du mich die ganze Zeit hintergangen. Ich habe mich aufs Glatteis begeben, indem ich Ingrimm vor Valkenhorst schützte und das tat ich nur, weil ich dir zugetan bin. All diese lustvollen Treffen, die Nähe – und dann fällst du mir in den Rücken."

Also waren die Gerüchte wahr. Sie war der Grund, weshalb die Vampire die Menschen nicht knechteten. Und ausgerechnet sie begehrte ständig auf und trug dann sogar den *Schutz*. Sie hatte Aroq verletzt, zumindest hatte es den Anschein gehabt.

„Außerdem war Mogall auffällig oft bei dir. Diese verliebten Blicke, der eng umschlungene Tanz auf der Wolfsburg, zu dem ich nicht den Mut hatte", zischte er.

Eifersucht? Loreena traute ihren Ohren kaum. Am liebsten hätte sie Aroq vor

Freude küssen wollen. Dennoch sagte sie kühl: „Du wolltest mich hinrichten lassen."

„Nein", widersprach er scharf. „Von *wollen* kann keine Rede sein. Ich war gezwungen! Aber du hättest mir nur meine Frage beantworten müssen, die ich dir neben der Guillotine gestellt habe …"

„Wen ich liebe?"

„Ja, und ich hätte dich über die Schulter geworfen, wäre auf ein Pferd gesprungen und mit dir für immer fortgeritten."

Loreena konnte das nicht glauben. „Du hättest alles für mich aufgegeben, alles, wofür du gelebt hast?"

Er nickte ernst. „Warum hast du nicht geantwortet?"

Sie schnaubte. „Ich dachte, du wolltest mich ein letztes Mal demütigen, indem du mich dazu bringst, dir meine Liebe zu gestehen."

„Dann liebst du mich also?" Lächelnd legte er seine Hand unter ihr Kinn und schaute ihr tief in die Augen.

Aber sie schwieg. Loreena wollte einen Teufel tun und es ihm leicht machen – nicht nach all den Strapazen!

Zärtlich küsste er sie. „Ich liebe dich", flüsterte er. „Ich habe dich vom ersten Augenblick an geliebt, als du nach Wölfing kamst, um mich zu bitten, deinen Vater zu beißen. Und lausche meinen Worten gut: Ich werde um deine Liebe kämpfen, auch, wenn ich alles verliere."

Plötzlich schmunzelte er. „Deine Leidenschaft, du trägst sie immer noch auf deiner Haut. Und um dich von nun an glücklich zu machen, werde ich dir dienen."

Dann tauchte er ab. Aroq spreizte Loreenas Schenkel, gründelte nah an ihrem Schoß und atmete unter Wasser aus. Blasen stiegen auf und kitzelten ihre Spalte. Sie spürte seine Nase, die gegen ihre Klitoris stieß. Seine Zunge drang in sie ein. Die Zunge zuckte vor, leckte den Nektar aus ihrem Topf und brachte sie zum Stöhnen. Aroq saugte sich unter Wasser kurz an ihrem Venushügel fest und kam langsam höher, küsste ihren Bauch, eroberte ihren Bauchnabel mit seiner Zungenspitze, als wolle er in alle Körperöffnungen eindringen, um Loreena zu seiner Frau zu machen. Aroq ergriff ihre Brustwarzen und zog sich daran zur Oberfläche. Kräftig atmete er ein, um seine Lungen mit Luft zu füllen. Er zwirbelte ausdauernd ihre Nippel und leckte über ihre Brüste.

Loreena genoss seine Berührungen. Aroq war nicht länger ihr Feind. Es gab keinen Grund mehr, sich zu zieren. Nichts stand zwischen ihnen. Und so gab sie sich den Liebkosungen hin, denn sie begehrte ihn, ja, sie liebte ihn, diesen Vampir.

Als er die Hände unter ihr Gesäß legte und es so weit anhob, dass ihre Spalte mit der Oberfläche eine Linie bildete, schloss sie die Augen und streckte den Rücken durch, um ihm zu helfen, sie zu verwöhnen. Er schnappte nach ihren geschwollenen Schamlippen, schaufelte mit dem Mund Wasser über ihr Geschlecht und lutschte die Feuchtigkeit ab, die aus ihrem Inneren sickerte. Das

Wasser plätscherte sanft gegen ihren Schoß, der sich herrlich weich und willig anfühlte. Loreena wusste, dass Aroq ihren Unterleib direkt vor dem Gesicht hatte, ihn betrachten konnte wie niemand zuvor. Er hatte alle Zeit dazu. Er hatte alle Macht dazu. Niemals hätte sie sich ihm entziehen können. Von Anfang an war sie sich der Magie bewusst gewesen, die sie bannte, nicht nur die des Vampirs, auch die des Mannes. Sie legte die Beine auf seine Schultern und überkreuzte die Unterschenkel hinter seinem Kopf.

Graf Aroq lachte leise. „Hast du Angst, ich könnte gehen, ohne meinen Dienst an deiner Lust zu beenden?“

Plötzlich saugte er sich fest. Er umschloss ihre empfindliche Klitoris mit seinen Lippen, fest und unnachgiebig, als wolle er sie nie wieder loslassen. Loreena stöhnte laut auf. Sie gab tiefe Seufzer von sich, die sicher noch im Gang zu hören waren, aber sie war ihrer Erregung hilflos ausgeliefert. Sie zerfloss unter Aroqs Zunge, die unaufhörlich über ihre Klitoris rieb. Seine Hände stützten noch immer ihren Hintern. Loreena umschloss seine Handgelenke unter Wasser, denn die Leidenschaft war so intensiv, dass sie die Orientierung verlor und sich an ihm festhalten musste. Alles um sie herum verschwamm. Es zählte nur ihre Leidenschaft, die die Welt verblassen ließ und Aroq, der sie zu seinem Mittelpunkt machte. Als sie den Höhepunkt erreichte, schrie sie ihre Glückseligkeit heraus, mochte es auch in der ganzen Festung zu hören sein, es war ihr egal. Sie zitterte, ihr Herz raste und ihr Schoß brannte vor Lust, denn noch immer gab Aroq ihre Klitoris nicht frei, sondern neckte sie vorsichtig mit den Zähnen.

Erschöpft nahm Loreena die Beine von seinen Schultern. Er ließ von ihr ab, drängte sie mit dem Oberkörper an den Rand und schmiegte sich an ihren Rücken.

„Du bist unglaublich“, wisperte er und küsste ihren Nacken. Sie wollte etwas erwidern, doch er legte ihre Brüste auf die Zuberwand. Obszön boten sie sich dar, groß und straff mit hochroten Nippeln, die von Loreenas Erregung zeugten.

„Du bist wunderschön.“

„Bin ich nicht“, sagte sie etwas zu forsch und fügte sanfter hinzu: „Meine Hüften sind zu rundlich.“

„Sie sind weiblich, genauso prall wie dein Busen, verführerisch, frivol und verlockend.“

Kaum hatte er dies ausgesprochen, spürte sie ein Drängen an ihrer hinteren Öffnung. Es war ein bekanntes Gefühl, unanständig und sündig. Sie erinnerte sich an den Stein, den Mogall in ihr versenkt hatte. Nun war es Aroqs Finger, der sich in sie bohrte. Zuerst drang er nur ein kleines Stück ein und zog sich sogleich wieder zurück, dann glitt er tiefer in sie hinein, bis er schließlich ganz in ihr steckte. „Entspann dich“, flüsterte Aroq und füllte sie mit einem weiteren Finger. Die freie Hand legte er auf ihren Venushügel. Zuerst ruhte sie, um seinem Drängen in ihrem Po entgegenzuwirken, doch bald spreizte er zwei Finger und strich beruhigend und erregend über ihre großen Schamlippen.

Loreena hielt sich am Rand fest, auf dem noch immer ihre Brüste lagen. Sie spürte, dass Aroq einen dritten Finger hinzunahm. Er eroberte ihre enge Öffnung behutsam, dehnte ihren Ringmuskel und liebte sie fordernder, je entspannter sie wurde. Plötzlich trat sein Phallus an die Stelle der Finger. Es war größer und weitete Loreena mehr. Sie war überwältigt von dem neuen Spiel, den unbekannten schamlosen Regungen, der Zügellosigkeit und Ausschweifung. Und sie war froh, dass sie dies alles mit Aroq auslebte, dem Mann, dem ihr Herz gehörte. Sie hatte keine Angst mehr, ihn zu verlieren oder nur seine Mätresse zu sein und konnte sich ihm vollkommen hingeben.

Er nahm sie unter Wasser, schob sich weit in sie herein, um dann laut zu stöhnen und in ihr zu verharren. Aber anstatt fortzufahren, legte er den Arm um ihre Hüften. Er drückte sich so fest an ihr Hinterteil und so tief in sie, dass sie trunken war vor Lust. Aroq lehnte sich zurück und zog sie mit. Nun saß sie auf seinem Glied, das in ihrer Hinterpforte steckte. Während seine Hand zu ihrem Schoß fand, schlang er die Beine um ihre Schenkel und spreizte sie.

Berauscht klang er, als er unter großer Mühe herausbrachte: „Reib dich an meiner Hand."

Loreena lehnte sich gegen seinen Oberkörper, glücklich, ihm nah zu sein und ihre Leidenschaft mit ihm teilen zu können. Erregt begann sie, ihr Becken zu bewegen. Sie stieß sich mit den Händen auf seinen Oberschenkeln ab und drückte ihre Scham gegen Aroqs Handballen. Ihre Klitoris war noch hochempfindlich. Ihr Körper bebte, wann immer er Aroqs Hand berührte. Dennoch glitt sie leicht darüber, denn das Wasser und ihre Feuchte waren gute Gleitmittel. Und als sie ihr Becken gierig hob und senkte, spießte sie sich gleichzeitig auf Aroqs Glied auf. Sie nahm ihn, wie sie es wollte, dirigierte und gab den Rhythmus vor und war sich bewusst, dass er ihr das größte Geschenk gemacht hatte, das er hatte machen können – er hatte ihr die Kontrolle überlassen, etwas, das ihm im Leben schwerfiel.

„Ich liebe dich", schrie sie, als sie ihn heftiger ritt und gleichzeitig ihren Unterleib an seiner Hand rieb.

Sie spürte, dass er vor Erregung kaum sprechen konnte. Mühsam keuchte er: „Ich dich auch, mehr als alles in Krisis."

Dann stöhnte er kehlig, das Blut pumpte durch seinen Penis und er ergoss sich in sie. Aber Loreena galoppierte weiter, bis auch ihr der Orgasmus die letzten Kraftreserven raubte und lustvolle Krämpfe sie schüttelten. Als sein Phallus langsam in ihr erschlaffte, kuschelte sie sich in Aroqs Arme und gab sich dem Nachglühen hin.

Sie hauchte: „Wir werden zusammenbleiben. Versprich mir das."

„Natürlich", antwortete Aroq und küsste ihre Ohrmuschel. „Ich habe immer gegen die Vampire gekämpft, selbst noch, als ich zu einem der ihren wurde. Und nun werde ich durchsetzen, dass eine Menschenfrau Gräfin von Valkenhorst wird."

Erstaunt sah sie ihn über die Schulter hinweg an.

„Ich bitte dich, mit mir nach Wölfing zu kommen und auf der Wolfsburg zu wohnen."

Sie lächelte und nickte. „Gerne, Liebster."

Glücklich besiegelten sie ihr Bündnis mit einem nichtendenwollenden Kuss.

Ende

SANDRA HENKE lebt glücklich verheiratet in der Nähe von Düsseldorf. Ihre erotischen Romane handeln von dominanten Vampiren, romantischen Erziehungsspielen in Japan und Krimihelden, die undurchschaubar und genauso unwiderstehlich sind. Eine spannende Handlung liegt der Autorin ebenso am Herzen, wie ein starkes Knistern zwischen Held und Heldin, und abwechslungsreiche, nicht alltägliche Erotikszenen, die von sexueller Selbstfindung berichten. Sie ist Mitglied im Verband deutscher Schriftsteller.

Website: www.SandraHenke.de

WEITERE TITEL VON SANDRA HENKE IM PLAISIR D'AMOUR VERLAG:

LOTOSBLÜTE
Romantischer SM-Roman
ISBN 9783938281345

DIE VAMPIRLOGE CONDANNATO
Drei erotische Vampirromane – Sammelband
(Begierde des Blutes, Zähmung des Blutes, Rebellion des Blutes)
ISBN 9783938281550

ENGEL DER SCHATTEN: EROTISCHE GESCHÖPFE DER NACHT
Anthologie
(inkl. Sandra Henkes Novelle „Herrin von Vandalis“)
ISBN 9783938281208